人工智能专业核心教材体系建设——建议使用时间

学期						
四年级上		人工智能核心	数理基础 专业基础	智能感知	人工智能系统、设计智能	人工智能实践
三年级下	理论计算机科学导引		计算机视觉导论		设计认知与设计智能	
三年级上		人工智能伦理与安全		自然语言处理导论		人工智能芯片与系统
二年级下	优化基本理论与方法	面向对象的程序设计	高级数据结构与算法分析		机器学习	
二年级上	概率论	数据结构基础		人工智能基础		认知神经科学导论
一年级下	数学分析 II	线性代数 II		高等数学理论基础		
一年级上	数学分析 I	线性代数 I		程序设计与算法基础		

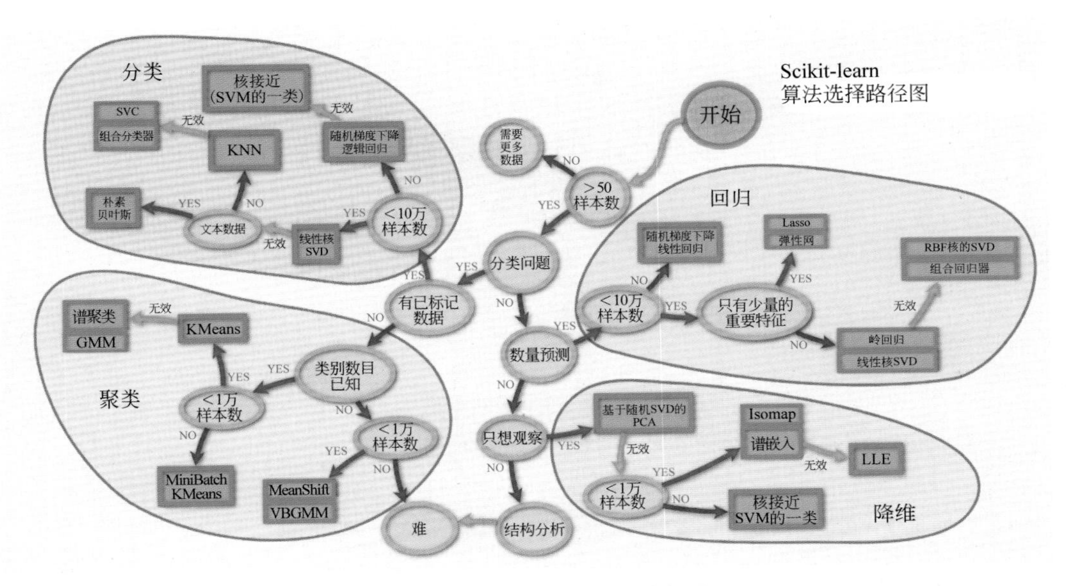

图 3-1　Scikit-learn 算法选择路径图

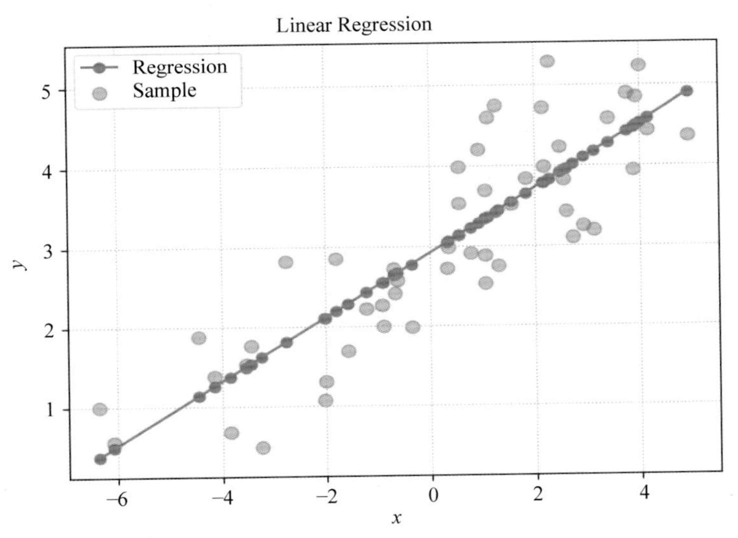

图 4-1　单变量线性回归的案例

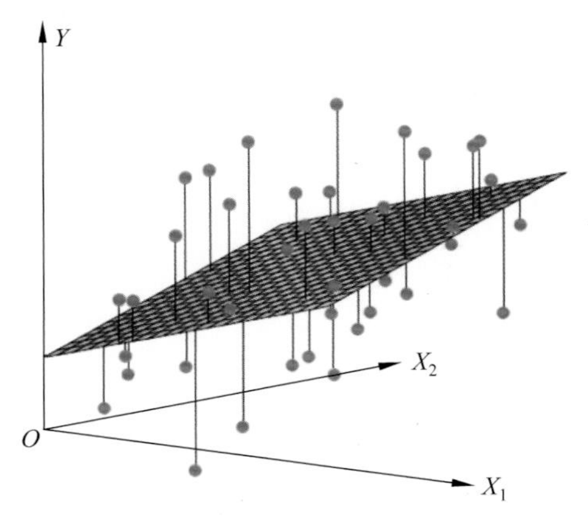

图 4-3　多变量线性回归

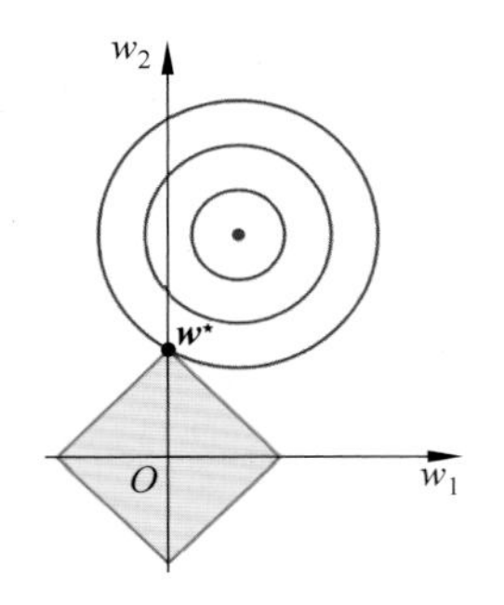

L1 正则化指在损失函数中加入权值向量$\boldsymbol{w}$的绝对值之和，L1正则化的功能是使权重稀疏

(a) L1正则化可以产生稀疏模型

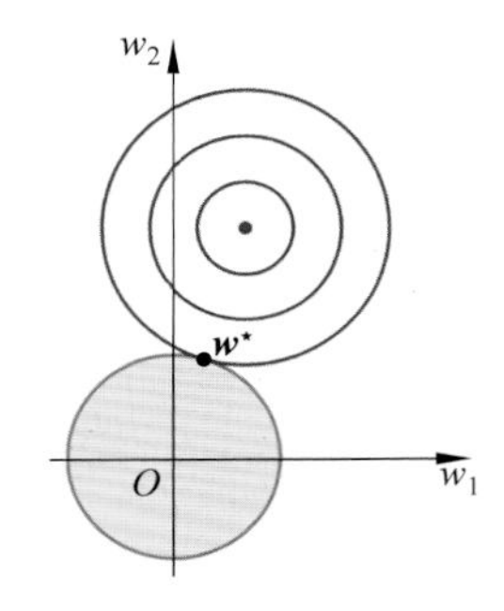

L2 正则化指在损失函数中加入权值向量$\boldsymbol{w}$的平方和，L2正则化的功能是使权重平滑

(b) L2正则化可以防止过拟合

图 4-8　L1 正则化和 L2 正则化对比

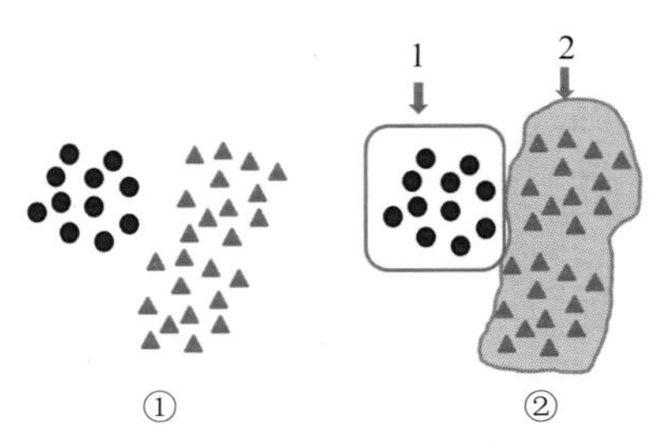

图 5-1　二分类的流程

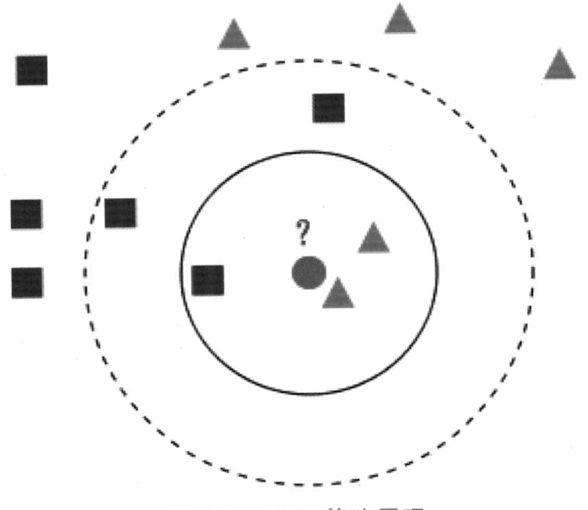

图 8-7　KNN 算法原理

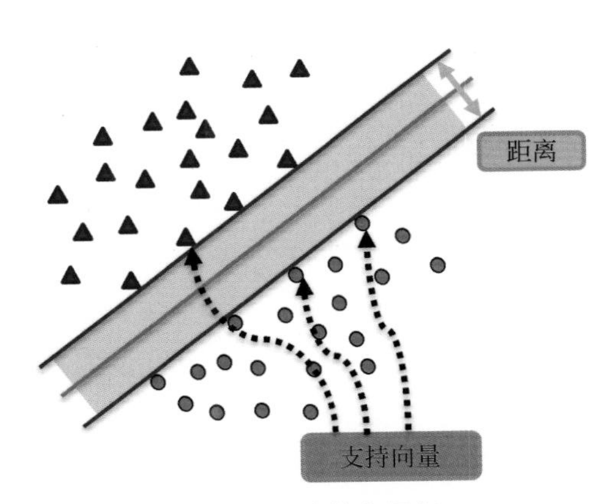

图 12-1　支持向量机

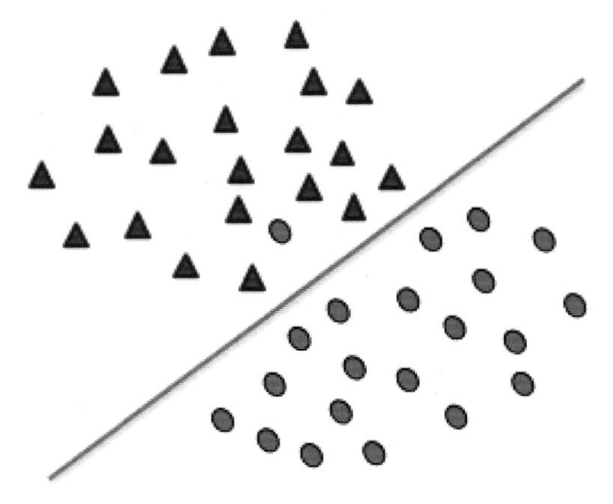

图 12-4　软间隔支持向量机的示例

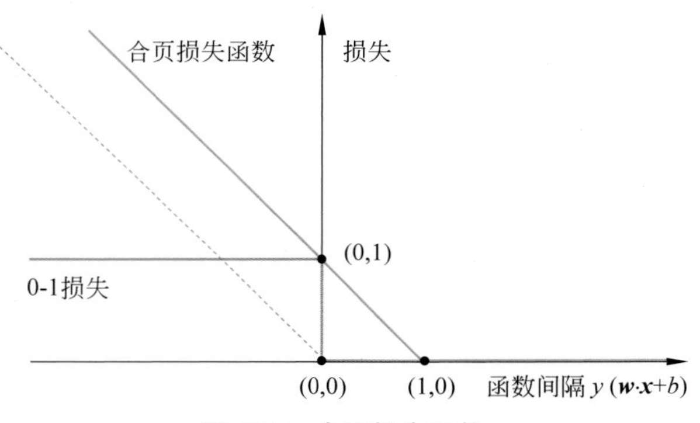

图 12-5　合页损失函数

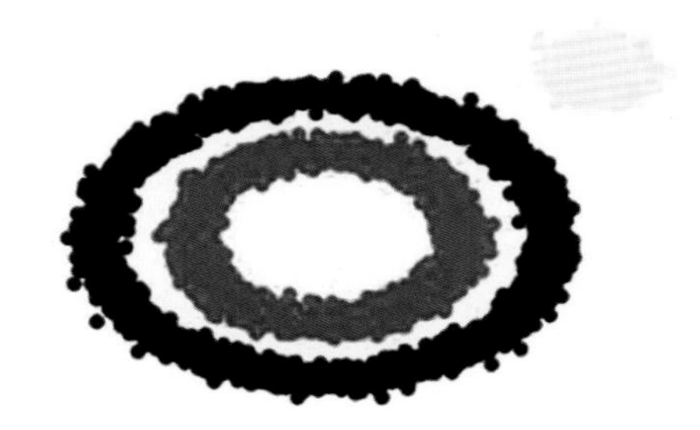

图 13-8　密度聚类示例

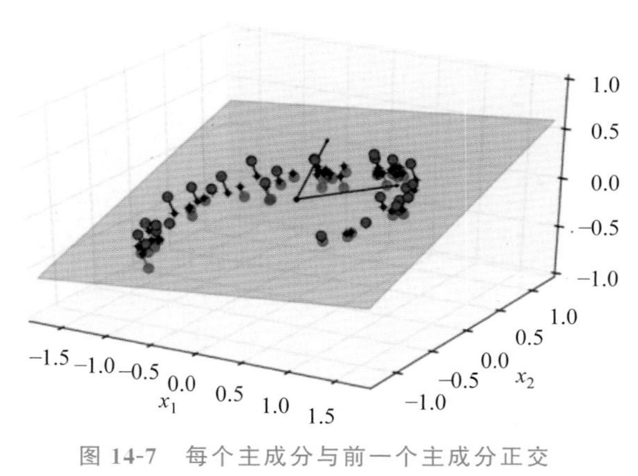

图 14-7　每个主成分与前一个主成分正交

面向新工科专业建设计算机系列教材

机器学习入门基础

(微课版)

黄海广 徐 震 张笑钦◎编著

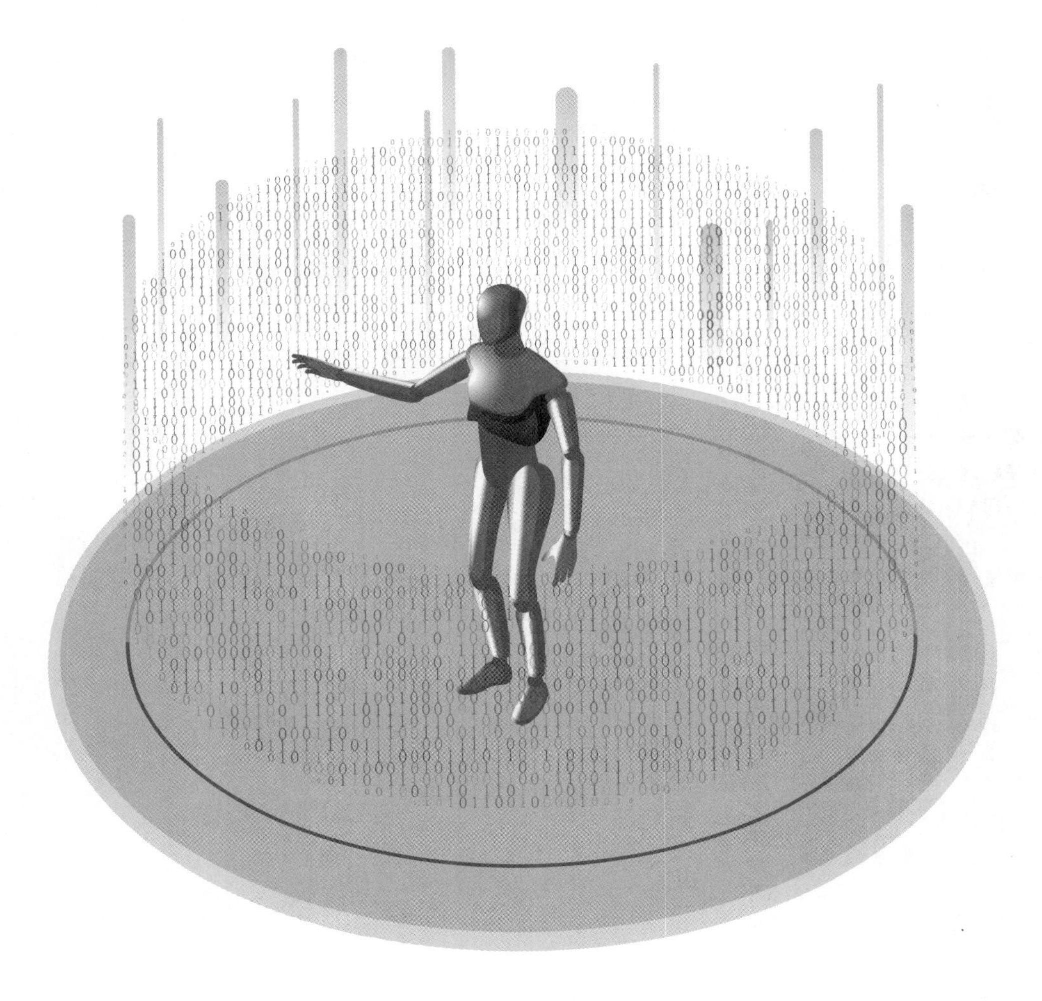

清華大学出版社
北 京

内容简介

机器学习专门研究计算机怎样模拟或实现人类的学习行为，它是人工智能的核心，是使计算机具有智能的根本途径，其应用遍及人工智能的各个领域。本书是一本机器学习的入门书，通过本书，学习者将初步理解主流的机器学习算法，并且可以用机器学习技术解决现实生活中的问题。只要有本科三年级以上的数学知识，会一种编程语言，就可以掌握本书的绝大部分内容。

本书共有15章，主要讲解经典的机器学习算法，如线性回归、逻辑回归、决策树等，同时讲解近几年才出现的算法，如XGBoost、LightGBM等集成学习算法。此外，本书还会讲解利用机器学习解决问题的实用技术，如Python、Scikit-learn工具的使用等。

本书配套有教学大纲、教学进度、教学课件、教学视频及习题，可以作为专科生、本科生、研究生的机器学习教材，也可以作为从事机器学习、数据挖掘相关工作的研究人员和技术人员的参考书。

图书在版编目(CIP)数据

机器学习入门基础：微课版/黄海广，徐震，张笑钦编著. —北京：清华大学出版社，2023.3(2023.9重印)
面向新工科专业建设计算机系列教材
ISBN 978-7-302-61958-1

Ⅰ. ①机… Ⅱ. ①黄… ②徐… ③张… Ⅲ. ①机器学习－高等学校－教材 Ⅳ. ①TP181

中国版本图书馆CIP数据核字(2022)第180111号

责任编辑：白立军
封面设计：刘　乾
责任校对：韩天竹
责任印制：沈　露

出版发行：清华大学出版社
网　　址：http://www.tup.com.cn，http://www.wqbook.com
地　　址：北京清华大学学研大厦A座　　**邮　　编**：100084
社 总 机：010-83470000　　**邮　　购**：010-62786544
投稿与读者服务：010-62776969，c-service@tup.tsinghua.edu.cn
质量反馈：010-62772015，zhiliang@tup.tsinghua.edu.cn
课件下载：http://www.tup.com.cn，010-83470236
印 装 者：三河市龙大印装有限公司
经　　销：全国新华书店
开　　本：185mm×260mm　**印　张**：16.5　**插　页**：4　**字　　数**：396千字
版　　次：2023年4月第1版　**印　　次**：2023年9月第3次印刷
定　　价：69.80元

产品编号：091657-01

出版说明

一、系列教材背景

人类已经进入智能时代，云计算、大数据、物联网、人工智能、机器人、量子计算等是这个时代最重要的技术热点。为了适应和满足时代发展对人才培养的需要，2017年2月以来，教育部积极推进新工科建设，先后形成了"复旦共识""天大行动""北京指南"，并发布了《教育部高等教育司关于开展新工科研究与实践的通知》《教育部办公厅关于推荐新工科研究与实践项目的通知》，全力探索形成领跑全球工程教育的中国模式、中国经验，助力高等教育强国建设。新工科有两个内涵：一是新的工科专业；二是传统工科专业的新需求。新工科建设将促进一批新专业的发展，这批新专业有的是依托于现有计算机类专业派生、扩展而成的，有的是多个专业有机整合而成的。由计算机类专业派生、扩展形成的新工科专业有计算机科学与技术、软件工程、网络工程、物联网工程、信息管理与信息系统、数据科学与大数据技术等。由计算机类学科交叉融合形成的新工科专业有网络空间安全、人工智能、机器人工程、数字媒体技术、智能科学与技术等。

在新工科建设的"九个一批"中，明确提出"建设一批体现产业和技术最新发展的新课程""建设一批产业急需的新兴工科专业"。新课程和新专业的持续建设，都需要以适应新工科教育的教材作为支撑。由于各个专业之间的课程相互交叉，但是又不能相互包含，所以在选题方向上，既考虑由计算机类专业派生、扩展形成的新工科专业的选题，又考虑由计算机类专业交叉融合形成的新工科专业的选题，特别是网络空间安全专业、智能科学与技术专业的选题。基于此，清华大学出版社计划出版"面向新工科专业建设计算机系列教材"。

二、教材定位

教材使用对象为"211工程"高校或同等水平及以上高校计算机类专业及相关专业学生。

三、教材编写原则

(1) 借鉴 *Computer Science Curricula* 2013(以下简称 CS2013)。CS2013 的核心知识领域包括算法与复杂度、体系结构与组织、计算科学、离散结构、图形学与可视化、人机交互、信息保障与安全、信息管理、智能系统、网络与通信、操作系统、基于平台的开发、并行与分布式计算、程序设计语言、软件开发基础、软件工程、系统基础、社会问题与专业实践等内容。

(2) 处理好理论与技能培养的关系,注重理论与实践相结合,加强对学生思维方式的训练和计算思维的培养。计算机专业学生能力的培养特别强调理论学习、计算思维培养和实践训练。本系列教材以"重视理论,加强计算思维培养,突出案例和实践应用"为主要目标。

(3) 为便于教学,在纸质教材的基础上,融合多种形式的教学辅助材料。每本教材可以有主教材、教师用书、习题解答、实验指导等。特别是在数字资源建设方面,可以结合当前出版融合的趋势,做好立体化教材建设,可考虑加上微课、微视频、二维码、MOOC 等扩展资源。

四、教材特点

1. 满足新工科专业建设的需要

系列教材涵盖计算机科学与技术、软件工程、物联网工程、数据科学与大数据技术、网络空间安全、人工智能等专业的课程。

2. 案例体现传统工科专业的新需求

编写时,以案例驱动,任务引导,特别是有一些新应用场景的案例。

3. 循序渐进,内容全面

讲解基础知识和实用案例时,由简单到复杂,循序渐进,系统讲解。

4. 资源丰富,立体化建设

除了教学课件外,还可以提供教学大纲、教学计划、微视频等扩展资源,以方便教学。

五、优先出版

1. 精品课程配套教材

主要包括国家级或省级的精品课程和精品资源共享课的配套教材。

2. 传统优秀改版教材

对于已经出版的、得到市场认可的优秀教材,由于新技术的发展,计划给图书配上新的教学形式、教学资源的改版教材。

3. 前沿技术与热点教材

反映计算机前沿和当前热点的相关教材，例如云计算、大数据、人工智能、物联网、网络空间安全等方面的教材。

六、联系方式

联系人：白立军
联系电话：010-83470179
联系和投稿邮箱：bailj@tup.tsinghua.edu.cn

"面向新工科专业建设计算机系列教材"编委会
2019年6月

面向新工科专业建设计算机系列教材编委会

FOREWORD

前言

习近平总书记在党的二十大报告中指出：教育、科技、人才是全面建设社会主义现代化国家的基础性、战略性支撑。必须坚持科技是第一生产力、人才是第一资源、创新是第一动力，深入实施科教兴国战略、人才强国战略、创新驱动发展战略，这三大战略共同服务于创新型国家的建设。报告同时强调：推动战略性新兴产业融合集群发展，构建新一代信息技术、人工智能、生物技术、新能源、新材料、高端装备、绿色环保等一批新的增长引擎。当前，人工智能日益成为引领新一轮科技革命和产业变革的核心技术，在制造、金融、教育、医疗和交通等领域的应用场景不断落地，极大改变了既有的生产生活方式。

机器学习(machine learning)是人工智能的基础，机器学习研究计算机怎样模拟或实现人类的学习行为，以获取新的知识或技能，重新组织已有的知识结构使之不断改善自身的性能。它是人工智能的核心，是使计算机具有智能的根本途径，其应用遍及人工智能的各个领域。

作为计算机系统结构专业的博士，本人一直致力于帮助机器学习初学者入门，主持和参与了很多国内外优秀作品的翻译、代码复现工作。比较有代表性的是吴恩达老师的机器学习课程的翻译工作及机器学习和深度学习笔记的撰写。

博士毕业后，本人成为一名大学教师，同时承担了本科生和研究生机器学习课程的教学工作。在教学过程中，本人学习和借鉴了国内外很多非常优秀的机器学习课程或作品(如吴恩达老师的机器学习课程、李航老师的《统计学习方法》、周志华老师的《机器学习》等)。站在巨人的肩膀上，本人决定写一本适合本科生和初学者的机器学习入门书。

本书初稿于 2021 年 3 月完成，并根据初稿的内容进行授课。经过 3 轮授课，本团队对其中的部分内容进行了调整，使其更适合初学者学习。同时，根据本书的内容，制作了慕课，通过中国大学慕课向读者开放，第一轮学习者超过 1.1 万人，属于比较热门的课程。

本书的课件和代码，已经分享在 Github。同时，原版课件分享给了国内 700 多位大学教师，也收到了很多宝贵的意见。

本书定位为入门基础课，通过本书，学习者将初步理解主流的机器学习算法,并且可以用机器学习技术解决现实生活中的问题。

本书对初学者来说,属于“雪中送炭”,而不是“锦上添花”,更适合初学者学习,主要解决初学者的三个问题:

(1) 资料太多,难以取舍。

(2) 理论性强,初学比较困难。

(3) 代码资料比较少。

本书共有15章,本书结构大体分为监督学习和无监督学习两部分。监督学习部分介绍了多种常见的机器学习算法,如 k 近邻法(k-nearest neighbor,KNN)、线性回归、支持向量机(support vector machine,SVM)、神经网络、朴素贝叶斯、逻辑回归、集成学习等分类算法和回归算法。无监督学习部分则聚焦于聚类、降维、关联规则等几大问题,并对 K-means、主成分分析(principal component analysis,PCA)等代表算法进行了介绍,还对关联规则的主要算法进行讲解。此外,本书的第2章为选修内容,讲解学习机器学习需要掌握的基本数学知识。

本书可以作为专科生、本科生、研究生的教材。作为本科生的教材时,第2章数学基础回顾和第11章人工神经网络可以作为选修部分,建议课时:理论课32课时,实验课16～32课时。作为专科生的教材时,建议配合代码进行课程讲解,增加实验部分课时,减少理论部分课时,建议课时:理论课32课时,实验课32课时。作为研究生的教材时,建议课时为36课时,实验部分建议自学。

本书的课件和教案,可以分享给在职的教师,若有需要可在公众号“机器学习初学者”留言。

在本书的编写过程中,得到了很多人的支持和帮助,如李航老师和徐亦达老师,他们对本人的工作十分支持,在此表示感谢!

本人水平有限,如有公式、算法错误,欢迎各位读者批评指正。

黄海广

2023年1月7日

CONTENTS

目录

第1章

引　言

配套资源

1.1 机器学习概述

机器学习概述

机器学习是目前信息技术中最热门的方向之一。本书对机器学习的各类机器学习算法进行详细讲解。

机器学习是什么？实际上，即使是在机器学习的专业人士中，也不存在一个被广泛认可的准确定义。普遍使用的机器学习定义来自于Arthur Samuel。他定义机器学习为：在进行特定编程的情况下，给予计算机学习能力的技术。对研究人员来说，最终的研究目标是做出一个和人类一样聪明的机器。实现这个想法任重而道远，目前普遍的看法是，实现这个目标最好的方法是通过让机器试着模仿人类的大脑学习。机器学习与人工智能、深度学习的关系可以用图1-1表示，机器学习是人工智能的子集，而深度学习是实现机器学习的一种技术。

图1-1　机器学习与人工智能、深度学习之间的关系

在了解机器学习的概念之前，很有必要了解下机器学习乃至人工智能领域的重要人物。Yann LeCun、Geoffrey Hinton和Bengio共同获得了2018年计算机科学的最高奖——图灵奖。以及人工智能知识传播领域的重要人物：Andrew Ng、李航、周志华老师。Andrew Ng：中文名吴恩达，斯坦福大学副教授，前“百度大脑”的负责人与百度首席科学家；李航，现任字节跳动科技有限公司人工智能实验室总监，北京大学、南京大学客座教授，IEEE会士，ACM杰出科学家，CCF高级会员，代表作是《统计学习方法》；周志华，南京大学计算机科学与技术系主任、人工智能学院院长，代表作是《机器学习》（又称“西瓜书”）。

为什么机器学习如此受欢迎呢？原因当然不只是制造下棋机器人这么简单，机器学习被应用到了日常生活中，人们每天都在不知不觉中使用机器学习的算法。当人们打开百度、必应搜索需要的内容时，就在使用机器学习算法，因为百度公司和微软公司利用机器学习算法对网页进行排序；人们用Facebook或苹果公司的图片分类程序辨认朋友的照片时，也在使用机器学习算法；每当查阅电子邮件垃圾邮件筛选器时,它已经利用机器学习算法帮人们过滤了大量的垃圾邮件。

机器学习的范围如图 1-2 所示。

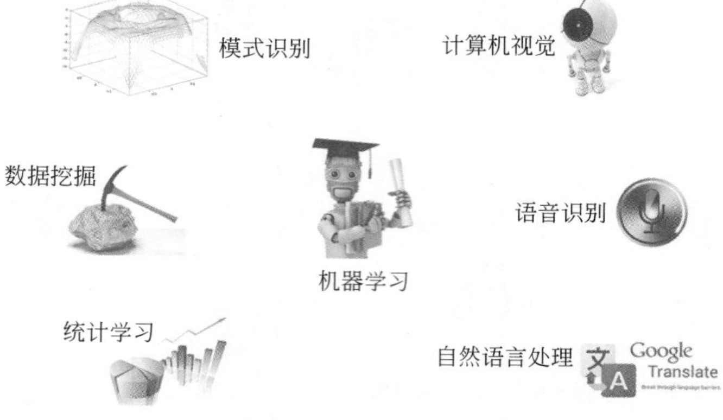

图 1-2 机器学习的范围

机器学习的范围主要有模式识别、计算机视觉、数据挖掘、语音识别、统计学习、自然语言处理。

这里列举一些机器学习应用的典型案例。

(1) 数据库挖掘。机器学习被用于数据挖掘的原因之一是网络和自动化技术的增长。这意味着,人们有史上最大的数据集。具体地说,大量的硅谷公司正在收集 Web 上的单击数据,也称为点击流数据,并尝试使用机器学习算法来分析数据,以便更好地了解用户,为用户提供更好的服务。这在硅谷有巨大的市场。

(2) 医疗记录。随着自动化的出现,有了电子医疗记录。如果可以把医疗记录变成医学知识,就可以更好地理解疾病。

(3) 计算生物学。生物学家们收集的大量基因数据序列、DNA 序列等,机器运行算法让人们更好地了解人类基因组。

(4) 在交通应用领域中,自动驾驶已经逐渐成熟,并开始小范围的应用。

(5) 在电商领域中,机器学习学习人们的购物习惯,并推荐合适的商品。

(6) 在音乐、影视领域中,网站会根据用户喜好,利用机器学习算法给出其他电影或产品或音乐的建议。这些服务商有数百万的用户,他们不可能为数百万用户编写数百万个不同的程序,只可能利用算法通过学习你的行为,来为你定制服务。

机器学习的应用还有很多,限于篇幅,本文不再一一列举。

总之,机器学习可以解决什么问题,用通俗易懂的语言进行概括,就是机器学习可以解决给定数据的预测问题,如数据清洗/特征选择、确定算法模型/参数优化和结果预测。

1.2 机器学习发展史

总体来说,人工智能经历了逻辑推理、知识工程和机器学习 3 个阶段。机器学习随着人工智能的发展而诞生,它是人工智能发展到一定阶段的必然产物。

在20世纪50年代到70年代初，人工智能尚处在逻辑推理阶段。当时学者对人工智能粗浅的定义是，认为机器只需具备逻辑推理能力，便具有智能。A. Newell 和 H. Simon 等人设计了 Logic Theorist 和 General Problem Solving 等程序，这些程序在20世纪50—60年代证明了数学家罗素的著作《数学原理》中的全部定理。基于这些工作，A. Newell 和 H. Simon 于1975年荣获图灵奖。

随着研究的不断发展，学者们开始认识到单单具备逻辑推理能力是不够的，还需为各个领域的问题建立专家知识库。在 E. A. Feigenbaum 等学者的倡导之下，大量专家知识系统构建完成，利用系统中的知识可进行推理和决策。因为在知识工程领域做出的卓越贡献，E. A. Feigenbaum 在1994年获得了图灵奖。

然而，把知识抽象总结交给计算机程序有时非常困难。例如，怎样教会计算机程序识别"汽车"的图像。如果采用最笨的枚举法，则需要为机器准备"汽车"和"不是汽车"的多张图像。以高度和宽度都是256像素的黑白图像为例，若每个像素值对应0～255的整数值，则一张图像含有的属性值总量高达$(256\times256)^{256}$。这样一个天文数字是无法在现有的计算机内存储和计算的。此外，知识工程库还存在一个致命缺陷——可扩展性太差，对每一个具体的问题都需要建立一个具体的专家知识库。具体地说，识别汽车的知识库只能用于识别汽车，无法识别摩托车，因而需要给摩托车设置一个新的专家知识库。

于是，一些学者提出了参照人类学习模式的设想，与其总结好知识教会机器，还不如让机器从诸多案例中自主学习并总结经验。众所周知，新生儿刚出生时并不具备听觉、视觉等复杂的认知功能，他们需通过后天的学习训练获得。在成长过程中，不断有外界信息对其大脑进行灌输，告诉他什么是"汽车"，什么是"摩托车"，什么是"自行车"。经过长时间的学习之后，孩子的大脑会形成相关认知能力，之后可将这些概念推广运用于他所看到的世界。鉴于此，机器学习的设计采用了类似的思路。首先收集大量样本，并对样本进行标注；然后送给算法进行学习，完成之后获取一个模型，从样本中总结归纳知识，并利用这个模型对新的样本进行辨识。

事实上，早在1950年，人工智能之父图灵在文章中，就已经提出了机器学习的概念。随后几十年间，基于连接主义、基于符号主义、基于决策理论的统计学习方法快速发展。到了1980年，美国卡内基-梅隆大学举办了第一届机器学习研讨会。3年后，Tioga 出版社发行的《机器学习：一种人工智能的途径》一书对研究工作进行了总结。随后，领域权威期刊 *Machine Learning*、*Artificial Intelligence* 创刊。从此，机器学习开始成为一个独立的研究领域。

R. S. Michalski 在1983年，将机器学习的算法分成"从样本中学习""从问题求解和规划中学习""从指令中学习"3大类。其中，"从样本中学习"是机器学习最主要的技术流派，内容涵盖监督学习、无监督学习、半监督学习等。这些内容是机器学习课程的教学重点，因此，着重对该流派经典算法的演进过程进行概述。

基于神经网络的连接主义学习是"从样本中学习"中的最重要的技术之一。神经网络的发展历史悠久，早在1949年，Donald Hebb 提出赫布理论，解释了循环神经网络(recurrent neural network，RNN)中各神经元的关联性。赫布理论指出 RNN 具有类似记忆的作用，可将相似的神经元连接。现在来看，赫布理论的提出标志着"连接主义"

(connectionism)机器学习的诞生。1952年,机器学习之父 Arthur Samuel 设计了著名的跳棋程序,它在博弈中可通过观察对手棋子的走位构建模型,并进行决策。1957年,神经科学家 Rosenblatt 提出了感知器(perceptron)模型,这与现在使用的神经网络模型接近。3年之后,Widrow 提出了用于感知器模型的差量学习规则,由此构建了一个精准的线性分类器。然而,任何技术的发展都不是一蹴而就的。1969年,图灵奖得主 Minsky 提出了感知器模型的一个致命问题,即其只能用于处理线性分类问题,甚至无法处理异或这样简单的问题。之后的十余年,关于神经网络的研究归于沉寂。许多学者转而研究基于逻辑表示的"符号主义"(symbolism)学习技术、基于决策理论的学习技术及强化学习技术等。在关于神经网络的研究处在低谷的时期,仍有学者坚持研究。Linnainmaa 等人提出了反向自动微积分算法,其为著名反向传播(backpropagation,BP)算法的雏形。然而,这一重要贡献却没能得到学术界的足够重视。直到1981年,Werbos 提出基于 BP 算法构建多层感知机,重新炒热了神经网络这个话题。1983年,J. J. Hopfield 提出利用神经网络解决流动推销员问题这个著名的非确定性多项式(non-deter ministic polynomial,NP)难题。1986年,Rumelhart 和 Hinton 等多位学者提出了 BP 训练多层感知机的算法,产生了深远影响,使得神经网络重新成为机器学习领域的研究热点。然而,神经网络模型产生的是"黑箱模型",无法生成明确的概念。其学习过程涉及大量参数调节,而参数设置缺乏足够的理论支撑,少量的参数变化便可能导致学习结果的翻转。此外,Hochreiter 在2001年发表了一篇文章,文章中指出了 BP 算法的又一重大缺陷,当神经网络单元饱和,即训练迭代次数过多时,会发生梯度损失(梯度消散)。由于算法自身的缺点,再加上训练数据数量及计算资源上的限制,神经网络在前些年受到冷遇,风头被其他算法盖过。

20世纪80年代,以决策树(decision tree)为代表的符号主义学习也在机器学习发展史中扮演了重要的角色。它与神经网络的"黑箱模型"不同,它可以基于信息熵最小化的目标,运用树结构表达人类对概念进行判断的流程,可将总结的知识用属性和对象值之间的映射关系描述出来。由于其思路清晰、可读性强,至今仍是机器学习领域的主流算法。需要指出的是,决策树在当时能占据核心地位与人工智能的技术发展阶段息息相关。在知识工程阶段,学者一般基于符号知识表示建立专家系统。因此,在机器学习的初始阶段,大家自然而然想到利用符号表示来建模。20世纪80—90年代,大量与决策树相关的算法被相继提出,包括 Quinlan 提出的迭代二叉树三代(iterative dichotomiser 3, ID3)算法和改进的 C4.5 算法及 Breiman 提出的分类回归树(classification and regrossion tree, CART)算法等。1995年,相关理论有了进一步的发展,Freund 和 Schapire 提出了 AdaBoost 方法,该方法是概率近似正确(probably approximately correct, PAC)理论在机器学习实践上的代表,催生了集成学习的大类方法。它通过将一些简单的弱分类器集成起来,形成一个强分类器。基于集成学习的思想,Breiman 等人发展出了包含多棵决策树的分类器——随机森林(random forests)。在模型中单棵决策树由一个随机子集训练得到,树中的每个节点各自对应该随机子集,随机森林的名称由此而来。相较于 AdaBoost 方法,随机森林模型能相当程度地抑制过拟合。该方法虽然简单,但其可解释性强、运算量小,且在人脸检测等问题上学习效果出奇的好。因此,现在仍在被大规模使用。

20世纪90年代，统计学习理论与技术出现重要突破，其代表技术为支持向量机(support vector machine, SVM)。该算法有坚实的理论基础，基于最大化分类间隔准则及核方法，SVM成功地将线性不可分问题转化成了线性可分问题，算法的泛化性能大大增强。此外，SVM的原优化问题和对偶优化问题是凸优化问题，因此不会出现局部极小值问题。关于SVM的相关研究早在20世纪60—70年代就有学者涉及，V. N. Vapnik在1963年提出了“支持向量”的概念，随后与Chervonenkis共同提出Vapnik-Chervonenkis维数(vapnik-chervonenkis dimension，VC维)及结构风险最小化准则。20世纪90年代在神经网络为代表的连接主义学习技术的局限性凸显之后，学术界将目光转向统计学习技术。随着核函数版本SVM的提出，SVM凭借自身的简洁性及表现出的优异性能，逐渐在与神经网络的竞争中占据上风，被大量用于处理模式识别、分类、回归分析等问题。

然而，近年来，情况发生了翻转。随着信息技术的蓬勃发展，各领域收集得到的数据呈几何级数增长，数据存储与计算的设备性能有了显著提升，单位计算成本大大降低。在此背景下，神经网络学习门槛不高，只需花时间“调参”就能获取好性能的优点被放大。此外，SVM和AdaBoost等浅层模型并不能很好地解决图像识别、语音识别等复杂问题，并在这些问题上存在严重的过拟合。因此，神经网络在步入“深度学习”(deep learning)的时代后卷土重来，再次迎来了大发展。所谓深度学习，顾名思义就是具有“很多隐层”的神经网络。2006年，Hinton等人提出了在深层神经网络训练中梯度消失问题的解决方案，即首先无监督训练得到自动编码器，然后在训练数据结构上进行有监督微调。2010年，ReLU激活函数的提出从根本上解决了梯度消失的问题。由此，深度学习的主流方向转向纯粹的有监督学习。随后，Hinton、LeCun、Andrew Ng等学者发表了大量关于深度学习的研究成果，其中，重要的成果包括卷积神经网络、解卷积神经网络、BFGS算法、堆栈式自动编码器、无监督神经网络等。这些算法在语音、图像等复杂对象处理中均取得了令人惊艳的效果，完胜其他算法，因而被广泛使用。

需要额外说明的是，机器学习目前已经发展成为计算机领域中的一门重要学科，涉及算法众多。本章仅对少数算法的发展历史进行概述，很多重要技术并没有提及。读者可参阅后续章节进行学习。

1.3 机器学习的类型

机器学习的类型

机器学习一般包括监督学习、无监督学习、强化学习。有时还包括半监督学习、主动学习。本书限于篇幅，只分为监督学习和无监督学习两部分，强化学习和半监督学习不包括在本书内容中。

本书将机器学习算法按照传统形式划分，划分结果如图1-3所示。

1.3.1 监督学习

绝大部分机器学习问题属于监督学习(supervised learning)。监督学习在有些教材中又称为有导师学习，它指利用有标签数据进行训练从而得到预测模型的学习任务。所谓的有标签数据由一个输入对象(通常是向量)和一个期望输出值(通常是标量)组成。预

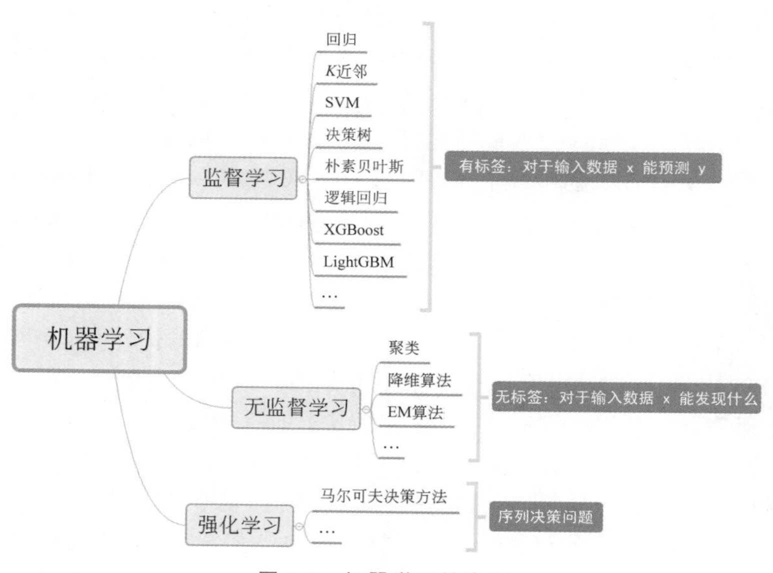

图 1-3 机器学习的类型

测模型对给定的输入产生相应的输出。

上述定义太过抽象，简单地说，就是训练数据有标签，即对于输入数据 x，能预测 y。

监督学习算法主要有两种：如果预测的标签是离散的，那么就是分类(classification)问题；如果预测的标签是连续的，那么就是回归(regression 或 prediction)问题。

下面通过例子来解释监督学习的分类和回归。

1. 分类

(1) 身高 1.65m，体重 100kg 的男人肥胖吗?

(2) 根据肿瘤的体积、患者的年龄来判断肿瘤的良性或恶性。

分类指基于预测模型，推测出离散的输出值：0 或 1(良性或恶性)。第一个问题，是否肥胖，可以用离散值表示。

0 表示不肥胖，1 表示肥胖。实际上，在很多分类问题中，输出可能不止两个离散值。比方说假如存在 3 种乳腺癌，此时预测离散输出存在 4 个值 0、1、2、3。其中，0 表示良性，1 表示第 1 类乳腺癌，2 表示第 2 类乳腺癌，3 表示第 3 类乳腺癌。这同样也是分类问题，一般称为多分类问题。

2. 回归

(1) 如何预测上海市浦东区的房价?

(2) 未来的股票市场走向如何?

可以看出，监督学习指给学习算法一个数据集。这个数据集由“正确答案”组成。在房价的例子中，给出了一系列房子的实际售价，然后运用监督学习算法，训练获得预测模型。基于预测模型对未知价格的房子推测出一个连续值的结果，即该房子的价格。同理，股票预测价格也是连续值。学术上连续数值预测问题称为回归问题。

在其他的学习问题中，可能获得更多的特征，相关的监督分类算法同样可以用于训练模型。理论上，特征值多会有助于提升预测性能，但与此同时也会带来内存空间紧张的问题。

本节介绍了监督学习。其基本思想是，数据集中的每个样本都有相应的“正确答案”，再根据这些样本训练模型并基于模型输出值做出预测，就像在房价和肿瘤的例子中做的那样。本节还介绍了何为回归问题？即通过预测模型推出一个连续的输出值，之后介绍了何为分类问题，即通过预测模型推出一组离散的输出结果。

1.3.2　无监督学习

本节介绍机器学习的又一大类型——无监督学习（unsupervised learning）。

1.3.1 节介绍了监督学习。回顾当时的数据集，数据集中的每条数据都已经标明是良性或恶性肿瘤。所以，对于监督学习里的每条数据，已经非常清楚训练数据确定对应的“正确答案”，即训练数据有标签。

在无监督学习中，已知的训练数据看上去有点不一样，即所有的数据只有输入属性，没有任何标签。所以无法运用监督学习的算法训练模型。针对此类数据集，无监督学习需要基于“物以类聚”的思想，将数据分成两个不同的簇。同一簇内数据相似性大、差异性小，不同簇之间数据相似性小、差异性大。此类算法称作聚类算法，如图 1-4 所示。

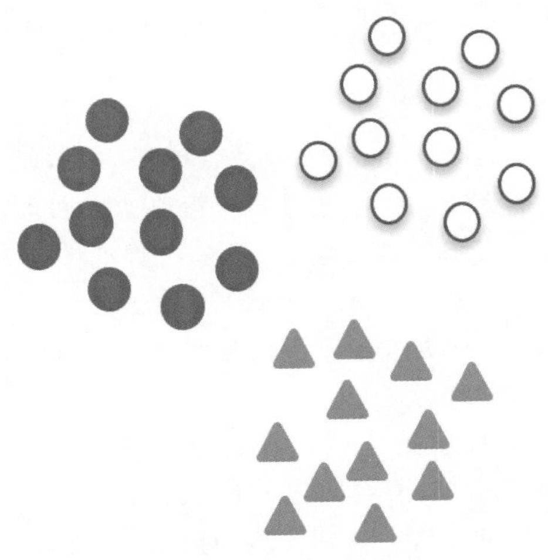

图 1-4　聚类算法示例

在实际生活中，聚类算法用处很多。其中一个例子就是谷歌新闻。如果之前对此不了解，可以通过网址 news.google.com 查看，谷歌新闻每天收集非常多的新闻，并运用聚类方法将这些新闻分组，组成若干类有关联的新闻。于是，搜索时同一组新闻事件往往隶属同一主题，所以显示到一起。

无监督学习还有其他应用。例如，在社交网络的分析上，已知你朋友的信息，例如，经常发 E-mail 的联系人，或者是你微博的好友、微信的朋友圈，可运用聚类方法自动地给朋友进行分组,做到让每组里的人们都彼此熟识。还有在市场分割上的应用。许多公司有大型的数据库,存储消费者的信息。所以,人们能检索这些顾客数据集,自动地发现市场分类,并自动地把顾客划分到不同的细分市场中。因此,能针对不同的细分市场制定策略,更高效地进行销售。

这就是无监督学习,原始数据没有标签,人们只知道这里存在一堆数据,却不知道数据里面有什么,不知道数据属于什么类型,甚至不知道数据有哪些不同的类型。因此,人们无法提前给数据标定"正确答案",从而在训练中给模型以指导。人们只能基于"物以类聚"的思想,利用数据分布,将数据自动地聚集到若干类。因为训练数据没有标签,所以无监督学习在很多文章中也被称为无导师学习。

这里重新强调一下监督学习与无监督学习之间的区别。在房价预测问题中,人们已经获得了若干房屋的真实出售价格,需要训练模型预测朋友房屋的价格,这是监督学习问题。还有 1.3.1 节中的癌症肿瘤例子,已知若干恶性和良性肿瘤案例,需要基于训练得到的模型判断一个肿瘤是恶性还是良性,这同样是监督学习问题。

总之,监督学习,就是训练数据有标签,即对于输入数据 x,能预测 y。

通过谷歌新闻事件分类的例子,可以看到,这些新闻的分类结果事先是未知的,只能运用聚类算法将这些文章聚集到若干类,所以是无监督学习。细分市场的例子也是无监督学习问题。因为只是拿到算法数据,没有相关细分市场的信息,只能让算法去自动地发现细分市场。

总之,无监督学习,训练数据没有标签,对于输入数据 x 能发现什么。

1.3.3 强化学习

强化学习(reinforcement learning,RL),又名增强学习,是第三类主要学习问题,主要用于处理智能体在与环境交互过程中通过学习策略达成回报最大化的问题。

强化学习不同于监督学习和无监督学习,具体过程如图 1-5 所示。它把学习看作一个"试探-评价"的过程,在每一步 t 中,系统从环境中收集到一个状态与一个奖励,并采取一个动作。环境根据系统选择的动作,给系统一个反馈,即确定系统在下一步 $t+1$ 时刻的状态及奖励。然后系统再根据环境给出的反馈做下一步的决策。值得注意的是,系统的目的是长期回报的最大化,因此,系统在决策中并不会完全倾向于短期一步决策回报最大化。在不断学习的过程中,系统会有一定概率不断试错,不断调整策略,最终达到最优策略。

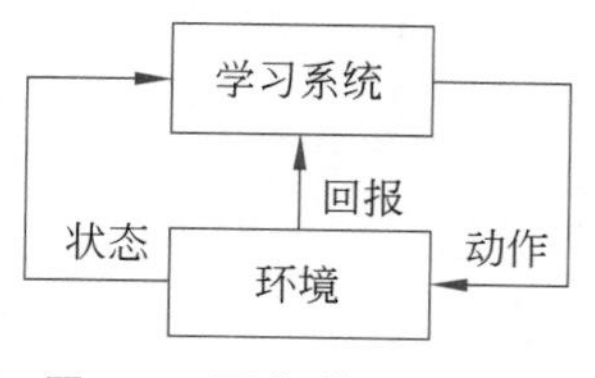

图 1-5 强化学习示意图

举一个简单的例子来说明强化学习。例如,在围棋大师与谷歌机器 AlphaGo 的对弈中,AlphaGo 利用蒙特卡洛树搜索,从大师的每一步落子中进行学习,并对自己上一步的决策评分,从而为下一步的选择进行规划,利用瞬间直觉对某一个特定位置和移动的可取性进行判断。

科学研究的过程也跟强化学习类似。科研人员在研究之前对最终的实验结果也没有十足的把握,也是采用不断试错的方法。在尝试的过程中,实验结果会给科研人员以反馈,再根据反馈结果对方法进行调整,经过不断调整,科研人员最终会确定最优的操作方法。

本小节介绍了强化学习,其目标就是从所有可能的学习策略中不断调整不断优化,最终选择回报最大的策略。其在信息论、博弈论、自动控制等领域都有相关应用,也可用于推荐系统、人机交互系统的设计。

1.4　机器学习的主要概念

机器学习的方法由模型、损失函数、优化算法、模型评估指标等几个要素构成。下面分别对以上要素进行介绍。

1.4.1　模型

机器学习首先要考虑使用什么样的模型。模型的类别大致有两种:概率模型(probabilistic model)和非概率模型(non-probabilistic model)。在监督学习中,概率模型可被表示为 $P(y|x)$,非概率模型则为 $y=f(x)$。其中,x 是输入,y 是输出。在无监督学习中,概率模型可被表示为 $P(z|x)$,非概率模型则为 $z=f(x)$。其中,x 是输入,z 是输出。

以监督学习为例,条件概率 $P(y|x)$ 和判别函数 $y=f(x)$ 可相互转换,即条件概率分布最大化后可得判别函数,判别函数归一化后可得条件概率。因此,二者的区别在于条件概率可表示成联合分布的形式,非条件概率则不一定。

在常见的机器学习算法中,决策树、朴素贝叶斯、隐马尔可夫模型、高斯混合模型属于概率模型。而感知机、SVM、KNN、AdaBoost、K-means 及神经网络均属于非概率模型。

对于非概率模型而言,可按照判别函数线性与否分成线性模型与非线性模型。本书介绍的感知机、线性支持向量机、KNN、K-means 是线性模型,而核支持向量机、AdaBoost、神经网络属于非线性模型。

1.4.2　损失函数

设置完模型后,还需要考虑按照什么标准评判模型选择的好坏。因此,需要设置损失函数。

在机器学习中常见的损失函数有以下 4 种。

1. 0-1 损失函数(0-1 loss function)

$$L(Y,f(X))=\begin{cases}1, & Y\neq f(X)\\0, & Y=f(X)\end{cases} \tag{1.1}$$

2. 平方损失函数(quadratic loss function)

$$L(Y,f(X))=(Y-f(X))^2 \tag{1.2}$$

3. 绝对损失函数(absolute loss function)

$$L(Y, f(X)) = |Y - f(X)| \tag{1.3}$$

4. 对数损失函数(logarithmic loss function)

$$L(Y, P(Y \mid X)) = -\log P(Y \mid X) \tag{1.4}$$

根据上述损失函数模型可知,损失函数值越小,模型性能越好。给定一个数据集,将训练数据集的平均损失称为经验风险。基于经验风险最小化原则,可构建全局损失函数求解最优化问题:

$$\min_f \frac{1}{N}\sum_{n=1}^{N} L(y_n, f(x_n)) \tag{1.5}$$

当样本数量足够大时,根据大数定理,经验风险会近似于模型的期望风险。此时,经验风险最小化能确保有好的学习性能。然而,当样本数量不足时,单单利用经验风险最小化可能会导致"过拟合"问题。

为此,在原有基础上加上用于控制模型复杂度的正则项(regularizer),得到结构最小化准则。具体定义是

$$\min_f \frac{1}{N}\sum_{n=1}^{N} L(y_n, f(x_n)) + \lambda J(f) \tag{1.6}$$

其中,$J(f)$代表对模型复杂度的惩罚。模型越复杂,$J(f)$越大;模型越简单,$J(f)$越小。λ 是一个正的常数,也叫正则化系数,用于平衡经验风险和模型复杂度。

一般来说,结构风险小的模型需要经验风险和模型复杂度同时小,因此对训练数据和测试数据都能有较好的拟合。

1.4.3 优化算法

算法指模型学习中的具体计算方法。一般来说,基于参数模型构建的统计学习问题都为最优化问题,它们都具有显式的解析解。现有的优化方法主要有梯度下降法、牛顿法、拟牛顿法、ADAM 等。具体的算法会在各自章节中介绍。在本书中,用梯度下降法作为主要的优化算法。

1.4.4 模型评估

当损失函数给定时,将基于模型训练数据的误差(training error)和测试数据的误差(testing error)作为模型评估的标准。

测试误差的具体定义为

$$E_{\text{test}} = \frac{1}{N'}\sum_{n=1}^{N'} L(y_n, \hat{f}(x_n)) \tag{1.7}$$

其中,N'为测试数据数量;$L(y_n, \hat{f}(x_n))$是损失函数;y_n 代表真实标签;$\hat{f}(x_n)$代表预测标签。

一般来说,若模型学习的效果好,则训练误差和测试误差接近一致。

1.5 机器学习的背景知识

机器学习的背景知识包含数学和编程两块内容。数学知识大体以高等数学、线性代数和概率统计三者为主,附带少量优化理论及矩阵理论的知识。至于编程工具,同学们可任意选择自己熟悉的语言。本书介绍的内容均是基于 Python 进行开发。

1.5.1 数学基础

机器学习,需要一定的数学基础,也需要一定的编程能力。如何在有限的计算资源下找出最优解。即,在目标函数及其导数的各种情形下,应该如何选择优化方法;各种方法的时间空间复杂度、收敛性如何;还要知道怎样构造目标函数,才便于用凸优化或其他框架来求解,这些都需要一定的数学基础。可以说,数学基础是机器学习从业人员的敲门砖。

而机器学习所需要的数学知识,包括了数学分析(微积分)、线性代数、概率论、统计、应用统计、数值分析、常微分方程、偏微分方程、数值偏微分方程、运筹学、离散数学、随机过程、随机偏微分方程、抽象代数、实变函数、泛函分析、复变函数、数学建模、拓扑、微分几何、渐近分析等。

这么多数学知识,不管是硕士阶段还是博士阶段的研究生,都没法学完全,必须有所取舍。本书整理出了机器学习最必须掌握的数学知识要点,最主要是高等数学、线性代数、概率论与数理统计三门课程的内容。

高等数学必须掌握的知识点:导数、微分、泰勒公式。

线性代数必须掌握的知识点:向量、矩阵、行列式、秩、线性方程组、特征值和特征向量。

概率论与数理统计必须掌握的知识点:随机事件和概率、概率的基本性质和公式、常见分布、期望、协方差。

1.5.2 编程基础

机器学习的编程语言没有限制,同学们可选用自己熟悉的语言对算法进行实现。本书的编程语言是 Python。Python 所需要掌握的知识点非常多,入门机器学习,至少需要掌握以下知识点。

(1) Python 环境的安装。

(2) Python 数据结构:列表、元组、集合、字典。

(3) Python 控制流:顺序结构、分支结构、循环结构。

(4) Python 函数:定义函数、调用函数、高阶函数。

(5) Python 主要模块:NumPy、Pandas、SciPy、Matplotlib、Scikit-learn。

限于篇幅,本书不对 Python 的基本语法进行讲解,但会在第 3 章对机器学习库 Scikit-learn 进行基本使用的介绍。

机器学习的开发流程

1.6 机器学习的开发流程

机器学习的一般步骤是怎么样呢？将机器学习的一般步骤与人类解决问题的流程进行对比，如图 1-6 所示。

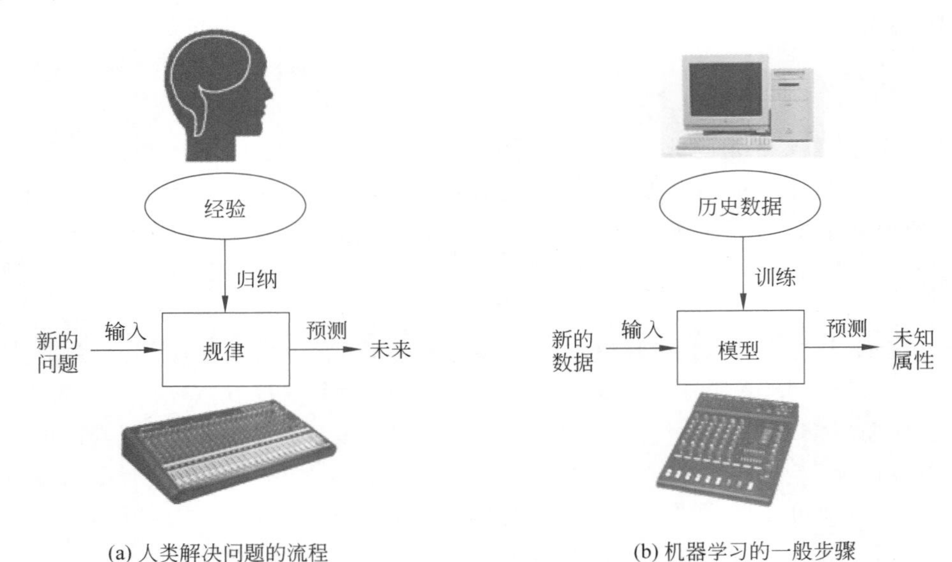

(a) 人类解决问题的流程　　(b) 机器学习的一般步骤

图 1-6　机器学习的一般步骤与人类解决问题的流程对比

人类根据经验归纳出事物的规律，当有新的问题时，可以通过规律来预测未来的情况，而机器学习通过历史数据进行训练，得到了训练好的模型，新的数据输入模型，可以预测未知属性。而训练模型的参数和超参数，就好像调音台的旋钮，假设调音台要播放古典音乐，调音师通过播放很多古典音乐(历史数据)，把调音台的旋钮调节好(训练模型)，然后，有新的古典音乐播放时，效果通常会非常不错。

机器学习的开发大致可分为以下 5 个步骤。

(1) 数据搜集。这一步非常重要，收集得到的数据的数量和质量将直接决定最后的学习性能。数据搜集通常通过数据库读取、日志文件读取、网络爬虫采集等。

(2) 数据清洗。需要将收集来的数据去重复、修正错误、填充缺失、属性归一化等，然后将数据保存成 csv 等格式的文件，为下一步的数据加载做准备。

(3) 特征工程。特征选择的好坏也影响最后的学习性能，可对上一步确定的自变量进行筛选，选择合适的特征以便更好地标注。

(4) 数据集拆分。将数据集拆分成训练数据和测试数据，分别用于模型训练和性能测试。拆分比例通常控制在 8∶2 或 7∶3。

(5) 数据建模。选择合适的算法如线性回归、决策树、随机森林、逻辑回归、SVM、神经网络等进行模型训练。可以通过交叉验证的方式选择性能最好的一个。一般来说，当训练集规模较小时，高偏差低方差分类器性能更优，因为低偏差高方差分类器容易过拟合；当训练集规模较大时，低偏差高方差分类器性能更优，因为高偏差低方差分类器不足以提供准确的模型。数据建模还包括性能评估，训练完成以后，可利用测试数据对模型进行测试，将真实数据输出值与预测输出值进行对比。评估指标有准确率、召回率、调和平均数等。

如图 1-7 所示，将机器学习的流程与西红柿炒鸡蛋的流程做了形象的对比。

(a) 机器学习的流程

(b) 西红柿炒鸡蛋的流程

图 1-7　机器学习开发流程的形象对比

数据搜集相当于买菜，搜集原料、数据清洗相当于洗菜，特征工程相当于切菜，而数据建模相当于烧菜。在绝大部分的机器学习过程中，数据搜集、数据清洗、特征工程这 3 个步骤占总时间的 80%～90%，而数据建模尽管占总时间比较少，但是，这部分的技术含量最高，通常由算法工程师完成，他们的工作就好比是酒店里的厨师，他们的工资会比厨房的其他工种的工资要高。

1.7　本书概述

本书主要面向本科生及没有机器学习基础的硕士研究生和博士研究生。读者可参照目录顺序首先对数学和编程基础知识进行学习回顾，然后分别对机器学习的各类算法进行学习。

1.7.1　本书结构

本书结构大体分为监督学习和无监督学习两部分。监督学习介绍多种常见的机器学习算法，如 KNN、线性回归、SVM、神经网络、朴素贝叶斯、逻辑回归等分类算法和回归算法。无监督学习则聚焦于聚类、降维等几大问题，并对 K-means、主成分分析（principal component analysis,PCA)等代表算法进行介绍。此外,还对关联规则的主要算法进行讲解。此外,本书还在第 2 章和第 3 章附上了所需的数学知识和机器学习库 Scikit-learn 的使用方法供读者参考。

1.7.2 学习路线

机器学习的学习需要理论与实践相结合。首先可对算法流程进行学习;然后对其中的数学推导进行反复推敲;最后可基于 Python 对算法进行实现,并使用公开数据集对实现的算法进行验证。

习题

一、单选题

1. (　　)是机器学习的合理定义。

A. 机器学习能使计算机在没有明确编程的情况下学习

B. 机器学习从标记的数据中学习

C. 机器学习是计算机编程的科学

D. 机器学习是允许机器人智能行动的领域

2. 一个计算机程序从经验 E 中学习任务 T,并用 P 来衡量表现。并且,T 的表现 P 随着经验 E 的增加而提高。假设我们给一个学习算法输入了很多历史天气的数据,让它学会预测天气。(　　)是 P 的合理选择。

A. 正确预测未来日期天气的概率

B. 计算大量历史气象数据的过程

C. 天气预报任务

D. 以上都不

3. 回归问题和分类问题的区别是(　　)。

A. 回归问题的输出值是连续的,分类问题的输出值是离散的

B. 回归问题有标签,分类问题没有标签

C. 回归问题的输出值是离散的,分类问题的输出值是连续的

D. 回归问题与分类问题在输入属性值上要求不同

4. 以下关于特征选择的说法正确的是(　　)。

A. 选择的特征需要尽可能反映不同事物之间的差异

B. 选择的特征越多越好

C. 选择的特征越少越好

D. 以上说法均不对

5. 一个包含 n 类的多分类问题,若采用一对剩余的方法,需要拆分(　　)次。

A. $n-1$　　B. 1　　C. n　　D. $n+1$

6. 机器学习方法传统上可以分为(　　)类。

A. 3　　B. 4　　C. 7　　D. 9

7. (　　)机器学习模型经过训练,能够根据其行为获得的奖励和反馈做出一系列决策。

A. 监督学习　　B. 无监督学习　　C. 强化学习　　D. 以上全部

8. 机器学习这个术语是由(　　)定义的。

A. James Gosling　　B. Arthur Samuel

C. Guido van Rossum　　D. 以上都不是

9. (　　)开发语言适合机器学习?

A. C 语言　　B. Java　　C. Python　　D. HTML

10. (　　)是机器学习的一部分,与神经网络一起工作。

A. 人工智能　　B. 深度学习　　C. A 和 B　　D. 以上都不是

11. (　　)是可用于标记数据的机器学习算法。

A. 回归算法　　B. 聚类算法

C. 关联规则算法　　D. 以上都不是

二、多选题

1. 谷歌新闻每天收集非常多的新闻,并运用(　　)方法将这些新闻分组,组成若干类有关联的新闻。于是,搜索时同一组新闻事件往往隶属同一主题,所以显示到一起。

A. 回归　　B. 分类　　C. 聚类　　D. 关联规则

2. (　　)不属于监督学习。

A. 聚类　　B. 降维　　C. 分类　　D. 回归

3. (　　)属于监督学习。

A. 回归　　B. 分类　　C. 聚类　　D. 关联规则

4. 机器学习的方法由(　　)等几个要素构成。

A. 模型　　B. 损失函数　　C. 优化算法　　D. 模型评估指标

5. 对于非概率模型而言,可按照判别函数线性与否分成线性模型与非线性模型。下面(　　)属于线性模型。

A. *K*-means　　B. KNN　　C. 感知机　　D. AdaBoost

三、判断题

1. 朴素贝叶斯属于概率模型。　　(　　)

2. 根据肿瘤的体积、患者的年龄来判断肿瘤的良性或恶性,这是一个回归问题。　　(　　)

3. 在大部分的机器学习过程中,数据搜集、数据清洗、特征工程这 3 个步骤占绝大部分时间,而数据建模占总时间比较少。　　(　　)

4. 已知你朋友的信息,例如,经常发 E-mail 的联系人,或者是你微博的好友、微信的朋友圈,可运用聚类方法自动地给朋友进行分组,做到让每组里的人们都彼此熟识。　　(　　)

参考文献

[1] NG A. Machine learning [EB/OL]. Stanford University, 2014. https://www.coursera.org/course/ml.

[2] 李航. 统计学习方法[M]. 2 版. 北京：清华大学出版社，2019.

[3] 周志华. 机器学习[M]. 北京：清华大学出版社，2016.

[4] HASTIE T, TIBSHIRANI R, FRIEDMAN J. The elements of statistical learning[M]. New York: Springer, 2001.

[5] BISHOP C M. Pattern recognition and machine learning[M]. New York: Springer, 2006.

[6] BOYD S, VANDENBERGHE L. Convex optimization[M]. Cambridge: Cambridge University Press, 2004.

[7] MITCHELL T M. Machine learning[M]. New York: McGraw-Hill Companies Inc, 1997.

第2章

数学基础回顾(选修)

2.1 数学基础的必要性

2.1.1 数学基础概述

机器学习的基础是数学,数学基础决定了机器学习从业人员的上限,想要学好机器学习,就必须学好数学。

2.1.2 符号定义

在本书中,在没有特殊说明的情况下,m 代表训练集中样本的数量,n 代表特征的数量。

x 代表特征/输入变量,如房间数、楼层等,构成一个含有多个变量的模型,模型中的特征为(x_1,x_2,…,x_n)。

y 代表目标变量/输出变量,在本书中用希腊字母表示很多常用的符号,因此本书在表2-1附上希腊字母的表示与读音,供读者参考。

表2-1 希腊字母表

大写	小写	英文注音	大写	小写	英文注音
A	α	alpha	Λ	λ	lambda
B	β	beta	M	μ	mu
Γ	γ	gamma	N	ν	nu
Δ	δ	delta	Ξ	ξ	xi
E	ε	epsilon	O	ο	omicron
Z	ζ	zeta	Π	π	pi
H	η	eta	P	ρ	rho
Θ	θ	theta	Σ	σ	sigma
I	ι	iota	T	τ	tau
K	κ	kappa	Υ	υ	upsilon
Ψ	ψ	psi	Φ	φ	phi
Ω	ω	omega	X	χ	chi

2.2 高等数学

高等数学必须掌握的知识点：导数、微分、泰勒公式。

2.2.1 导数的定义

导数(derivative)，也叫导函数值，又名微商，是微积分中的重要基础概念。当函数 $y=f(x)$的自变量 x 在一点 x_0 上产生一个增量 Δx 时，函数输出值的增量 Δy 与自变量增量 Δx 的比值在 Δx 趋于 0 时的极限 a 如果存在，a 即为函数 $y=f(x)$在点 x_0 处的导数，记作 $f'(x_0)$。

导数是函数的局部性质。一个函数在某一点的导数描述了这个函数在这一点附近的变化率。如果函数的自变量和取值都是实数的话，函数在某一点的导数就是该函数所代表的曲线在这一点上的切线斜率。导数的本质是通过极限的概念对函数进行局部的线性逼近。例如在运动学中，物体的位移对于时间的导数就是物体的瞬时速度。

图 2-1 是导数的示意图，当 x 在 x_0 上产生一个增量 Δx 时，函数输出值的增量为 Δy。

导数的公式：

$$f'(x_0)=\lim_{\Delta x\to 0}\frac{f(x_0+\Delta x)-f(x_0)}{\Delta x} \quad \text{或} \quad f'(x_0)=\lim_{x\to x_0}\frac{f(x)-f(x_0)}{x-x_0}$$

切线方程：$y-y_0=f'(x_0)(x-x_0)$

在图 2-1 中，T 为函数曲线在 P_0 点的切线，$f'(x_0)$为切线的斜率。

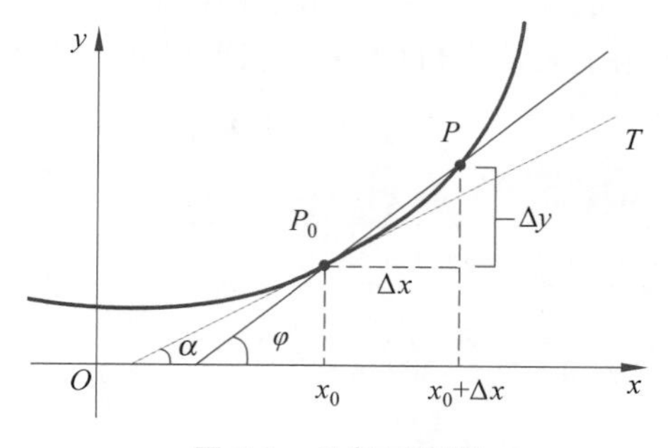

图 2-1 导数示意图

2.2.2 左右导数的几何意义和物理意义

函数 $f(x)$在点 x_0 处的左、右导数分别定义为

左导数

$$f'_-(x_0)=\lim_{\Delta x\to 0^-}\frac{f(x_0+\Delta x)-f(x_0)}{\Delta x}=\lim_{x\to x_0^-}\frac{f(x)-f(x_0)}{x-x_0}$$

右导数

$$f'_+(x_0)=\lim_{\Delta x\to 0^+}\frac{f(x_0+\Delta x)-f(x_0)}{\Delta x}=\lim_{x\to x_0^+}\frac{f(x)-f(x_0)}{x-x_0}$$

其中,$x=x_0+\Delta x$。

2.2.3　函数的可导性与连续性之间的关系

设函数 $y=f(x)$在点 x_0 的某邻域内有定义,如果当自变量的改变量 Δx 趋近于 0 时,相应函数的改变量 Δy 也趋近于 0,则称 $y=f(x)$在点 x_0 处连续。

定理 1:函数 $f(x)$在点 x_0 处可微$\Leftrightarrow f(x)$在点 x_0 处可导。

定理 2:若函数 $y=f(x)$在点 x_0 处可导,则 $y=f(x)$在点 x_0 处连续。反之则不成立,即函数连续不一定可导。

定理 3:$f'(x_0)$存在$\Leftrightarrow f'_-(x_0)=f'_+(x_0)$。

2.2.4　平面曲线的切线和法线

切线方程:$y-y_0=f'(x_0)(x-x_0)$

法线方程:$y-y_0=-\frac{1}{f'(x_0)}(x-x_0),f'(x_0)\neq 0$

2.2.5　四则运算法则

设函数 $u=u(x),v=v(x)$在点 x 处可导,则:

(1) $(u\pm v)'=u'\pm v'$。

(2) $(uv)'=uv'+vu',\mathrm{d}(uv)=u\mathrm{d}v+v\mathrm{d}u$。

(3) $\left(\frac{u}{v}\right)'=\frac{vu'-uv'}{v^2}(v\neq 0),\mathrm{d}\left(\frac{u}{v}\right)=\frac{v\mathrm{d}u-u\mathrm{d}v}{v^2}(v\neq 0)$。

2.2.6　基本导数与微分表

(1) $y=c$(c 为常数),则 $y'=0,\mathrm{d}y=0$。

(2) $y=x^\alpha$(α 为实数),则 $y'=\alpha x^{\alpha-1},\mathrm{d}y=\alpha x^{\alpha-1}\mathrm{d}x$。

(3) $y=a^x$,则 $y'=a^x\ln a,\mathrm{d}y=a^x\ln a\,\mathrm{d}x$,特例$(\mathrm{e}^x)'=\mathrm{e}^x\,\mathrm{d}(\mathrm{e}^x)=\mathrm{e}^x\mathrm{d}x$。

(4) $y=\log_a x$,则 $y'=\frac{1}{x\ln a},\mathrm{d}y=\frac{1}{x\ln a}\mathrm{d}x$,特例 $y=\ln x,(\ln x)'=\frac{1}{x}\mathrm{d}(\ln x)=\frac{1}{x}\mathrm{d}x$。

(5) $y=\sin x$,则 $y'=\cos x,\mathrm{d}(\sin x)=\cos x\,\mathrm{d}x$。

(6) $y=\cos x$,则 $y'=-\sin x,\mathrm{d}(\cos x)=-\sin x\,\mathrm{d}x$。

(7) $y=\tan x$,则 $y'=\frac{1}{\cos^2 x}=\sec^2 x,\mathrm{d}(\tan x)=\sec^2 x\,\mathrm{d}x$。

(8) $y=\cot x$,则 $y'=-\frac{1}{\sin^2 x}=-\csc^2 x,\mathrm{d}(\cot x)=-\csc^2 x\,\mathrm{d}x$。

(9) $y=\sec x$,则 $y'=\sec x\tan x,\mathrm{d}(\sec x)=\sec x\tan x\,\mathrm{d}x$。

(10) $y=\csc x$,则 $y'=-\csc x\cot x,\mathrm{d}(\csc x)=-\csc x\cot x\,\mathrm{d}x$。

(11) $y=\arcsin x$，则 $y'=\frac{1}{\sqrt{1-x^2}}$，$d(\arcsin x)=\frac{1}{\sqrt{1-x^2}}dx$。

(12) $y=\arccos x$，则 $y'=-\frac{1}{\sqrt{1-x^2}}$，$d(\arccos x)=-\frac{1}{\sqrt{1-x^2}}dx$。

(13) $y=\arctan x$，则 $y'=\frac{1}{1+x^2}$，$d(\arctan x)=\frac{1}{1+x^2}dx$。

(14) $y=\text{arccot}x$，则 $y'=-\frac{1}{1+x^2}$，$d(\text{arccot}x)=-\frac{1}{1+x^2}dx$。

(15) $y=\text{sh}x$，则 $y'=\text{ch}x\,d(\text{sh}x)=\text{ch}x\,dx$。

(16) $y=\text{ch}x$，则 $y'=\text{sh}x\,d(\text{ch}x)=\text{sh}x\,dx$。

2.2.7 复合函数、反函数、隐函数及参数方程所确定的函数的微分法

1. 反函数的运算法则

设 $y=f(x)$ 在点 x 的某邻域内单调连续，在点 x 处可导且 $f'(x)\neq 0$，则其反函数在点 x 所对应的点 y 处可导，并且有 $\frac{dy}{dx}=\frac{1}{\frac{dx}{dy}}$。

2. 复合函数的运算法则

若 $\mu=\varphi(x)$ 在点 x 处可导，而 $y=f(\mu)$ 在对应点 $\mu(\mu=\varphi(x))$ 处可导，则复合函数 $y=f(\varphi(x))$ 在点 x 处可导，且 $y'=f'(\mu)\cdot\varphi'(x)$。

3. 隐函数导数 $\frac{dy}{dx}$ 的求法

一般有以下 3 种方法。

(1) 方程两边对 x 求导，要记住 y 是 x 的函数，则 y 的函数是 x 的复合函数。例如 $\frac{1}{y}$，y^2，$\ln y$，e^y 等均是 x 的复合函数，对 x 求导应按照复合函数连锁法则。

(2) 公式法。由 $F(x,y)=0$ 知 $\frac{dy}{dx}=-\frac{F'_x(x,y)}{F'_y(x,y)}$，其中，$F'_x(x,y)$、$F'_y(x,y)$ 分别表示 $F(x,y)$ 对 x 和 y 的偏导数。

(3) 利用微分形式不变性。

2.2.8 常用高阶导数公式

(1) $(a^x)^{(n)}=a^x\ln^n a\,(a>0)$，$(e^x)^{(n)}=e^x$。

(2) $(\sin kx)^{(n)}=k^n\sin\left(kx+n\cdot\frac{\pi}{2}\right)$。

(3) $(\cos kx)^{(n)}=k^n\cos\left(kx+n\cdot\frac{\pi}{2}\right)$。

(4) $(x^m)^{(n)}=m(m-1)\cdots(m-n+1)x^{m-n}$。

(5) $(\ln x)^{(n)}=(-1)^{(n-1)}\dfrac{(n-1)!}{x^n}$。

(6) 莱布尼茨公式:若 $u(x)$、$v(x)$均 n 阶可导,则

$(uv)^{(n)}=\sum\limits_{i=0}^{n}c_n^i u^{(i)}v^{(n-i)}$,其中,$u^{(0)}=u$,$v^{(0)}=v$。

2.2.9　微分中值定理

1. 费马定理

若函数 $f(x)$满足条件:

(1) 函数 $f(x)$在点 x_0 的某邻域内有定义,并且在此邻域内恒有

$$f(x)\leqslant f(x_0)\quad 或\quad f(x)\geqslant f(x_0)$$

(2) $f(x)$在点 x_0 处可导,则有

$$f'(x_0)=0$$

2. 罗尔中值定理

设函数 $f(x)$满足条件:

①在闭区间$[a,b]$上连续;②在(a,b)内可导;③$f(a)=f(b)$。

则在(a,b)内存在一个 ξ,使 $f'(\xi)=0$。

3. 拉格朗日中值定理

设函数 $f(x)$满足条件:

①在$[a,b]$上连续;②在(a,b)内可导。

则在(a,b)内存在一个 ξ,使$\dfrac{f(b)-f(a)}{b-a}=f'(\xi)$。

4. 柯西中值定理

设函数 $f(x)$、$g(x)$满足条件:

①在$[a,b]$上连续;②在(a,b)内可导且 $f'(x)$、$g'(x)$均存在,且 $g'(x)\neq 0$。

则在(a,b)内存在一个 ξ,使$\dfrac{f(b)-f(a)}{g(b)-g(a)}=\dfrac{f'(\xi)}{g'(\xi)}$。

2.2.10　泰勒公式

1. 泰勒公式定义

设函数 $f(x)$在点 x_0 的某邻域内具有 $n+1$ 阶导数,则对该邻域内异于点 x_0 的任意点 x,在 x_0 与 x 之间至少存在一个 ξ,使得

$$f(x)=f(x_0)+f'(x_0)(x-x_0)+\frac{1}{2!}f''(x_0)(x-x_0)^2+\cdots$$

$$+\frac{f^{(n)}(x_0)}{n!}(x-x_0)^n+R_n(x)$$

其中,$R_n(x)=\frac{f^{(n+1)}(\xi)}{(n+1)!}(x-x_0)^{n+1}$称为 $f(x)$在点 x_0 处的 n 阶泰勒余项。

2. 麦克劳林公式

令 $x_0=0$,则 n 阶泰勒公式

$$f(x)=f(0)+f'(0)x+\frac{1}{2!}f''(0)x^2+\cdots+\frac{f^{(n)}(0)}{n!}x^n+R_n(x)\cdots$$

其中,$R_n(x)=\frac{f^{(n+1)}(\xi)}{(n+1)!}x^{n+1}$;$\xi$ 在 0 与 x 之间。上面的公式称为麦克劳林公式。

3. 常用的 5 种函数在 $\mathbf{x_0=0}$ 处的泰勒公式

(1) $e^x=1+x+\frac{1}{2!}x^2+\cdots+\frac{1}{n!}x^n+\frac{x^{n+1}}{(n+1)!}e^{\xi}$

或 $e^x=1+x+\frac{1}{2!}x^2+\cdots+\frac{1}{n!}x^n+o(x^n)$。

(2) $\sin x=x-\frac{1}{3!}x^3+\cdots+\frac{x^n}{n!}\sin\frac{n\pi}{2}+\frac{x^{n+1}}{(n+1)!}\sin\left(\xi+\frac{n+1}{2}\pi\right)$

或 $\sin x=x-\frac{1}{3!}x^3+\cdots+\frac{x^n}{n!}\sin\frac{n\pi}{2}+o(x^n)$。

(3) $\cos x=1-\frac{1}{2!}x^2+\cdots+\frac{x^n}{n!}\cos\frac{n\pi}{2}+\frac{x^{n+1}}{(n+1)!}\cos\left(\xi+\frac{n+1}{2}\pi\right)$

或 $\cos x=1-\frac{1}{2!}x^2+\cdots+\frac{x^n}{n!}\cos\frac{n\pi}{2}+o(x^n)$。

(4) $\ln(1+x)=x-\frac{1}{2}x^2+\frac{1}{3}x^3-\cdots+(-1)^{n-1}\frac{x^n}{n}+\frac{(-1)^n x^{n+1}}{(n+1)(1+\xi)^{n+1}}$

或 $\ln(1+x)=x-\frac{1}{2}x^2+\frac{1}{3}x^3-\cdots+(-1)^{n-1}\frac{x^n}{n}+o(x^n)$。

(5) $(1+x)^m=1+mx+\frac{m(m-1)}{2!}x^2+\cdots+\frac{m(m-1)\cdots(m-n+1)}{n!}x^n+$

$$\frac{m(m-1)\cdots(m-n+1)}{(n+1)!}x^{n+1}(1+\xi)^{m-n-1}$$

或$(1+x)^m=1+mx+\frac{m(m-1)}{2!}x^2+\cdots+\frac{m(m-1)\cdots(m-n+1)}{n!}x^n+o(x^n)$。

2.2.11 函数单调性的判断

定理 1:设函数 $f(x)$在开区间(a,b)内可导,如果对任意的 $x\in(a,b)$,都有 $f'(x)>0$(或 $f'(x)<0$),则函数 $f(x)$在(a,b)内单调增加(或单调减少)。

定理 2:(取极值的必要条件)设函数 $f(x)$在点 x_0 处可导,且在点 x_0 处取极值,则

$f'(x_0)=0$。

定理3:(取极值的第一充分条件)设函数 $f(x)$ 在点 x_0 的某一邻域内可微,且 $f'(x_0)=0$(或 $f(x)$ 在点 x_0 处连续,但 $f'(x_0)$ 不存在)。

(1) 若当 x 经过 x_0 时,$f'(x)$ 由"+"变"−",则 $f(x_0)$ 为极大值。

(2) 若当 x 经过 x_0 时,$f'(x)$ 由"−"变"+",则 $f(x_0)$ 为极小值。

(3) 若 $f'(x)$ 经过 $x=x_0$ 的两侧不变号,则 $f(x_0)$ 不是极值。

定理4:(取极值的第二充分条件)设 $f(x)$ 在点 x_0 处有 $f''(x)\neq 0$,且 $f'(x_0)=0$,则当 $f''(x_0)<0$ 时,$f(x_0)$ 为极大值;当 $f''(x_0)>0$ 时,$f(x_0)$ 为极小值。

注意:如果 $f''(x_0)=0$,此方法失效。

2.2.12 函数凹凸性的判断

定理1:(凹凸性的判别定理)若在定义域上 $f''(x)<0$(或 $f''(x)>0$),则 $f(x)$ 在定义域上是凸的(或凹的)。

定理2:(拐点的判别定理1)若在点 x_0 处 $f''(x)=0$(或 $f''(x)$ 不存在),当 x 变动经过 x_0 时,$f''(x)$ 变号,则 $(x_0,f(x_0))$ 为拐点。

定理3:(拐点的判别定理2)设 $f(x)$ 在点 x_0 的某邻域内有3阶导数,且 $f''(x)=0$、$f'''(x)\neq 0$,则 $(x_0,f(x_0))$ 为拐点。

2.3 线性代数

线性代数必须掌握的知识点:向量、矩阵、行列式、秩、线性方程组、特征值和特征向量。

线性代数提供了一种紧凑地表示和操作线性方程组的方法。例如,如下方程组:

$$\begin{cases}4x_1-5x_2=-13\\-2x_1+3x_2=9\end{cases}$$

这是两个方程和两个变量,从高中代数中可知,能够找到 x_1 和 x_2 的唯一解(除非方程以某种方式退化,例如,如果第二个方程只是第一个方程的倍数,但在上面的情况下,实际上只有一个唯一解)。在矩阵表示法中,我们可以更紧凑地表达:

$$\boldsymbol{Ax}=\boldsymbol{b}$$

$$\boldsymbol{A}=\begin{bmatrix}4&-5\\-2&3\end{bmatrix},\quad \boldsymbol{b}=\begin{bmatrix}-13\\9\end{bmatrix}$$

可以看到,这种形式的线性方程有许多优点(如明显地节省空间)。

2.3.1 基本概念

使用以下符号。

$\boldsymbol{A}\in\mathbb{R}^{m\times n}$,表示 $\boldsymbol{A}$ 为由实数组成的具有 m 行和 n 列的矩阵。即 $m\times n$ 个数 a_{ij} 排成 m

行 n 列的表格 $\begin{bmatrix} a_{11} & a_{12} & \cdots & a_{1n} \\ a_{21} & a_{22} & \cdots & a_{2n} \\ \vdots & \vdots & \ddots & \vdots \\ a_{m1} & a_{m2} & \cdots & a_{mn} \end{bmatrix}$,称为矩阵,简记为 $\boldsymbol{A}$。若 $m=n$,则称 $\boldsymbol{A}$ 为 n 阶方阵。

$\boldsymbol{x}\in\mathbb{R}^n$,表示 $\boldsymbol{x}$ 为具有 n 个元素的向量。通常,向量 $\boldsymbol{x}$ 表示列向量,即具有 n 行和 1 列的矩阵。如果想要明确地表示行向量:具有 1 行和 n 列的矩阵,通常写作 $\boldsymbol{x}^{\mathrm{T}}$(这里 $\boldsymbol{x}^{\mathrm{T}}$ 为 $\boldsymbol{x}$ 的转置)。

x_i 表示向量 $\boldsymbol{x}$ 的第 i 个元素。

$$\boldsymbol{x}=\begin{bmatrix} x_1 \\ x_2 \\ \vdots \\ x_n \end{bmatrix}$$

通常使用符号 a_{ij}(或 A_{ij}、$A_{i,j}$ 等)来表示第 i 行和第 j 列中的 $\boldsymbol{A}$ 的元素:

$$\boldsymbol{A}=\begin{bmatrix} a_{11} & a_{12} & \cdots & a_{1n} \\ a_{21} & a_{22} & \cdots & a_{2n} \\ \vdots & \vdots & \ddots & \vdots \\ a_{m1} & a_{m2} & \cdots & a_{mn} \end{bmatrix}$$

用 $\boldsymbol{a}^j$ 或者 $\boldsymbol{A}_{:,j}$ 表示矩阵 $\boldsymbol{A}$ 的第 j 列:

$$\boldsymbol{A}=\begin{bmatrix} | & | & & | \\ \boldsymbol{a}^1 & \boldsymbol{a}^2 & \cdots & \boldsymbol{a}^n \\ | & | & & | \end{bmatrix}$$

用 $\boldsymbol{a}_i^{\mathrm{T}}$ 或者 $\boldsymbol{A}_{i,:}$ 表示矩阵 $\boldsymbol{A}$ 的第 i 行:

$$\boldsymbol{A}=\begin{bmatrix} - \boldsymbol{a}_1^{\mathrm{T}} - \\ - \boldsymbol{a}_2^{\mathrm{T}} - \\ \vdots \\ - \boldsymbol{a}_m^{\mathrm{T}} - \end{bmatrix}$$

在本书中,除非有说明,否则默认的向量是列向量。

2.3.2 矩阵乘法

两个矩阵相乘,其中 $\boldsymbol{A}\in\mathbb{R}^{m\times n}$,$\boldsymbol{B}\in\mathbb{R}^{n\times p}$,则

$$\boldsymbol{C}=\boldsymbol{AB}\in\mathbb{R}^{m\times p}$$

其中

$$C_{ij}=\sum_{k=1}^{n}A_{ik}B_{kj}$$

如图 2-2 所示,为了使矩阵乘积存在,$\boldsymbol{A}$ 中的列数必须等于 $\boldsymbol{B}$ 中的行数,这就是维度匹配。

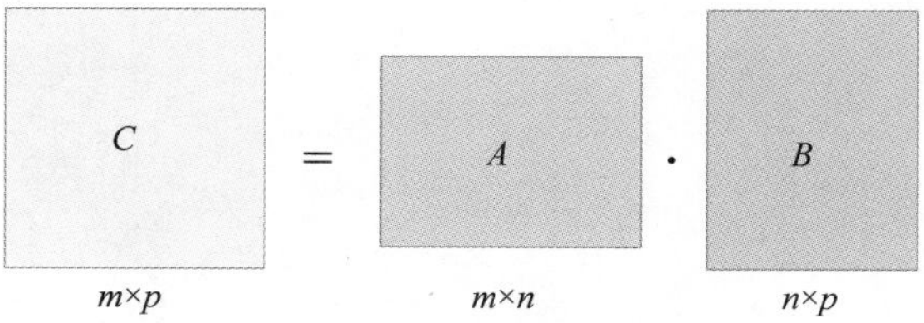

C = A · B

m×p m×n n×p

图 2-2 矩阵相乘示意图

2.3.3 向量-向量乘法

给定两个向量 $\boldsymbol{x},\boldsymbol{y}\in\mathbb{R}^n$,$\boldsymbol{x}^{\mathrm{T}}\boldsymbol{y}$ 通常称为向量内积或点积,其结果是实数。

$$\boldsymbol{x}^{\mathrm{T}}\boldsymbol{y}\in\mathbb{R}=\begin{bmatrix}x_1 & x_2 & \cdots & x_n\end{bmatrix}\begin{bmatrix}y_1\\y_2\\\vdots\\y_n\end{bmatrix}=\sum_{i=1}^{n}x_iy_i$$

注意:$\boldsymbol{x}^{\mathrm{T}}\boldsymbol{y}=\boldsymbol{y}^{\mathrm{T}}\boldsymbol{x}$ 始终成立。

给定向量 $\boldsymbol{x}\in\mathbb{R}^m$,$\boldsymbol{y}\in\mathbb{R}^n$(它们的维度是否相同都没关系),$\boldsymbol{x}\boldsymbol{y}^{\mathrm{T}}\in\mathbb{R}^{m\times n}$ 叫作向量外积,当$(\boldsymbol{x}\boldsymbol{y}^{\mathrm{T}})_{ij}=x_iy_j$ 时,它是一个矩阵。

$$\boldsymbol{x}\boldsymbol{y}^{\mathrm{T}}\in\mathbb{R}^{m\times n}=\begin{bmatrix}x_1\\x_2\\\vdots\\x_m\end{bmatrix}\begin{bmatrix}y_1 & y_2 & \cdots & y_n\end{bmatrix}=\begin{bmatrix}x_1y_1 & x_1y_2 & \cdots & x_1y_n\\x_2y_1 & x_2y_2 & \cdots & x_2y_n\\\vdots & \vdots & \ddots & \vdots\\x_my_1 & x_my_2 & \cdots & x_my_n\end{bmatrix}$$

举一个如何使用外积的例子:让 $\mathbf{1}\in\mathbb{R}^n$ 表示一个 n 维向量,其元素都等于 1,此外,考虑矩阵 $\boldsymbol{A}\in\mathbb{R}^{m\times n}$,其列全部等于某个向量 $\boldsymbol{x}\in\mathbb{R}^m$。可以使用外积紧凑地表示矩阵 $\boldsymbol{A}$:

$$\boldsymbol{A}=\begin{bmatrix}| & | & & |\\\boldsymbol{x} & \boldsymbol{x} & \cdots & \boldsymbol{x}\\| & | & & |\end{bmatrix}=\begin{bmatrix}x_1 & x_1 & \cdots & x_1\\x_2 & x_2 & \cdots & x_2\\\vdots & \vdots & \ddots & \vdots\\x_m & x_m & \cdots & x_m\end{bmatrix}=\begin{bmatrix}x_1\\x_2\\\vdots\\x_m\end{bmatrix}\begin{bmatrix}1 & 1 & \cdots & 1\end{bmatrix}=\boldsymbol{x}\mathbf{1}^{\mathrm{T}}$$

2.3.4 矩阵-向量乘法

给定矩阵 $\boldsymbol{A}\in\mathbb{R}^{m\times n}$,向量 $\boldsymbol{x}\in\mathbb{R}^n$,它们的积是向量 $\boldsymbol{y}=\boldsymbol{A}\boldsymbol{x}\in\mathbb{R}^m$。有以下几种方法可以查看矩阵-向量乘法。

如果按行写 $\boldsymbol{A}$,那么 $\boldsymbol{A}\boldsymbol{x}$ 可以表示为

$$\boldsymbol{y}=\boldsymbol{A}\boldsymbol{x}=\begin{bmatrix}- & \boldsymbol{a}_1^{\mathrm{T}} & -\\- & \boldsymbol{a}_2^{\mathrm{T}} & -\\ & \vdots & \\- & \boldsymbol{a}_m^{\mathrm{T}} & -\end{bmatrix}\boldsymbol{x}=\begin{bmatrix}\boldsymbol{a}_1^{\mathrm{T}}\boldsymbol{x}\\\boldsymbol{a}_2^{\mathrm{T}}\boldsymbol{x}\\\vdots\\\boldsymbol{a}_m^{\mathrm{T}}\boldsymbol{x}\end{bmatrix}$$

换句话说,第 i 个 $\boldsymbol{y}$ 是 $\boldsymbol{A}$ 的第 i 行和 $\boldsymbol{x}$ 的内积,即 $\boldsymbol{y}_i=\boldsymbol{a}_i^{\mathrm{T}}\boldsymbol{x}$。

同样地,可以把 $\boldsymbol{A}$ 写成列的方式,则公式如下:

$$\boldsymbol{y}=\boldsymbol{A}\boldsymbol{x}=\begin{bmatrix} | & | & & | \\ \boldsymbol{a}^1 & \boldsymbol{a}^2 & \cdots & \boldsymbol{a}^n \\ | & | & & | \end{bmatrix}\begin{bmatrix} x_1 \\ x_2 \\ \vdots \\ x_n \end{bmatrix}=[\boldsymbol{a}_1]x_1+[\boldsymbol{a}_2]x_2+\cdots+[\boldsymbol{a}_n]x_n$$

换句话说,$\boldsymbol{y}$ 是 $\boldsymbol{A}$ 的列的线性组合,其中线性组合的系数由 $\boldsymbol{x}$ 的元素给出。

到目前为止,一直在右侧乘以列向量,但也可以在左侧乘以行向量。这时写作,$\boldsymbol{y}^{\mathrm{T}}=\boldsymbol{x}^{\mathrm{T}}\boldsymbol{A}$,表示 $\boldsymbol{A}\in\mathbb{R}^{m\times n}$,$\boldsymbol{x}\in\mathbb{R}^m$,$\boldsymbol{y}\in\mathbb{R}^n$。同样地,可以用两种可行的方式表达 $\boldsymbol{y}^{\mathrm{T}}$,这取决于是否根据行或列表达 $\boldsymbol{A}$。

第一种情况,将 $\boldsymbol{A}$ 用列表示:

$$\boldsymbol{y}^{\mathrm{T}}=\boldsymbol{x}^{\mathrm{T}}\boldsymbol{A}=\boldsymbol{x}^{\mathrm{T}}\begin{bmatrix} | & | & & | \\ \boldsymbol{a}^1 & \boldsymbol{a}^2 & \cdots & \boldsymbol{a}^n \\ | & | & & | \end{bmatrix}=[\boldsymbol{x}^{\mathrm{T}}\boldsymbol{a}^1 \quad \boldsymbol{x}^{\mathrm{T}}\boldsymbol{a}^2 \quad \cdots \quad \boldsymbol{x}^{\mathrm{T}}\boldsymbol{a}^n]$$

这表明 $\boldsymbol{y}^{\mathrm{T}}$ 的第 i 个元素等于 $\boldsymbol{x}$ 和 $\boldsymbol{A}$ 的第 i 列的内积。

最后,根据行表示 $\boldsymbol{A}$,得到了向量-矩阵乘积的最终表示形式:

$$\begin{aligned}\boldsymbol{y}^{\mathrm{T}}=\boldsymbol{x}^{\mathrm{T}}\boldsymbol{A}&=[x_1 \quad x_2 \quad \cdots \quad x_n]\begin{bmatrix} -\boldsymbol{a}_1^{\mathrm{T}}- \\ -\boldsymbol{a}_2^{\mathrm{T}}- \\ \vdots \\ -\boldsymbol{a}_m^{\mathrm{T}}- \end{bmatrix}\\ &=x_1[-\boldsymbol{a}_1^{\mathrm{T}}-]+x_2[-\boldsymbol{a}_2^{\mathrm{T}}-]+\cdots+x_n[-\boldsymbol{a}_n^{\mathrm{T}}-]\end{aligned}$$

所以可以看到 $\boldsymbol{y}^{\mathrm{T}}$ 是 $\boldsymbol{A}$ 的行的线性组合,其中线性组合的系数由 $\boldsymbol{x}$ 的元素给出。

2.3.5 矩阵-矩阵乘法

有了这些知识,现在可以看看 4 种不同的(形式不同,但结果是相同的)矩阵乘法形式。

矩阵-矩阵乘法:也就是本节开头所定义的 $\boldsymbol{C}=\boldsymbol{A}\boldsymbol{B}$ 的乘法。

首先,可以将矩阵-矩阵乘法视为一组向量-向量乘积。从定义中可以得出:最明显的观点是 $\boldsymbol{C}$ 的(i,j)元素等于 $\boldsymbol{A}$ 的第 i 行和 $\boldsymbol{B}$ 的第 j 列的内积。如下面的公式所示:

$$\boldsymbol{C}=\boldsymbol{A}\boldsymbol{B}=\begin{bmatrix} -\boldsymbol{a}_1^{\mathrm{T}}- \\ -\boldsymbol{a}_2^{\mathrm{T}}- \\ \vdots \\ -\boldsymbol{a}_m^{\mathrm{T}}- \end{bmatrix}\begin{bmatrix} | & | & & | \\ \boldsymbol{b}_1 & \boldsymbol{b}_2 & \cdots & \boldsymbol{b}_p \\ | & | & & | \end{bmatrix}=\begin{bmatrix} \boldsymbol{a}_1^{\mathrm{T}}\boldsymbol{b}_1 & \boldsymbol{a}_1^{\mathrm{T}}\boldsymbol{b}_2 & \cdots & \boldsymbol{a}_1^{\mathrm{T}}\boldsymbol{b}_p \\ \boldsymbol{a}_2^{\mathrm{T}}\boldsymbol{b}_1 & \boldsymbol{a}_2^{\mathrm{T}}\boldsymbol{b}_2 & \cdots & \boldsymbol{a}_2^{\mathrm{T}}\boldsymbol{b}_p \\ \vdots & \vdots & \ddots & \vdots \\ \boldsymbol{a}_m^{\mathrm{T}}\boldsymbol{b}_1 & \boldsymbol{a}_m^{\mathrm{T}}\boldsymbol{b}_2 & \cdots & \boldsymbol{a}_m^{\mathrm{T}}\boldsymbol{b}_p \end{bmatrix}$$

这里的 $\boldsymbol{A}\in\mathbb{R}^{m\times n}$;$\boldsymbol{B}\in\mathbb{R}^{n\times p}$;$\boldsymbol{a}_i\in\mathbb{R}^n$;$\boldsymbol{b}_j\in\mathbb{R}^n$;所以它们可以计算内积。通常用行表示 $\boldsymbol{A}$ 而用列表示 $\boldsymbol{B}$。或者,可以用列表示 $\boldsymbol{A}$,用行表示 $\boldsymbol{B}$,这时 $\boldsymbol{A}\boldsymbol{B}$ 是求外积的和。公式如下:

$$\boldsymbol{C}=\boldsymbol{A}\boldsymbol{B}=\begin{bmatrix} | & | & & | \\ \boldsymbol{a}_1 & \boldsymbol{a}_2 & \cdots & \boldsymbol{a}_n \\ | & | & & | \end{bmatrix}\begin{bmatrix} - & \boldsymbol{b}_1^{\mathrm{T}} & - \\ - & \boldsymbol{b}_2^{\mathrm{T}} & - \\ & \vdots & \\ - & \boldsymbol{b}_n^{\mathrm{T}} & - \end{bmatrix}=\sum_{i=1}^{n}\boldsymbol{a}_i\boldsymbol{b}_i^{\mathrm{T}}$$

换句话说,$\boldsymbol{AB}$ 等于所有的 $\boldsymbol{A}$ 的第 i 列和 $\boldsymbol{B}$ 的第 i 行的外积的和。因此,在这种情况下,$\boldsymbol{a}_i \in \mathbb{R}^m$ 和 $\boldsymbol{b}_i \in \mathbb{R}^p$,外积 $\boldsymbol{a}_i \boldsymbol{b}_i^{\mathrm{T}}$ 的维度是 $m \times p$,与 $\boldsymbol{C}$ 的维度一致。

其次,还可以将矩阵-矩阵乘法视为一组矩阵向量积。如果把 $\boldsymbol{B}$ 用列表示,可以将 $\boldsymbol{C}$ 的列视为 $\boldsymbol{A}$ 和 $\boldsymbol{B}$ 的列的矩阵向量积。公式如下:

$$\boldsymbol{C} = \boldsymbol{AB} = \boldsymbol{A} \begin{bmatrix} | & | & & | \\ \boldsymbol{b}_1 & \boldsymbol{b}_2 & \cdots & \boldsymbol{b}_p \\ | & | & & | \end{bmatrix} = \begin{bmatrix} | & | & & | \\ \boldsymbol{Ab}_1 & \boldsymbol{Ab}_2 & \cdots & \boldsymbol{Ab}_p \\ | & | & & | \end{bmatrix}$$

这里 $\boldsymbol{C}$ 的第 i 列由矩阵向量乘积给出,右边的向量为 $\boldsymbol{c}_i = \boldsymbol{Ab}_i$。这些矩阵向量乘积可以使用 2.3.4 节中给出的两个观点来解释。最后,类似的,用行表示 $\boldsymbol{A}$、$\boldsymbol{C}$ 的行作为 $\boldsymbol{A}$ 和 $\boldsymbol{C}$ 行之间的矩阵向量积。公式如下:

$$\boldsymbol{C} = \boldsymbol{AB} = \begin{bmatrix} - & \boldsymbol{a}_1^{\mathrm{T}} & - \\ - & \boldsymbol{a}_2^{\mathrm{T}} & - \\ & \vdots & \\ - & \boldsymbol{a}_m^{\mathrm{T}} & - \end{bmatrix} \boldsymbol{B} = \begin{bmatrix} - & \boldsymbol{a}_1^{\mathrm{T}}\boldsymbol{B} & - \\ - & \boldsymbol{a}_2^{\mathrm{T}}\boldsymbol{B} & - \\ & \vdots & \\ - & \boldsymbol{a}_m^{\mathrm{T}}\boldsymbol{B} & - \end{bmatrix}$$

这里第 i 行的 $\boldsymbol{C}$ 由左边的向量的矩阵向量乘积给出:$\boldsymbol{c}_i^{\mathrm{T}} = \boldsymbol{a}_i^{\mathrm{T}}\boldsymbol{B}$。

这些不同方法的直接优势在于它们允许在向量的级别而不是标量的级别上进行操作。为了完全理解线性代数从而不会迷失在复杂的索引操作中,关键是要用尽可能多的概念进行操作。

事实上,所有的线性代数都处理为某种矩阵乘法,花一些时间对这里提出的观点进行直观的理解非常必要。

除此之外,了解一些更高级别的矩阵乘法的基本属性也很有必要。

(1) 矩阵乘法结合律:$(\boldsymbol{AB})\boldsymbol{C} = \boldsymbol{A}(\boldsymbol{BC})$。

(2) 矩阵乘法分配律:$\boldsymbol{A}(\boldsymbol{B} + \boldsymbol{C}) = \boldsymbol{AB} + \boldsymbol{AC}$。

(3) 矩阵乘法通常不是可交换的;也就是说,通常 $\boldsymbol{AB} \neq \boldsymbol{BA}$。

例如,假设 $\boldsymbol{A} \in \mathbb{R}^{m \times n}$,$\boldsymbol{B} \in \mathbb{R}^{n \times p}$,如果 m 和 q 不相等,矩阵乘积 $\boldsymbol{BA}$ 甚至不存在!

2.3.6　单位矩阵和对角矩阵

1. 单位矩阵

$\boldsymbol{I} \in \mathbb{R}^{n \times n}$,它是一个方阵,对角线的元素是 1,其余元素都是 0:

$$I_{ij} = \begin{cases} 1, & i = j \\ 0, & i \neq j \end{cases}$$

对于所有的 $\boldsymbol{A} \in \mathbb{R}^{m \times n}$,有

$$\boldsymbol{AI} = \boldsymbol{A} = \boldsymbol{IA}$$

注意,在某种意义上,单位矩阵的表示法是不明确的,因为它没有指定 $\boldsymbol{I}$ 的维数。通常,$\boldsymbol{I}$ 的维数是从上下文推断出来的,以便使矩阵乘法成为可能。例如,在上面的等式中,$\boldsymbol{AI} = \boldsymbol{A}$ 中的 $\boldsymbol{I}$ 是 $n \times n$ 矩阵,而 $\boldsymbol{A} = \boldsymbol{IA}$ 中的 $\boldsymbol{I}$ 是 $m \times m$ 矩阵。

2. 对角矩阵

对角矩阵是对角线之外的元素全为 0 的矩阵。对角矩阵通常表示为 $\boldsymbol{D}=\mathrm{diag}(d_1,d_2,\cdots,d_n)$,其中

$$\boldsymbol{D}_{ij}=\begin{cases}d_i, & i=j\\0, & i\neq j\end{cases}$$

很明显,单位矩阵 $\boldsymbol{I}=\mathrm{diag}(1,1,\cdots,1)$。

2.3.7 矩阵的转置

矩阵的转置指翻转矩阵的行和列。

给定一个矩阵: $\boldsymbol{A}\in\mathbb{R}^{m\times n}$, 它的转置为 $n\times m$ 的矩阵 $\boldsymbol{A}^{\mathrm{T}}\in\mathbb{R}^{n\times m}$,其中的元素为

$$(\boldsymbol{A}^{\mathrm{T}})_{ij}=\boldsymbol{A}_{ji}$$

事实上,在描述行向量时已经使用了转置,因为列向量的转置自然是行向量。

转置的以下属性很容易验证。

(1) $(\boldsymbol{A}^{\mathrm{T}})^{\mathrm{T}}=\boldsymbol{A}$。

(2) $(\boldsymbol{AB})^{\mathrm{T}}=\boldsymbol{B}^{\mathrm{T}}\boldsymbol{A}^{\mathrm{T}}$。

(3) $(\boldsymbol{A}+\boldsymbol{B})^{\mathrm{T}}=\boldsymbol{A}^{\mathrm{T}}+\boldsymbol{B}^{\mathrm{T}}$。

2.3.8 对称矩阵

如果 $\boldsymbol{A}=\boldsymbol{A}^{\mathrm{T}}$,则矩阵 $\boldsymbol{A}\in\mathbb{R}^{n\times n}$ 是对称矩阵。如果 $\boldsymbol{A}=-\boldsymbol{A}^{\mathrm{T}}$,则它是反对称的。很容易证明,对于任何矩阵 $\boldsymbol{A}\in\mathbb{R}^{n\times n}$,矩阵 $\boldsymbol{A}+\boldsymbol{A}^{\mathrm{T}}$ 是对称的,矩阵 $\boldsymbol{A}-\boldsymbol{A}^{\mathrm{T}}$ 是反对称的。由此得出,任何方矩阵 $\boldsymbol{A}\in\mathbb{R}^{n\times n}$ 可以表示为对称矩阵和反对称矩阵的和,所以

$$\boldsymbol{A}=\frac{1}{2}(\boldsymbol{A}+\boldsymbol{A}^{\mathrm{T}})+\frac{1}{2}(\boldsymbol{A}-\boldsymbol{A}^{\mathrm{T}})$$

上面公式的右边的第一个矩阵是对称矩阵,而第二个矩阵是反对称矩阵。事实证明,对称矩阵在实践中用得很多,它们有很多很好的属性,在之后的章节中很快就会看到。通常将大小为 n 的所有对称矩阵的集合表示为 $\mathbb{S}^n$,因此,$\boldsymbol{A}\in\mathbb{S}^n$ 意味着 $\boldsymbol{A}$ 是对称的 $n\times n$ 矩阵。

2.3.9 矩阵的迹

矩阵 $\boldsymbol{A}\in\mathbb{R}^{n\times n}$ 的迹,表示为 $\mathrm{tr}(\boldsymbol{A})$(或 $\mathrm{tr}\boldsymbol{A}$,括号显然是隐含的),是矩阵中对角元素的总和:

$$\mathrm{tr}\boldsymbol{A}=\sum_{i=1}^{n}\boldsymbol{A}_{ii}$$

迹具有以下属性。

(1) 对于矩阵 $\boldsymbol{A}\in\mathbb{R}^{n\times n}$,则 $\mathrm{tr}\boldsymbol{A}=\mathrm{tr}\boldsymbol{A}^{\mathrm{T}}$。

(2) 对于矩阵 $\boldsymbol{A},\boldsymbol{B}\in\mathbb{R}^{n\times n}$,则 $\mathrm{tr}(\boldsymbol{A}+\boldsymbol{B})=\mathrm{tr}\boldsymbol{A}+\mathrm{tr}\boldsymbol{B}$。

(3) 对于矩阵 $\boldsymbol{A}\in\mathbb{R}^{n\times n}$，$t\in\mathbb{R}$，则 $\mathrm{tr}(t\boldsymbol{A})=t\,\mathrm{tr}\boldsymbol{A}$。

(4) 对于矩阵 $\boldsymbol{A}$、$\boldsymbol{B}$，$\boldsymbol{AB}$ 为方阵，则 $\mathrm{tr}\boldsymbol{AB}=\mathrm{tr}\boldsymbol{BA}$。

(5) 对于矩阵 $\boldsymbol{A}$、$\boldsymbol{B}$、$\boldsymbol{C}$，$\boldsymbol{ABC}$ 为方阵，则 $\mathrm{tr}\boldsymbol{ABC}=\mathrm{tr}\boldsymbol{BCA}=\mathrm{tr}\boldsymbol{CAB}$，同理，更多矩阵的迹也有这个性质。

2.3.10　矩阵求导常见公式

(1) $\dfrac{\mathrm{d}\boldsymbol{x}^{\mathrm{T}}}{\mathrm{d}\boldsymbol{x}}=\boldsymbol{I}$。

(2) $\dfrac{\mathrm{d}\boldsymbol{x}}{\mathrm{d}\boldsymbol{x}^{\mathrm{T}}}=\boldsymbol{I}$。

(3) $\dfrac{\mathrm{d}\boldsymbol{x}^{\mathrm{T}}\boldsymbol{A}}{\mathrm{d}\boldsymbol{x}}=\boldsymbol{A}$。

(4) $\dfrac{\mathrm{d}\boldsymbol{A}\boldsymbol{x}}{\mathrm{d}\boldsymbol{x}^{\mathrm{T}}}=\boldsymbol{A}$。

(5) $\dfrac{\mathrm{d}\boldsymbol{A}\boldsymbol{x}}{\mathrm{d}\boldsymbol{x}}=\boldsymbol{A}^{\mathrm{T}}$。

(6) $\dfrac{\mathrm{d}\boldsymbol{x}\boldsymbol{A}}{\mathrm{d}\boldsymbol{x}}=\boldsymbol{A}^{\mathrm{T}}$。

(7) $\dfrac{\mathrm{d}\boldsymbol{x}^{\mathrm{T}}\boldsymbol{x}}{\mathrm{d}\boldsymbol{x}}=2\boldsymbol{x}$。

(8) $\dfrac{\mathrm{d}\boldsymbol{x}^{\mathrm{T}}\boldsymbol{A}\boldsymbol{x}}{\mathrm{d}\boldsymbol{x}}=(\boldsymbol{A}+\boldsymbol{A}^{\mathrm{T}})\boldsymbol{x}$，如果 $\boldsymbol{A}$ 为对称阵，则$\dfrac{\mathrm{d}\boldsymbol{x}^{\mathrm{T}}\boldsymbol{A}\boldsymbol{x}}{\mathrm{d}\boldsymbol{x}}=2\boldsymbol{A}\boldsymbol{x}$。

(9) $\dfrac{\partial\boldsymbol{u}}{\partial\boldsymbol{x}^{\mathrm{T}}}=\left(\dfrac{\partial\boldsymbol{u}^{\mathrm{T}}}{\partial\boldsymbol{x}}\right)^{\mathrm{T}}$。

(10) $\dfrac{\partial\boldsymbol{u}^{\mathrm{T}}\boldsymbol{v}}{\partial\boldsymbol{x}}=\dfrac{\partial\boldsymbol{u}^{\mathrm{T}}}{\partial\boldsymbol{x}}\boldsymbol{v}+\boldsymbol{u}\ \dfrac{\partial\boldsymbol{v}^{\mathrm{T}}}{\partial\boldsymbol{x}}$。

(11) $\dfrac{\partial\boldsymbol{u}^{\mathrm{T}}\boldsymbol{x}\boldsymbol{v}}{\partial\boldsymbol{x}}=\boldsymbol{u}\boldsymbol{v}^{\mathrm{T}}$。

(12) $\dfrac{\partial\boldsymbol{u}^{\mathrm{T}}\boldsymbol{x}\boldsymbol{x}\boldsymbol{u}}{\partial\boldsymbol{x}}=2\boldsymbol{x}\boldsymbol{u}\boldsymbol{u}^{\mathrm{T}}$。

(13) $\dfrac{\partial[(\boldsymbol{x}\boldsymbol{u}-\boldsymbol{v})^{\mathrm{T}}(\boldsymbol{x}\boldsymbol{u}-\boldsymbol{v})]}{\partial\boldsymbol{x}}=2(\boldsymbol{x}\boldsymbol{u}-\boldsymbol{v})\boldsymbol{u}^{\mathrm{T}}$。

2.3.11　范数

向量的范数 $\|\boldsymbol{x}\|$ 是非正式度量的向量的“长度”。例如，常用的欧几里得或 ℓ_2 范数：

$$\|\boldsymbol{x}\|_2=\sqrt{\sum_{i=1}^{n}x_i^2}$$

注意：$\|\boldsymbol{x}\|_2^2=\boldsymbol{x}^{\mathrm{T}}\boldsymbol{x}$

更正式地，范数是满足 4 个属性的函数($f:\mathbb{R}^n\rightarrow\mathbb{R}$)。

(1) 对于所有的 $\boldsymbol{x} \in \mathbb{R}^n$，$f(\boldsymbol{x}) \geqslant 0$(非负)。

(2) 当且仅当 $\boldsymbol{x}=0$ 时，$f(\boldsymbol{x})=0$ (明确性)。

(3) 对于所有的 $\boldsymbol{x} \in \mathbb{R}^n, t \in \mathbb{R}$，则 $f(t\boldsymbol{x})=|t| f(\boldsymbol{x})$ (正齐次性)。

(4) 对于所有的 $\boldsymbol{x}, \boldsymbol{y} \in \mathbb{R}^n$，$f(\boldsymbol{x}+\boldsymbol{y}) \leqslant f(\boldsymbol{x})+f(\boldsymbol{y})$ (三角不等式)。

其他范数的例子。

ℓ_1 范数：

$$\|\boldsymbol{x}\|_1=\sum_{i=1}^n |x_i|$$

和 ℓ_∞ 范数：

$$\|\boldsymbol{x}\|_\infty=\max_i |x_i|$$

事实上，到目前为止所提出的所有范数都是 ℓ_p 范数族的例子，它们由实数 $p \geqslant 1$ 参数化，并定义为

$$\|\boldsymbol{x}\|_p=\left(\sum_{i=1}^n |x_i|^p\right)^{1/p}$$

也可以为矩阵定义范数，如 **Frobenius** 范数：

$$\|\mathbf{A}\|_F=\sqrt{\sum_{i=1}^m \sum_{j=1}^n \mathbf{A}_{ij}^2}=\sqrt{\operatorname{tr}(\mathbf{A}^{\mathrm{T}}\mathbf{A})}$$

对于其他更多的范数，本书不再提及。

2.3.12 线性相关性和秩

一组向量 $\boldsymbol{x}_1, \boldsymbol{x}_2, \cdots \boldsymbol{x}_n \in \mathbb{R}^n$，如果没有向量可以表示为其余向量的线性组合，则称该向量是线性无相关的。相反，如果属于该组的一个向量可以表示为其余向量的线性组合，则称该向量是线性相关的。也就是说，如果

$$\boldsymbol{x}_n=\sum_{i=1}^{n-1} \alpha_i \boldsymbol{x}_i$$

对于某些标量值 $\alpha_1, \alpha_2, \cdots, (\alpha_n-1) \in \mathbb{R}$，向量 $\boldsymbol{x}_1, \boldsymbol{x}_2, \cdots \boldsymbol{x}_n$ 是线性相关的；否则，向量是线性无关的。例如，向量

$$\boldsymbol{x}_1=\begin{bmatrix}1\\2\\3\end{bmatrix}, \quad \boldsymbol{x}_2=\begin{bmatrix}4\\1\\5\end{bmatrix}, \quad \boldsymbol{x}_3=\begin{bmatrix}2\\-3\\-1\end{bmatrix}$$

是线性相关的，因为 $\boldsymbol{x}_3=-2\boldsymbol{x}_1+\boldsymbol{x}_2$。

矩阵 $\mathbf{A} \in \mathbb{R}^{m \times n}$ 的列秩是构成线性无关集合的 $\mathbf{A}$ 的最大列子集的大小。由于术语的多样性，这通常简称为 $\mathbf{A}$ 的线性无关列的数量。同样，行秩是构成线性无关集合的 $\mathbf{A}$ 的最大行数。对于任何矩阵 $\mathbf{A} \in \mathbb{R}^{m \times n}$，事实证明 $\mathbf{A}$ 的列秩等于 $\mathbf{A}$ 的行秩(尽管不会证明这一点)，因此两个量统称为 $\mathbf{A}$ 的秩，用 $\operatorname{rank}(\mathbf{A})$表示。以下是秩的一些基本属性。

(1) 对于 $\mathbf{A} \in \mathbb{R}^{m \times n}$，$\operatorname{rank}(\mathbf{A}) \leqslant \min(m, n)$，如果 $\operatorname{rank}(\mathbf{A})=\min\{m, n\}$，则 $\mathbf{A}$ 被称作满秩。

(2) 对于 $\mathbf{A} \in \mathbb{R}^{m \times n}$，$\operatorname{rank}(\mathbf{A})=\operatorname{rank}(\mathbf{A}^{\mathrm{T}})$。

(3) 对于 $\boldsymbol{A}\in\mathbb{R}^{m\times n}$,$\boldsymbol{B}\in\mathbb{R}^{n\times p}$,$\mathrm{rank}(\boldsymbol{AB})\leqslant\min(\mathrm{rank}(\boldsymbol{A}),\mathrm{rank}(\boldsymbol{B}))$。

(4) 对于 $\boldsymbol{A},\boldsymbol{B}\in\mathbb{R}^{m\times n}$,$\mathrm{rank}(\boldsymbol{A}+\boldsymbol{B})\leqslant\mathrm{rank}(\boldsymbol{A})+\mathrm{rank}(\boldsymbol{B})$。

2.3.13　方阵的逆

方阵 $\boldsymbol{A}\in\mathbb{R}^{n\times n}$ 的倒数表示为 $\boldsymbol{A}^{-1}$,并且是这样的独特矩阵:

$$\boldsymbol{A}^{-1}\boldsymbol{A}=\boldsymbol{I}=\boldsymbol{A}\boldsymbol{A}^{-1}$$

请注意,并非所有矩阵都有逆。例如,根据定义非方阵没有逆。然而,对于一些方形矩阵 $\boldsymbol{A}$,仍然存在 $\boldsymbol{A}^{-1}$ 可能不存在的情况。特别是,如果 $\boldsymbol{A}^{-1}$ 存在,则说 $\boldsymbol{A}$ 是可逆的或非奇异的,否则就是不可逆或奇异的。为了使方阵 $\boldsymbol{A}$ 有逆 $\boldsymbol{A}^{-1}$,则 $\boldsymbol{A}$ 必须是满秩。很快就会发现,除了满秩之外,还有许多其他的充分必要条件。以下是逆的属性。假设 $\boldsymbol{A},\boldsymbol{B}\in\mathbb{R}^{n\times n}$,而且是非奇异的,则

(1) $(\boldsymbol{A}^{-1})^{-1}=\boldsymbol{A}$。

(2) $(\boldsymbol{AB})^{-1}=\boldsymbol{B}^{-1}\boldsymbol{A}^{-1}$。

(3) $(\boldsymbol{A}^{-1})^{\mathrm{T}}=(\boldsymbol{A}^{\mathrm{T}})^{-1}$。

因此,该矩阵通常表示为 $\boldsymbol{A}^{-1}$。作为如何使用逆的示例,考虑线性方程组 $\boldsymbol{Ax}=\boldsymbol{b}$,其中 $\boldsymbol{A}\in\mathbb{R}^{n\times n}$,$\boldsymbol{x},\boldsymbol{b}\in\mathbb{R}^{n}$,如果 $\boldsymbol{A}$ 是非奇异的(即可逆的),那么 $\boldsymbol{x}=\boldsymbol{A}^{-1}\boldsymbol{b}$。

2.3.14　正交阵

如果 $\boldsymbol{x}^{\mathrm{T}}\boldsymbol{y}=0$,则两个向量 $\boldsymbol{x},\boldsymbol{y}\in\mathbb{R}^{n}$ 是正交的。如果 $\|\boldsymbol{x}\|_2=1$,则向量 $\boldsymbol{x}\in\mathbb{R}^{n}$ 被归一化。如果一个方阵 $\boldsymbol{U}\in\mathbb{R}^{n\times n}$ 的所有列彼此正交并被归一化(这些列被称为正交),则方阵 $\boldsymbol{U}$ 是正交阵(注意与讨论向量时的意义不一样)。

它可以从正交性和正态性的定义中得出

$$\boldsymbol{U}^{\mathrm{T}}\boldsymbol{U}=\boldsymbol{I}=\boldsymbol{U}\boldsymbol{U}^{\mathrm{T}}$$

换句话说,正交矩阵的逆是其转置。注意,如果 $\boldsymbol{U}$ 不是方阵,即 $\boldsymbol{U}\in\mathbb{R}^{m\times n}$,$n<m$,但其列仍然是正交的,则 $\boldsymbol{U}^{\mathrm{T}}\boldsymbol{U}=\boldsymbol{I}$,但是 $\boldsymbol{U}\boldsymbol{U}^{\mathrm{T}}\neq\boldsymbol{I}$。通常只使用术语"正交"来描述先前的情况,其中 $\boldsymbol{U}$ 是方阵。正交矩阵的另一个好的特性是在有正交矩阵的向量上操作不会改变其欧几里得范数,即

$$\|\boldsymbol{Ux}\|_2=\|\boldsymbol{x}\|_2$$

对于任何 $\boldsymbol{x}\in\mathbb{R}^{n}$,$\boldsymbol{U}\in\mathbb{R}^{n}$ 均是正交的。

2.3.15　行列式

一个方阵 $\boldsymbol{A}\in\mathbb{R}^{n\times n}$ 的行列式是函数 det: $\mathbb{R}^{n\times n}\rightarrow\mathbb{R}^{n}$,并且表示为 $|\boldsymbol{A}|$,或者 $\det\boldsymbol{A}$。

行列式按行(列)展开定理

(1) 设 $\boldsymbol{A}=(a_{ij})_{n\times n}$,则 $a_{i1}\boldsymbol{A}_{j1}+a_{i2}\boldsymbol{A}_{j2}+\cdots+a_{in}\boldsymbol{A}_{jn}=\begin{cases}|\boldsymbol{A}| & i=j\\ 0 & i\neq j\end{cases}$

或 $a_{1i}\boldsymbol{A}_{1j}+a_{2i}\boldsymbol{A}_{2j}+\cdots+a_{ni}\boldsymbol{A}_{nj}=\begin{cases}|\boldsymbol{A}| & i=j\\ 0 & i\neq j\end{cases}$

即 $\boldsymbol{A}\boldsymbol{A}^*=\boldsymbol{A}^*\boldsymbol{A}=|\boldsymbol{A}|\boldsymbol{E}$,其中,$\boldsymbol{A}^*=\begin{pmatrix}A_{11} & A_{12} & \cdots & A_{1n}\\ A_{21} & A_{22} & \cdots & A_{2n}\\ \cdots & \cdots & \ddots & \cdots\\ A_{n1} & A_{n2} & \cdots & A_{nn}\end{pmatrix}=(\boldsymbol{A}_{ji})=(\boldsymbol{A}_{ij})^{\mathrm{T}}$。

(2) 设 $\boldsymbol{A}$、$\boldsymbol{B}$ 为 n 阶方阵,则 $|\boldsymbol{AB}|=|\boldsymbol{A}||\boldsymbol{B}|=|\boldsymbol{B}||\boldsymbol{A}|=|\boldsymbol{BA}|$,但 $|\boldsymbol{A}\pm\boldsymbol{B}|=|\boldsymbol{A}|\pm|\boldsymbol{B}|$ 不一定成立。

(3) $|k\boldsymbol{A}|=k^n|\boldsymbol{A}|$,$\boldsymbol{A}$ 为 n 阶方阵。

(4) 设 $\boldsymbol{A}$ 为 n 阶方阵,$|\boldsymbol{A}^{\mathrm{T}}|=|\boldsymbol{A}|$,$|\boldsymbol{A}^{-1}|=|\boldsymbol{A}|^{-1}$(若 A 可逆),$|\boldsymbol{A}^*|=|\boldsymbol{A}|^{n-1}$。其中,$n\geqslant 2$。

(5) $\begin{vmatrix}\boldsymbol{A} & \boldsymbol{0}\\ \boldsymbol{0} & \boldsymbol{B}\end{vmatrix}=\begin{vmatrix}\boldsymbol{A} & \boldsymbol{C}\\ \boldsymbol{0} & \boldsymbol{B}\end{vmatrix}=\begin{vmatrix}\boldsymbol{A} & \boldsymbol{0}\\ \boldsymbol{C} & \boldsymbol{B}\end{vmatrix}=|\boldsymbol{A}||\boldsymbol{B}|$,$\boldsymbol{A}$、$\boldsymbol{B}$ 为方阵,但 $\begin{vmatrix}\boldsymbol{0} & \boldsymbol{A}_{m\times m}\\ \boldsymbol{B}_{n\times n} & \boldsymbol{0}\end{vmatrix}=(-1)^{mn}\cdot|\boldsymbol{A}||\boldsymbol{B}|$。

(6) 范德蒙德行列式 $\boldsymbol{D}_n=\begin{vmatrix}1 & 1 & \cdots & 1\\ x_1 & x_2 & \cdots & x_n\\ \cdots & \cdots & \ddots & \cdots\\ x_1^{n-1} & x_2^{n-1} & \cdots & x_n^{n-1}\end{vmatrix}=\prod_{1\leqslant j<i\leqslant n}(x_i-x_j)$。

设 $\boldsymbol{A}$ 是 n 阶方阵,$\lambda_i(i=1,2,\cdots,n)$ 是 $\boldsymbol{A}$ 的 n 个特征值,则 $|\boldsymbol{A}|=\prod_{i=1}^{n}\lambda_i$。

2.3.16 二次型和半正定矩阵

给定方矩阵 $\boldsymbol{A}\in\mathbb{R}^{n\times n}$ 和向量 $\boldsymbol{x}\in\mathbb{R}^n$,标量值 $\boldsymbol{x}^{\mathrm{T}}\boldsymbol{A}\boldsymbol{x}$ 被称为二次型。可以看到

$$\boldsymbol{x}^{\mathrm{T}}\boldsymbol{A}\boldsymbol{x}=\sum_{i=1}^{n}x_i(\boldsymbol{A}\boldsymbol{x})_i=\sum_{i=1}^{n}x_i\left(\sum_{j=1}^{n}A_{ij}x_j\right)=\sum_{i=1}^{n}\sum_{j=1}^{n}A_{ij}x_ix_j$$

注意

$$\boldsymbol{x}^{\mathrm{T}}\boldsymbol{A}\boldsymbol{x}=(\boldsymbol{x}^{\mathrm{T}}\boldsymbol{A}\boldsymbol{x})^{\mathrm{T}}=\boldsymbol{x}^{\mathrm{T}}\boldsymbol{A}^{\mathrm{T}}\boldsymbol{x}=\boldsymbol{x}^{\mathrm{T}}\left(\frac{1}{2}\boldsymbol{A}+\frac{1}{2}\boldsymbol{A}^{\mathrm{T}}\right)\boldsymbol{x}$$

第一个等号是因为标量的转置与自身相等,而第二个等号是因为平均两个本身相等的量。由此,可以得出结论,只有 $\boldsymbol{A}$ 的对称部分有助于形成二次型。出于这个原因,经常隐含地假设以二次型形式出现的矩阵是对称矩阵。则给出以下定义。

对于所有非 0 向量 $\boldsymbol{x}\in\mathbb{R}^n$,$\boldsymbol{x}^{\mathrm{T}}\boldsymbol{A}\boldsymbol{x}>0$,对称矩阵 $\boldsymbol{A}\in\mathbb{S}^n$ 为正定(positive definite,PD)。这通常表示为 $\boldsymbol{A}\succ 0$(或 $\boldsymbol{A}>0$),并且通常将所有正定矩阵的集合表示为$\mathbb{S}_{++}^n$。

对于所有向量 $\boldsymbol{x}^{\mathrm{T}}\boldsymbol{A}\boldsymbol{x}\geqslant 0$,对称矩阵 $\boldsymbol{A}\in\mathbb{S}^n$ 是半正定(positive semidefinite,PSD),即 $\boldsymbol{A}\succcurlyeq 0$(或 $\boldsymbol{A}\geqslant 0$),并且所有半正定矩阵的集合通常表示为$\mathbb{S}_+^n$。

同样,对称矩阵 $\boldsymbol{A}\in\mathbb{S}^n$ 是负定(negative definite,ND),如果对于所有非零 $\boldsymbol{x}\in\mathbb{R}^n$,则 $\boldsymbol{x}^{\mathrm{T}}\boldsymbol{A}\boldsymbol{x}<0$ 表示为 $\boldsymbol{A}\prec 0$(或 $\boldsymbol{A}<0$)。

类似地,对称矩阵 $\boldsymbol{A}\in\mathbb{S}^n$ 是半负定(negative semidefinite,NSD),如果对于所有 $\boldsymbol{x}\in\mathbb{R}^n$,则 $\boldsymbol{x}^{\mathrm{T}}\boldsymbol{A}\boldsymbol{x}\leqslant 0$ 表示为 $\boldsymbol{A}\preccurlyeq 0$(或 $\boldsymbol{A}\leqslant 0$)。

最后,对称矩阵 $\boldsymbol{A}\in\mathbb{S}^n$ 是不定的,如果它既不是正半定也不是负半定,即如果存在 $\boldsymbol{x}_1,\boldsymbol{x}_2\in\mathbb{R}^n$,那么 $\boldsymbol{x}_1^{\mathrm{T}}\boldsymbol{A}\boldsymbol{x}_1>0$ 且 $\boldsymbol{x}_2^{\mathrm{T}}\boldsymbol{A}\boldsymbol{x}_2<0$。

很明显,如果 $\boldsymbol{A}$ 是正定的,那么 $-\boldsymbol{A}$ 是负定的,反之亦然。如果 $\boldsymbol{A}$ 是半正定的,那么 $-\boldsymbol{A}$ 是半负定的,反之亦然。同样,如果 $\boldsymbol{A}$ 是不定的,那么 $-\boldsymbol{A}$ 也是不定的。

正定矩阵和负定矩阵的一个重要性质是它们总是满秩,因此是可逆的。为了了解这是为什么,假设某个矩阵 $\boldsymbol{A}\in\mathbb{S}^n$ 不是满秩,$\boldsymbol{A}$ 的第 j 列可以表示为其他 $(n-1)$ 列的线性组合:

$$a_j=\sum_{i\neq j}x_i a_i$$

对于某些 $x_1,\cdots,x_{j-1},x_{j+1},\cdots,x_n\in\mathbb{R}$,设 $x_j=-1$,则

$$\boldsymbol{A}\boldsymbol{x}=\sum_{i\neq j}x_i a_i=0$$

但这意味着对于某些非 0 向量 $\boldsymbol{x}$,$\boldsymbol{x}^{\mathrm{T}}\boldsymbol{A}\boldsymbol{x}=0$。因此,$\boldsymbol{A}$ 必须既不是正定也不是负定。如果 $\boldsymbol{A}$ 是正定或负定,则必须是满秩。

最后,有一种类型的正定矩阵经常出现,因此值得特别提及。给定矩阵 $\boldsymbol{A}\in\mathbb{R}^{m\times n}$(不一定是对称或偶数平方),矩阵 $\boldsymbol{G}=\boldsymbol{A}^{\mathrm{T}}\boldsymbol{A}$(有时称为 Gram 矩阵)总是半正定的。此外,如果 $m\geqslant n$(同时为了方便起见,假设 $\boldsymbol{A}$ 是满秩),则 $\boldsymbol{G}=\boldsymbol{A}^{\mathrm{T}}\boldsymbol{A}$ 是正定的。

2.3.17 特征值和特征向量

给定一个方阵 $\boldsymbol{A}\in\mathbb{R}^{n\times n}$,认为在以下条件下,$\lambda\in\mathbb{C}$ 是 $\boldsymbol{A}$ 的特征值,$\boldsymbol{x}\in\mathbb{C}^n$ 是相应的特征向量:

$$\boldsymbol{A}\boldsymbol{x}=\lambda\boldsymbol{x},\quad \boldsymbol{x}\neq\boldsymbol{0}$$

直观地说,这个定义意味着将 $\boldsymbol{A}$ 乘以向量 $\boldsymbol{x}$ 会得到一个新的向量,该向量指向与 $\boldsymbol{x}$ 相同的方向,但按系数 λ 缩放。值得注意的是,对于任何特征向量 $\boldsymbol{x}\in\mathbb{C}^n$ 和标量 $t\in\mathbb{C}$,$\boldsymbol{A}(c\boldsymbol{x})=c\boldsymbol{A}\boldsymbol{x}=c\lambda\boldsymbol{x}=\lambda(c\boldsymbol{x})$,$c\boldsymbol{x}$ 也是一个特征向量。因此,当讨论与 λ 相关的特征向量时,通常假设特征向量被归一化为长度为 1(这仍然会造成一些歧义,因为 $\boldsymbol{x}$ 和 $-\boldsymbol{x}$ 都是特征向量,但必须接受这一点)。

可以重写上面的等式来说明 $(\lambda,\boldsymbol{x})$ 是 $\boldsymbol{A}$ 的特征值和特征向量的组合:

$$(\lambda\boldsymbol{I}-\boldsymbol{A})\boldsymbol{x}=0,\quad \boldsymbol{x}\neq\boldsymbol{0}$$

但是 $(\lambda\boldsymbol{I}-\boldsymbol{A})\boldsymbol{x}=0$ 只有当 $(\lambda\boldsymbol{I}-\boldsymbol{A})$ 有一个非空零空间,同时 $(\lambda\boldsymbol{I}-\boldsymbol{A})$ 是奇异的时,$\boldsymbol{x}$ 才具有非零解,即

$$|(\lambda\boldsymbol{I}-\boldsymbol{A})|=0$$

现在,可以使用行列式的先前定义将表达式 $|(\lambda\boldsymbol{I}-\boldsymbol{A})|$ 扩展为 λ 中的(非常大的)多项式,其中,λ 的度为 n。它通常被称为矩阵 $\boldsymbol{A}$ 的特征多项式。

然后找到这个特征多项式的 n(可能是复数)个根,并用 $\lambda_1,\lambda_2,\cdots,\lambda_n$ 表示。这些都

是矩阵 $\boldsymbol{A}$ 的特征值,但可能不会明显注意到它们。为了找到特征值 λ_i 对应的特征向量,只需要解线性方程 $(\lambda\boldsymbol{I}-\boldsymbol{A})\boldsymbol{x}=0$ 即可,因为 $(\lambda\boldsymbol{I}-\boldsymbol{A})$ 是奇异的,所以保证有一个非零解(但也可能有多个或无穷多个解)。

应该注意的是,这不是实际用于数值计算特征值和特征向量的方法(记住行列式的完全展开式有 $n!$ 项),这是一个数学上的争议。

以下是特征值和特征向量的属性(所有假设均在 $\boldsymbol{A}\in\mathbb{R}^{n\times n}$ 具有特征值 $\lambda_1,\lambda_2,\cdots,\lambda_n$ 的前提下)。

$\boldsymbol{A}$ 的迹等于其特征值之和:

$$\mathrm{tr}\boldsymbol{A}=\sum_{i=1}^{n}\lambda_i$$

$\boldsymbol{A}$ 的行列式等于其特征值的乘积:

$$|\boldsymbol{A}|=\prod_{i=1}^{n}\lambda_i$$

$\boldsymbol{A}$ 的秩等于 $\boldsymbol{A}$ 的非 0 特征值的个数。

假设 $\boldsymbol{A}$ 非奇异,其特征值为 λ,特征向量为 $\boldsymbol{x}$。那么 $1/\lambda$ 是具有相关特征向量 $\boldsymbol{x}$ 的 $\boldsymbol{A}^{-1}$ 的特征值,即 $\boldsymbol{A}^{-1}\boldsymbol{x}=(1/\lambda)\boldsymbol{x}$。要证明这一点,取特征向量方程 $\boldsymbol{Ax}=\lambda\boldsymbol{x}$,两边都左乘 $\boldsymbol{A}^{-1}$。

对角阵的特征值 $d=\mathrm{diag}(d_1,d_2,\cdots,d_n)$ 实际上就是对角元素 $d_1,d_2,\cdots,d_n$。

2.4 概率论与数理统计

概率论是对不确定性的研究。在本书中,将依靠概率论中的概念推导机器学习算法。本章对概率论基础做了简单的概述。概率论的数学理论非常复杂,并且涉及"分析"的一个分支——测度论。在本章中,提供了概率的一些基本处理方法,但是不会涉及这些更复杂的细节。

2.4.1 概率的基本要素

为了定义集合上的概率,需要一些基本元素。

(1) 样本空间 Ω:随机试验的所有结果的集合。在这里,每个结果 $w\in\Omega$ 可以被认为是试验结束时现实世界状态的完整描述。

(2) 事件集(事件空间)$\mathcal{F}$:元素 $A\in\mathcal{F}$ 的集合(称为事件)是 Ω 的子集(即每个 $A\subseteq\Omega$ 是一个试验可能结果的集合)。

注意:$\mathcal{F}$ 需要满足以下 3 个条件。

① $\varnothing\in\mathcal{F}$。

② $A\in\mathcal{F}\Rightarrow\Omega\backslash A\in\mathcal{F}$。

③ $A_1,A_2,\cdots A_i\in\mathcal{F}\Rightarrow\bigcup_i A_i\in F$。

(3) 概率度量 P：函数 P 是一个 $\mathcal{F}\to\mathbb{R}$ 的映射，满足以下性质。

对于每个 $A\in F$，$P(A)\geqslant 0$，

$$P(\Omega)=1$$

如果 $A_1,A_2,\cdots$是互不相交的事件(即当 $i\neq j$ 时，$A_i\cap A_j=\varnothing$)，那么

$$P\left(\bigcup_i A_i\right)=\sum_i P(A_i)$$

以上 3 条性质被称为概率公理。

举例：

考虑投掷六面骰子的事件。样本空间为 $\Omega=\{1,2,3,4,5,6\}$。最简单的事件空间是平凡事件空间 $\mathcal{F}=\{\varnothing,\Omega\}$。另一个事件空间是 Ω 的所有子集的集合。对于第一个事件空间，满足上述要求的唯一概率度量由 $P(\varnothing)=0$，$p(\Omega)=1$ 给出。对于第二个事件空间，一个有效的概率度量是将事件空间中每个事件的概率分配为 $i/6$，这里 i 是这个事件集合中元素的数量。例如，$P(\{1,2,3,4\})=4/6$，$P(\{1,2,3\})=3/6$。

性质：

(1) 如果 $A\subseteq B$，则 $P(A)\leqslant P(B)$。

(2) $P(A\cap B)\leqslant \min(P(A),P(B))$。

(3) 布尔不等式：$P(A\cup B)\leqslant P(A)+P(B)$。

(4) $P(\Omega|A)=1-P(A)$。

(5) 全概率定律：如果 $A_1,A_2,\cdots,A_k$ 是一些互不相交的事件并且它们的并集是 Ω，那么它们的概率之和是 1。

2.4.2　条件概率和独立性

假设 B 是一个概率非 0 的事件，定义在给定 B 的条件下 A 的条件概率为

$$P(A\mid B)\triangleq\frac{P(A\cap B)}{P(B)}$$

换句话说，$P(A|B)$是度量在已经观测到 B 事件发生的情况下 A 事件发生的概率，两个事件被称为独立事件，当且仅当 $P(A\cap B)=P(A)P(B)$(或 $P(A|B)=P(A)$)。因此，独立性相当于观察到事件 B 对于事件 A 的概率没有任何影响。

2.4.3　随机变量

考虑一个试验，翻转 10 枚硬币，想知道正面硬币的数量。这里，样本空间 Ω 的元素是长度为 10 的序列。

例如，可能有 $w_0=\{H,H,T,H,T,H,H,T,T,T\}\in\Omega$。然而，在实践中，通常不关心获得特定正反序列的概率，而通常关心结果的实值函数。如 10 次投掷中出现的正面数，或者最长的背面长度。在某些技术条件下，这些函数被称为随机变量。

更正式地说，随机变量 X 是一个 $\Omega\to\mathbb{R}$ 的函数。通常，使用大写字母 $X(\omega)$或更简单的 X(其中隐含对随机结果 ω 的依赖)来表示随机变量，使用小写字母 x 来表示随机变量

的值。

举例：

在上面的试验中，假设 $X(\omega)$ 是在投掷序列 ω 中出现的正面的数量。假设投掷的硬币只有 10 枚，那么 $X(\omega)$ 只能取有限数量的值，因此它被称为离散随机变量。这里，与随机变量 X 相关联的集合取某个特定值 k 的概率为

$$P(X=k):=P(\{\omega:X(\omega)=k\})$$

举例：

假设 $X(\omega)$ 是一个随机变量，表示放射性粒子衰变所需的时间。在这种情况下，$X(\omega)$ 具有无限多的可能值，因此它被称为**连续随机变量**。将 X 在两个实常数 a 和 b 之间取值的概率(其中 $a<b$)表示为

$$P(a\leqslant X\leqslant b):=P(\{\omega:a\leqslant X(\omega)\leqslant b\})$$

2.4.4 累积分布函数

为了指定处理随机变量时使用的概率度量，通常可以方便地指定替代函数(累积分布函数(cumulative distribution function，CDF)、概率密度函数(probability density function，PDF)和概率质量函数(probability mass function，PMF))，在本节和接下来的两节中，将依次描述这些类型的函数。

累积分布函数是函数 $F_X:\mathbb{R}\to[0,1]$，它将概率度量指定为

$$F_X(x)\triangleq P(X\leqslant x)$$

通过使用这个函数，可以计算任意事件发生的概率。图 2-3 显示了一个样本的累积分布函数。

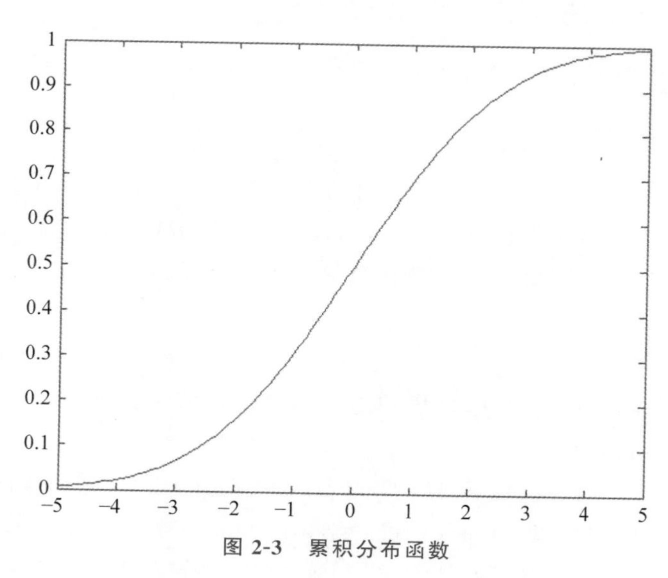

图 2-3 累积分布函数

性质：

(1) $0\leqslant F_X(x)\leqslant 1$。

(2) $\lim_{x\to-\infty} F_X(x)=0$。

(3) $\lim_{x\to\infty} F_X(x)=1$。

(4) $x\leqslant y\Rightarrow F_X(x)\leqslant F_X(y)$。

2.4.5　概率质量函数

当随机变量 X 取有限种可能值(即 X 是离散随机变量)时,表示与随机变量相关联的概率度量的更简单的方法是直接指定随机变量可以假设的每个值的概率。特别地,概率质量函数是函数 $p_X:\Omega\to\mathbb{R}$,这样

$$p_X(x)\triangleq P(X=x)$$

在离散随机变量的情况下,使用符号 Val(X)表示随机变量 X 可能假设的一组可能值。例如,如果 $X(\omega)$是一个随机变量,表示 10 次投掷硬币中的正面数,那么 $\mathrm{Val}(X)=\{0,1,2,\cdots,10\}$。

性质:

(1) $0\leqslant p_X(x)\leqslant 1$。

(2) $\sum_{x\in \mathrm{Val}(X)} p_X(x)=1$。

(3) $\sum_{x\in A} p_X(x)=P(X\in A)$。

2.4.6　概率密度函数

对于一些连续随机变量,累积分布函数 $F_X(x)$处处可微。在这些情况下,将概率密度函数定义为累积分布函数的导数,即

$$f_X(x)\triangleq \frac{\mathrm{d}F_X(x)}{\mathrm{d}x}$$

注意:连续随机变量的概率密度函数可能并不总是存在(即累积分布函数不是处处可微)。

根据微分的性质,对于很小的 Δx:

$$P(x\leqslant X\leqslant x+\Delta x)\approx f_X(x)\Delta x$$

累积分布函数和概率密度函数(当它们存在时!)都可用于计算不同事件的概率。但是应该强调的是,任意给定点的概率密度函数的值不是该事件的概率,即 $f_X(x)\neq P(X=x)$。例如,$f_X(x)$可以取大于 1 的值(但是 $f_X(x)$在$\mathbb{R}$的任何子集上的积分最多为 1)。

性质:

(1) $f_X(x)\geqslant 0$。

(2) $\int_{-\infty}^{\infty} f_X(x)=1$。

(3) $\int_{x\in A} f_X(x)\mathrm{d}x=P(X\in A)$。

2.4.7 期望

假设 X 是一个离散随机变量,其概率质量函数为 $p_X(x)$,$g:\mathbb{R}\rightarrow\mathbb{R}$ 是一个任意函数。在这种情况下,$g(X)$可以被视为随机变量,将 $g(X)$的期望值定义为

$$E[g(X)]\triangleq\sum_{x\in \mathrm{Val}(X)}g(x)p_X(x)$$

如果 X 是一个连续的随机变量,其概率密度函数为 $f_X(x)$,那么 $g(X)$的期望值被定义为

$$E[g(X)]\triangleq\int_{-\infty}^{\infty}g(x)f_X(x)\mathrm{d}x$$

直觉上,$g(X)$的期望值可以被认为是 $g(x)$对于不同的 x 值可以取的值的“加权平均值”,其中,权重由 $p_X(x)$或 $f_X(x)$给出。作为上述情况的特例,请注意,随机变量本身的期望值是通过令 $g(x)=x$ 得到的,这也被称为随机变量的平均值。

性质:

(1) 对于任意常数 $a\in\mathbb{R}$,$E[a]=a$。

(2) 对于任意常数 $a\in\mathbb{R}$,$E[af(X)]=aE[f(X)]$。

(3) 线性期望:$E[f(X)+g(X)]=E[f(X)]+E[g(X)]$。

(4) 对于一个离散随机变量 X,$E[1\{X=k\}]=P(X=k)$。

2.4.8 方差

随机变量 X 的方差是随机变量 X 的分布围绕其平均值集中程度的度量。形式上,随机变量 X 的方差定义为

$$\mathrm{Var}[X]\triangleq E[(X-E(X))^2]$$

使用 2.4.7 节中的性质,可以导出方差的替代表达式:

$$\begin{aligned}E[(X-E[X])^2]&=E[X^2-2E[X]X+E[X]^2]\\&=E[X^2]-2E[X]E[X]+E[X]^2\\&=E[X^2]-E[X]^2\end{aligned}$$

其中第二个等式来自期望的线性及 $E[X]$相对于外层期望实际上是常数的事实。

性质:

(1) 对于任意常数 $a\in\mathbb{R}$,$\mathrm{Var}[a]=0$。

(2) 对于任意常数 $a\in\mathbb{R}$,$\mathrm{Var}[af(X)]=a^2\mathrm{Var}[f(X)]$。

举例:

计算均匀随机变量 X 的平均值和方差,任意 $x\in[0,1]$,其概率密度函数为 $p_X(x)=1$,其他地方为 0。

$$E[X]=\int_{-\infty}^{\infty}xf_X(x)\mathrm{d}x=\int_0^1 x\mathrm{d}x=\frac{1}{2}$$

$$E[X^2]=\int_{-\infty}^{\infty}x^2f_X(x)\mathrm{d}x=\int_0^1 x^2\mathrm{d}x=\frac{1}{3}$$

$$\mathrm{Var}[X]=E[X^2]-E[X]^2=\frac{1}{3}-\frac{1}{4}=\frac{1}{12}$$

举例：

假设对于一些子集 $A\subseteq\Omega$，有 $g(x)=1\{x\in A\}$，计算 $E[g(X)]$。

离散情况：

$$E[g(X)]=\sum_{x\in \mathrm{Val}(X)}1\{x\in A\}P_X(x)\mathrm{d}x=\sum_{x\in A}P_X(x)\mathrm{d}x=P(x\in A)$$

连续情况：

$$E[g(X)]=\int_{-\infty}^{\infty}1\{x\in A\}f_X(x)\mathrm{d}x=\int_{x\in A}f_X(x)\mathrm{d}x=P(x\in A)$$

2.4.9 一些常见的随机变量

1. 离散随机变量

(1) 伯努利分布：硬币掷出正面的概率为 p(其中，$0\leqslant p\leqslant 1$)，如果正面发生，则为 1，否则为 0。

$$p(x)=\begin{cases}p, & \text{当 } p=1\\ 1-p, & \text{当 } p=0\end{cases}$$

(2) 二项式分布：掷出正面概率为 p(其中，$0\leqslant p\leqslant 1$)的硬币 n 次独立投掷中正面的数量。

$$p(x)=\binom{n}{x}p^x(1-p)^{n-x}$$

(3) 几何分布：掷出正面概率为 p(其中，$p>0$)的硬币第一次掷出正面所需要的次数。

$$p(x)=p(1-p)^{x-1}$$

(4) 泊松分布：用于模拟罕见事件频率的非负整数的概率分布(其中，$\lambda>0$)。

$$p(x)=\mathrm{e}^{-\lambda}\frac{\lambda^x}{x!}$$

2. 连续随机变量

(1) 均匀分布：在 a 和 b 之间每个点概率密度相等的分布(其中，$a<b$)。

$$f(x)=\begin{cases}\dfrac{1}{b-a}, & \text{当 } a\leqslant x\leqslant b\\ 0, & \text{其他情况}\end{cases}$$

(2) 指数分布：在非负实数上有衰减的概率密度(其中，$\lambda>0$)。

$$f(x)=\begin{cases}\lambda\mathrm{e}^{-\lambda x}, & \text{当 } x\geqslant 0\\ 0, & \text{其他情况}\end{cases}$$

(3) 正态分布：又被称为高斯分布。

$$f(x)=\frac{1}{\sqrt{2\pi}\sigma}\mathrm{e}^{-\frac{1}{2\sigma^2}(x-\mu)^2}$$

一些随机变量的概率密度函数和累积分布函数的形状如图 2-4 所示。

表 2-2 总结了这些分布的一些特性。

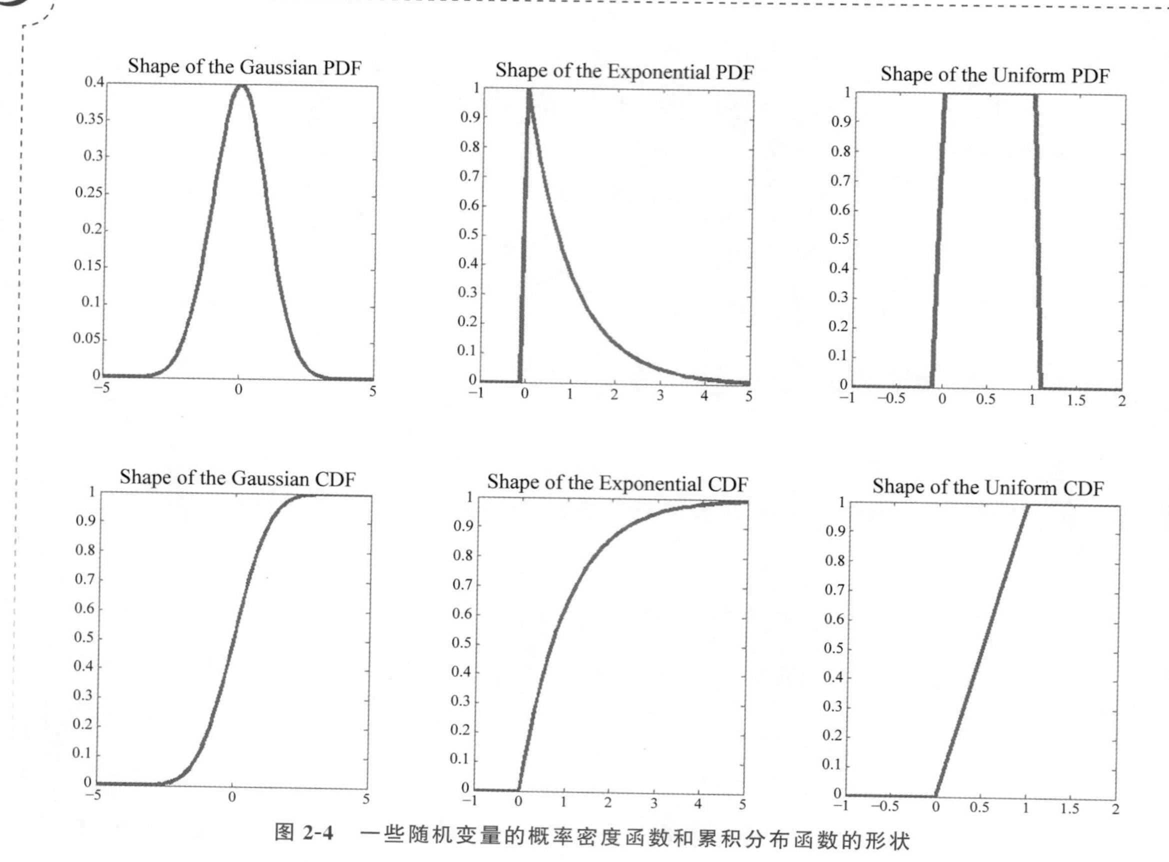

图 2-4 一些随机变量的概率密度函数和累积分布函数的形状

表 2-2 常见分布的特性

分布	概率密度函数或概率质量函数	均值	方差
伯努利分布(Bernoulli(p))	$\begin{cases} p, & 当\ x=1 \\ 1-p, & 当\ x=0 \end{cases}$	p	$p(1-p)$
二项式分布(Binomial(n,p))	$\binom{n}{k}p^k(1-p)^{n-k}$,其中,$0\leqslant k\leqslant n$	np	npq
几何分布(Geometric(p))	$p(1-p)^{k-1}$,其中,$k=1,2,\cdots$	$\frac{1}{p}$	$\frac{1-p}{p^2}$
泊松分布(Poisson(λ))	$e^{-\lambda}\lambda^x/x!$,其中,$k=1,2,\cdots$	λ	λ
均匀分布(Uniform(a,b))	$\frac{1}{b-a}$,存在 $x\in(a,b)$	$\frac{a+b}{2}$	$\frac{(b-a)^2}{12}$
高斯分布(Gaussian(μ,σ^2))	$\frac{1}{\sqrt{2\pi}\sigma}e^{-\frac{1}{2\sigma^2}(x-\mu)^2}$	μ	σ^2
指数分布(Exponential(λ))	$\lambda e^{-\lambda x}, x\geqslant 0, \lambda>0$	$\frac{1}{\lambda}$	$\frac{1}{\lambda^2}$

2.4.10　联合分布和边缘分布

假设有两个随机变量,一个方法是分别考虑它们,如果这样做,只需要 $F_X(x)$和 $F_Y(y)$。但是,如果想知道在随机试验的结果中 X 和 Y 同时假设的值,需要一个更复杂的结构,称为 X 和 Y 的联合累积分布函数,定义如下:

$$F_{XY}(x,y)=P(X\leqslant x,Y\leqslant y)$$

可以证明,通过了解联合累积分布函数,可以计算出任何涉及 X 和 Y 的事件的概率。

联合累积分布函数 $F_{XY}(x,y)$和每个变量的联合分布函数 $F_X(x)$和 $F_Y(y)$分别由下式关联

$$F_X(x)=\lim_{y\to\infty}F_{XY}(x,y)\mathrm{d}y$$

$$F_Y(y)=\lim_{x\to\infty}F_{XY}(x,y)\mathrm{d}x$$

这里称 $F_X(x)$和 $F_Y(y)$为 $F_{XY}(x,y)$的边缘累积概率分布函数。

性质:

(1) $0\leqslant F_{XY}(x,y)\leqslant 1$。

(2) $\lim\limits_{x,y\to\infty}F_{XY}(x,y)=1$。

(3) $\lim\limits_{x,y\to-\infty}F_{XY}(x,y)=0$。

(4) $F_X(x)=\lim\limits_{y\to\infty}F_{XY}(x,y)$。

2.4.11　条件概率分布

条件概率分布试图回答这样一个问题,当知道 X 必须取某个值 x 时,Y 上的概率分布是什么?在离散情况下,给定 Y 的条件概率质量函数是简单的:

$$p_{Y|X}(y\mid x)=\frac{p_{XY}(x,y)}{p_X(x)}$$

假设分母不等于 0。

在连续的情况下,在技术上要复杂一点,因为连续随机变量的概率等于 0。忽略这一技术点,通过类比离散情况,简单地定义给定 $X=x$ 的条件概率密度为

$$f_{Y|X}(y\mid x)=\frac{f_{XY}(x,y)}{f_X(x)}$$

假设分母不等于 0。

2.4.12　贝叶斯定理

当试图推导一个变量给定另一个变量的条件概率表达式时,经常出现的一个有用公式是贝叶斯定理。

对于离散随机变量 X 和 Y:

$$P_{Y|X}(y\mid x)=\frac{P_{XY}(x,y)}{P_X(x)}=\frac{P_{X|Y}(x\mid y)P_Y(y)}{\sum\limits_{y'\in \mathrm{Val}(Y)}P_{X|Y}(x\mid y')P_Y(y')}$$

对于连续随机变量 X 和 Y:

$$f_{Y|X}(y \mid x)=\frac{f_{XY}(x,y)}{f_X(x)}=\frac{f_{X|Y}(x \mid y)f_Y(y)}{\int_{-\infty}^{\infty} f_{X|Y}(x \mid y')f_Y(y')\mathrm{d}y'}$$

2.4.13 独立性

如果对于 X 和 Y 的所有值,$F_{XY}(x,y)=F_X(x)F_Y(y)$,则两个随机变量 X 和 Y 是独立的。同样地有如下规律。

(1) 对于离散随机变量,对于任意的 $x\in \mathrm{Val}(X)$, $y\in \mathrm{Val}(Y)$,$p_{XY}(x,y)=p_X(x)p_Y(y)$。

(2) 对于离散随机变量,$p_Y|X(y|x)=p_Y(y)$,对于任意的 $y\in \mathrm{Val}(Y)$且当 $p_X(x)\neq 0$ 时成立。

(3) 对于连续随机变量,$f_{XY}(x,y)=f_X(x)f_Y(y)$,对于任意的 $x,y\in \mathbb{R}$ 成立。

(4) 对于连续随机变量,$f_{Y|X}(y|x)=f_Y(y)$,当 $f_X(x)\neq 0$ 时对于任意的 $y\in \mathbb{R}$ 成立。

非正式地说,如果"知道"一个变量的值永远不会对另一个变量的条件概率分布有任何影响,那么两个随机变量 X 和 Y 是独立的。也就是说,只要知道 $f(x)$和 $f(y)$就知道关于这对变量(X,Y)的所有信息。以下引理将这一观察形式化。

如果 X 和 Y 是独立的,那么对于任何 $A,B\subseteq\mathbb{R}$,有

$$P(X\in A,Y\in B)=P(X\in A)P(Y\in B)$$

利用上述引理,可以证明如果 X 与 Y 无关,那么 X 的任何函数都与 Y 的任何函数无关。

2.4.14 期望和协方差

假设有两个离散的随机变量 X、Y,并且 $g:\mathbb{R}^2\to\mathbb{R}$ 是这两个随机变量的函数。那么 g 的期望值以如下方式定义:

$$E[g(X,Y)]\triangleq\sum_{x\in \mathrm{Val}(X)}\sum_{y\in \mathrm{Val}(Y)} g(x,y)p_{XY}(x,y)$$

对于连续随机变量 X、Y,类似的表达式是:

$$E[g(X,Y)]=\int_{-\infty}^{\infty}\int_{-\infty}^{\infty} g(x,y)f_{XY}(x,y)\mathrm{d}x\mathrm{d}y$$

可以用期望的概念来研究两个随机变量之间的关系。特别地,两个随机变量的协方差定义为

$$\mathrm{Cov}[X,Y]\triangleq E[(X-E[X])(Y-E[Y])]$$

使用类似于方差的推导,可以将它重写为

$$\begin{aligned}\mathrm{Cov}[X,Y]&=E[(X-E[X])(Y-E[Y])]\\&=E[XY-XE[Y]-YE[X]+E[X]E[Y]]\\&=E[XY]-E[X]E[Y]-E[Y]E[X]+E[X]E[Y]]\\&=E[XY]-E[X]E[Y]\end{aligned}$$

在这里,说明两种协方差形式相等的关键步骤是第三个等号,在这里使用了这样一个

事实,即 $E[X]$ 和 $E[Y]$ 实际上是常数,可以被提出来。当 $\mathrm{cov}[X,Y]=0$ 时,就说 X 和 Y 不相关。

性质:

(1) 期望线性:$E[f(X,Y)+g(X,Y)]=E[f(X,Y)]+E[g(X,Y)]$。

(2) $\mathrm{Var}[X+Y]=\mathrm{Var}[X]+\mathrm{Var}[Y]+2\mathrm{Cov}[X,Y]$。

(3) 如果 X 和 Y 相互独立,那么 $\mathrm{Cov}[X,Y]=0$。

(4) 如果 X 和 Y 相互独立,那么 $E[f(X)g(Y)]=E[f(X)]E[g(Y)]$。

2.4.15　KL 散度

KL 散度是描述两个概率分布 $P(x)$ 和 $Q(x)$ 相似度的一种度量,记为 $D(Q||P)$。它在机器学习领域有很多应用。

对于离散随机变量,KL 散度的定义为 $D(Q\,||\,P)=\sum_i Q(i)\log\frac{Q(i)}{P(i)}$。对于连续变量,KL 散度定义是:

$$D(Q\,||\,P)=\int Q(x)\log\frac{Q(x)}{P(x)}\mathrm{d}x$$

很容易得知 $D(Q||P)\geqslant 0$;当且仅当 $Q=P$ 时,$D(Q||P)=0$。这项定义可轻易地由 Jensen 不等式证明:

$$D(Q\,||\,P)=\int Q(x)\log\frac{P(x)}{Q(x)}\mathrm{d}x\leqslant \log Q(x)\frac{P(x)}{Q(x)}\mathrm{d}x=\log\int P(x)\mathrm{d}x$$

需要指出的是,KL 散度并不是严格意义上的距离度量,它是非对称的,并不满足三角不等式。

注意:在所有机器学习文献中,log 函数的默认底数是 e,全书同。

2.5　优化理论

优化是绝大多数机器学习和统计技术的核心。优化与机器学习有什么关系呢?可以这样说:机器学习在本质上是一个最优化过程,对于要实现的智能,也是通过学习以求得最优解。这是一个总的大框架,机器学习的问题到最后几乎都是回到最优解问题。

不管是传统的机器学习还是深度学习,或者是大有潜力的强化学习,它们的基础核心思想都可以提升到最优化问题。

2.5.1　梯度下降法

梯度下降法又名最速下降法,是求解无约束最优化问题的常用方法。它实现起来非常简单,只需要求解目标函数的梯度向量即可。

假设函数 $f(\boldsymbol{x})$ 在 $\mathbb{R}^n$ 上具有一阶连续偏导数。需要优化的无约束问题是:

$$\min_{\boldsymbol{x}\in\mathbf{R}^n} f(\boldsymbol{x})$$

用 $\boldsymbol{x}^*$ 表示目标函数 $f(\boldsymbol{x})$ 上的极小点。可选取 $\boldsymbol{x}^{(0)}$ 作为适当的初值,设置迭代式,经过不

断迭代,更新 $\boldsymbol{x}$ 的值,进行目标函数的极小化,直至收敛。根据优化方面的理论,负梯度方向是令函数值下降最快的方向,可以沿负梯度的方向不断更新 $\boldsymbol{x}$ 的值,从而达到优化的目的。

$f(\boldsymbol{x})$具有一阶连续偏导数,若第 k 次迭代值为 $\boldsymbol{x}^{(k)}$,则可将 $f(\boldsymbol{x})$在 $\boldsymbol{x}^{(k)}$ 附近进行一阶泰勒展开:

$$f(\boldsymbol{x})=f(\boldsymbol{x}^{(k)})+\boldsymbol{g}_k^{\mathrm{T}}(\boldsymbol{x}-\boldsymbol{x}^{(k)})$$

其中,$\boldsymbol{g}_k=\nabla f(\boldsymbol{x}^{(k)})$为 $f(\boldsymbol{x})$在 $\boldsymbol{x}^{(k)}$ 处的梯度。

根据梯度下降法,可得第 $k+1$ 次迭代值 $\boldsymbol{x}^{(k+1)}$

$$\boldsymbol{x}^{(k+1)}=\boldsymbol{x}^{(k)}+\lambda_k\boldsymbol{p}_k$$

其中,$\boldsymbol{p}_k=-\nabla f(\boldsymbol{x}^{(k)})$是负梯度搜索方向,$\lambda_k$ 是步长,由以下优化问题确定:

$$f(\boldsymbol{x}^{(k)}+\lambda_k\boldsymbol{p}_k)=\min_{\lambda\geqslant 0} f(\boldsymbol{x}^{(k)}+\lambda\boldsymbol{p}_k)$$

当目标函数是凸函数时,不断地迭代上述式子可收获全局最优解。

2.5.2 牛顿法

牛顿法或拟牛顿法也是求解无约束问题的常用方法。相较于梯度下降法,其有收敛速度快的优点。

考虑无约束优化问题

$$\min_{x\in\mathbf{R}^n} f(\boldsymbol{x})$$

$\boldsymbol{x}^*$ 是目标函数 $f(\boldsymbol{x})$上的极小点。假定函数 $f(\boldsymbol{x})$具有二阶连续偏导数,若第 k 次迭代值为$\boldsymbol{x}^{(k)}$,则可将 $f(\boldsymbol{x})$在 $\boldsymbol{x}^{(k)}$ 附近进行二阶泰勒展开:

$$f(\boldsymbol{x})=f(\boldsymbol{x}^{(k)})+\boldsymbol{g}_k^{\mathrm{T}}(\boldsymbol{x}-\boldsymbol{x}^{(k)})+\frac{1}{2}(\boldsymbol{x}-\boldsymbol{x}^{(k)})^{\mathrm{T}}\boldsymbol{H}_k(\boldsymbol{x}-\boldsymbol{x}^{(k)})$$

其中,$\boldsymbol{g}_k=\nabla f(\boldsymbol{x}^{(k)})$为 $f(\boldsymbol{x})$在 $\boldsymbol{x}^{(k)}$ 处的梯度,而 $\boldsymbol{H}_k=\boldsymbol{H}(\boldsymbol{x}^{(k)})$为 $f(\boldsymbol{x})$在 $\boldsymbol{x}^{(k)}$ 处的黑塞矩阵(二阶导数)$\boldsymbol{H}(\boldsymbol{x})=\left[\frac{\partial^2 f}{\partial x_i\partial x_j}\right]_{n\times n}$。

函数 $f(\boldsymbol{x})$有极值的必要条件是 $f(\boldsymbol{x})$在极值点处的一阶导数是 0,即梯度向量 $\nabla f(\boldsymbol{x})=0$。每次迭代都从 $\boldsymbol{x}^{(k)}$ 开始,求目标函数的极小点,以作为第 $k+1$ 次的迭代值 $\boldsymbol{x}^{(k+1)}$。具体地说,若 $\boldsymbol{x}^{(k+1)}$ 满足$\nabla f(\boldsymbol{x}^{(k+1)})=\boldsymbol{g}_k+\boldsymbol{H}_k(\boldsymbol{x}-\boldsymbol{x}^{(k)})=0$,可得迭代式:

$$\boldsymbol{x}^{(k+1)}=\boldsymbol{x}^{(k)}-\boldsymbol{H}_k^{-1}\boldsymbol{g}_k$$

通过迭代上述式子,可得最终的最优解。一般来说,利用牛顿法求解比利用梯度下降法求解性能更优。

在牛顿法的求解中,需要计算黑塞矩阵的逆矩阵 $\boldsymbol{H}_k^{-1}$,这个计算比较复杂,因此,有学者提出利用一个 n 阶矩阵 $\boldsymbol{G}_k=\boldsymbol{G}(\boldsymbol{x}^{(k)})$代替 $\boldsymbol{H}_k^{-1}$。首先,$\boldsymbol{H}_k^{-1}$ 满足以下条件:

$$\boldsymbol{g}_{k+1}-\boldsymbol{g}_k=\boldsymbol{H}_k(\boldsymbol{x}^{(k+1)}-\boldsymbol{x}^{(k)})$$

令 $\boldsymbol{y}_k=\boldsymbol{g}_{k+1}-\boldsymbol{g}_k$ 和 $\boldsymbol{\delta}_k=\boldsymbol{x}^{(k+1)}-\boldsymbol{x}^{(k)}$,可得 $\boldsymbol{y}_k=\boldsymbol{H}_k\boldsymbol{\delta}_k$。注:以上为拟牛顿条件。

若 $\boldsymbol{H}_k(\boldsymbol{H}_k^{-1})$是正定的,则可保证搜索方向是下降的。利用 $\boldsymbol{G}_k$ 代替 $\boldsymbol{H}_k^{-1}$,所以要求 $\boldsymbol{G}_k$ 也具备相同的条件,即 $\boldsymbol{G}_k$ 必须是正定的,且满足 $\boldsymbol{G}_{k+1}\boldsymbol{y}_k=\boldsymbol{\delta}_k$。按照拟牛顿条件,可得 $\boldsymbol{G}_k$ 的迭代式 $\boldsymbol{G}_k=\boldsymbol{G}_k+\Delta\boldsymbol{G}_k$。

值得注意的是，$\Delta \boldsymbol{G}_k$ 有多种选择，本书只附上最简单的概率密度函数算法中 $\boldsymbol{G}_k$ 的迭代式：

$$\boldsymbol{G}_k=\boldsymbol{G}_k+\frac{\boldsymbol{\delta}_k\boldsymbol{\delta}_k^{\mathrm{T}}}{\boldsymbol{\delta}_k^{\mathrm{T}}\boldsymbol{y}_k}-\frac{\boldsymbol{G}_k\boldsymbol{y}_k\boldsymbol{y}_k^{\mathrm{T}}\boldsymbol{G}_k}{\boldsymbol{y}_k^{\mathrm{T}}\boldsymbol{G}_k\boldsymbol{y}_k}$$

2.5.3 拉格朗日乘子法

不管是梯度下降法还是牛顿法都只能用于处理无约束优化问题。对于带约束的优化问题，常常使用的是本节介绍的方法——拉格朗日乘子法。例如，机器学习的代表算法——支持向量机(SVM)就利用拉格朗日乘子法将原始问题转为对偶问题进行求解，可通过求解对偶问题的解获取原始问题的解。

具体地说，首先看原始问题，假设 $f(\boldsymbol{x})$、$c_i(\boldsymbol{x})$和 $h_j(\boldsymbol{x})$是定义在$\mathbb{R}^n$上的连续可微函数，则有以下约束优化问题：

$$\min_{\boldsymbol{x}\in\mathbf{R}^n} f(\boldsymbol{x})$$
$$\text{s.t.}c_i(\boldsymbol{x})\leqslant 0, i=1,2,\cdots,k$$
$$h_j(\boldsymbol{x})=0, j=1,2,\cdots,l$$

引入拉格朗日乘子 α_i 和 β_j，将原始优化问题转化成拉格朗日函数：

$$L(\boldsymbol{x},\boldsymbol{\alpha},\boldsymbol{\beta})=f(\boldsymbol{x})+\sum_{i=1}^{k}\alpha_i c_i(\boldsymbol{x})+\sum_{j=1}^{l}\beta_j h_j(\boldsymbol{x})$$

由此，存在以下优化问题：

$$\theta_P(\boldsymbol{x})=\max_{\boldsymbol{\alpha},\boldsymbol{\beta}:\alpha_i\geqslant 0} L(\boldsymbol{x},\boldsymbol{\alpha},\boldsymbol{\beta})$$

需要指出，如果某个 $\boldsymbol{x}$ 违反原始问题的约束条件，即使得 $c_i(\boldsymbol{x})>0$ 或 $h_j(\boldsymbol{x})\neq 0$，则会使：

$$\theta_P(\boldsymbol{x})=\max_{\boldsymbol{\alpha},\boldsymbol{\beta}:\alpha_i\geqslant 0}\left[f(\boldsymbol{x})+\sum_{i=1}^{k}\alpha_i c_i(\boldsymbol{x})+\sum_{j=1}^{l}\beta_j h_j(\boldsymbol{x})\right]=+\infty$$

因为若某个 $\boldsymbol{x}$ 使得 $c_i(\boldsymbol{x})>0$，则可令 $\alpha_i\rightarrow+\infty$；若某个 $\boldsymbol{x}$ 使得 $h_j(\boldsymbol{x})\neq 0$，则可令 $\beta_j\rightarrow+\infty$。

若 $\boldsymbol{x}$ 全都满足约束条件，则 $\theta_P(\boldsymbol{x})=f(\boldsymbol{x})$。因此，

$$\theta_P(\boldsymbol{x})=\begin{cases}f(\boldsymbol{x}) & \boldsymbol{x}\text{ 满足原始问题约束}\\+\infty & \text{其他}\end{cases}$$

基于以上等式，可构建以下极小化问题：

$$\min_{\boldsymbol{x}}\theta_P(\boldsymbol{x})=\min_{\boldsymbol{x}}\max_{\boldsymbol{\alpha},\boldsymbol{\beta}:\alpha_i\geqslant 0} L(\boldsymbol{x},\boldsymbol{\alpha},\boldsymbol{\beta})$$

以上问题也可称作拉格朗日函数的极小极大问题。该问题与原始问题等价，即它们存在相同的解。定义以上原始问题的最优值：

$$p^*=\min_{\boldsymbol{x}}\theta_P(\boldsymbol{x})$$

回过头来，看对偶问题。首先定义

$$\theta_D(\boldsymbol{\alpha},\boldsymbol{\beta})=\min_{\boldsymbol{x}} L(\boldsymbol{x},\boldsymbol{\alpha},\boldsymbol{\beta})$$

再考虑对上述式子极大化，即

$$\max_{\boldsymbol{\alpha},\boldsymbol{\beta}:\boldsymbol{\alpha}\geqslant 0}\theta_D(\boldsymbol{\alpha},\boldsymbol{\beta})=\max_{\boldsymbol{\alpha},\boldsymbol{\beta}:\boldsymbol{\alpha}\geqslant 0}\min_{\boldsymbol{x}}L(\boldsymbol{x},\boldsymbol{\alpha},\boldsymbol{\beta})$$

以上问题则是拉格朗日函数的极小极大问题。该问题可以表示成带约束的优化问题

$$\max_{\boldsymbol{\alpha},\boldsymbol{\beta}}\theta_D(\boldsymbol{\alpha},\boldsymbol{\beta})=\max_{\boldsymbol{\alpha},\boldsymbol{\beta}}\min_{x}L(\boldsymbol{x},\boldsymbol{\alpha},\boldsymbol{\beta})$$

$$\text{s.t.}\alpha_i\geqslant 0,i=1,2,\cdots,k$$

该问题就是原始问题的对偶问题。对偶问题的最优值则是

$$d^*=\max_{\boldsymbol{\alpha},\boldsymbol{\beta}:\boldsymbol{\alpha}\geqslant 0}\theta_D(\boldsymbol{\alpha},\boldsymbol{\beta})$$

接下来,讨论原始问题和对偶问题的对应关系。

对任意的 $\boldsymbol{\alpha}$、$\boldsymbol{\beta}$ 和 $\boldsymbol{x}$,存在以下关系:

$$\theta_D(\boldsymbol{\alpha},\boldsymbol{\beta})=\min_{\boldsymbol{x}}L(\boldsymbol{x},\boldsymbol{\alpha},\boldsymbol{\beta})\leqslant L(\boldsymbol{x},\boldsymbol{\alpha},\boldsymbol{\beta})\leqslant\max_{\boldsymbol{\alpha},\boldsymbol{\beta}:\boldsymbol{\alpha}\geqslant 0}L(\boldsymbol{x},\boldsymbol{\alpha},\boldsymbol{\beta})=\theta_P(\boldsymbol{x})$$

因此

$$\theta_D(\boldsymbol{\alpha},\boldsymbol{\beta})\leqslant\theta_P(\boldsymbol{x})$$

由于原始问题和对应的对偶问题都有最优值,所以

$$d^*=\max_{\boldsymbol{\alpha},\boldsymbol{\beta}:\boldsymbol{\alpha}\geqslant 0}\min_{x}L(\boldsymbol{x},\boldsymbol{\alpha},\boldsymbol{\beta})\leqslant\min_{\boldsymbol{x}}\max_{\boldsymbol{\alpha},\boldsymbol{\beta}:\boldsymbol{\alpha}\geqslant 0}L(\boldsymbol{x},\boldsymbol{\alpha},\boldsymbol{\beta})=p^*$$

由上式可知,原始问题和其对偶问题在某些条件下最优值相等。这个时候可利用解对偶问题代替原始问题获取全局最优解。Karush、Kuhn 和 Tucker 三位学者对此展开研究,提出了原始问题和对偶问题解相等的充分必要条件是 KKT 条件,即

$$\nabla_x L(\boldsymbol{x}^*,\boldsymbol{\alpha}^*,\boldsymbol{\beta}^*)=0$$

$$\alpha_i^* c_i(\boldsymbol{x}^*)=0,i=1,2,\cdots,k$$

$$c_i(\boldsymbol{x}^*)\leqslant 0,i=1,2,\cdots,k$$

$$\alpha_i^*\geqslant 0,i=1,2,\cdots,k$$

$$h_j(\boldsymbol{x}^*)=0,j=1,2,\cdots,l$$

需要指出,第二项约束是 KKT 条件的对偶互补条件。由此,还可以获得如下结论:若 $\alpha_i^*>0$,则 $c_i(\boldsymbol{x}^*)=0$。

习题

一、单选题

1. 函数 $y=\dfrac{1}{x^2+1}$是(　　)。

A. 偶函数　　B. 奇函数　　C. 单调函数　　D. 无界函数

2. 设 $f\left(\sin\dfrac{x}{2}\right)=\cos x+1$,则 $f(x)$为(　　)。

A. $2x^2-2$　　B. $2-2x^2$　　C. $1+x^2$　　D. $1-x^2$

3. $f(x)$在点 $x=x_0$ 处连续是函数 $f(x)$在点 $x=x_0$ 处可微的(　　)。

A. 充分条件　　B. 必要条件

C. 充分必要条件　　D. 无关条件

4. 函数 $f(x)=|x|$ 在 $x=0$ 的微分是(　　)。

A. 0　　B. $-\mathrm{d}x$　　C. $\mathrm{d}x$　　D. 不存在

5. 如果 $\boldsymbol{D}=\begin{vmatrix} a_{11} & a_{12} & a_{13} \\ a_{21} & a_{22} & a_{23} \\ a_{31} & a_{32} & a_{33} \end{vmatrix}$,则行列式 $\begin{vmatrix} a_{11} & 2a_{12} & 3a_{13} \\ 2a_{21} & 4a_{22} & 6a_{23} \\ 3a_{31} & 6a_{32} & 9a_{33} \end{vmatrix}$ 为(　　)。

A. $6\boldsymbol{D}$　　B. $12\boldsymbol{D}$　　C. $24\boldsymbol{D}$　　D. $36\boldsymbol{D}$

6. 设 $\boldsymbol{A}$ 为 n 阶方阵,$R(\boldsymbol{A})=r<n$,则(　　)。

A. $\boldsymbol{A}$ 的解不可逆　　B. $|\boldsymbol{A}|=0$

C. $\boldsymbol{A}$ 中所有 r 阶子式不为 0　　D. $\boldsymbol{A}$ 中没有不等于 0 的 r 阶子式

7. 如果 $\begin{cases} 3x+ky+z=0 \\ \quad 4y+z=0 \\ kx-5y-z=0 \end{cases}$ 有非 0 解,则 k 应为(　　)。

A. $k=0$　　B. $k=1$　　C. $k=2$　　D. $k=-2$

8. 设向量 $\boldsymbol{\alpha}=(1,-2,0)^{\mathrm{T}}$,$\boldsymbol{\beta}=(2,t,1)^{\mathrm{T}}$ 正交,则 t 应为(　　)。

A. 0　　B. 1　　C. 2　　D. 3

9. 已知存在事件 A 和事件 B,$P(A)=0.8$,$P(AB)=0.4$,则概率 $P(B|A)$ 为(　　)。

A. 0.4　　B. 0.5　　C. 0.6　　D. 0.7

10. 随机变量 X 的数学期望是 μ,而 k 和 b 是常数,则有 $E(kX+b)=$(　　)。

A. $k\mu$　　B. $b\mu$　　C. $k^2\mu$　　D. $k\mu+b$

11. 设随机事件 A 与 B 相互独立,则 $P(A+B)=$(　　)。

A. $P(A)+P(B)$　　B. $P(A)+P(B)-P(A)P(B)$

C. $P(A)P(B)$　　D. $P(\bar{A})+P(\bar{B})$

二、多选题

1. 下列命题正确的是(　　)。

A. $(\boldsymbol{AB})^{\mathrm{T}}=\boldsymbol{B}^{\mathrm{T}}\boldsymbol{A}^{\mathrm{T}}$

B. 若 $\boldsymbol{A}\neq\boldsymbol{B}$,则 $|\boldsymbol{A}|\neq|\boldsymbol{B}|$

C. 设 $\boldsymbol{A}$、$\boldsymbol{B}$ 为三角形矩阵,则$(\boldsymbol{A}+\boldsymbol{B})$为三角形矩阵

D. $\boldsymbol{A}^2-\boldsymbol{E}^2=(\boldsymbol{A}+\boldsymbol{E})(\boldsymbol{A}-\boldsymbol{E})$

2. 下列关于特征值和特征向量说法错误的是(　　)。

A. 矩阵 $\boldsymbol{A}$ 的特征值之和等于矩阵 $\boldsymbol{A}$ 的迹

B. 如果 λ 是矩阵 $\boldsymbol{A}$ 的特征值,则 $f(\lambda)$是矩阵 $\boldsymbol{A}$ 的多项式 $f(\boldsymbol{A})$的特征值

C. 如果 λ 是矩阵 $\boldsymbol{A}$ 的特征值且矩阵 $\boldsymbol{A}$ 可逆,则 $|\boldsymbol{A}|/\lambda$ 是 $\boldsymbol{A}^{-1}$ 的特征值

D. n 阶矩阵 $\boldsymbol{A}$ 的特征值互不相同,则它们各自对应的特征向量线性相关

3. 关于连续随机变量 X 的密度函数 $f(x)$说法错误的是(　　)。

A. $0\leqslant f(x)\leqslant 1$　　B. 在定义域内单调递减

C. $\int_{-\infty}^{+\infty} f(x)\,\mathrm{d}x=1$　　D. $\lim\limits_{x\to+\infty} f(x)=1$

4. 关于两个概率分布 $P(x)$ 和 $Q(x)$ 的 KL 散度说法正确的是(　　)。

A. $D(Q||P)\geqslant 0$

B. $D(Q||P)=D(P||Q)$

C. KL 散度主要用于描述两个概率分布的相似性

D. 当 $Q=P$ 时,$D(Q||P)$的值最大

5. 以下关于优化理论的说法正确的是(　　)。

A. 梯度下降法和牛顿法可以用于求解无约束问题

B. 拉格朗日乘子法主要用于处理有约束问题

C. 在牛顿法的求解中,计算黑塞矩阵只需要求解一阶导数即可

D. 在拉格朗日乘子法中,KKT 条件是原始问题和对偶问题成立的充要条件

三、判断题

1. 若事件 A 和 B 相互独立,则 $P(AB)=0$。 (　　)

2. 矩阵 $\boldsymbol{A}=\begin{bmatrix}1 & 2 & 3\\ 2 & -1 & 1\\ 0 & 1 & 1\end{bmatrix}$ 的秩是 2。 (　　)

3. 交换行列式的两行,行列式的值变号。 (　　)

4. 正交阵一定是可逆阵。 (　　)

参考文献

[1] KOLTER Z. Linear algebra review and reference[J]. Available Online Http, 2015.

[2] MALEKI A, DO T. Review of probability theory[J]. Stanford University, 2019.

[3] 同济大学数学系. 高等数学(上册)[M]. 北京:人民邮电出版社,2017.

[4] 同济大学数学系. 高等数学(下册)[M]. 北京:人民邮电出版社,2017.

[5] 同济大学数学系.线性代数[M]. 北京:人民邮电出版社,2017.

[6] 同济大学数学系.概率论与数理统计[M]. 北京:人民邮电出版社,2017.

[7] BOYD S, VANDENBERGHE L. Convex optimization[M]. Cambridge: Cambridge University Press, 2004.

第3章 机器学习库 Scikit-learn

Scikit-learn 是基于 NumPy、SciPy 和 Matplotlib 的开源 Python 机器学习包，它封装了一系列数据预处理、机器学习算法、模型选择等工具，是数据分析师首选的机器学习工具包。

自 2007 年发布以来，Scikit-learn 已经成为 Python 重要的机器学习库。Scikit-learn 简称 Sklearn，支持包括分类、回归、降维和聚类四大机器学习算法，还包括了特征提取、数据处理和模型评估三大模块。

3.1 背景知识

机器学习的编程语言没有限制，读者可选用自己熟悉的语言对算法进行实现。本书的代码基于 Python 编写。回顾一下本书需要掌握的 Python 相关知识，限于篇幅，本书不再对 Python 的使用进行详细讲解，仅列出使用 Python 进行机器学习算法所需要掌握的知识点。

(1) Python 环境的安装：包括安装 Anaconda、Jupyter 和 PyCharm。

(2) Python 数据结构：列表、元组、集合、字典。

① 列表是用来存储一连串元素的容器，用[ ]来表示，其他元素类型可不相同。

② 元组与列表类似，元组中的元素也可进行索引计算，用()来表示。二者的区别是列表里面的元素值可以被修改，而元组中的元素值不可以被修改，只能读取。

③ 集合有两个功能：一是进行集合操作；二是消除重复元素。集合的格式是 set()，其中()内可以是列表、字典或字符串。

④ 字典(dict)也称作关联数组，用{ }表示，使用键-值存储。

(3) Python 控制流：顺序结构、分支结构、循环结构。

(4) Python 函数：定义函数、调用函数、高阶函数。

(5) Python 主要模块：NumPy、Pandas、SciPy、Matplotlib、Scikit-learn。

(6) NumPy：是一个用 Python 实现的科学计算扩展程序库。

(7) Pandas：是基于 NumPy 的一种工具，为解决数据分析任务而创建。

(8) SciPy：是一款为科学和工程设计的工具包，包括统计、优化、线性代数、傅里叶变化等。

(9) Matplotlib:是一款2D绘图库,以各种硬拷贝格式和跨平台的交互式环境生成绘图、直方图、功率谱、条形图等。

(10) Scikit-learn:Python重要的机器学习库。

Scikit-learn概述

3.2 Scikit-learn概述

Scikit-learn是基于Python语言的机器学习工具。它建立在NumPy、SciPy、Pandas和Matplotlib之上,里面的应用程序编程接口(application programming interface,API)的设计非常好,所有对象的接口简单,很适合新手。

Scikit-learn库的算法主要有四类:分类、回归、聚类、降维。

(1) 常用的回归:线性回归、决策树回归、SVM回归、KNN回归。集成回归:随机森林、Adaboost、GradientBoosting、Bagging、ExtraTrees。

(2) 常用的分类:线性分类、决策树、SVM、KNN,朴素贝叶斯。集成分类:随机森林、Adaboost、GradientBoosting、Bagging、ExtraTrees。

(3) 常用聚类:K均值(K-means)、层次聚类(hierarchical clustering)、DBSCAN。

(4) 常用降维:线性判别分析(linear discriminant analysis,LDA)、PCA。

图3-1代表了Scikit-learn算法选择的一个简单路径,这个路径图代表:蓝色圆圈(见彩插)是判断条件,绿色方框是可以选择的算法,可以根据自己的数据特征和任务目标去找一条自己的操作路线。

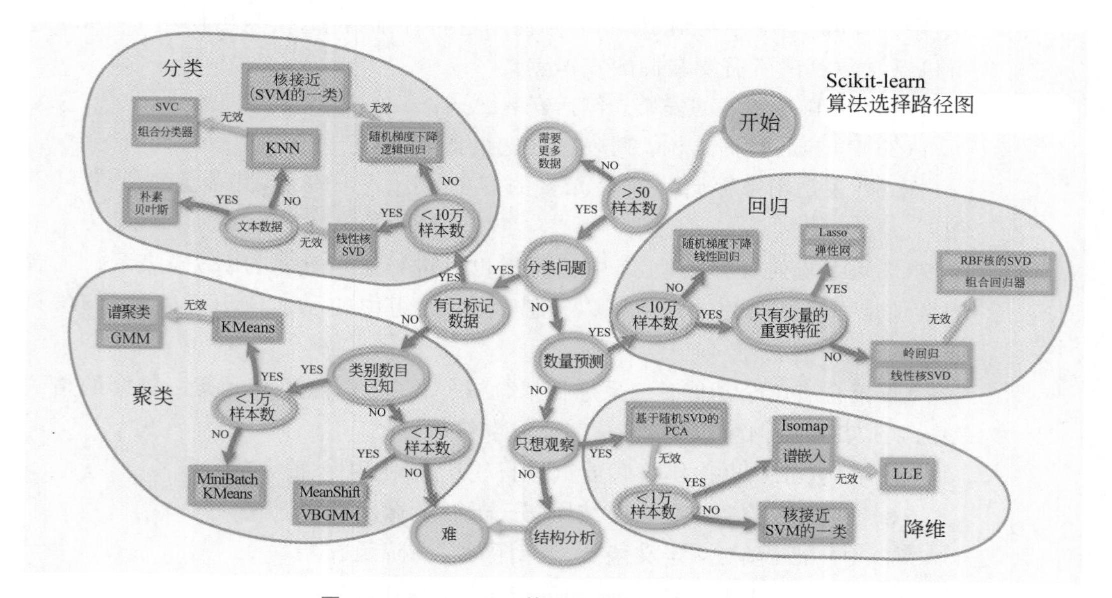

图3-1 Scikit-learn算法选择路径图(见彩插)

Scikit-learn中包含众多与数据预处理和特征工程相关的模块,但其实Scikit-learn六大板块中有两块都是关于数据预处理和特征工程的,两个板块互相交互,为建模之前的全部工程打下基础。

Scikit-learn
主要用法 1

3.3　Scikit-learn 主要用法

3.3.1　基本建模流程

基本建模的符号标记如表 3-1 所示。

表 3-1　符号标记

符　　号	代表含义
X_train	训练数据
X_test	测试数据
X	完整数据
y_train	训练集标签
y_test	测试集标签
y	数据标签
y_pred	预测标签

1. 导入工具包

导入工具包的方法如下(这里使用伪代码)。

```
from sklearn import 包名称
from sklearn.库名称 import 包名称
```

代码示例如下。

```
1.  from sklearn import datasets, preprocessing
2.  #导入数据集,数据预处理库
3.  from sklearn.model_selection import train_test_split
4.  #从模型选择库导入数据切分包
5.  from sklearn.linear_model import LinearRegression
6.  #从线性模型库导入线性回归包
7.  from sklearn.metrics import r2_score
8.  #从评价指标库导入 R2 评价指标
```

2. 导入数据

导入数据的方法如下。

```
from sklearn.datasets import 数据名称
```

Scikit-learn 支持以 NumPy 的 arrays 对象、Pandas 对象、SciPy 的稀疏矩阵及其他可

转换为数值型 arrays 的数据结构作为其输入，前提是数据必须是数值型的。

sklearn.datasets 模块提供了一系列加载和获取著名数据集如鸢尾花、波士顿房价、Olivetti 人脸、MNIST 数据集等的工具，也包括了一些 toy data 如 S 型数据等的生成工具。

Scikit-learn 内置了很多可以用于机器学习的数据，用两行代码就可以使用这些数据。内置数据分为可以直接使用的自带数据集、需要下载的自带数据集及生成数据集。

1）可以直接使用的自带数据集

此类数据集可以直接导入使用数据，数据集和描述如表 3-2 所示。

表 3-2 可以直接使用的自带数据集

数据集名称	描　述	类　型	维　度
load_boston	波士顿房屋价格	回归	506×13
fetch_california_housing	加州住房	回归	20640×9
load_diabetes	糖尿病	回归	442×10
load_digits	手写字	分类	1797×64
load_breast_cancer	乳腺癌	分类、聚类	(357+212)×30
load_iris	鸢尾花	分类、聚类	(50×3)×4
load_wine	葡萄酒	分类	(59+71+48)×13
load_linnerud	体能训练	多分类	20

2）需要下载的自带数据集

此类数据集第一次使用，需要联网下载数据，数据集和描述如表 3-3 所示。

表 3-3 需要下载的自带数据集

数据集名称	描　述
fetch_20newsgroups	用于文本分类、文本挖掘和信息检索研究的国际标准数据集之一，数据集收集了大约 20 000 个新闻组文档，均匀分为 20 个不同主题的新闻组集合，返回一个可以提取文本特征的提取器
fetch_20newsgroups_vectorized	这是上面这个文本数据向量化后的数据，返回一个已提取特征的文本序列，即不需要使用特征提取器
fetch_california_housing	加利福尼亚的房价数据，总计 20 640 个样本，每个样本由 8 个属性表示，房价作为 target，所有属性值均为 number，详情可调用 fetch_california_housing()['DESCR']，了解每个属性的具体含义
fetch_covtype	森林植被类型，总计 581 012 个样本，每个样本由 54 个维度表示(12 个属性，其中 2 个分别是 onehot4 维和 onehot40 维)，target 表示植被类型 1～7，所有属性值均为 number，详情可调用 fetch_covtype()['DESCR']了解每个属性的具体含义
fetch_kddcup99	KDD 竞赛在 1999 年举行时采用的数据集，KDD99 数据集仍然是网络入侵检测领域的事实 Benckmark，为基于计算智能的网络入侵检测研究奠定基础，包含 41 项特征

续表

数据集名称	描　述
fetch_lfw_pairs	该任务称为人脸验证：给定一对两张图片，二分类器必须预测这两张图片是否来自同一个人
fetch_lfw_people	打好标签的人脸数据集
fetch_mldata	从 mldata.org 中下载数据集
fetch_olivetti_faces	Olivetti 脸部图片数据集
fetch_rcv1	路透社新闻语聊数据集
fetch_species_distributions	物种分布数据集

3）生成数据集

此类数据集可以用于分类任务、回归任务、聚类任务、流形学习、因子分解任务等。这些函数产生样本特征向量矩阵及对应的类别标签集合，数据集和描述如表 3-4 所示。

表 3-4　生成数据集

数据集名称	描　述
make_blobs	多类单标签数据集，为每个类分配一个或多个正态分布的点集
make_classification	多类单标签数据集，为每个类分配一个或多个正态分布的点集，提供了为数据添加噪声的方式，包括维度相关性、无效特征及冗余特征等
make_gaussian-quantiles	将一个单高斯分布的点集划分为两个数量均等的点集，作为两类
make_hastie-10-2	产生一个相似的二元分类数据集，有 10 个维度
make_circle 和 make_moons	产生二维二元分类数据集来测试某些算法的性能，可以为数据集添加噪声，可以为二元分类器产生一些球形判决界面的数据

代码示例如下。

```
1.  #导入内置的鸢尾花数据
2.  from sklearn.datasets import load_iris
3.  iris = load_iris()
4.  #定义数据、标签
5.  X = iris.data
6.  y = iris.target
```

3.3.2　数据预处理

Scikit-learn 主要用法 2

1. 数据划分

机器学习的数据，可以划分为训练集、验证集和测试集，也可以划分为训练集和测试集（见图 3-2）。

代码示例如下。

图 3-2 数据集划分

```
1. from sklearn.model_selection import train_test_split
2. X_train, X_test, y_train, y_test =  train_test_split(X, y, random_state=
    12, stratify=y,  test_size=0.3)
3. #将完整数据集的 70%作为训练集,30%作为测试集,并使得测试集和训练集中各类别数据
   的比例与原始数据集比例一致(stratify 分层策略),另外可通过设置 shuffle=True
   提前打乱数据
```

2. 数据变换操作

sklearn.preprocessing 模块包含了数据变换的主要操作(见表 3-5),数据变换的方法如下。

from sklearn.preprocessing import 库名称

表 3-5 使用 Scikit-learn 进行数据变换

预处理操作	库 名 称
标准化	StandardScaler
最小最大标准化	MinMaxScaler
One-Hot 编码	OneHotEncoder
归一化	Normalizer
二值化(单个特征转换)	Binarizer
标签编码	LabelEncoder
缺失值填补	Imputer
多项式特征生成	PolynomialFeatures

代码示例如下。

```
1. #使用 Scikit-learn 进行数据标准化
2. from sklearn.preprocessing import StandardScaler
3. #构建转换器实例
4. scaler = StandardScaler( )
5. #拟合及转换
6. scaler.fit_transform(X_train)
```

3. 特征选择

特征选择的方法如下。

```
1.  #导入特征选择库
2.  from sklearn import feature_selection as fs
```

- 过滤式(filter)。

```
1.  #保留得分排名前 k 的特征(top k 方式)
2.  fs.SelectKBest(score_func, k)
3.  #交叉验证特征选择
4.  fs.RFECV(estimator, scoring="r2")
```

- 封装式(wrapper),结合交叉验证的递归特征消除法,自动选择最优特征个数。

```
1.  fs.SelectFromModel(estimator)
```

- 嵌入式(embedded),从模型中自动选择特征,任何具有 coef_或 feature_importances_的基模型都可以作为 estimator 参数传入。

3.3.3　监督学习算法

Scikit-learn 主要用法 3

1. 监督学习算法——回归

常见的回归模型如表 3-6 所示。

表 3-6　常见的回归模型

回归模型名称	库　名　称
线性回归	LinearRegression
岭回归	Ridge
LASSO 回归	Lasso
ElasticNet 回归	ElasticNet
决策树回归	tree.DecisionTreeRegressor

代码示例如下。

```
1.  #从线性模型库导入线性回归模型
2.  from sklearn.linear_model import LinearRegression
3.  #构建模型实例
4.  lr = LinearRegression(normalize=True)
5.  #训练模型
6.  lr.fit(X_train, y_train)
7.  #做出预测
8.  y_pred = lr.predict(X_test)
```

2. 监督学习算法——分类

常见的分类模型如表 3-7 所示。

表 3-7 常见的分类模型

模型名称	库 名 称
逻辑回归	linear_model.LogisticRearession
支持向量机	svm.SVC
朴素贝叶斯	naive_bayes.GaussianNB
KNN	neighbors.NearestNeighbors
随机森林	ensemble.RandomForestClassifier
GBDT	ensemble.GradientBoostingClassifier

代码示例如下。

```
1. #从树模型库导入决策树
2. from sklearn.tree import DecisionTreeClassifier
3. #定义模型
4. clf = DecisionTreeClassifier(max_depth=5)
5. #训练模型
6. clf.fit(X_train, y_train)
7. #使用决策树分类算法解决二分类问题,得到的是类别
8. y_pred = clf.predict(X_test)
9. #y_prob 为每个样本预测为 0 和 1 类的概率
10. y_prob = clf.predict_proba(X_test)
```

3.3.4 无监督学习算法

1. 聚类算法

sklearn.cluster 模块包含了一系列无监督聚类算法,聚类使用的方法如下。

```
from sklearn.cluster import 库名称
```

常见的聚类模型如表 3-8 所示。

表 3-8 常见的聚类模型

模型名称	库 名 称
K-means	KMeans
DBSCAN	DBSCAN
层次聚类	AgglomerativeClustering
谱聚类	SpectralClustering

代码示例如下。

```
1.  #从聚类模型库导入 KMeans
2.  from sklearn.cluster import KMeans
3.  #构建聚类实例
4.  kmeans = KMeans(n_clusters=3, random_state=0)
5.  #拟合
6.  kmeans.fit(X_train)
7.  #预测
8.  kmeans.predict(X_test)
```

2. 降维算法

Scikit-learn 中的降维算法都被包括在模块 decomposition 中，sklearn.decomposition 模块本质上是一个矩阵分解模块。最常见的降维方法是 PCA。

降维使用的方法如下。

```
from sklearn.decomposition import 库名称
```

代码示例如下。

```
1.  #导入 PCA 库
2.  from sklearn.decomposition import PCA
3.  #设置主成分数量为 3,n_components 代表主成分数量
4.  pca = PCA(n_components=3)
5.  #训练模型
6.  pca.fit(X)
7.  #投影后各个特征维度的方差比例(这里是 3 个主成分)
8.  print(pca.explained_variance_ratio_)
9.  #投影后的特征维度的方差
10. print(pca.explained_variance_)
```

3.3.5　评价指标

sklearn.metrics 模块包含了一系列用于评价模型的评分函数、损失函数及成对数据的距离度量函数。评价指标主要分为分类评价指标、回归评价指标等，表 3-9 列举了常见的几种评价指标。

评价指标使用的方法如下。

```
from sklearn.metrics import 库名称
```

表 3-9 常见评价指标

评价指标	库名称	使用范围
正确率	accuracy_score	分类
精确率	precision_score	分类
F1 值	f1_score	分类
对数损失	log_loss	分类
混淆矩阵	confusion_matrix	分类
含多种评价的分类报告	classification_report	分类
均方误差 MSE	mean_squared_error	回归
平均绝对误差 MAE	mean_absolute_error	回归
决定系数 R2	r2_score	回归

代码示例如下。

```
1. #从评价指标库导入准确率
2. from sklearn.metrics import accuracy_score
3. #计算样本的准确率
4. accuracy_score(y_test, y_pred)
5. #对于测试集而言,大部分函数都必须包含真实值 y_test 和预测值 y_pred
```

3.3.6 交叉验证及超参数调优

1. 交叉验证

交叉验证的方法如图 3-3 所示,具体原理将在第 7 章讲解,本章仅讲解使用方法。

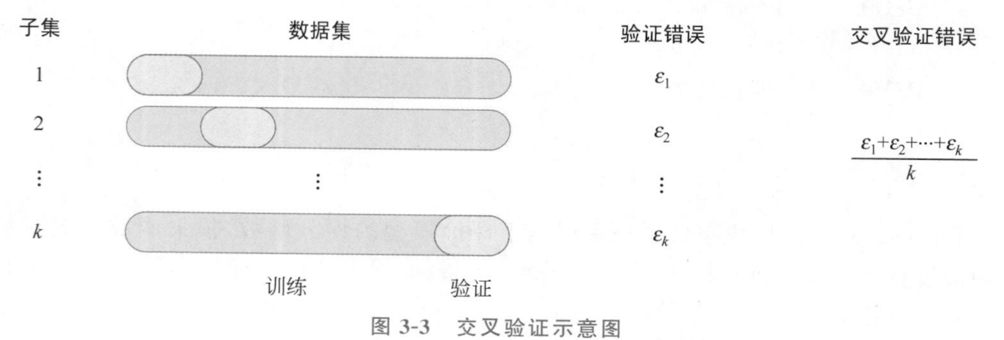

图 3-3 交叉验证示意图

代码示例如下。

```
1. #从模型选择库导入交叉验证分数
2. from sklearn.model_selection import cross_val_score
```

```
3.  clf = DecisionTreeClassifier(max_depth=5)
4.  #使用5折交叉验证对决策树模型进行评估,使用的评分函数为F1值
5.  scores = cross_val_score(clf, X_train, y_train, cv=5, scoring='f1_
    weighted')
```

此外,Scikit-learn 提供了部分带交叉验证功能的模型类,如 LogisticRegressionCV、LassoCV 等,这些类包含 CV 参数。

2. 超参数调优

在机器学习中,超参数指无法从数据中学习而需要在训练前提供的参数。机器学习模型的性能在很大程度上依赖于寻找最佳超参数集。

超参数调整一般指调整模型的超参数,这是一个非常耗时的过程。目前主要有3种最流行的超参数调整技术:网格搜索、随机搜索和贝叶斯搜索。其中,Scikit-learn 内置了网格搜索、随机搜索,本章进行简单讲解,其余调参方法如贝叶斯搜索,本章不进行讨论。

1) 网格搜索

代码示例如下。

```
1.  #从模型选择库导入网格搜索
2.  from sklearn.model_selection import GridSearchCV
3.  from sklearn import svm
4.  svc = svm.SVC()
5.  #把超参数集合作为字典
6.  params = {'kernel':['linear', 'rbf'], 'C':[1, 10]}
7.  #进行网格搜索,使用了支持向量机分类器,并进行5折交叉验证
8.  grid_search = GridSearchCV(svc, params, cv=5)
9.  #模型训练
10. grid_search.fit(X_train, y_train)
11. #获取模型最优超参数组合
12. grid_search.best_params_
```

在参数网格上进行穷举搜索,方法简单但是搜索速度慢(超参数较多时),且不容易找到参数空间中的局部最优。

2) 随机搜索

代码示例如下。

```
1.  #从模型选择库导入随机搜索
2.  from sklearn.model_selection import RandomizedSearchCV
3.  from scipy.stats import randint
4.  svc = svm.SVC()
5.  #把超参数组合作为字典
6.  param_dist = {'kernel':['linear', 'rbf'], 'C':randint(1, 20)}
```

```
7.  #进行随机搜索
8.  random_search = RandomizedSearchCV(svc, param_dist, n_iter=10)
9.  #模型训练
10. random_search.fit(X_train, y_train)
11. #获取最优超参数组合
12. random_search.best_params_
```

在参数子空间中进行随机搜索，选取空间中的100个点进行建模(可从 scipy.stats 常见分布如正态分布 norm、均匀分布 uniform 中随机采样得到)，时间耗费较少，更容易找到局部最优。

3.4 Scikit-learn 总结

Scikit-learn 是基于 Python 语言的机器学习工具，它建立在 NumPy、SciPy、Pandas 和 Matplotlib 之上，被广泛地用于统计分析和机器学习建模等数据科学领域，其主要优点如下。

(1) 建模方便：用户通过 Scikit-learn 能够实现各种监督学习和非监督学习的模型，仅仅需要几行代码就可以实现。

(2) 功能多样：使用 Scikit-learn 还能够进行数据的预处理、特征工程、数据集切分、模型评估等工作。

(3) 数据丰富：内置丰富的数据集，如泰坦尼克、鸢尾花等，还可以生成数据，非常方便。

Scikit-learn 案例 1

Scikit-learn 案例 2

Scikit-learn 案例 3

Scikit-learn 案例 4

习题

一、回归模型练习(一)

1. 导入预置的波士顿房价数据集，设置房价为 y，特征为 $\boldsymbol{X}$。

```
1.  from sklearn import datasets
2.  X, y = datasets.load_boston(return_X_y=True)
```

2. 设置30%的数据为测试集(2行代码)。

3. 导入线性回归模型(1 行代码)。

4. 用线性回归模型拟合波士顿房价数据集(1 行代码)。

5. 用训练完的模型进行预测(1 行代码)。

6. 输出线性回归模型的斜率和截距(2 行代码)。

二、回归模型练习(二)

1. 导入预置的鸢尾花数据集,设置类别为 y,特征为 $\boldsymbol{X}$。

```
1.  X,y = datasets.load_iris(return_X_y=True)
```

2. 设置 30%的数据为测试集(2 行代码)。

3. 导入逻辑回归模型(1 行代码)。

4. 用逻辑回归模型拟合鸢尾花数据集(1 行代码)。

5. 用训练完的模型进行预测(1 行代码)。

6. 输出分类报告(2 行代码)。

参考文献

[1] PEDREGOSA F, VAROQUAUX G, GRAMFORT A, et al. Scikit-learn: machine learning in Python[J]. Journal of Machine Learning Research, 2011, 12: 2825-2830.

第4章 回归

4.1 线性回归

线性回归(linear regression)是一种通过属性的线性组合来进行预测的线性模型,其目的是找到一条直线或一个平面或更高维的超平面,使预测值与真实值之间的误差最小化。从图4-1中可以看出,这是一个单变量的线性回归,蓝色的点(见彩插)代表真实数据,红色的点代表预测数据,红色的点越靠近拟合的红色的线,说明数据拟合的效果越好。

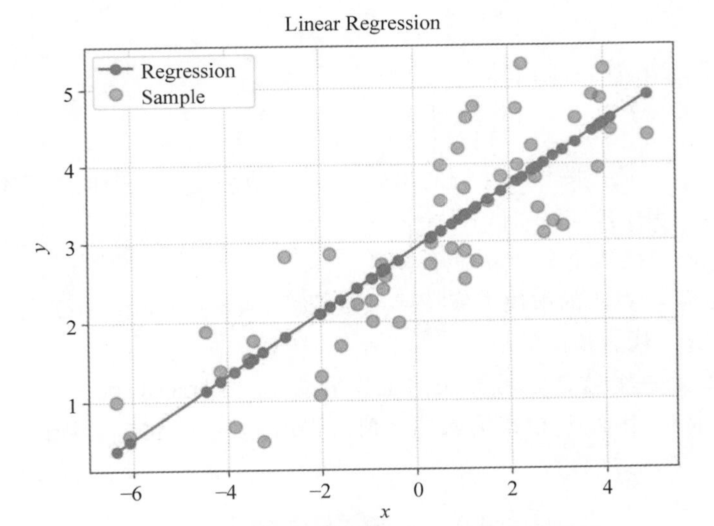

图4-1 单变量线性回归的案例(见彩插)

4.1.1 符号定义

表4-1是一个回归数据的样例,是某市的商品房销售数据,其中,建筑面积、总层数、楼层和实用面积为特征,而房价为标签。

表 4-1 房价预测的数据集

建筑面积/m^2	总层数	楼层	实用面积/m^2	房价/元
143.7	31	10	105	36 200
162.2	31	8	118	37 000
199.5	10	10	170	42 500
96.5	31	13	74	31 200
…	…	…	…	…

用来描述这个回归问题的标记如下。

m 代表训练集中样本的数量,这里指销售的房产数量。

n 代表特征的数量,在案例中 n 为 4,即有 4 个特征。

$\boldsymbol{x}$ 代表特征/输入变量,如楼层等,构成一个含有多个变量的模型,模型中的特征为$(x_1, x_2, \cdots, x_n)$。

y 代表目标变量/输出变量,这里是房价。

$(\boldsymbol{x}, y)$代表训练集中的样本。

$\boldsymbol{x}^{(i)}$代表第 i 个训练样本,是特征矩阵中的第 i 行,是一个向量(vector)。

如表 4-1 中的 $\boldsymbol{x}^{(2)} = \begin{bmatrix} 162.2 \\ 31 \\ 8 \\ 118 \end{bmatrix}$。

$x_j^{(i)}$ 代表特征矩阵中第 i 行的第 j 个特征,也就是第 i 个训练样本的第 j 个特征。

如表 4-1 中的 $x_2^{(2)}=31, x_3^{(2)}=8$。

$(\boldsymbol{x}^{(i)}, y^{(i)})$代表第 i 个观察样本。

h 代表学习算法的解决方案或函数,也称为假设(hypothesis)。

$\hat{y}=h(\boldsymbol{x})$,代表预测的值。

图 4-2 是一个监督学习算法的工作方式,学习特征得到一个输出函数 h,h 代表假设,输入是特征,因此 h 根据输入的 $\boldsymbol{x}$ 值来得出 y 值,y 值对应房子的价格。因此,h 是一个从 $\boldsymbol{x}$ 到 y 的函数映射。

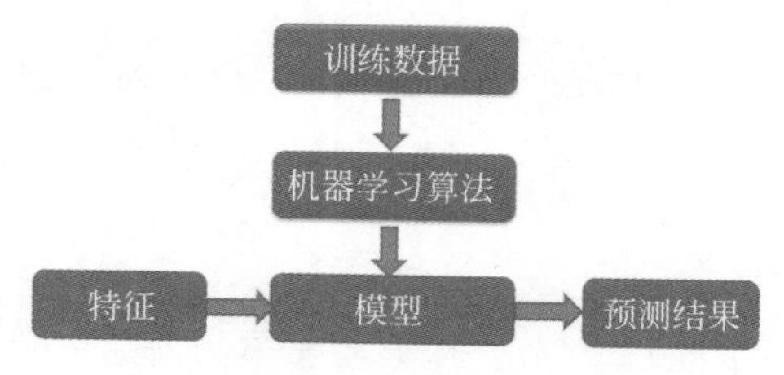

图 4-2 监督学习算法的工作方式

例如,要解决房价预测问题,利用训练集(如房屋的尺寸)进行学习,从而得到一个假设 h,预测出该房屋的交易价格作为输出变量,输出结果。

根据图 4-3，在一维或多维空间里，线性回归的目标是找到一条直线（对应一维）、一个平面（对应二维）或更高维的超平面，使样本集中的点更接近它，也就是残差（residuals）最小化。

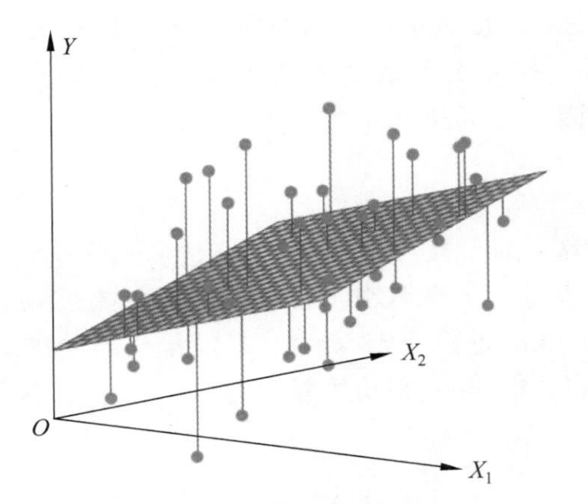

图 4-3　多变量线性回归（见彩插）

如果含有多个特征/输入变量，表达式为

$$h(\boldsymbol{x}) = w_0 + w_1 x_1 + w_2 x_2 + \cdots + w_n x_n \tag{4.1}$$

这样的问题叫作多变量线性回归问题。

在这个公式中有 $n+1$ 个参数和 n 个变量，为了使公式能够简化一些，令 $x_0=1$，则公式转化为

$$h(\boldsymbol{x}) = w_0 x_0 + w_1 x_1 + w_2 x_2 + \cdots + w_n x_n \tag{4.2}$$

此时模型中的参数是一个 $n+1$ 维的向量，任何一个训练样本也都是 $n+1$ 维的向量，特征矩阵 $\boldsymbol{X}$ 的维度是 $m\times(n+1)$。因此，公式可以简化为

$$h(\boldsymbol{x}) = (\boldsymbol{w}^{\mathrm{T}}\boldsymbol{X}^{\mathrm{T}})^{\mathrm{T}} = \boldsymbol{X}\boldsymbol{w} \tag{4.3}$$

其中，上标 T 代表矩阵转置。

$\boldsymbol{X}$、$\boldsymbol{Y}$ 用矩阵表达：

$$\boldsymbol{X} = \begin{bmatrix} 1 & x_1^{(1)} & x_2^{(1)} & x_3^{(1)} & \cdots & x_n^{(1)} \\ 1 & x_1^{(2)} & x_2^{(2)} & x_3^{(2)} & \cdots & x_n^{(2)} \\ \vdots & \vdots & \vdots & \vdots & \vdots & \vdots \\ 1 & x_1^{(m)} & x_2^{(m)} & x_3^{(m)} & \cdots & x_n^{(m)} \end{bmatrix} \tag{4.4}$$

$$\boldsymbol{Y} = \begin{bmatrix} y^{(1)} \\ y^{(2)} \\ \vdots \\ y^{(m)} \end{bmatrix} \tag{4.5}$$

注意：若表达式 $h(\boldsymbol{x}) = w_0 + w_1 x_1 + w_2 x_2 + \cdots + w_n x_n + b$，则 b 可以融入 w_0。

特殊情况：当只含有一个特征/输入变量时，表达式就变为

$$h(\boldsymbol{x}) = w_0 + w_1 \boldsymbol{x} \tag{4.6}$$

这样的问题叫作单变量线性回归问题。

4.1.2 背景知识

损失函数(loss function)度量单样本预测的错误程度,损失函数值越小,模型就越好。常用的损失函数包括0-1损失函数、平方损失函数、绝对损失函数、对数损失函数等。

线性回归的损失函数 l 通常采用平方和损失:

$$l(\boldsymbol{x}^{(i)}, y^{(i)}) = \frac{1}{2}(h(\boldsymbol{x}^{(i)}) - y^{(i)})^2 \tag{4.7}$$

注意:损失函数的系数1/2是为了便于计算,使对平方项求导后的常数系数为1,这样在形式上稍微简单一些。有些教科书把系数设为1/2,有些设置为1,这不影响结果。

代价函数(cost function)也称为成本函数,是度量全部样本集的平均误差。常用的代价函数包括均方误差、均方根误差、平均绝对误差等。在本书中代价函数通常用 $J(\boldsymbol{w})$ 来表示,m 代表样本数。

$$J(\boldsymbol{w}) = \frac{1}{2}\sum_{i=1}^{m}(h(\boldsymbol{x}^{(i)}) - y^{(i)})^2 \tag{4.8}$$

目标函数(objective function)是代价函数和正则化函数之和,也就是最终要优化的函数,将在4.3节讲解正则化的相关知识。

4.1.3 线性回归求解

线性回归的参数为 $\boldsymbol{w}(w_0, w_1, w_2, \cdots, w_n)$,线性回归求解就是要找到一组 $\boldsymbol{w}(w_0, w_1, w_2, \cdots, w_n)$,使代价函数 $J(\boldsymbol{w}) = \frac{1}{2}\sum_{i=1}^{m}(h(\boldsymbol{x}^{(i)}) - y^{(i)})^2$(残差平方和)最小。

即,求解

$$\min \frac{1}{2}\sum_{i=1}^{m}(h(\boldsymbol{x}^{(i)}) - y^{(i)})^2 \tag{4.9}$$

最常见的求残差平方和最小的方法就是最小二乘法和梯度下降法。

4.2 最小二乘法

最小二乘法的算法思想:要找到一组 $\boldsymbol{w}(w_0, w_1, w_2, \cdots, w_n)$,使 $J(\boldsymbol{w}) = \frac{1}{2}\sum_{i=1}^{m}(h(\boldsymbol{x}^{(i)}) - y^{(i)})^2$(残差平方和)最小,即最小化 $\frac{\partial J(\boldsymbol{w})}{\partial \boldsymbol{w}}$。

首先将向量表达形式转换为矩阵表达形式,则有 $J(\boldsymbol{w}) = \frac{1}{2}(\boldsymbol{X}\boldsymbol{w} - \boldsymbol{Y})^2$,其中,$\boldsymbol{X}$ 为 m 行 $n+1$ 列的矩阵(m 为样本个数,n 为特征个数),$\boldsymbol{w}$ 为 $n+1$ 行1列的矩阵(包含 w_0),$\boldsymbol{Y}$ 为 m 行1列的矩阵,则

$$J(\boldsymbol{w}) = \frac{1}{2}(\boldsymbol{X}\boldsymbol{w} - \boldsymbol{Y})^2 = \frac{1}{2}(\boldsymbol{X}\boldsymbol{w} - \boldsymbol{Y})^{\mathrm{T}}(\boldsymbol{X}\boldsymbol{w} - \boldsymbol{Y}) \tag{4.10}$$

注意:式(4.10)需要用到向量平方的性质 $\sum_i z_i^2 = \boldsymbol{z}^{\mathrm{T}}\boldsymbol{z}$。

对 $J(\boldsymbol{w})$ 求偏导数：

$$\frac{\partial J(\boldsymbol{w})}{\partial \boldsymbol{w}}=\frac{1}{2}\frac{\partial}{\partial \boldsymbol{w}}(\boldsymbol{X}\boldsymbol{w}-\boldsymbol{Y})^{\mathrm{T}}(\boldsymbol{X}\boldsymbol{w}-\boldsymbol{Y})=\frac{1}{2}\frac{\partial}{\partial \boldsymbol{w}}(\boldsymbol{w}^{\mathrm{T}}\boldsymbol{X}^{\mathrm{T}}\boldsymbol{X}\boldsymbol{w}-\boldsymbol{Y}^{\mathrm{T}}\boldsymbol{X}\boldsymbol{w}-\boldsymbol{w}^{\mathrm{T}}\boldsymbol{X}^{\mathrm{T}}\boldsymbol{Y}+\boldsymbol{Y}^{\mathrm{T}}\boldsymbol{Y}) \tag{4.11}$$

由于式(4.11)的中间两项互为转置关系，而相乘的结果是一个标量，故原矩阵与其转置相同。

则

$$\frac{\partial J(\boldsymbol{w})}{\partial \boldsymbol{w}}=\frac{1}{2}\frac{\partial}{\partial \boldsymbol{w}}(\boldsymbol{w}^{\mathrm{T}}\boldsymbol{X}^{\mathrm{T}}\boldsymbol{X}\boldsymbol{w}-2\boldsymbol{w}^{\mathrm{T}}\boldsymbol{X}^{\mathrm{T}}\boldsymbol{Y}+\boldsymbol{Y}^{\mathrm{T}}\boldsymbol{Y}) \tag{4.12}$$

这里用到了以下矩阵求导法则

$\frac{\mathrm{d}\boldsymbol{X}^{\mathrm{T}}\boldsymbol{X}}{\mathrm{d}\boldsymbol{X}}=2\boldsymbol{X}$，$\frac{\mathrm{d}\boldsymbol{A}\boldsymbol{X}}{\mathrm{d}\boldsymbol{X}}=\boldsymbol{A}^{\mathrm{T}}$，$\frac{\partial \boldsymbol{X}^{\mathrm{T}}\boldsymbol{A}\boldsymbol{X}}{\partial \boldsymbol{X}}=(\boldsymbol{A}+\boldsymbol{A}^{\mathrm{T}})\boldsymbol{X}$，若 A 为对称矩阵，则 $\frac{\partial \boldsymbol{X}^{\mathrm{T}}\boldsymbol{A}\boldsymbol{X}}{\partial \boldsymbol{X}}=2\boldsymbol{A}\boldsymbol{X}$

则由式(4.12)计算得到

$$\frac{\partial J(\boldsymbol{w})}{\partial \boldsymbol{w}}=\frac{1}{2}(2\boldsymbol{X}^{\mathrm{T}}\boldsymbol{X}\boldsymbol{w}-2\boldsymbol{X}^{\mathrm{T}}\boldsymbol{Y}+0)=\boldsymbol{X}^{\mathrm{T}}\boldsymbol{X}\boldsymbol{w}-\boldsymbol{X}^{\mathrm{T}}\boldsymbol{Y} \tag{4.13}$$

令 $\frac{\partial J(\boldsymbol{w})}{\partial \boldsymbol{w}}=0$，则由式(4.13)计算得到式(4.14)：

$$\boldsymbol{w}=(\boldsymbol{X}^{\mathrm{T}}\boldsymbol{X})^{-1}\boldsymbol{X}^{\mathrm{T}}\boldsymbol{Y} \tag{4.14}$$

以上就是最小二乘法的求解方法。

Python 实现

```
1.  def LSM(X, y):
2.      w = np.linalg.inv(X.T @ X) @ X.T @ y   #X.T@X 等价于 X.T.dot(X)
3.      return w
```

4.3 梯度下降

梯度下降

梯度下降是迭代法的一种，可以用于求解最小二乘问题(线性和非线性都可以)。可以使用梯度下降算法来求出代价函数 $J(\boldsymbol{w})$ 的最小值。

梯度下降背后的思想是：随机选择一个参数的组合 $(w_0, w_1, w_2, \cdots, w_n)$，计算代价函数，然后寻找下一个能让代价函数值下降最多的参数组合，持续这么做直到到达一个局部最小值(local minimum)，由于并没有尝试完所有的参数组合，所以不能确定得到的局部最小值是否就是全局最小值(global minimum)，选择不同的初始参数组合，可能会找到不同的局部最小值。

梯度下降的形象比喻：想象一下站立在山顶上，在梯度下降算法中，要做的就是环顾四周，用小碎步尽快下山。这些小碎步需要朝什么方向？最佳的下山方向——每走一步就看看接下来应该往哪个方向走，重复这个步骤，每次到了新的点，就要环顾四周，并决定从什么方向将会最快下山，然后迈进一小步，继续环顾四周再决定下一步怎么走，并以此类推,直到你接近局部最低点的位置。正如图 4-4 所示,由于脚步的大小、选择的方向等原因,下山的路线不止一条,到达局部最低点的时间也不一样。

图 4-4 梯度下降图解

梯度下降主要有 3 种形式:批梯度下降(batch gradient descent,BGD)、随机梯度下降(stochastic gradient descent,SGD)、小批量梯度下降(mini-batch gradient descent,MBGD)。

4.3.1 批梯度下降

在梯度下降的每一步中,都用到了所有的训练样本,将所有样本的梯度求和。

参数更新的公式如下。

设 m 代表训练集中样本的数量,n 代表特征的数量,$\boldsymbol{x}$ 代表特征/输入变量,模型中的特征为$(x_1,x_2,\cdots,x_n)$,y 代表目标变量/输出变量,$(\boldsymbol{x}^{(i)},y^{(i)})$代表第 i 个观察样本,参数为 $\boldsymbol{w}$,则

$$w_j := w_j - \alpha \frac{1}{m}\sum_{i=1}^{m}((h(\boldsymbol{x}^{(i)}) - y^{(i)}) \cdot x_j^{(i)}) \tag{4.15}$$

(同步更新 $w_j, j=0,1,2,\cdots,n$)

式(4.15)中的 α 代表学习率,也就是步长;而$(h(\boldsymbol{x}^{(i)})-y^{(i)}) \cdot x_j^{(i)}$ 是样本的梯度。

4.3.2 随机梯度下降

在梯度下降的每一步中,用到一个样本,在每一次计算之后便更新参数,而不需要首先将所有的训练集求和。

如果一定需要一个大规模的训练集,可以尝试使用随机梯度下降算法来代替批梯度下降算法。

在随机梯度下降算法中,参数更新的公式如下:

$$w_j := w_j - \alpha(h(\boldsymbol{x}^{(i)}) - y^{(i)})\, x_j{}^{(i)} \tag{4.16}$$

(同步更新 $w_j, j=0,1,2,\cdots,n$)

在梯度下降算法还没有完成一次迭代时,随机梯度下降算法便已经走出了很远。但是这样的算法存在的问题是,不是每一步都是朝着“正确”的方向迈出的。因此,算法虽然会逐

渐走向全局最小值的位置，但是可能无法站到那个最小值的那一点，而是在最小值点附近徘徊。如图4-5所示，随机梯度下降算法的路线一直振荡向下，容易陷入局部最小值。

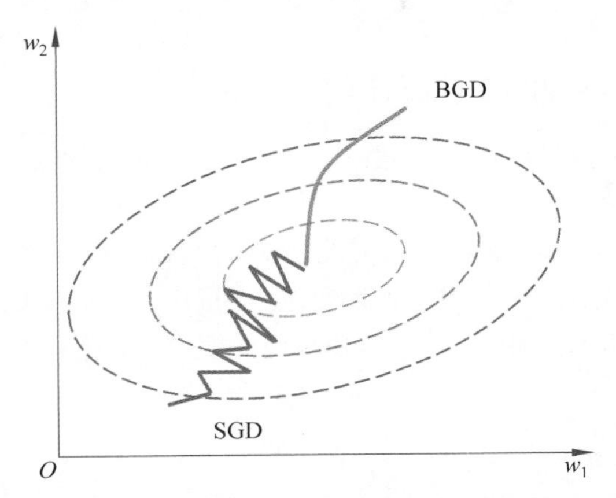

图4-5 随机梯度下降算法（左）和批梯度下降算法（右）

4.3.3 小批量梯度下降

小批量梯度下降算法是介于批梯度下降算法和随机梯度下降算法之间的算法，在梯度下降的每一步中，用到了一定批量的训练样本，即每计算常数 b 次训练样本，便更新一次参数 $\boldsymbol{w}$，参数更新公式如下：

$$w_j := w_j - \alpha \frac{1}{b} \sum_{k=i}^{i+b-1} (h(\boldsymbol{x}^{(k)}) - y^{(k)}) x_j^{(k)} \tag{4.17}$$

（同步更新 $w_j, j=0,1,2,\cdots,n$）

当 $b=1$ 时，也就是随机梯度下降。

当 $b=m$ 时，也就是批梯度下降。

当 $b=$batch_size 时，b 通常是2的指数倍，即为小批量梯度下降，常见 b 为32、64、128等，这样做的好处在于，可以用向量化的方式来循环 b 个训练样本，如果用的线性代数函数库比较好，能够支持并行处理，那么算法的总体表现将不受影响（与随机梯度下降相同）。

4.3.4 梯度下降的数学推导

以随机梯度下降为例。

$$h(\boldsymbol{x}) = \boldsymbol{w}^{\mathrm{T}} \boldsymbol{x} = w_0 x_0 + w_1 x_1 + w_2 x_2 + \cdots + w_n x_n \tag{4.18}$$

$$\begin{aligned} J(\boldsymbol{w}) &= \frac{1}{2} (h(\boldsymbol{x}^{(i)}) - y^{(i)})^2 \\ &= 2 \cdot \frac{1}{2} (h(\boldsymbol{x}^{(i)}) - y^{(i)}) \cdot \frac{\partial}{\partial w_j} (h(\boldsymbol{x}^{(i)}) - y^{(i)}) \\ &= (h(\boldsymbol{x}^{(i)}) - y^{(i)}) \cdot \frac{\partial}{\partial w_j} \left(\sum_{i=0}^{n} (w_i x_i^{(i)} - y^{(i)}) \right) \\ &= (h(\boldsymbol{x}^{(i)}) - y^{(i)}) x_j^{(i)} \end{aligned} \tag{4.19}$$

注意:式(4.19)在倒数第二步中,$\sum_{i=0}^{n}(w_i x_i^{(i)} - y^{(i)})$里面只有$(w_j x_j^{(i)} - y^{(i)})$与$w_j$有关,所以$(w_j x_j^{(i)} - y^{(i)})$对$w_j$求偏导后等于$x_j^{(i)}$。

4.3.5 梯度下降与最小二乘法比较

梯度下降:需要选择学习率α,需要多次迭代,当特征数量n大时也能较好适用于各种类型的模型。

最小二乘法:不需要选择学习率α,一次计算得出,需要计算$(\boldsymbol{X}^{\mathrm{T}}\boldsymbol{X})^{-1}$,如果特征数量$n$较大则运算代价大,因为矩阵逆的计算时间复杂度为$O(n^3)$,通常来说当$n$小于10 000时还是可以接受的,只适用于线性模型,不适合逻辑回归模型等其他模型。

4.4 数据规范化

4.4.1 数据规范化概述

数据规范化,也叫特征缩放,通常指数据标准化/归一化。

为什么要进行数据规范化呢?

数据标准化/归一化处理是机器学习处理数据的基础工作,不同评价指标往往具有不同的量纲和量纲单位,这样的情况会影响数据分析的结果,为了消除指标之间的量纲影响,需要进行数据标准化处理,以解决数据指标之间的可比性。原始数据经过数据标准化处理后,各指标处于同一数量级,适合进行综合对比评价。主要有以下两个作用。

(1) 提升模型精度:不同维度之间的特征在数值上有一定比较性,可以大大提高分类器的准确性。

(2) 加速模型收敛:最优解的寻优过程明显会变得平缓,更容易正确地收敛到最优解。

如图4-6所示,假设只有两个特征,但是两个特征的尺度相差较大,就会出现图4-6(a)(没有处理的原始数据)的情况,梯度下降的寻优过程明显变慢,比较难收敛到最优解。图4-6(b)经过数据标准化/归一化处理,模型收敛过程明显加快,容易收敛到最优解。

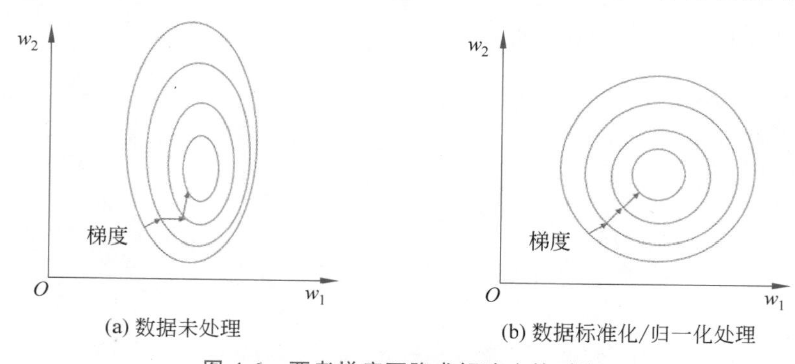

图4-6 两者梯度下降求解速度的对比

4.4.2 数据规范化的主要方式

数据规范化最主要的两种方式是数据归一化和标准化。

1. 数据归一化(最大-最小规范化)

公式

$$x^* = \frac{x - x_{\min}}{x_{\max} - x_{\min}} \tag{4.20}$$

其中，$x_{\max}$ 为最大值；$x_{\min}$ 为最小值。

数据归一化的结果是将数据映射到[0,1]区间。

数据归一化的目的是使各特征对目标变量的影响一致，会将特征数据进行伸缩变化，所以数据归一化是会改变特征数据分布的。

2. Z-Score 标准化

公式

$$x^* = \frac{x - \mu}{\sigma} \tag{4.21}$$

其中，σ 为标准差；$\sigma^2 = \frac{1}{m}\sum_{i=1}^{m}(x^{(i)} - \mu)^2$；$\mu$ 为平均值；$\mu = \frac{1}{m}\sum_{i=1}^{m}x^{(i)}$。

这样处理后的数据均值为 0，方差为 1。

数据标准化为了使不同特征之间具备可比性，经过标准化变换之后的特征数据分布没有发生改变。

当数据特征取值范围或单位差异较大时，最好做标准化处理。

例如，一个包含两个特征的数据，其中一个特征取值范围为 5000～10 000，另一个特征取值范围仅有 0.1～1，实际在建模训练时，无论什么模型，第一个特征对模型结果的影响都会大于第二个特征，这样的模型是很难有效做出准确预测的。

4.4.3 数据规范化的适用范围

哪些模型需要做数据标准化/归一化？

1. 需要做数据标准化/归一化的模型

线性模型，如基于距离度量的模型包括 KNN(K 近邻)、K-means 聚类、感知机和 SVM。另外，线性回归类的几个模型一般情况下也是需要进行数据标准化/归一化处理的。

2. 不需要做数据标准化/归一化的模型

决策树、基于决策树的 Boosting 和 Bagging 等集成学习模型对于特征取值大小并不敏感，如随机森林、XGBoost、LightGBM 等树模型及朴素贝叶斯，以上这些模型一般不需要进行数据标准化/归一化处理。

正则化

4.5 正则化

4.5.1 过拟合和欠拟合

在机器学习中,将模型在训练集上的误差称为训练误差,又称为经验误差,在新的数据集(如测试集)上的误差称为泛化误差,泛化误差也可以说是模型在总体样本上的误差。对于一个好的模型来说应该是经验误差约等于泛化误差。

图 4-7(a)是一个线性模型,欠拟合(underfitting),不能很好地适应训练集。图 4-7(b)过于强调拟合原始数据,而丢失了算法的本质——预测新数据,可以看出,若给出一个新的值使其预测,它将表现得很差,这是过拟合(overfitting),虽然能非常好地适应训练集,但在新输入变量进行预测时可能会效果不好。图 4-7(c)从理论上来说最合适。

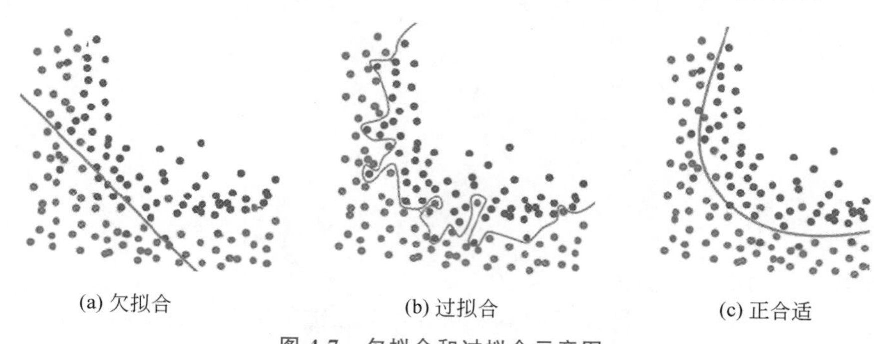

(a) 欠拟合　(b) 过拟合　(c) 正合适

图 4-7　欠拟合和过拟合示意图

5.5.2 过拟合的处理

过拟合的处理方式主要有以下 4 种。

1. 获得更多的训练数据

使用更多的训练数据是解决过拟合问题最有效的手段,因为更多的样本能够让模型学习到更多更有效的特征,从而减小噪声的影响。

2. 降维

降维即丢弃一些不能正确被预测的特征。可以是手工选择保留哪些特征,或者使用一些选择的模型算法来帮忙(如 PCA)。

3. 正则化

正则化(regularization)的技术是在保留所有特征的同时,通过减少参数的大小(magnitude)改善过拟合问题。

4. 集成学习方法

集成学习是把多个模型集成在一起,来降低单一模型的过拟合风险。集成学习方法将在第 10 章进行讲解。

4.5.3 欠拟合的处理

欠拟合的处理主要有以下 3 种方式。

1. 添加新特征

当特征不足或现有特征与样本标签的相关性不强时,模型容易出现欠拟合。通过挖掘组合特征等新的特征,往往能够取得更好的效果。

2. 增加模型复杂度

简单模型的学习能力较差,通过增加模型的复杂度可以使模型拥有更强的拟合能力。例如,在线性模型中添加高次项,在神经网络模型中增加网络层数或神经元个数等。

3. 减小正则化系数

正则化是用来防止过拟合的,但当模型出现欠拟合现象时,则需要有针对性地减小正则化系数。

4.5.4 正则化的主要形式

正则化的最主要方式是 L1 正则化和 L2 正则化。在回归模型中,还有 Elastic Net 正则化,其相当于两种正则化的综合。

1. L1 正则化

L1 正则化的公式如下:

$$J(\boldsymbol{w})=\frac{1}{2}\sum_{i=1}^{m}(h(\boldsymbol{x}^{(i)})-y^{(i)})^2+\lambda\sum_{j=1}^{n}|w_j| \tag{4.22}$$

其中,λ 为正则化系数,w 为权重。例如,线性回归中的 Lasso 回归(Lasso regression),在代价函数后面加上了正则化项 $\lambda\sum_{j=1}^{n}|w_j|$,即正则化系数 λ 乘以 $\boldsymbol{w}$ 的绝对值之和。

2. L2 正则化

L2 正则化的公式如下:

$$J(\boldsymbol{w})=\frac{1}{2}\sum_{i=1}^{m}(h(\boldsymbol{x}^{(i)})-y^{(i)})^2+\lambda\sum_{j=1}^{n}w_j^2 \tag{4.23}$$

例如,线性回归中的岭回归(Ridge regression),在代价函数后面加上了正则化项 $\lambda\sum_{j=1}^{n}w_j^2$,即正则化系数 λ 乘以 $\boldsymbol{w}$ 的平方和。

3. Elastic Net 正则化

Elastic Net 正则化的公式如下：

$$J(\boldsymbol{w})=\frac{1}{2}\sum_{i=1}^{m}(h(\boldsymbol{x}^{(i)})-y^{(i)})^2+\lambda\left(\rho\cdot\sum_{j=1}^{n}|w_j|+(1-\rho)\cdot\sum_{j=1}^{n}w_j^2\right) \tag{4.24}$$

其中，正则化项为 $\lambda\left(\rho\cdot\sum_{j=1}^{n}|w_j|+(1-\rho)\cdot\sum_{j=1}^{n}w_j^2\right)$；$\lambda$ 为正则化系数，调整正则化项与训练误差的比例，$\lambda>0$；$1\geqslant\rho\geqslant0$ 为比例系数，调整 L1 正则化与 L2 正则化的比例。

图 4-8 中的蓝色轮廓线(见彩插)是没有正则化损失函数的等高线，中心的蓝色点(见彩插)为最优解，图 4-8(a)和图 4-8(b)分别为 L1 正则化和 L2 正则化给出的限制。可以看到在正则化的限制之下，L2 正则化给出的最优解 $\boldsymbol{w}^*$ 使解更加靠近原点，也就是说，L2 正则化能降低参数范数的总和。

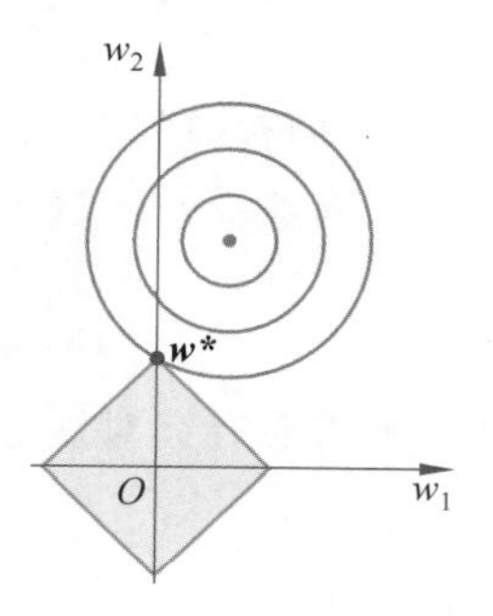

(a) L1正则化可以产生稀疏模型

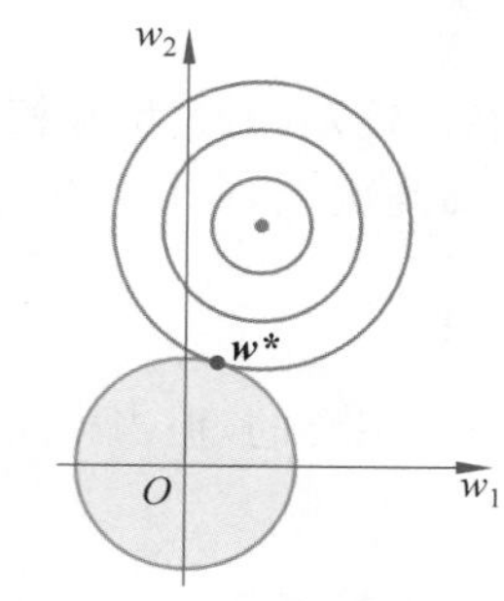

(b) L2正则化可以防止过拟合

图 4-8 L1 正则化和 L2 正则化对比(见彩插)

L1 正则化给出的最优解 $\boldsymbol{w}^*$ 使解更加靠近某些轴，而其他的轴则为 0，所以 L1 正则化能使得到的参数稀疏化。

因此，L2 正则化往往用于防止过拟合，而 L1 正则化往往用于特征选择。

回归的评价指标

4.6 回归的评价指标

回归的评价指标主要有均方误差(mean square error，MSE)、平均绝对误差(mean absolute error，MAE)、均方根误差(root mean square error，RMSE)、R_Squared(R2 score)。

设 $y^{(i)}$ 和 $\hat{y}^{(i)}$ 分别表示第 i 个样本的真实值和预测值，m 为样本个数，则以上评价指标的公式如下。

1. MSE

MSE 指模型预测值 $\hat{y}^{(i)}$ 与样本真实值 $y^{(i)}$ 之间距离平方的平均值。其公式如下。

$$\mathrm{MSE}(y,\hat{y})=\frac{1}{m}\sum_{i=1}^{m}(y^{(i)}-\hat{y}^{(i)})^2 \tag{4.25}$$

MSE 曲线的特点是连续、可导，便于使用梯度下降算法，是比较常用的一种损失函数。而且，MSE 随着误差的减小，梯度也在减小，这有利于函数的收敛，即使固定学习因子，函数也能较快取得最小值。

2. RMSE

$$\mathrm{RMSE}(y,\hat{y})=\sqrt{\frac{1}{m}\sum_{i=1}^{m}(y^{(i)}-\hat{y}^{(i)})^2} \tag{4.26}$$

3. MAE

MAE 指模型预测值 $\hat{y}$ 与样本真实值 y 之间距离的平均值。其公式如下所示。

$$\mathrm{MAE}(y,\hat{y})=\frac{1}{m}\sum_{i=1}^{m}|y^{(i)}-\hat{y}^{(i)}| \tag{4.27}$$

这个指标是对绝对误差损失的预期值。

在实际应用中，应该选择 MSE 还是 MAE 呢？从计算机求解梯度的复杂度来说，MSE 要优于 MAE，而且梯度也是动态变化的，能较快地准确达到收敛。但是从离群点角度来看，如果离群点是实际数据或重要数据，而且是应该被检测到的异常值，那么应该使用 MSE。另一方面，离群点仅仅代表数据损坏或错误采样，无须给予过多关注，那么应该选择 MAE 作为损失。

4. R 方

这里用到回归平方和(sum of squared regression，SSR)：

$$\mathrm{SSR}=\sum_{i=1}^{m}(\hat{y}^{(i)}-\bar{y})^2 \tag{4.28}$$

即预测值与平均值的误差，反映自变量与因变量之间的相关程度的偏差平方和，指模型解释的变异。

残差平方和(sum of squared error，SSE)

$$\mathrm{SSE}=\sum_{i=1}^{m}(y^{(i)}-\hat{y}^{(i)})^2 \tag{4.29}$$

即预测值与真实值的误差，反映模型的拟合程度。

总离差平方和(sum of squared total，SST)：

$$\mathrm{SST}=\sum_{i=1}^{m}(y^{(i)}-\bar{y})^2 \tag{4.30}$$

即平均值与真实值的误差，反映与数学期望的偏离程度。

R_Squared 即决定系数(coefficient of determination)，也叫拟合优度，反映因变量的全部变异能通过回归关系被自变量解释的比例，其越接近于 1，说明模型拟合得越好。

$$\mathrm{R}^2(y,\hat{y})=1-\frac{\sum_{i=1}^{m}(\hat{y}^{(i)}-\bar{y})^2}{\sum_{i=1}^{m}(y^{(i)}-\bar{y})^2}=\frac{\mathrm{SSR}}{\mathrm{SST}}=1-\frac{\mathrm{SSE}}{\mathrm{SST}} \tag{4.31}$$

进一步化简:

$$R^2(y,\hat{y})=1-\frac{\sum_{i=0}^{m}(y^{(i)}-\hat{y}^{(i)})^2/m}{\sum_{i=0}^{m}(y^{(i)}-\bar{y})^2/m}=1-\frac{\text{MSE}}{\text{Var}} \tag{4.32}$$

分子就变成了常用的评价指标均方误差 MSE,分母就变成了方差。

对于 R_Squared 可以通俗地理解为使用均值作为误差基准,看预测误差是否大于或小于均值基准误差。

若 R_Squared=1,在样本中预测值和真实值完全相等,没有任何误差,表示回归分析中自变量对因变量的解释越好。

若 R_Squared=0,此时分子等于分母,样本的每项预测值都等于均值。

若 R_Squared 不是 R 的平方,也可能为负数(分子>分母),模型等于盲猜,还不如直接计算目标变量的平均值,此时数据不存在任何线性相关关系。

习题

一、单选题

1. 以下(　　)组变量之间存在线性回归关系。
   A. 儿子的身高与父亲的身高　　B. 学生的性别与他的成绩
   C. 正三角形的边长与周长　　D. 正方形的边长与面积
2. 回归问题和分类问题的区别是(　　)。
   A. 回归问题的输出值是离散的,分类问题的输出值是连续的
   B. 回归问题有标签,分类问题没有标签
   C. 回归问题的输出值是连续的,分类问题的输出值是离散的
   D. 回归问题与分类问题在输入属性值上要求不同
3. 以下说法错误的是(　　)。
   A. 损失函数越小,模型训练得一定越好
   B. 残差是预测值与真实值之间的差值
   C. 正则项的目的是避免模型过拟合
   D. 最小二乘法不需要选择学习率
4. (　　)算法不需要数据归一化。
   A. K-means　　B. KNN　　C. 决策树　　D. SVM
5. 以下(　　)方法不能用于处理欠拟合。
   A. 对特征进行变换,使用组合特征或高维特征
   B. 增加新的特征
   C. 增加模型复杂度
   D. 增大正则化系数

6. 以下( )方法不能用于处理过拟合。

A. 利用正则化技术
B. 增加数据属性的复杂度
C. 增大训练数据的量
D. 对数据进行清洗

7. 下列关于线性回归分析中的残差说法正确的是( )。

A. 残差均值总是大于零
B. 残差均值总是小于零
C. 残差均值总是为零
D. 以上说法都不对

8. 为了观察测试 Y 与 X 之间的线性关系,X 是连续变量,使用下列( )图形比较适合。

A. 直方图　B. 柱形图　C. 散点图　D. 以上都不对

9. 假如你在训练一个线性回归模型:

① 如果数据量较少,容易发生过拟合;

② 如果假设空间较小,容易发生过拟合。

关于这两句话,下列说法正确的是( )。

A. ①和②都正确
B. ①和②都错误
C. ①错误,②正确
D. ①正确,②错误

10. 关于特征选择,下列对 Ridge 回归和 Lasso 回归说法正确的是( )。

A. Ridge 回归适用于特征选择
B. Lasso 回归适用于特征选择
C. 两个都适用于特征选择
D. 以上说法都不对

11. 构建一个最简单的线性回归模型需要( )个系数(只有一个特征)。

A. 1　B. 2　C. 3　D. 4

12. 向量 $\boldsymbol{x}=[1,2,3,4,-9,0]$ 的 L1 范数是( )。

A. 1　B. 19　C. 6　D. $\sqrt{111}$

二、多选题

1. 以下( )是使用数据规范化(特征缩放)的原因。

A. 它通过减少迭代次数来获得一个好的解,从而加快了梯度下降的速度

B. 它防止矩阵 $\boldsymbol{X}^{\mathrm{T}}\boldsymbol{X}$ 不可逆(奇异/退化)

C. 它通过降低梯度下降的每次迭代的计算成本来加速梯度下降

D. 它不能防止梯度下降陷入局部最优

2. 在线性回归中,可以使用最小二乘法来求解系数,下列关于最小二乘法说法正确的是( )。

A. 不需要选择学习率

B. 当特征数量很多时,运算速度会很慢

C. 不需要迭代训练

D. 只适用于线性模型,不适合逻辑回归模型等其他模型

3. 欠拟合的处理方式主要有( )。

A. 添加新特征
B. 减小正则化系数
C. 增加模型复杂度
D. 增大正则化系数

4. 假如使用一个较复杂的回归模型来拟合样本数据，使用 Ridge 回归，调试正则化参数，来降低模型复杂度。若正则化系数较大时，关于偏差(bias)和方差(variance)，下列说法正确的是(　　)。

A. 偏差减小　　B. 偏差增大　　C. 方差减小　　D. 方差增大

三、判断题

1. 如果两个变量相关，那么它们一定是线性关系。(　　)
2. 过拟合的处理可以通过减小正则化系数实现。(　　)
3. 随机梯度下降算法，每次迭代时，使用一个样本。(　　)
4. L2 正则化往往用于防止过拟合，而 L1 正则化往往用于特征选择。(　　)

四、问答题

1. L1 正则化和 L2 正则化有什么区别?
2. 需要归一化的算法有哪些? 这些模型需要归一化的主要原因是什么?
3. 简述梯度下降的思想。

参考文献

[1] NG A. Machine learning [EB/OL]. Stanford University, 2014. https://www.coursera.org/course/ml.

[2] 李航. 统计学习方法[M]. 2 版. 北京：清华大学出版社，2019.

[3] 周志华. 机器学习[M]. 北京：清华大学出版社，2016.

[4] WEINBERGER K. Distance metric learning for large margin nearest neighbor classification[J]. Advances in Neural Information Processing Systems, 2006, 18.

[5] HOERL A E, KENNARD R W. Ridge regression: applications to nonorthogonal problems[J]. Technometrics, 1970, 12(1): 69-82.

[6] TIBSHIRANI R. Regression selection and shrinkage via the lasso[J]. Journal of the Royal Statistical Society: Series B, 1996, 58(1): 267-288.

[7] TIBSHIRANI R, BICKEL P, RITOV Y, et al. Least absolute shrinkage and selection operator[J]. Software: http://www.stat.stanford.edu/tibs/lasso.html, 1996.

第5章

逻辑回归

5.1 分类问题

分类是监督学习的一个核心问题。在监督学习中，当输出变量Y取有限个离散值时，预测问题便成为分类问题。这时输入变量可以是离散的，也可以是连续的。监督学习从数据中学习一个分类模型或分类决策函数，称为分类器(classifier)。

分类器对新的输入进行输出的预测，称为分类，可能的输出称为类别(class)。

分类的类别为两个时，称为二分类问题。

例如，根据肿瘤的体积、患者的年龄来判断肿瘤的良性或恶性，或者根据用户的年龄、职业、存款数量来判断信用卡是否会违约。

这两个问题都是二分类问题。

分类的类别为多个时，称为多分类问题。

例如，身高1.85m、体重100kg的男人穿什么尺码的T恤？

假设尺码有S、M、L 3种，那么这个问题就是多分类问题，分成3类。

多分类问题如何解决？

当只有两类时，如图5-1所示。

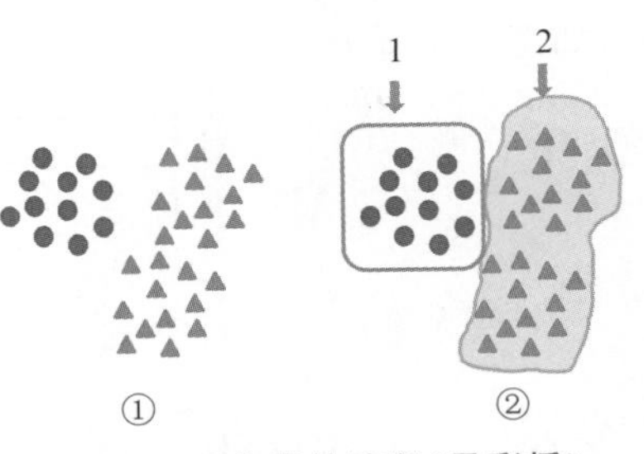

图5-1 二分类的流程(见彩插)

1. 二分类的流程

先将蓝色圆形数据(见彩插)定义为类型1，其余数据定义为类型2。

只需要分类1次。

图5-1中的步骤为①→②。

2. 多分类的流程

先定义其中一类为类型1(正类)，其余数据为类型rest(负类)；接下来去掉类型1数据，剩余部分再次进行二分类，分成类型2和类型rest；如果有n类，那

就需要分类 $n-1$ 次。

对于 n 类别,需要训练 n 个模型。

图 5-2 是多分类的流程,分类的步骤为①→②→③。

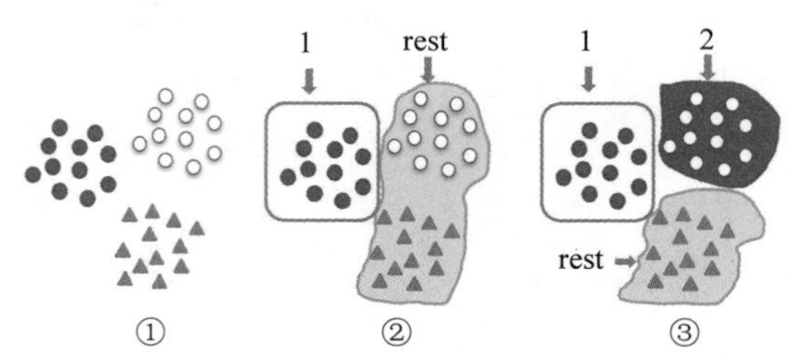

图 5-2 多分类的流程

这个方法称为一对多(one-vs-all,OVA)或一对余(one-vs-rest,OVR)。

本章主要讨论二分类问题。

Sigmoid 函数

5.2 Sigmoid 函数

5.2.1 Sigmoid 函数概述

Sigmoid 函数也叫 Logistic 函数,用于隐层神经元输出,取值范围为(0,1),它可以将一个实数映射到(0,1)区间,可以用来做二分类。在特征相差比较复杂或相差不是特别大时效果比较好。

Sigmoid 作为激活函数有以下特点:该模型的输出变量范围始终为(0,1);图像为 S 形,如图 5-3 所示。

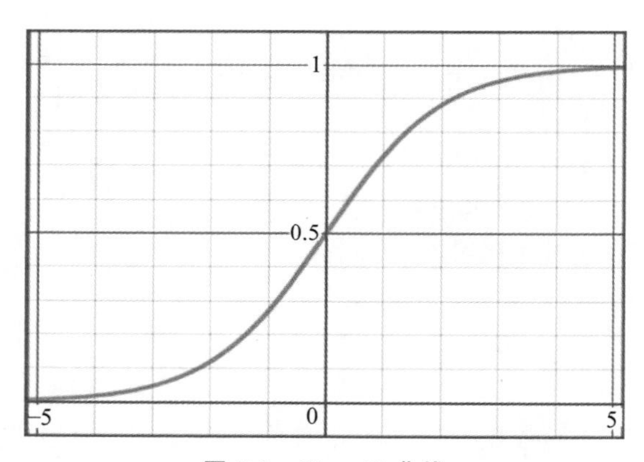

图 5-3 Sigmoid 曲线

5.2.2 Sigmoid 函数的特点

$\sigma(z)$代表一个常用的逻辑函数(logistic function),其为 Sigmoid 函数。

设

$$\sigma(z)=g(z)=\frac{1}{1+e^{-z}} \tag{5.1}$$

其中，$z=\boldsymbol{w}^{\mathrm{T}}\boldsymbol{x}+b$。

注意，若表达式

$$h(x)=z=w_0+w_1x_1+w_2x_2+\cdots+w_nx_n+b=\boldsymbol{w}^{\mathrm{T}}\boldsymbol{x}+b \tag{5.2}$$

则 b 可以融入 w_0，即

$$z=\boldsymbol{w}^{\mathrm{T}}\boldsymbol{x} \tag{5.3}$$

从图 5-3 中可以看出，当 $\sigma(z)\geqslant 0.5$ 时，预测 $y=1$；当 $\sigma(z)<0.5$ 时，预测 $y=0$。

两者结合起来，可以得到逻辑回归的损失函数：

$$L(\hat{y},y)=-y\log(\hat{y})-(1-y)\log(1-\hat{y}) \tag{5.4}$$

其中，$\hat{y}$ 为预测值；y 为真实值。

5.2.3　Sigmoid 函数的原理

线性回归的函数 $h(x)=z=\boldsymbol{w}^{\mathrm{T}}\boldsymbol{x}$，取值范围是$(-\infty,+\infty)$，而分类预测结果需要得到[0,1]区间的概率值，在二分类模型中，事件的概率定义为：事件发生与事件不发生的概率之比$\frac{p}{1-p}$，称为事件的发生比(the odds of experiencing an event)，其中 p 为随机事件发生的概率，p 的取值范围为[0,1]。对发生比取对数得到

$$\log\frac{p}{1-p} \tag{5.5}$$

而

$$\log\frac{p}{1-p}=\boldsymbol{w}^{\mathrm{T}}\boldsymbol{x}=z \tag{5.6}$$

求解得到

$$p=\frac{1}{1+e^{-\boldsymbol{w}^{\mathrm{T}}\boldsymbol{x}}}=\frac{1}{1+e^{-z}} \tag{5.7}$$

从式(5.7)可以知道：p 的值域为[0,1]。

将 z 进行逻辑变换，已知

$$g(z)=\frac{1}{1+e^{-z}} \tag{5.8}$$

则

$$g'(z)=g(z)(1-g(z)) \tag{5.9}$$

$g'(z)$的数学推导

$$\begin{aligned} g'(z)&=\left(\frac{1}{1+e^{-z}}\right)' \\ &=\frac{e^{-z}}{(1+e^{-z})^2} \\ &=\frac{1+e^{-z}-1}{(1+e^{-z})^2} \end{aligned}$$

$$=\frac{1}{(1+\mathrm{e}^{-z})}\left(1-\frac{1}{(1+\mathrm{e}^{-z})}\right)$$
$$=g(z)(1-g(z)) \tag{5.10}$$

注意：式(5.10)的第二步使用了复合函数的求导公式。

逻辑回归

5.3 逻辑回归

逻辑回归(logistic regression,LR)是经典的分类方法,也是目前应用最广泛的分类算法。逻辑回归虽然被称为回归,但其实际上是分类模型,并常用于二分类,它是分类问题的首选算法。

5.3.1 逻辑回归算法思想

假设一个二分类模型

$$\begin{cases}p(y=1\mid \boldsymbol{x};\boldsymbol{w})=\quad h(\boldsymbol{x})\\ p(y=0\mid \boldsymbol{x};\boldsymbol{w})=1-h(\boldsymbol{x})\end{cases} \tag{5.11}$$

则式(5.11)可以简化为

$$p(y\mid \boldsymbol{x};\boldsymbol{w})=(h(\boldsymbol{x}))^{y}(1-h(\boldsymbol{x}))^{1-y} \tag{5.12}$$

逻辑回归模型的假设函数是

$$\sigma(z)=h(\boldsymbol{x})=g(\boldsymbol{w}^{\mathrm{T}}\boldsymbol{x}) \tag{5.13}$$

其中,$z=\boldsymbol{w}^{\mathrm{T}}\boldsymbol{x}$。

$h(\boldsymbol{x})$的作用是,对于给定的输入变量,根据选择的参数计算输出变量等于1的可能性,即$h(\boldsymbol{x})=P(y=1|\boldsymbol{x};\boldsymbol{w})$,即：当$h(\boldsymbol{x})\geqslant 0.5$时,预测$y=1$;当$h(\boldsymbol{x})<0.5$时,预测$y=0$。

其中,$\boldsymbol{x}$代表特征向量;g代表一个常用的逻辑函数——S形函数。由5.2.3节可以得到公式为

$$g(z)=\frac{1}{1+\mathrm{e}^{-z}} \tag{5.14}$$

对式(5.14)求偏导得

$$g'(z)=g(z)(1-g(z)) \tag{5.15}$$

5.3.2 逻辑回归的原理

1. 逻辑回归的损失函数

损失函数又叫作误差函数,用来衡量算法的运行情况。

通过损失函数来衡量预测输出值和实际值的接近程度。

逻辑回归的损失函数为交叉熵(cross-entropy)损失函数。

设$\hat{y}$为预测值,$\hat{y}=h(\boldsymbol{x})$,$y$为真实值,则损失函数为

$$L(\hat{y},y)=-y\log(\hat{y})-(1-y)\log(1-\hat{y}) \tag{5.16}$$

2. 代价函数

损失函数是在单个训练样本中定义的，它衡量的是算法在单个训练样本中的表现。为了衡量算法在全部训练样本上的表现，需要定义一个算法的代价函数，损失函数只适用于单个训练样本，而代价函数是参数的总代价，所以在训练逻辑回归模型时，需要找到合适的 $\boldsymbol{w}$，使代价函数 J 的总代价降到最低，即：算法的代价函数是对 m 个样本的损失函数求和后除以 m。

$$J(\boldsymbol{w})=\frac{1}{m}\sum_{i=1}^{m}L(\boldsymbol{w})=\frac{1}{m}\sum_{i=1}^{m}(-y^{(i)}\log\hat{y}^{(i)}-(1-y^{(i)})\log(1-\hat{y}^{(i)})) \tag{5.17}$$

即

$$J(\boldsymbol{w})=-\frac{1}{m}\sum_{i=1}^{m}(y^{(i)}\log(h(\boldsymbol{x}^{(i)}))+(1-y^{(i)})\log(1-h(\boldsymbol{x}^{(i)}))) \tag{5.18}$$

当 $y=1$ 时，损失函数 $L=-\log(\hat{y})$，如果想要使损失函数 L 尽可能小，那么 $\hat{y}$ 就要尽可能大，因为 Sigmoid 函数的取值范围是(0,1)，所以 $\hat{y}$ 会无限接近于1。

当 $y=0$ 时，损失函数 $L=-\log(1-\hat{y})$，如果想要使损失函数 L 尽可能小，那么 $\hat{y}$ 就要尽可能小，因为 Sigmoid 函数的取值范围是(0,1)，所以 $\hat{y}$ 会无限接近于0。

3. 逻辑回归求解过程

似然函数为

$$L(\boldsymbol{w})=\prod_{i=1}^{m}P(y^{(i)}\mid\boldsymbol{x}^{(i)};\boldsymbol{w})=\prod_{i=1}^{m}(h(\boldsymbol{x}^{(i)}))^{y^{(i)}}(1-h(\boldsymbol{x}^{(i)}))^{1-y^{(i)}} \tag{5.19}$$

似然函数两边取对数，则连乘号变成了连加号：

$$l(\boldsymbol{w})=\log L(\boldsymbol{w})=\sum_{i=1}^{m}(y^{(i)}\log(h(\boldsymbol{x}^{(i)}))+(1-y^{(i)})\log(1-h(\boldsymbol{x}^{(i)}))) \tag{5.20}$$

则代价函数为

$$J(\boldsymbol{w})=-\frac{1}{m}\sum_{i=1}^{m}l(\boldsymbol{w})=-\frac{1}{m}\sum_{i=1}^{m}(y^{(i)}\log(h(\boldsymbol{x}^{(i)}))+(1-y^{(i)})\log(1-h(\boldsymbol{x}^{(i)}))) \tag{5.21}$$

即

$$J(\boldsymbol{w})=-\frac{1}{m}\sum_{i=1}^{m}(y^{(i)}\log(h(\boldsymbol{x}^{(i)}))+(1-y^{(i)})\log(1-h(\boldsymbol{x}^{(i)}))) \tag{5.22}$$

使用梯度下降法求解，权重 $\boldsymbol{w}$ 的迭代公式如式(5.23)，其中 α 为学习率，$\frac{\partial J(\boldsymbol{w})}{\partial \boldsymbol{w}}$ 为梯度。

$$\boldsymbol{w}:=\boldsymbol{w}-\alpha\frac{\partial J(\boldsymbol{w})}{\partial \boldsymbol{w}} \tag{5.23}$$

对 $J(\boldsymbol{w})$ 求偏导，得

$$\frac{\partial}{\partial w_j}J(\boldsymbol{w})=\frac{1}{m}\sum_{i=1}^{m}(h(\boldsymbol{x}^{(i)})-y^{(i)})\boldsymbol{x}_j^{(i)} \tag{5.24}$$

则式(5.23)可以转换为

$$w_j := w_j - \alpha \frac{1}{m}\sum_{i=1}^{m}(h(\boldsymbol{x}^{(i)}) - y^{(i)})\boldsymbol{x}_j^{(i)} \tag{5.25}$$

这样通过若干次迭代,就可以得到最终的 $\boldsymbol{w}$。

式(5.24)的推导过程如下。

由于

$$\begin{aligned} & y^{(i)}\log(h(\boldsymbol{x}^{(i)})) + (1-y^{(i)})\log(1-h(\boldsymbol{x}^{(i)})) \\ &= y^{(i)}\log\left(\frac{1}{1+\mathrm{e}^{-\boldsymbol{w}^{\mathrm{T}}\boldsymbol{x}^{(i)}}}\right) + (1-y^{(i)})\log\left(1-\frac{1}{1+\mathrm{e}^{-\boldsymbol{w}^{\mathrm{T}}\boldsymbol{x}^{(i)}}}\right) \\ &= -y^{(i)}\log(1+\mathrm{e}^{-\boldsymbol{w}^{\mathrm{T}}\boldsymbol{x}^{(i)}}) - (1-y^{(i)})\log(1+\mathrm{e}^{\boldsymbol{w}^{\mathrm{T}}\boldsymbol{x}^{(i)}}) \end{aligned} \tag{5.26}$$

对式(5.22)求偏导得

$$\begin{aligned} \frac{\partial}{\partial w_j}J(\boldsymbol{w}) &= \frac{\partial}{\partial w_j}\left(-\frac{1}{m}\sum_{i=1}^{m}(-y^{(i)}\log(1+\mathrm{e}^{-\boldsymbol{w}^{\mathrm{T}}\boldsymbol{x}^{(i)}}) - (1-y^{(i)})\log(1+\mathrm{e}^{\boldsymbol{w}^{\mathrm{T}}\boldsymbol{x}^{(i)}}))\right) \\ &= -\frac{1}{m}\sum_{i=1}^{m}\left(-y^{(i)}\frac{-x_j^{(i)}\mathrm{e}^{-\boldsymbol{w}^{\mathrm{T}}\boldsymbol{x}^{(i)}}}{1+\mathrm{e}^{-\boldsymbol{w}^{\mathrm{T}}\boldsymbol{x}^{(i)}}} - (1-y^{(i)})\frac{x_j^{(i)}\mathrm{e}^{\boldsymbol{w}^{\mathrm{T}}\boldsymbol{x}^{(i)}}}{1+\mathrm{e}^{\boldsymbol{w}^{\mathrm{T}}\boldsymbol{x}^{(i)}}}\right) \\ &= -\frac{1}{m}\sum_{i=1}^{m}(y^{(i)} - h(\boldsymbol{x}^{(i)}))x_j^{(i)} \\ &= \frac{1}{m}\sum_{i=1}^{m}(h(\boldsymbol{x}^{(i)}) - y^{(i)})x_j^{(i)} \end{aligned} \tag{5.27}$$

4. 逻辑回归的正则化

在 4.5 节中,已经讲到正则化是防止过拟合的主要方法,逻辑回归的正则化公式如下:

$$J(\boldsymbol{w}) = \frac{1}{m}\sum_{i=1}^{m}[-y^{(i)}\log(h(\boldsymbol{x}^{(i)})) - (1-y^{(i)})\log(1-h(\boldsymbol{x}^{(i)}))] + \frac{\lambda}{2m}\sum_{j=1}^{n}w_j^2 \tag{5.28}$$

这个是 L2 正则化,在代价函数后面加上了正则化项 $\frac{\lambda}{2m}\sum_{j=1}^{n}w_j^2$,即正则化系数 λ 乘以 w_j 的平方和($2m$ 是标量,可以忽略)。当 λ 的值开始上升时,方差降低了。

图 5-4 是逻辑回归分类的效果图,在图 5-4(a)中,逻辑回归没有使用正则化,模型过于强调拟合原始数据,而丢失了算法的本质——预测新数据。可以看出,若给出一个新的值使其预测,它将表现得很差,这是过拟合(overfitting)。

在图 5-4(b)中,逻辑回归使用正则化过度,也就是 λ 的值过大了,造成了欠拟合(underfitting)。

在图 5-4(c)中,逻辑回归适当进行了正则化,也就是 λ 的值正合适,适当的正则化起到了防止过拟合的作用。

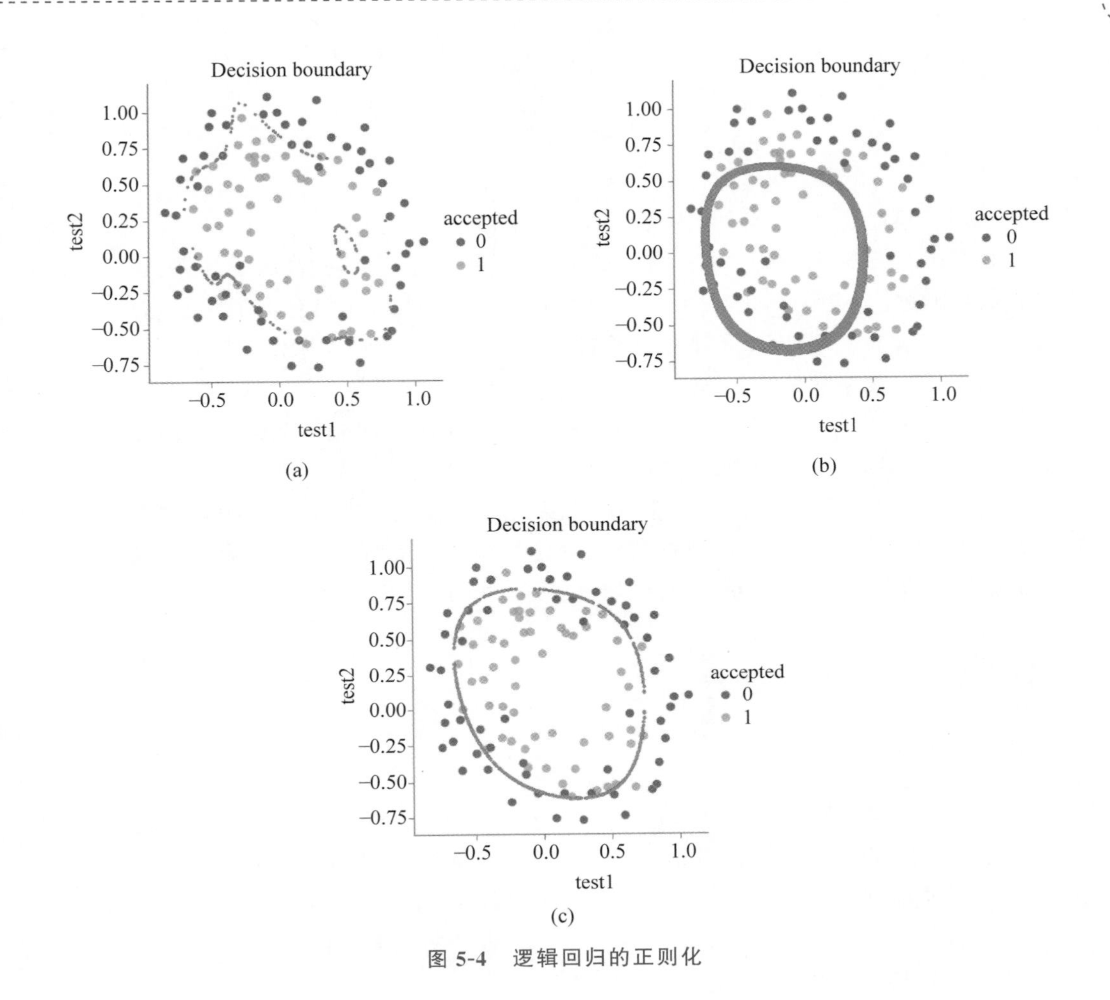

图 5-4　逻辑回归的正则化

5.4　逻辑回归算法总结

逻辑回归是经典的分类方法，也是目前应用最广泛的分类算法。其优缺点如下。

1. 优点

（1）逻辑回归模型形式简单，可解释性好，从特征的权重可以看到不同的特征对最后结果的影响。

（2）训练时便于并行化，在预测时只需要对特征进行线性加权，所以性能比较好，往往适合处理海量 ID 类特征，用 ID 类特征有一个很重要的好处，就是防止信息损失（相对于泛化的 CTR 特征），对于头部资源会有更细致的描述。

（3）资源占用小，尤其是内存。在实际的工程应用中只需要存储权重比较大的特征及其对应的权重。

（4）方便输出结果调整。逻辑回归可以很方便地得到最后的分类结果，因为输出的是每个样本的概率分数，人们可以很容易地对这些概率分数进行划分阈值（大于某个阈值的是一类，小于某个阈值的是另一类）。

2. 缺点

逻辑回归模型也有一定的局限性，主要表现在以下 3 方面。

（1）表达能力不强。无法进行特征交叉、特征筛选等一系列“高级操作”（这些工作都得依赖有经验的人来完成，否则会走一些弯路），因此可能造成信息的损失。这就需要开发者有非常丰富的领域经验，才能不走弯路。这样的模型迁移起来比较困难，换一个领域又需要重新提取大量的特征工程。

（2）准确率并不是很高。因为这毕竟是一个线性模型加一个 Sigmoid 函数，形式非常简单（非常类似线性模型），很难去拟合数据的真实分布。

（3）处理非线性数据较麻烦。逻辑回归在不引入其他方法的情况下，只能处理线性可分的数据，如果想处理非线性数据，首先对连续特征的处理需要先进行离散化（离散化的目的是引入非线性），人工分箱的方式会引入多种问题。

逻辑回归代码实现

习题

一、单选题

1. 一监狱人脸识别准入系统被用来识别待进入人员的身份，此系统一共识别 4 种不同的人员：狱警、小偷、送餐员、其他。下面（　　）学习方法最适合此种应用需求。

A. 聚类问题　　B. 二分类问题

C. 回归问题　　D. 多分类问题

2. 以下关于分类问题的说法错误的是（　　）。

A. 分类问题的输入属性必须是离散的

B. 分类属于监督学习

C. 多分类问题可以被拆分为多个二分类问题

D. 回归问题在一定条件下可被转化为多分类问题

3. 以下关于逻辑回归与线性回归问题的描述错误的是（　　）。

A. 线性回归的计算方法一般是最小二乘法，逻辑回归的参数计算方法是似然估计法

B. 逻辑回归用于处理分类问题，线性回归用于处理回归问题

C. 线性回归要求输入输出值呈线性关系，逻辑回归不要求

D. 逻辑回归一般要求变量服从正态分布，线性回归一般不要求

4. 以下关于 Sigmoid 函数的优点说法错误的是（　　）。

A. 在深层次神经网络反馈传输中，不易出现梯度消失

B. 函数处处连续，便于求导

C. 可以用于处理二分类问题

D. 可以压缩数据值到(0,1),便于后续处理

5. 逻辑回归的损失函数是(　　)。

A. MAE　　B. MSE　　C. 交叉熵损失函数　　D. RMSE

6. 下面(　　)不是 Sigmoid 的特点。

A. 当 $\sigma(z)>0.5$ 时,预测 $y=-1$

B. 当 $\sigma(z)\geqslant 0.5$ 时,预测 $y=1$

C. 当 $\sigma(z)<0.5$ 时,预测 $y=0$

D. $\sigma(z)$的范围为(0,1)

7. 下列(　　)不是逻辑回归的优点。

A. 资源占用少　　B. 模型形式简单

C. 处理非线性数据较容易　　D. 可解释性好

8. 假设有 3 类数据,用 OVR 方法需要分类(　　)次才能完成。

A. 3　　B. 1　　C. 2　　D. 4

9. 以下(　　)不是二分类问题。

A. 根据一个人的身高和体重来判断他(她)的性别

B. 根据肿瘤的体积、患者的年龄来判断肿瘤的良性或恶性

C. 根据用户的年龄、职业、存款数量来判断信用卡是否会违约

D. 身高 1.85m、体重 100kg 的男人穿什么尺码的 T 恤

10. 逻辑回归通常采用(　　)。

A. L1 正则化　　B. Elastic Net 正则化

C. L2 正则化　　D. Dropout 正则化

11. 假设使用逻辑回归进行多类别分类,使用 OVR 分类法。下列说法正确的是(　　)。

A. 对于 n 类别,需要训练 $n-1$ 个模型

B. 对于 n 类别,需要训练 n 个模型

C. 对于 n 类别,只需要训练 1 个模型

D. 以上说法都不对

12. 假设你正在训练一个分类逻辑回归模型。以下(　　)是正确的。

A. 向模型中添加新特征总是会在训练集上获得相同或更好的性能

B. 将正则化引入模型中,总是能在训练集上获得相同或更好的性能

C. 在模型中添加许多新特性有助于防止训练集过拟合

D. 将正则化引入模型中,对于训练集中没有的样本,总是可以获得相同或更好的性能

二、多选题

1. 以下(　　)是正确的。

A. 如果您的模型拟合训练集,那么获取更多数据可能会有帮助

B. 使用一个非常大的训练集使模型不太可能过拟合训练数据

C. 在构建学习算法的第一个版本之前,花大量时间收集数据是一个好主意

D. 逻辑回归使用了 Sigmoid 激活函数

2. 下面(　　)是分类算法。

A. 根据肿瘤的体积、患者的年龄来判断肿瘤的良性或恶性

B. 根据用户的年龄、职业、存款数量来判断信用卡是否会违约

C. 身高 1.85m、体重 100kg 的男人穿什么尺码的 T 恤

D. 根据房屋大小、卫生间数量等特征预估房价

三、判断题

1. 逻辑回归的激活函数是 Sigmoid。 (　　)
2. 逻辑回归分类的精度不够高,因此在业界很少用到这个算法。 (　　)
3. Sigmoid 函数的范围是(−1,1)。 (　　)
4. 逻辑回归的特征一定是离散的。 (　　)
5. 逻辑回归算法资源占用小,尤其是内存。 (　　)
6. 逻辑回归的损失函数是交叉熵损失。 (　　)

参考文献

[1] HOSMER D W, LEMESHOW S, STURDIVANT R X. Applied logistic regression[M]. New Jersey: Wiley New York,2000.

[2] NG A. Machine learning [EB/OL]. Stanford University, 2014. https://www.coursera.org/course/ml.

[3] 李航. 统计学习方法[M]. 2 版. 北京:清华大学出版社,2019.

[4] HASTIE T, TIBSHIRANI R, FRIEDMAN J. The elements of statistical learning[M]. New York: Springer,2001.

[5] BISHOP C M. Pattern recognition and machine learning[M]. New York: Springer,2006.

[6] BOYD S, VANDENBERGHE L. Convex optimization[M]. Cambridge: Cambridge University Press, 2004.

[7] TIBSHIRANI R. Regression selection and shrinkage via the lasso[J]. Journal of the Royal Statistical Society Series B, 1996, 58(1): 267-288.

第6章

朴素贝叶斯

6.1 贝叶斯方法

贝叶斯方法

贝叶斯方法是一类分类算法的总称,这类算法均以贝叶斯定理为基础,故统称为贝叶斯分类。朴素贝叶斯分类是贝叶斯分类中最简单,也是最常见的一种分类方法。在概率统计中,常常使用贝叶斯定理(见图6-1)推导当一个变量给定时另一个变量的条件概率表达式。

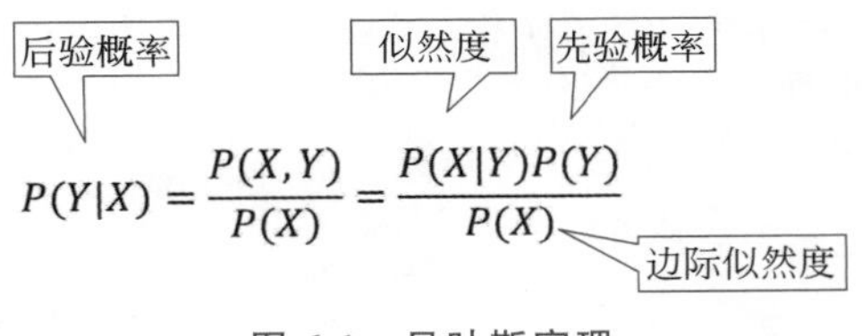

图6-1 贝叶斯定理

在图6-1中,X为特征,Y为模型结果。

6.1.1 先验概率、后验概率、联合分布

1. 先验概率(prior probability)

先验概率指根据以往经验和分析得到的概率。在这里,用$P(Y)$代表在没有训练数据前假设Y拥有的初始概率,因此称其为Y的先验概率,它反映了人们所拥有的关于Y的背景知识。

2. 后验概率(posterior probability)

后验概率指根据已经发生的事件分析得到的概率。以$P(Y|X)$为例,假设在X成立的情况下观察到数据Y的概率是$P(Y|X)$,因此其被称为Y的后验概率,它反映了在看到训练数据X后Y成立的置信度。值得注意的是,后验概率$P(Y|X)$反映了训练数据X的影响;相反,先验概率$P(Y)$与训练数据X无关,是独立于X的。

3. 联合概率

联合概率指在多元的概率分布中多个随机变量分别满足各自条件的概率。X 与 Y 的联合概率可以表示为 $P(X,Y)$、$P(XY)$或 $P(X \cap Y)$。

举例说明：假设 X 和 Y 都服从正态分布，那么 $P(X<5,Y<0)$就是一个联合概率，表示 $X<5,Y<0$ 两个条件同时成立的概率，即两个事件共同发生的概率。

6.1.2 判别模型和生成模型

监督学习方法可分为两类，即生成方法(generative approach)和判别方法(discriminative approach)，所学到的模型称为生成模型(generative model)和判别模型(discriminative model)。判别模型和生成模型对比如表 6-1 所示。

表 6-1 判别模型和生成模型对比

对比项	判别模型	生成模型
模型原理	由数据直接学习决策函数 $Y=f(X)$或条件概率分布 $P(Y\|X)$作为预测的模型，即判别模型。基本思想是在有限样本条件下建立判别函数，不考虑样本的产生模型，直接研究预测模型。即直接估计 $P(Y\|X)$	利用训练数据学习 $P(X\|Y)$和 $P(Y)$的估计，得到联合概率分布：$P(X,Y)=P(Y)P(X\|Y)$，然后由训练数据学习联合概率分布 $P(X,Y)$，求得后验概率分布 $P(Y\|X)$并进行分类。即估计 $P(X\|Y)$，然后推导 $P(Y\|X)$
所学内容	决策边界	数据的概率分布
例图(见图 6-2 和图 6-3)	图 6-2 判别模型	图 6-3 生成模型
常见模型	线性回归、逻辑回归、感知机、决策树、支持向量机等	朴素贝叶斯、高斯混合模型(GMM)、深度信念网络(DBN)等

朴素贝叶斯原理

6.2 朴素贝叶斯原理

6.2.1 朴素贝叶斯概述

朴素贝叶斯法是典型的生成方法。生成方法由训练数据学习联合概率分布 $P(X,Y)$，然后求得后验概率分布 $P(Y|X)$。具体地说，是利用训练数据学习 $P(X|Y)$和 $P(Y)$的估计，得到联合概率分布：

$$P(X,Y)=P(Y)P(X \mid Y) \tag{6.1}$$

概率估计方法可以是最大似然估计或贝叶斯估计。

朴素贝叶斯法的基本假设是条件独立性，即

$$\begin{aligned}P(\boldsymbol{X}=\boldsymbol{x} \mid Y=c_k) &= P(\boldsymbol{x}^{(1)},\boldsymbol{x}^{(2)},\cdots,\boldsymbol{x}^{(n)} \mid y^k) \\ &= \prod_{j=1}^{n} P(\boldsymbol{x}^{(j)} \mid Y=c_k)\end{aligned} \tag{6.2}$$

其中，c_k 代表类别；k 代表类别个数。

这是一个较强的假设。利用这一假设，可使模型包含的条件概率的数量大为减少，朴素贝叶斯法的学习与预测大为简化。因此，朴素贝叶斯法高效，且易于实现，其缺点是分类的性能不一定很高。

朴素贝叶斯法利用贝叶斯定理与学到的联合概率模型进行分类预测。

下面换个思路，方便读者理解。

根据生成模型的假设，可知 $P(X,Y)$ 和 $P(Y)$ 的特征是条件独立的。该假设称为朴素贝叶斯假设。形式化表示：如果在给定 Z 的情况下，X 和 Y 条件独立，即

$$P(X \mid Z)=P(X \mid Y,Z) \tag{6.3}$$

也可以表示为

$$P(X,Y \mid Z)=P(X \mid Z)P(Y \mid Z) \tag{6.4}$$

举例说明：用于文本分类的朴素贝叶斯模型，这个模型称作多值伯努利事件模型(multi-variate-bernoulli event model)。在这个模型中，首先随机选定了邮件的类型(垃圾邮件或普通邮件，也就是 $P(y)$)。假定一个人翻阅词典，从第一个词到最后一个词，随机决定一个词是否要在邮件中出现，出现则标识为 1，否则标识为 0。然后将出现的词组成一封邮件，此时，确定一个词是否出现依照概率 $P(\boldsymbol{x}^{(1)} \mid y)$。假设邮件中有 50 000 个单词，则根据独立性总的概率可以表示为

$$\begin{aligned}&P(\boldsymbol{x}^{(1)},\boldsymbol{x}^{(2)},\cdots,\boldsymbol{x}^{(50000)} \mid y) \\ &= P(\boldsymbol{x}^{(1)} \mid y)P(\boldsymbol{x}^{(2)} \mid y,\boldsymbol{x}^{(1)})P(\boldsymbol{x}^{(3)} \mid y,\boldsymbol{x}^{(1)},\boldsymbol{x}^{(2)})\cdots P(\boldsymbol{x}^{(50000)} \mid y,\boldsymbol{x}^{(1)},\cdots,\boldsymbol{x}^{(49999)}) \\ &= P(\boldsymbol{x}^{(1)} \mid y)P(\boldsymbol{x}^{(2)} \mid y)P(\boldsymbol{x}^{(3)} \mid y)\cdots P(\boldsymbol{x}^{(50000)} \mid y) \\ &= \prod_{i=1}^{m} P(\boldsymbol{x}^{(i)} \mid y)\end{aligned} \tag{6.5}$$

将输入 $\boldsymbol{x}$ 分到后验概率最大的类 y。

$$y=\underset{c_k}{\operatorname{argmax}} P(Y=c_k)\prod_{j=1}^{n} P(\boldsymbol{X}_j=\boldsymbol{x}^{(j)} \mid Y=c_k) \tag{6.6}$$

此时，后验概率的最大化等价于 0-1 损失函数时期望风险的最小化。

然而，当某个概率为 0 时，显然任何数乘以 0 都等于 0，上述公式将无法求解，这时应该怎么办？

为此，引入拉普拉斯平滑(laplace smoothing)技术。

6.2.2　拉普拉斯平滑

拉普拉斯平滑是一种用于平滑分类数据的技术。引入拉普拉斯平滑法可解决 0 概率问题，此时，先验概率和条件概率可改写为

$$P_\lambda(c_k)=P_\lambda(Y=c_k)=\frac{\sum_{i=1}^{N}I(y_i=c_k)+\lambda}{N+K\lambda} \tag{6.7}$$

具体地,条件概率的贝叶斯估计是

$$P_\lambda(x_i=a_j \mid Y=c_k)=\frac{\sum_{i=1}^{N}I(x_i=a_j,y_i=c_k)+\lambda}{\sum_{i=1}^{N}I(y_i=c_k)+A\lambda} \tag{6.8}$$

其中,K 表示类别数量;A 表示 a_j 中不同值的数量。通常情况下,$\lambda=1$,加入拉普拉斯平滑之后,避免了出现概率为 0 的情况,同时保证了每个值都在 0~1 的范围内,且最终概率和为 1。

6.2.3 朴素贝叶斯公式推导

朴素贝叶斯的公式如下:

$$y=\underset{c_k}{\operatorname{argmax}}P(Y=c_k)\prod_{j=1}^{n}P(\boldsymbol{X}_j=\boldsymbol{x}^{(j)} \mid Y=c_k) \tag{6.9}$$

上述公式如何求得?

设:输入为特征向量 $\boldsymbol{x}\in X$,$X=\{\boldsymbol{x}_1,\boldsymbol{x}_2,\cdots,\boldsymbol{x}_n\}$为 n 维向量的集合,即 X 有 n 个属性;输出为类标记 $y\in Y$,$Y=\{c_1,c_2,\cdots,c_k\}$,k 为类别数。

$\boldsymbol{x}$ 是定义在输入空间 X 上的随机向量,y 是定义在输出空间 Y 上的随机变量。

$P(X,Y)$是关于 X 和 Y 的联合概率分布。

训练数据集 $T=\{(\boldsymbol{x}_1,y_1),(\boldsymbol{x}_2,y_2),\cdots,(\boldsymbol{x}_n,y_n)\}$,由 $P(X,Y)$独立同分布产生。

朴素贝叶斯通过训练数据集学习联合概率分布 $P(X,Y)$。具体地,学习先验概率分布及条件概率分布。

先验概率分布:

$$P(Y=c_k),k=1,2,\cdots,K \tag{6.10}$$

条件概率分布:

$$P(X=\boldsymbol{x} \mid Y=c_k)=P(X^{(1)}=\boldsymbol{x}^{(1)},X^{(2)}=\boldsymbol{x}^{(2)},\cdots,X^{(n)}=\boldsymbol{x}^{(n)} \mid Y=c_k),\quad k=1,2,\cdots,K \tag{6.11}$$

利用先验概率和条件概率,可以得到联合概率分布 $P(X,Y)$。

由于条件概率 $P(X=\boldsymbol{x} \mid Y=c_k)$ 的参数个数可达指数级,假设 $\boldsymbol{x}^{(j)}$ 可取值有 S_j 个,$j=1,2,\cdots,n$,Y 可取值K 个,此时参数个数为 $K\prod_{j=1}^{n}S_j$。因此,对其进行估计实际上是不可行的。

为此,朴素贝叶斯法对条件概率分布做了条件独立的假设。根据这个假设,可得

$$\begin{aligned}P(X=\boldsymbol{x} \mid Y=c_k)&=P(X^{(1)}=\boldsymbol{x}^{(1)},X^{(2)}=\boldsymbol{x}^{(2)},\cdots,X^{(n)}=\boldsymbol{x}^{(n)} \mid Y=c_k)\\&=\prod_{j=1}^{n}P(X^{(j)}=\boldsymbol{x}^{(j)} \mid Y=c_k)\end{aligned} \tag{6.12}$$

条件独立假设大大简化了贝叶斯方法,但代价是有时会牺牲一定的分类准确率。

在朴素贝叶斯法进行分类时，对给定的输入 $\boldsymbol{x}$，通过学习到的模型计算后验概率分布 $P(Y=c_k|X=\boldsymbol{x})$，将后验概率最大的类作为 $\boldsymbol{x}$ 的类输出。根据贝叶斯定理：

$$P(Y \mid X)=\frac{P(X \mid Y)P(Y)}{P(X)} \tag{6.13}$$

可以计算后验概率：

$$P(Y=c_k \mid X=\boldsymbol{x})=\frac{P(X=\boldsymbol{x} \mid Y=c_k)P(Y=c_k)}{\sum_{k=1}^{K}P(X=\boldsymbol{x} \mid Y=c_k)P(Y=c_k)} \tag{6.14}$$

利用条件独立假设，可以得到

$$P(Y=c_k \mid X=\boldsymbol{x})=\frac{\prod_{j=1}^{n}P(X^{(j)}=\boldsymbol{x}^{(j)} \mid Y=c_k)P(Y=c_k)}{\sum_{k=1}^{K}\prod_{j=1}^{n}P(X^{(j)}=\boldsymbol{x}^{(j)} \mid Y=c_k)P(Y=c_k)} \tag{6.15}$$

此时，贝叶斯分类器可以表示为

$$y=f(\boldsymbol{x})=\arg\max_{c_k}\frac{\prod_{j=1}^{n}P(X^{(j)}=\boldsymbol{x}^{(j)} \mid Y=c_k)P(Y=c_k)}{\sum_{k=1}^{K}\prod_{j=1}^{n}P(X^{(j)}=\boldsymbol{x}^{(j)} \mid Y=c_k)P(Y=c_k)} \tag{6.16}$$

在式(6.16)中，分母中的 c_k 都是一样的，即不会对结果产生影响，即

$$y=f(\boldsymbol{x})=\arg\max_{c_k}\prod_{j=1}^{n}P(X^{(j)}=\boldsymbol{x}^{(j)} \mid Y=c_k)P(Y=c_k) \tag{6.17}$$

6.2.4 朴素贝叶斯案例

朴素贝叶斯案例

假设正在构建一个分类器，该分类器说明文本是否与运动有关。训练数据有以下 5 句话（见表 6-2）。

表 6-2 文本分类训练数据

文　本	标　签
a great game	Sports
the election was over	Not Sports
very clean match	Sports
a clean but forgettable game	Sports
it was a close election	Not Sports

想要计算句子 a very close game 是 Sports 的概率及不是 Sports 的概率。令 P(Sports|a very close game)为该句子的类别是 Sports 的概率，已知贝叶斯定理：

$$P(Y \mid X)=\frac{P(X \mid Y)P(Y)}{P(X)} \tag{6.16}$$

则

$$P(\text{Sports} \mid \text{a very close game}) = \frac{P(\text{a very close game} \mid \text{Sports}) \times P(\text{Sports})}{P(\text{a very close game})} \tag{6.19}$$

由于只是试图找出哪个类别概率更大,因此可以舍弃除数,只比较 $P(\text{a very close game}|\text{Sports}) \times P(\text{Sports})$和 $P(\text{a very close game}|\text{Not Sports}) \times P(\text{Not Sports})$二者的大小。

因为训练集中并没有出现"a very close game",所以这个概率是 0。从中可以看到除非要分类的每个句子都出现在训练集中,否则直接应用该模型的效果不会很好。为此,需要假设一个句子中的每个单词都与其他单词无关。这意味着可以不看整个句子,而只看单个单词。可以这样写:

$$P(\text{a very close game}) = P(\text{a}) \times P(\text{very}) \times P(\text{close}) \times P(\text{game}) \tag{6.20}$$

此时,整个模型能够很好地处理少量可能被贴上错误标签的数据。下一步将它代入上述式子,可得

$$\begin{aligned} P(\text{a very close game} \mid \text{Sports}) = {} & P(\text{a} \mid \text{Sports}) \times P(\text{very} \mid \text{Sports}) \\ & \times P(\text{close} \mid \text{Sports}) \times P(\text{game} \mid \text{Sports}) \end{aligned} \tag{6.21}$$

计算每个类别的先验概率:对于训练集中的给定句子,$P(\text{Sports})$为 3/5;$P(\text{Not Sports})$是 2/5。

然后,计算 $P(\text{game}|\text{Sports})$,即 game 有多少次出现在 Sports 的样本中,然后除以 Sports 的总数 11。因此,可得 $P(\text{game}|\text{Sports}) = \frac{2}{11}$。

close 不会出现在任何 Sports 样本中,那就是说 $P(\text{close}|\text{Sports}) = 0$。

通过使用拉普拉斯平滑的方法:即为每个计数加 1,使其永远不会为零。为了平衡这一点,将可能的单词的数量添加到除数中,此时计算结果永远不会大于 1。假定可能的单词有 14 个,分别是 a, great, very, over, it, but, game, election, clean, close, the, was, forgettable, match,则利用拉普拉斯平滑处理可得

$$P(\text{game} \mid \text{Sports}) = \frac{2+1}{11+14} \tag{6.22}$$

结果如表 6-3 所示。

表 6-3 拉普拉斯平滑后的结果

word	P (word | Sports)	P (word | Not Sports)
a	(2+1)÷(11+14)	(1+1)÷(9+14)
very	(1+1)÷(11+14)	(0+1)÷(9+14)
close	(0+1)÷(11+14)	(1+1)÷(9+14)
game	(2+1)÷(11+14)	(0+1)÷(9+14)

$$\begin{aligned} & P(\text{a} \mid \text{Sports}) \times P(\text{very} \mid \text{Sports}) \times P(\text{close} \mid \text{Sports}) \times P(\text{game} \mid \text{Sports}) \\ & \times P(\text{Sports}) \\ = {} & 2.76 \times 10^{-5} \end{aligned}$$

$$=0.0000276 \tag{6.23}$$

$$P(\text{a} \mid \text{Not Sports}) \times P(\text{very} \mid \text{Not Sports}) \times P(\text{close} \mid \text{Not Sports}) \times P(\text{game} \mid \text{Not Sports}) \times P(\text{Not Sports})$$

$$=0.572 \times 10^{-5}$$

$$=0.00000572 \tag{6.24}$$

由于 0.000 027 6 大于 0.000 005 72，因此分类器预测 a very close game 是 Sports 类。

6.3　朴素贝叶斯分类算法总结

朴素贝叶斯法是典型的生成方法。利用贝叶斯定理与学到的联合概率模型进行分类预测。

朴素贝叶斯法的基本假设是条件独立性，利用这一假设，可使模型包含的条件概率的数量大为减少，朴素贝叶斯法的学习与预测大为简化。因此，朴素贝叶斯法具有以下优缺点。

1. 优点

(1) 算法逻辑简单，易于实现。

(2) 在分类过程中时空开销小。

(3) 对缺失数据不太敏感，算法也比较简单，常被用于文本分类。

2. 缺点

(1) 理论上，朴素贝叶斯模型与其他分类方法相比具有最小的误差率。但是实际上并非总是如此，这是因为朴素贝叶斯模型假设属性之间相互独立，这个假设在实际应用中往往是不成立的。在属性相关性较小时，朴素贝叶斯性能良好；而在属性个数比较多或属性之间相关性较大时，分类效果不好。对于这一点，半朴素贝叶斯之类的算法考虑通过引入部分关联性对其进行适度改进。

(2) 朴素贝叶斯模型需要事先知道先验概率，而先验概率的值很多时候取决于假设模型。由于模型种类众多，因此某些时候会因为假设的先验模型的原因导致预测效果不佳。

(3) 由于是通过数据的先验概率来求解后验概率，从而得到分类结果。因此，分类决策存在一定的错误率。

(4) 朴素贝叶斯模型对输入数据的表达形式很敏感。

朴素贝叶斯
代码实现

习题

一、单选题

1. 假设会开车的本科生比例是 15%，会开车的研究生比例是 23%。若某大学研究生占学生比例是20%,则会开车的学生是研究生的概率(　　)。

A. 16.6%　　B. 80%

C. 23%　　D. 27.7%

2. 下列关于朴素贝叶斯的特点说法错误的是(　　)。

A. 朴素贝叶斯模型发源于古典数学理论,数学基础坚实

B. 朴素贝叶斯模型无须假设特征条件独立

C. 朴素贝叶斯处理过程简单,分类速度快

D. 朴素贝叶斯对小规模数据表现较好

3. 公司里有一个人穿了运动鞋,推测他是男还是女。已知公司里男性有30人,女性有70人,男性穿运动鞋的有25人,穿拖鞋的有5人;女性穿运动鞋的有40人,穿高跟鞋的有30人。则以下计算错误的是(　　)。

A. P(运动鞋|女性)=0.4　　B. P(男性|运动鞋)=0.25

C. P(女性|运动鞋)=0.4　　D. P(运动鞋|男性)=25/30

4. 以下算法不属于生成模型的是(　　)。

A. 朴素贝叶斯模型　　B. 混合高斯模型

C. 隐马尔可夫模型　　D. 支持向量机

5. 关于拉普拉斯平滑说法正确的是(　　)。

A. 避免了出现概率为0的情况

B. 加上拉普拉斯平滑有助于提高学习性能

C. 会使得最终结果可能大于1

D. 以上说法都不对

6. 假设X和Y都服从正态分布,那么$P(X<5,Y<0)$就是一个(　　),表示$X<5$,$Y<0$两个条件同时成立的概率,即两个事件共同发生的概率。

A. 先验概率　　B. 后验概率

C. 联合概率　　D. 以上说法都不对

7. 以下算法属于判别模型的是(　　)。

A. 朴素贝叶斯模型　　B. 深度信念网络

C. 隐马尔可夫模型　　D. 线性回归

8. 朴素贝叶斯的优点不包括(　　)。

A. 算法逻辑简单,易于实现

B. 在分类过程中时空开销小

C. 对缺失数据不太敏感,算法也比较简单,常被用于文本分类

D. 朴素贝叶斯模型对输入数据的表达形式很敏感

9. 市场上某商品来自两个工厂,它们的市场占有率分别为60%和40%,有两人各自买一件商品,则买到的来自不同工厂的概率为(　　)。

A. 0.5　　B. 0.24　　C. 0.48　　D. 0.3

10. 以A表示事件"甲种产品畅销,乙种产品滞销",则其对立事件A为(　　)。

A. 甲种产品滞销，乙种产品畅销　　B. 甲、乙两种产品均畅销

C. 甲种产品滞销　　D. 甲种产品滞销或乙种产品畅销

11. 关于朴素贝叶斯，下列说法错误的是(　　)。

A. 它是一个分类算法

B. 朴素的意义在于它的一个朴素的假设：所有特征之间是相互独立的

C. 它实际上是将多条件下的条件概率转换成了单一条件下的条件概率，简化了计算

D. 朴素贝叶斯不需要使用联合概率

12. 掷两枚骰子，出现的点数之和等于3的概率为(　　)。

A. 1/11　　B. 1/18

C. 1/6　　D. 以上都不对

二、判断题

1. 在这里，用 $P(Y)$ 代表在没有训练数据前假设 Y 拥有的初始概率，因此称其为 Y 的后验概率，它反映了人们所拥有的关于 Y 的背景知识。(　　)

2. 朴素贝叶斯模型假设属性之间相互独立，这个假设在实际应用中往往是不成立的，在属性相关性较小时，朴素贝叶斯性能良好。而在属性个数比较多或属性之间相关性较大时，分类效果不好。(　　)

3. 朴素贝叶斯对缺失数据较敏感。(　　)

4. 判别模型所学内容是决策边界。(　　)

5. 逻辑回归是生成模型，朴素贝叶斯是判别模型。(　　)

6. 逻辑回归和朴素贝叶斯都有对属性特征独立的要求。(　　)

7. 朴素贝叶斯法的基本假设是条件独立性。(　　)

8. 朴素贝叶斯适用于小规模数据集，逻辑回归适用于大规模数据集。(　　)

三、问答题

1. 朴素贝叶斯与逻辑回归的区别是什么？

2. 朴素贝叶斯“朴素”在哪里？

3. 在估计条件概率 $P(X|Y)$ 时出现概率为0的情况怎么办？

4. 何为朴素贝叶斯？

参考文献

[1] TOM M M. Machine learning[M]. New York：McGraw-Hill Companies，Inc，1997.

[2] HASTIE T，TIBSHIRANI R，FRIEDMAN J. The elements of statistical learning[M]. New York：Springer，2001.

[3] BISHOP C M. Pattern recognition and machine learning[M]. New York：Springer，2006.

[4] ZHANG H. The optimality of naive Bayes[C]//Proceedings of the 17th International Florida

Artificial Intelligence Research Society Conference (FLAIRS). Miami, FL, 562-567, 2004.

[5] NG A, JORDAN M. On discriminative vs. generative classifiers: a comparison of logistic regression and naive bayes[J]. Advances in Neural Information Processing Systems, 2001, 14.

[6] KOHAVI R. Scaling up the accuracy of naive Bayes classifiers: a decision-tree hybrid[C]// Proceedings of the 2nd International Conference on Knowledge Discovery and Data Mining (KDD). Portland, OR, 1996, 202-207.

[7] 李航. 统计学习方法[M]. 2 版. 北京：清华大学出版社,2019.

第7章

机器学习实践

7.1 数据集划分

数据集划分

7.1.1 训练集、验证集和测试集划分

机器学习的数据,可以划分为训练集、验证集和测试集。

训练集(training set):训练模型,简单地说就是通过训练集的数据来确定拟合曲线的参数。

验证集(validation set):也叫作开发集(development set),用来做模型选择(model selection),即做模型的最终优化及确定,用来辅助模型的构建,即训练超参数。验证集是可选的。

测试集(test set):为了测试已经训练好的模型的精确度。

一般将数据分成训练集和测试集,通常用70%的数据作为训练集,用剩下30%的数据作为测试集。很重要的一点是训练集和测试集均要含有各种类型的数据,通常要对数据进行"洗牌",然后再分成训练集和测试集。通常应该选择一个泛化的模型。需要使用交叉验证集来帮助选择模型,即使用60%的数据作为训练集,使用20%的数据作为验证集,使用20%的数据作为测试集,这个是比较普遍的划分方式(见图7-1)。也可以按照70%、10%、20%的比例进行数据集划分。

图 7-1 数据集划分

但在现代机器学习中,人们更习惯操作规模大得多的数据集,例如,有100万个训练样本,这样分可能更合理,98%作为训练集,1%作为验证集,1%作为测试集,因为如果有100万个样本,那么1%就是10 000个样本,这对于验证集和测试集来说可能已经够了。所以在深度学习时代,有时会拥有大得多的数据集,所以使用小于20%的比例或小于30%比例的数据作为验证集和测试集也是合理的。而且因为深度学习算法需要非常多的数据,可以看到那些有海量数据集的问题中有更高比例的数据被划分到训练集里,那么测试集呢?深度学习的

数据这样划分:98%的数据作为训练集,1%的数据作为验证集,1%的数据作为测试集。

7.1.2 交叉验证

在机器学习建模过程中,常见的数据划分方法通常是将数据分为训练集和测试集。测试集是与训练集独立的数据,完全不参与训练,用于最终模型的评估。这种做法往往会出现问题。在训练过程中,经常会出现过拟合的问题,模型的泛化能力差。也就是说,模型虽然可以很好地匹配训练数据,却在预测训练集外的数据(测试集)上表现不佳。如果此时就使用测试数据来调整模型参数,就相当于在训练时已知部分测试数据的信息,造成标签信息的泄露,这会影响最终评估结果的准确性。通常的做法是在训练数据中再分出一部分作为验证(validation)数据,用来评估模型的训练效果。

验证数据取自训练数据,但不参与训练,这样可以相对客观地评估模型对于训练集之外数据的匹配程度。模型在验证数据中的评估常用的是交叉验证,主要的交叉验证方式有 K 折交叉验证和留一法交叉验证。

1. K 折交叉验证(K-fold cross validation)

K 折交叉验证的方式如图 7-2 所示,主要流程如下。

(1) 将原始数据分成 K 组(k-fold),将每个子集数据分别作一次验证集,其余的 $K-1$ 组子集数据作为训练集,这样会得到 K 个模型。

(2) 这 K 个模型分别在验证集中评估结果。

(3) K 个模型的误差和取平均就得到交叉验证误差。

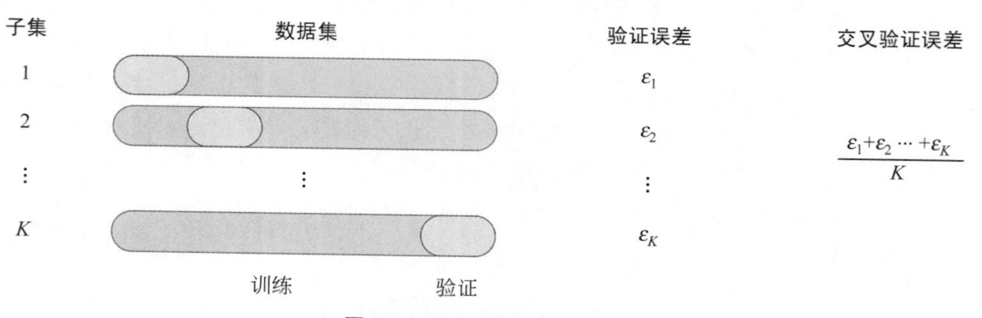

图 7-2 K 折交叉验证方法

交叉验证有效利用了有限的数据,并且评估结果能够尽可能接近模型在测试集上的表现,可以作为模型优化的指标使用。

2. 留一法交叉验证(leave-one-out cross validation,LOO)

留一法就是每次只留下一个样本作测试集,其他样本作训练集。如果有 K 个样本,则需要训练 K 次,测试 K 次。当数据集的数量较少时使用留一法交叉验证,其原因主要如下。

(1) 数据集少,如果像平常一样划分训练集和验证集进行训练,那么可以用于训练的数据本来就少,还被划分出去一部分,这样可以用来训练的数据就更少了。留一法可以充分地利用数据。

(2) 因为留一法需要划分 N 次，产生 N 批数据，所以在一轮训练中，要训练出 N 个模型，这样训练时间就大大增加。所以留一法比较适合训练集数据较少的场景。

(3) 留一法计算最烦琐，但样本利用率最高，适合小样本的情况。

7.1.3 不平衡数据处理

数据不平衡指在数据集中各类样本数量不均衡的情况，例如，正负样本比例为 1∶10，就属于数据不平衡。

常用的不平衡处理方法有采样和代价敏感学习。

1. 采样

采样主要分为欠采样(down-sampling)、过采样(over-sampling)两种方法。

1) 欠采样

欠采样抛弃大部分比例较高的样本。在图 7-3 中，因为正样本比例较高，因此抛弃了大部分正样本数据，从而弱化了中间部分正样本的影响，可能会造成模型偏差很大。当然，如果数据不平衡但两个类别基数都很大，或许影响不大。

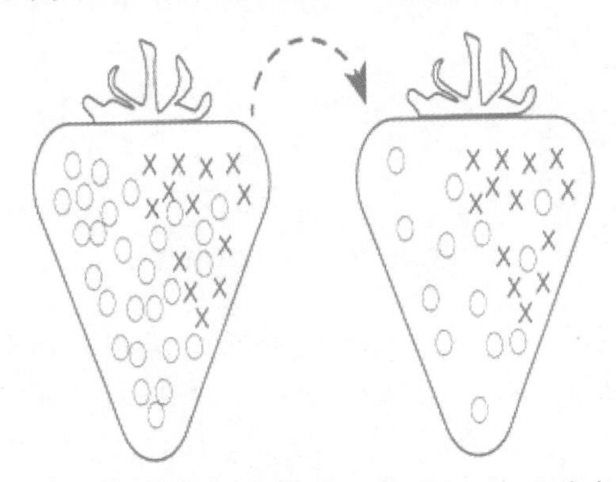

图 7-3　欠采样的方法图例(○代表正样本，×代表负样本)

2) 过采样

过采样针对少数类样本提供精确副本，由于精确副本的重复采样，可能会导致严重的过拟合。在图 7-4 中，针对少数类样本，进行了重复采样，以达到正负样本平衡的目的。

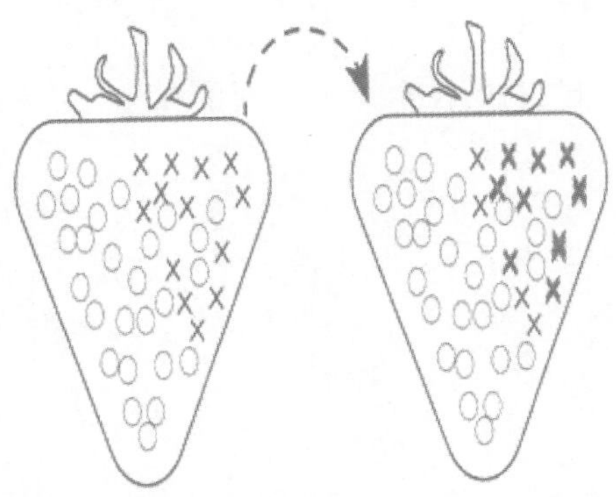

图 7-4　过采样的方法图例(○代表正样本，×代表负样本)

为解决过采样的重复采样问题，可以使用SMOTE(synthetic minority over-sampling technique)算法。

SMOTE算法是在过采样中比较常用的一种算法。算法的思想是合成新的少数类样本，而不是简单地复制样本。算法过程如图7-5所示。

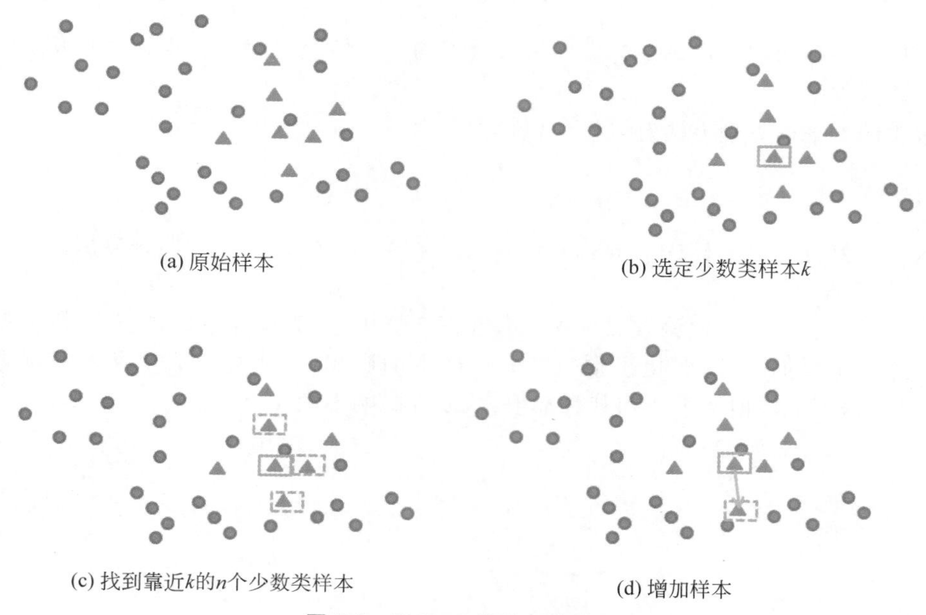

图7-5 SMOTE算法工作流程

假设S为某样本的集合，其中$S_{\min}\subset S$，$x_i\in S_{\min}$(见图7-5(a))。首先设置过采样比率N，通过该采样比率为每一个x_i寻找k个同一类别的最近邻(见图7-5(b))，然后从中选出n个样本(见图7-5(c))，x_i和样本n使用下面的公式的计算方法合成n个新样本(见图7-5(d))。最后将该算法生成的新样本添加到集合S。新样本生成方法见式(7.1)。

$$x_{\text{new}}=x_i+\rho\times(y[j]-x_i) \tag{7.1}$$

其中，$j=1,2,\cdots,n$为过采样之后的样本；$y[j]$代表的是x_i的k个同类的最近邻；ρ是$[0,1]$的随机数。

2. 代价敏感学习

代价敏感学习指为不同类别的样本提供不同的权重，从而让机器学习模型进行学习的一种方法。

如风控或入侵检测，这两类任务都具有严重的数据不平衡问题。可以在算法学习时，为少数类样本设置更高的学习权重，从而让算法更加专注于少数类样本的分类情况，提高对少数类样本分类的查全率，但是也会将很多多数类样本分类为少数类样本，降低少数类样本分类的查准率。

评价指标

7.2 评价指标

7.2.1 回归的评价指标

回归的评价指标主要有 MSE、MAE、RMSE、R 方。

以上评价指标已经在 4.6 节进行讲解，本节不再重复。

7.2.2 分类的评价指标

在分类算法中，针对一个二分类问题，即将实例分成正类(positive)或负类(negative)，在实际分类中会出现以下 4 种情况。

(1) 正确肯定(true positive，TP)：预测为真，实际为真。

(2) 正确否定(true negative，TN)：预测为假，实际为假。

(3) 错误肯定(false positive，FP)：预测为真，实际为假。

(4) 错误否定(false negative，FN)：预测为假，实际为真。

如图 7-6 所示，这是一个混淆矩阵，混淆矩阵的每一行是样本的预测值，每一列是样本的真实值。

注意：有些教材会把行列反一下，即每一列是样本的预测值，每一行是样本的真实值。

混淆矩阵		预测值	
		positive	**negative**
真实值	positive	TP	FN
	negative	FP	TN

图 7-6 混淆矩阵

分类的主要评价指标如下。

1. 准确率(accuracy)

准确率是分类问题中最简单也是最直观的评价指标，准确率指分类正确的样本占总样本个数的比例，是针对所有样本的统计量。

$$\text{accuracy}=\frac{\text{TP}+\text{TN}}{\text{TP}+\text{TN}+\text{FP}+\text{FN}} \tag{7.2}$$

2. 精准率(precision)

精准率又称为查准率，是针对预测结果而言的一个评价指标。在模型预测为正样本的结果中，精准率是正样本所占的真实百分比，具体公式如下：

$$\text{precision}=\frac{\text{TP}}{\text{TP}+\text{FP}} \tag{7.3}$$

精准率的含义就是在预测为正样本的结果中,有多少是准确的。这个指标比较谨慎,分类阈值较高。

3. 召回率(recall)

召回率又称为查全率,是针对原始样本而言的一个评价指标。在实际的正样本中,被预测为正样本所占的百分比。具体公式如下:

$$\text{recall} = \frac{\text{TP}}{\text{TP} + \text{FN}} \tag{7.4}$$

召回率也是对部分样本的统计量,侧重对真实的正类样本的统计。

4. F1 分数

F1 分数是精准率和召回率的调和平均值,它定义为

$$\text{F1} = \frac{2 \times \text{precision} \times \text{recall}}{\text{precision} + \text{recall}} \tag{7.5}$$

F1 分数可以看作模型精准率和召回率的一种加权平均,它的最大值是 1,最小值是 0。

5. 接受者操作特征(receiver operating characteristic,ROC)曲线

ROC 曲线的横轴为伪阳率(false positive rate,FPR),即预测错误且实际分类为负的数量与所有负样本数量的比例;纵轴为真阳率(true positive rate,TPR),即预测正确且实际分类为正的数量与所有正样本的数量的比例。

$$\text{FPR} = \frac{\text{FP}}{\text{FP} + \text{TN}} \tag{7.6}$$

$$\text{TPR} = \frac{\text{TP}}{\text{TP} + \text{FN}} \tag{7.7}$$

如何从 ROC 曲线看分类效果的好坏?ROC 曲线越靠近左上角,效果越好。从图 7-7 中可以看出,越好的分类效果,曲线下的面积越大,曲线越靠近左上角。

6. AUC

AUC 的全称是 area under ROC curve,也就是 ROC 曲线下方的面积,AUC 的范围是 0~1,AUC 越大,代表模型的性能越好。

7. P-R 曲线

P-R 曲线是描述精准率和召回率变化的曲线。P-R 曲线刻画查准率(精准率)和查全率(召回率)之间的关系,横轴为查全率,纵轴为查准率。查准率和查全率是一对矛盾的度量,一般来说,查准率高时,查全率往往偏低;查全率高时,查准率往往偏低。

模型与坐标轴围成的面积越大,则模型的性能越好。从图 7-8 中可以直接看出来。

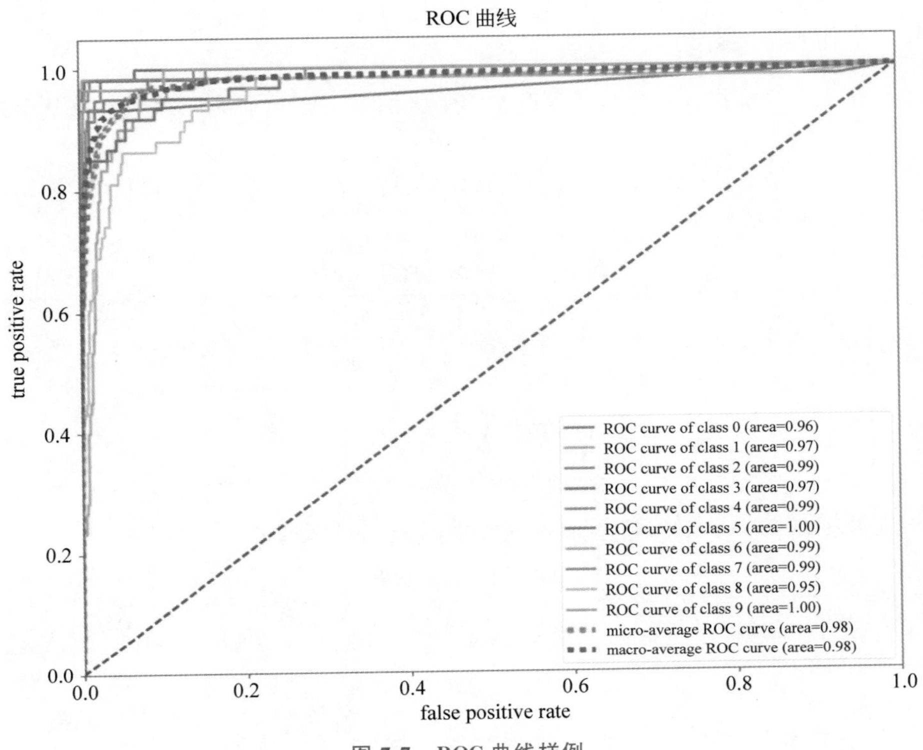

图 7-7　ROC 曲线样例

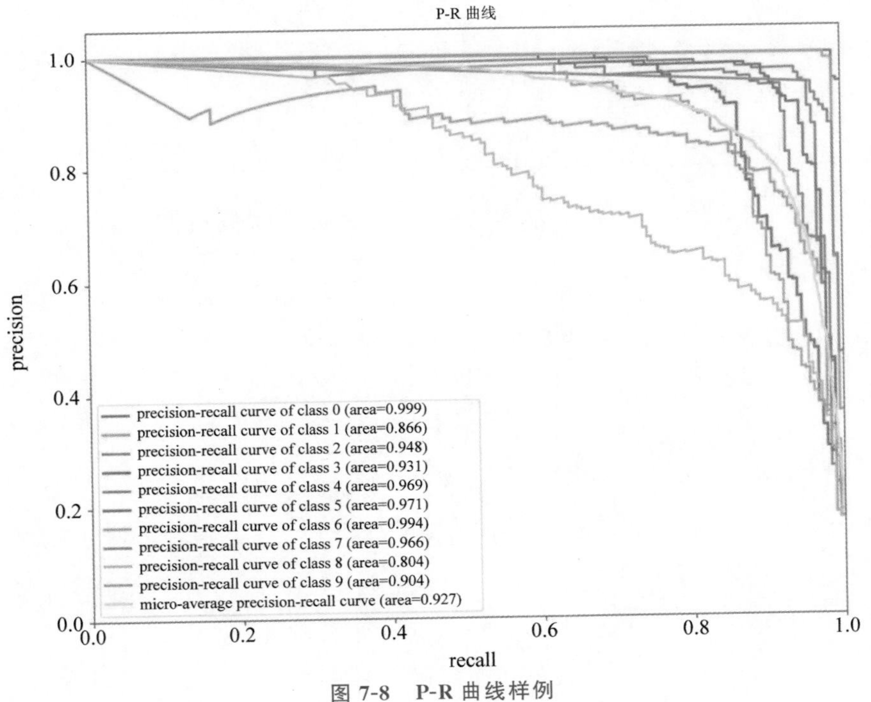

图 7-8　P-R 曲线样例

7.2.3 评价指标案例

这里有一个评价指标的案例：假设有 100 张照片，其中，猫的照片有 60 张，狗的照片有 40 张。

输入这 100 张照片进行二分类识别，找出这 100 张照片中所有的猫。识别结果的混淆矩阵如表 7-1 所示。

表 7-1 识别结果的混淆矩阵

混淆矩阵		预测值	
		positive	**negative**
真实值	positive	TP=40	FN=20
	negative	FP=10	TN=30

根据分类结果的混淆矩阵，可以得到分类结果，如表 7-2 所示。

表 7-2 分类结果

项目	符号	猫狗的例子
识别出的正例	TP+FP	40+10=50
识别出的负例	TN+FN	30+20=50
总识别样本数	TP+FP+TN+FN	50+50=100
识别对了的正例与负例	TP+TN	40+30=70
识别错了的正例与负例	FP+FN	10+20=30
实际总正例数量	TP+FN	40+20=60
实际总负例数量	TN+FP	30+10=40

根据混淆矩阵，可以求得准确率、精准率、召回率等指标。

1. 准确率

由于 TP+TN=70，所有样本数量为 100，则准确率为

$$\text{accuracy}=\frac{\text{TP}+\text{TN}}{\text{TP}+\text{TN}+\text{FP}+\text{FN}}=\frac{70}{100}=0.7$$

2. 精准率

根据公式，由于 TP=40，TP+FP=50，则精准率为

$$\text{precision}=\frac{\text{TP}}{\text{TP}+\text{FP}}=0.8$$

3. 召回率

由于 TP=40，TP+FN=60。则召回率为

$$\text{recall}=\frac{\text{TP}}{\text{TP}+\text{FN}}=\frac{40}{60}=0.67$$

正则化、偏差和方差

7.3　正则化、偏差和方差

7.3.1　欠拟合和过拟合

在 4.5 节中，已经讲解过过拟合和欠拟合问题，本章仅对如何处理过拟合和欠拟合问题进行总结。

1. 过拟合的处理

过拟合的处理通常有 4 种方法。

1）获得更多的训练数据

使用更多的训练数据是解决过拟合问题最有效的手段，因为更多的样本能够让模型学习到更多更有效的特征，从而减小噪声的影响。

2）降维

降维即丢弃一些不能帮助人们正确预测的特征。可以是手工选择保留哪些特征，或者使用一些模型选择的算法来帮忙（如 PCA）。降维将在后续章节中进行讲解。

3）正则化

正则化的技术保留所有的特征，但是减少参数的大小。它可以改善或减少过拟合问题。

4）集成学习方法

集成学习是把多个模型集成在一起，来降低单一模型的过拟合风险。集成学习将在后续章节进行讲解。

2. 欠拟合的处理

欠拟合的处理通常有 3 种方法。

1）添加新特征

当特征不足或现有特征与样本标签的相关性不强时，模型容易出现欠拟合。通过挖掘组合特征等新的特征，往往能够取得更好的效果。

2）增加模型复杂度

简单模型的学习能力较差，通过增加模型的复杂度可以使模型拥有更强的拟合能力。例如，在线性模型中添加高次项，在神经网络模型中增加网络层数或神经元个数等。

3）减小正则化系数

正则化是用来防止过拟合的，但当模型出现欠拟合现象时，则需要有针对性地减小正则化系数。

7.3.2　正则化

在训练模型的过程中，一般会使用一些正则化方法来防止过拟合。但是可能会使用正则化的程度太高或太低了，即在选择 λ 的值时也需要思考。从图 7-9 中可以看出，只有选择合适的正则化程度,才能得到合适的模型。

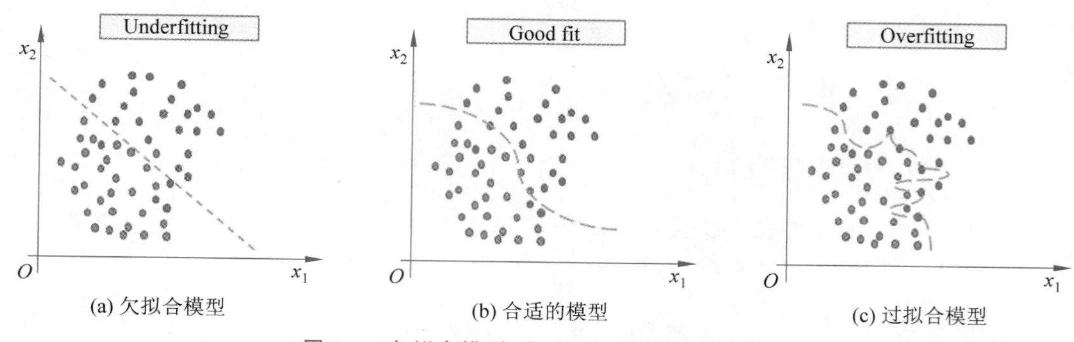

图 7-9 欠拟合模型、合适的模型和过拟合模型

1. L1 正则化和 L2 正则化

L1、L2 正则化的作用已经在 4.5 节中进行讲解,本节对两者进行总结。

L1 正则化指在损失函数中加入权值向量 $\boldsymbol{w}$ 的绝对值之和,L1 正则化的功能是使权重稀疏,起到了特征选择的作用。

设 $J(\boldsymbol{w})$为模型的代价函数,$\boldsymbol{w}$ 为参数,m 为样本数,n 为特征数,$\hat{y}^{(i)}$代表预测值,$y^{(i)}$为真实值,λ 为正则化系数。则 L1 正则化的公式为

$$J(\boldsymbol{w})=\frac{1}{m}\sum_{i=1}^{m}L(\hat{y}^{(i)},y^{(i)})+\frac{\lambda}{2m}\sum_{j=1}^{n}|w_j| \tag{7.8}$$

L2 正则化指在损失函数中加入权值向量 $\boldsymbol{w}$ 的平方和,L2 正则化的功能是使权重平滑,起到了减少过拟合的作用。

L2 正则化的公式为

$$J(\boldsymbol{w})=\frac{1}{m}\sum_{i=1}^{m}L(\hat{y}^{(i)},y^{(i)})+\frac{\lambda}{2m}\sum_{j=1}^{n}w_j^2 \tag{7.9}$$

2. Dropout 正则化

Dropout 正则化的功能类似于 L1 正则化,与 L2 正则化不同的是,被应用的方式不同,Dropout 正则化也会有所不同,甚至更适用于不同的输入范围。常见的 Dropout 正则化随机关闭一半的神经元,保留一半的神经元,如图 7-10 所示。

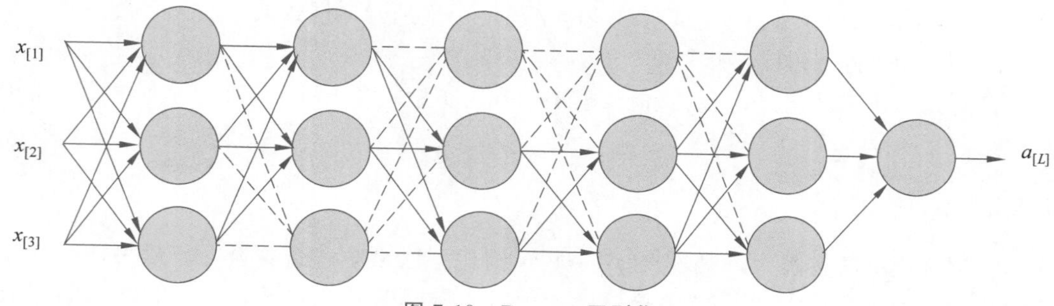

图 7-10 Dropout 正则化

按照 Hinton 的原话，他的灵感来自于银行业务。

“我去银行办理业务。柜员不停地换人，于是我问其中的一个人这是为什么。他说他不知道，但他们经常换来换去。我猜想，银行工作人员想要成功欺诈银行，他们之间要互相合作才行，这让我意识到，在每个样本中随机删除不同的部分神经元，可以阻止他们的阴谋，因此可以降低过拟合。”

3. Early stopping

Early stopping 代表提早停止训练神经网络，Early stopping 的优点是，只运行一次梯度下降，就可以找出 w 的较小值、中间值和较大值，而无须尝试 L2 正则化超级参数 λ 的很多值。

从图 7-11 中可以看出，Early stopping 方法的训练集误差一直在减小，而验证集误差达到一个最小值后就不再减小，反而开始增大，而 Early stopping 方法使验证集误差最小（图中的竖线位置）时停止训练。

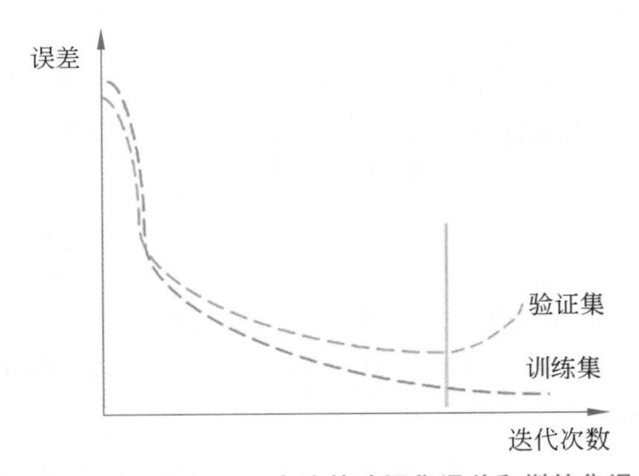

图 7-11　Early stopping 方法的验证集误差和训练集误差

4. 数据增强（data augmentation）

大部分的计算机视觉任务使用很多数据，所以数据增强是经常使用的一种技巧，用来提高计算机视觉系统的表现。计算机视觉任务的数据增强通常以下列方法实现。

（1）随意翻转、镜像。

（2）随意裁剪。

（3）扭曲变形图片。

（4）颜色转换，然后给 R、G 和 B 三个通道上加上不同的失真值。产生大量的样本，进行数据增强。

通过随意翻转和裁剪、扭曲变形图片等方法进行数据增强，如图 7-12 所示。

7.3.3　偏差和方差

当运行一个机器学习算法时，如果这个算法的表现不理想，那么多半出现两种情况：

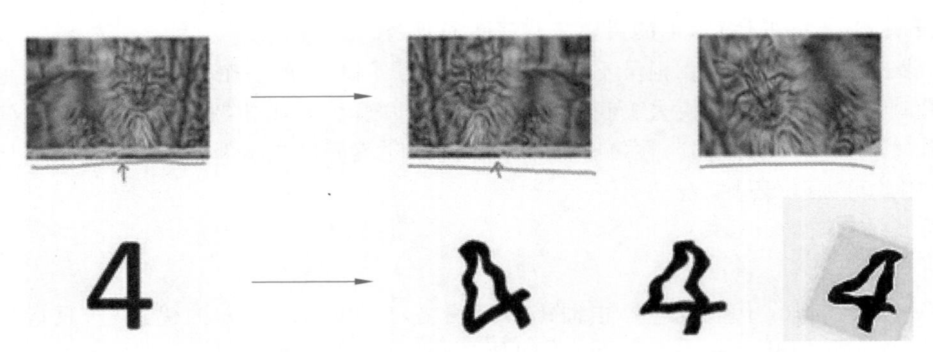

图 7-12　通过随意翻转和裁剪、扭曲变形图片等方法进行数据增强

要么偏差比较大，要么方差比较大。换句话说，出现的情况要么是欠拟合问题，要么是过拟合问题。

1. 方差(variance)

方差描述的是预测值的变化范围及离散程度，也就是离其期望值的距离。

方差越大，数据的分布越分散，如图 7-13 第一行所示，左边的图是低方差低偏差，这是最理想的结果，右边的图是高方差低偏差。

2. 偏差(bias)

偏差描述的是预测值(估计值)的期望与真实值之间的差距。

偏差越大，越偏离真实数据，如图 7-13 第二行所示，左边的图是低方差高偏差，右边的图是高方差高偏差，这个是最差的结果。

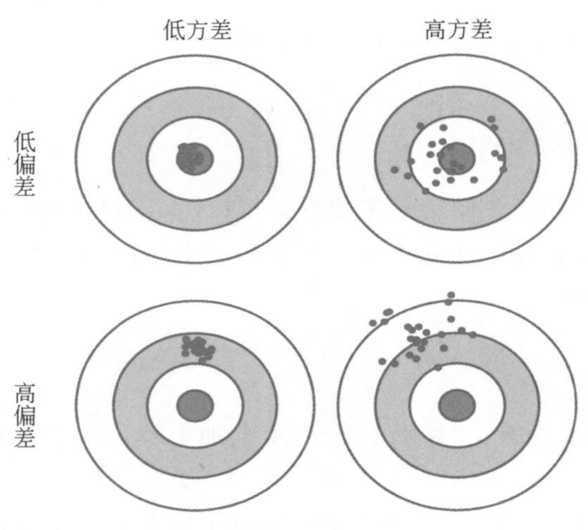

图 7-13　偏差与方差

在训练模型的过程中，一般会使用一些正则化方法来防止过拟合，但是如何选择合适的正则化系数 λ 需要达到偏差和方差之间的权衡。

3. 解决偏差和方差问题的方法

欠拟合对应偏差高。显然，欠拟合就是本身拟合训练数据都不理想，也就是训练误差高，预测的值离真实值的距离就偏大。用模型复杂度来说，就是模型复杂度不够。

过拟合对应方差高。也就是训练得到的模型过于拟合训练数据。不同的训练数据训练的模型效果波动很大，泛化能力弱。用模型复杂度来说，就是模型太复杂了。

图 7-14 是模型复杂度与误差的关系，一般来说，随着模型复杂度的增加，方差会逐渐增大，偏差会逐渐减小，在虚线处，基本是模型复杂度最恰当的选择，其偏差和方差也都适度，才能适度拟合。

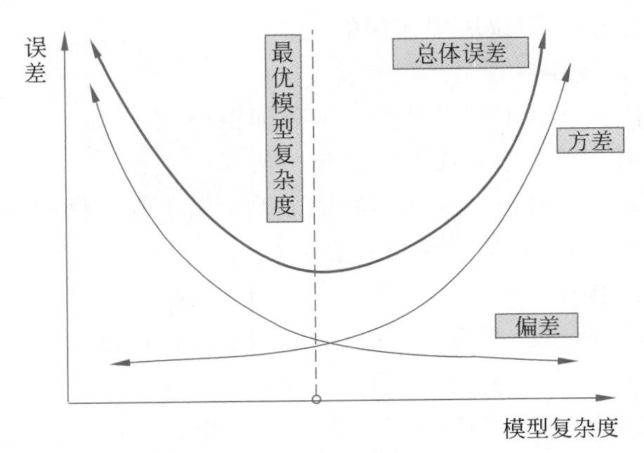

图 7-14　模型复杂度与误差

解决偏差和方差的方法通常有以下 6 种。

(1) 获得更多的训练样本——解决高方差。

(2) 尝试减少特征的数量——解决高方差。

(3) 尝试增加正则化系数 λ——解决高方差。

(4) 尝试增加多项式特征——解决高偏差。

(5) 尝试减少正则化系数 λ——解决高偏差。

(6) 尝试获得更多的特征——解决高偏差。

习题

一、单选题

1. 以下关于训练集、验证集和测试集说法不正确的是(　　)。

A. 训练集用来训练及评估模型性能

B. 测试集纯粹用于测试模型泛化能力

C. 验证集用于调整模型参数

D. 以上说法都不对

2. 当数据分布不平衡时,可采取的措施不包括(　　)。

A. 对数据分布较少的类别过采样

B. 对数据分布较多的类别欠采样

C. 对数据分布较多的类别赋予更大的权重

D. 对数据分布较少的类别赋予更大的权重

3. 假设有100张照片,其中,猫的照片有60张,狗的照片有40张。识别结果:TP=40,FN=20,FP=10,TN=30,则可以得到(　　)。

A. accuracy=0.8　　B. precision=0.8

C. recall=0.8　　D. 以上都不对

4. 关于数据规范化,下列说法中错误的是(　　)。

A. 包含标准化和归一化

B. 标准化在任何场景下受异常值的影响都很小

C. 归一化利用了样本中的最大值和最小值

D. 标准化实际上是将数据在样本的标准差上做了等比例的缩放操作

5. 下列(　　)方法可以用来缓解过拟合的产生。

A. 增加更多的特征　　B. 正则化

C. 增加模型的复杂度　　D. 以上都是

6. 以下关于ROC和P-R曲线说法不正确的(　　)。

A. ROC曲线兼顾正例与负例,P-R曲线完全聚焦于正例

B. 如果想测试不同类别分布下分类器性能的影响,ROC曲线更为适合

C. ROC曲线不会随着类别分布的改变而改变

D. 在类别不平衡问题中,ROC曲线比P-R曲线估计效果要差

7. 以下关于偏差和方差说法正确的是(　　)。

A. 方差描述的是预测值与真实值之间的差别

B. 偏差描述的是预测值的变化范围

C. 获取更多的训练数据可解决高方差的问题

D. 获取更多的特征能解决高方差的问题

8. 关于L1正则化和L2正则化说法错误的是(　　)。

A. L1正则化的功能是使权重稀疏

B. L2正则化的功能是防止过拟合

C. L1正则化比L2正则化使用更广泛

D. L1正则化无法有效减低数据存储量

9. 随着训练样本的数量越来越大,根据该数据训练的模型将具有(　　)。

A. 低方差　　B. 高方差

C. 相同方差　　D. 无法判断

10. 关于特征选择,下列对Ridge回归和Lasso回归的说法正确的是(　　)。

A. Ridge回归适用于特征选择　　B. Lasso回归适用于特征选择

C. 两个都适用于特征选择　　D. 以上说法都不对

11. 一个正负样本不平衡问题(正样本占99%,负样本占1%)。假如在这个非平衡的数据集上建立一个模型,得到训练样本的准确率是99%,则下列说法正确的是( )。

A. 模型的准确率很高,不需要优化模型了

B. 模型的准确率并不能反映模型的真实效果

C. 无法对模型做出好坏评价

D. 以上说法都不对

二、多选题

1. 以下关于交叉验证说法正确的是( )。

A. 交叉验证可利用模型选择避免过拟合的情况

B. 交叉验证可对模型性能合理评估

C. 交叉验证大大增加了计算量

D. 以上说法都不对

2. 在评价指标中,精准率的计算需要的数值有( )。

A. TP　　B. TN

C. FP　　D. FN

3. 在评价指标中,召回率的计算需要的数值有( )。

A. TP　　B. TN

C. FP　　D. FN

4. 评估完模型之后,发现模型存在高偏差(high bias),解决的方法是( )。

A. 减少模型的特征数量　　B. 增加模型的特征数量

C. 增加样本数量　　D. 尝试减少正则化系数

三、判断题

1. 特征空间越大,过拟合的可能性越大。 ( )

2. L2 正则化得到的解更加稀疏。 ( )

3. SMOTE 算法使用了上采样的方法。 ( )

4. 100万条数据被划分为训练集、验证集、测试集,数据可以这样划分:98%的数据作为训练集、1%的数据作为验证集、1%的数据作为测试集。 ( )

参考文献

[1] NG A. Machine learning[EB/OL]. Stanford University, 2014. https://www.coursera.org/course/ml.

[2] HARRINGTON P.机器学习实战[M]. 李锐,李鹏,曲亚东等译. 北京:人民邮电出版社,2013.

[3] MITCHELL T M. Machine learning[M]. New York: McGraw-Hill Companies,Inc,1997.

[4] HASTIE T, TIBSHIRANI R, FRIEDMAN J. The elements of statistical learning[M]. New York: Springer,2001.

[5] BISHOP C M. Pattern recognition and machine learning[M]. New York: Springer,2006.

[6] KOHAVI R. Scaling up the accuracy of naive Bayes classifiers: a decision-tree hybrid[C]// Proceedings of the 2nd International Conference on Knowledge Discovery and Data Mining (KDD). Portland, OR, 202-207, 1996.

[7] 李航. 统计学习方法[M]. 2 版. 北京:清华大学出版社, 2019.

[8] CHAWLA N V, BOWYER K W, HALL L O, et al. SMOTE: synthetic minority over-sampling technique[J]. Journal of Artificial Intelligence Research, 2002, 16: 321-357.

第8章 KNN算法

8.1 距离度量

距离度量

在机器学习算法中，经常需要计算样本之间的相似度，通常的做法是计算样本之间的距离。本章列举了几种常见的距离度量。

8.1.1 欧几里得距离

欧几里得距离(Euclidean distance)(也称欧几里得度量)是一个经常采用的距离定义，指在 m 维空间中两个点之间的真实距离，或者向量的自然长度(即该点到原点的距离)。在二维和三维空间中的欧几里得距离就是两点之间的实际距离，示例如图 8-1 所示。

欧几里得距离公式：

$$d(\boldsymbol{x},\boldsymbol{y})=\sqrt{\sum_i (x_i-y_i)^2} \tag{8.1}$$

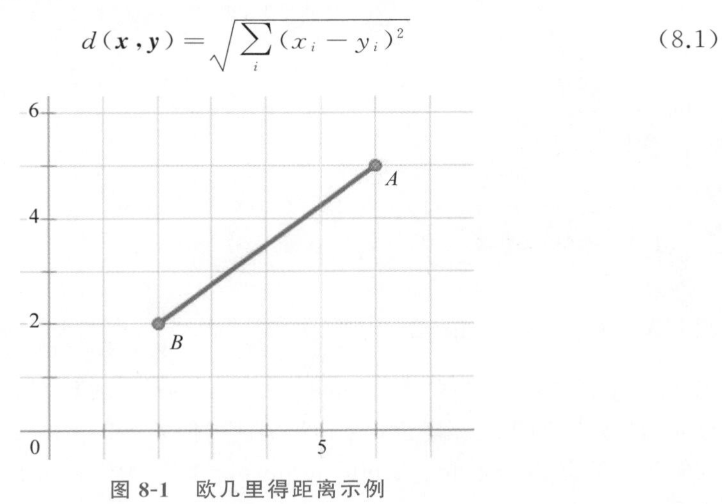

图 8-1　欧几里得距离示例

代码实现。

```
1.  import NumPy as np
2.  def euclidean(x, y):
3.    return np.sqrt(np.sum((x - y)**2))
```

注意：这里用 NumPy 实现，运行代码时需要导入 NumPy 库。

8.1.2 曼哈顿距离

曼哈顿距离(manhattan distance)也称为城市街区距离(city block distance)，想象一下，如果在城市道路里，要从一个十字路口开车到另外一个十字路口，驾驶距离是两点间的直线距离吗？显然不是，除非能穿越大楼。实际驾驶距离就是这个"曼哈顿距离"，而这也是曼哈顿距离名称的来源，其示例如图 8-2 所示。

曼哈顿距离公式：

$$d(\boldsymbol{x},\boldsymbol{y})=\sum_{i}|x_i-y_i| \tag{8.2}$$

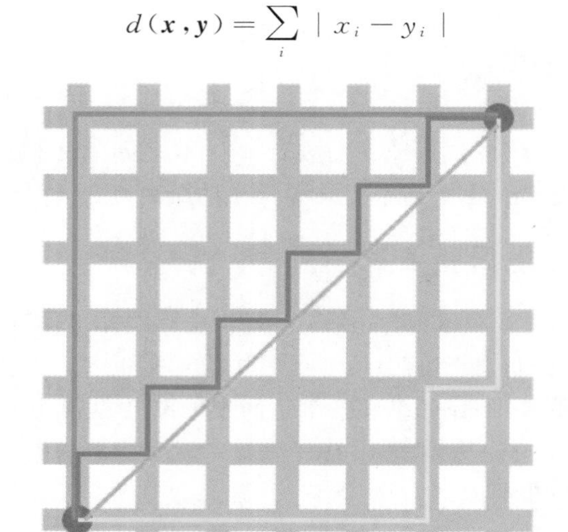

图 8-2 曼哈顿距离示例

代码实现。

```
1. def manhattan(x, y):
2.   return np.sum(np.abs(x - y))
```

8.1.3 切比雪夫距离

在数学中，切比雪夫距离(chebyshev distance)或称为 L∞度量，是向量空间中的一种度量，两个点之间的距离定义为其各坐标数值差绝对值的最大值。以数学的观点来看，切比雪夫距离是由一致范数(uniform norm)(或称为上确界范数)所衍生的度量，也是超凸度量(injective metric space)的一种。

切比雪夫距离公式：

$$d(\boldsymbol{x},\boldsymbol{y})=\max_i|x_i-y_i| \tag{8.3}$$

若将国际象棋棋盘放在二维直角坐标系中，格子的边长定义为 1，坐标的 x 轴及 y 轴和棋盘方格平行，原点恰好落在某一格的中心点，则国王从一个位置走到其他位置需要的步数恰好为两个位置的切比雪夫距离，因此切比雪夫距离也称为棋盘距离(见图 8-3)。

例如，位置 f6 和位置 e2 的切比雪夫距离为 4。任何一个不在棋盘边缘的位置，和周围 8 个位置的切比雪夫距离都是 1。

	a	b	c	d	e	f	g	h	
8	5	4	3	2	2	2	2	2	8
7	5	4	3	2	1	1	1	2	7
6	5	4	3	2	1	♔	1	2	6
5	5	4	3	2	1	1	1	2	5
4	5	4	3	2	2	2	2	2	4
3	5	4	3	3	3	3	3	3	3
2	5	4	4	4	4	4	4	4	2
1	5	5	5	5	5	5	5	5	1
	a	b	c	d	e	f	g	h	

图 8-3　切比雪夫距离示例

代码实现。

```
1.  def chebyshev(x, y):
2.      return np.max(np.abs(x - y))
```

8.1.4　闵可夫斯基距离

闵可夫斯基距离(Minkowski distance)也叫闵氏距离，指狭义相对论中由 1 个时间维和 3 个空间维组成的时空，由数学家闵可夫斯基(H. Minkowski，1864—1909)最先表述。他的平坦空间(即假设没有重力、曲率为零的空间)的概念及表示为特殊距离量的几何学与狭义相对论的要求是相一致的。闵可夫斯基的平坦空间不同于牛顿力学的平坦空间。p 取 1 或 2 时的闵氏距离是最为常用的，$p=2$ 时即为欧几里得距离，而 $p=1$ 时则为曼哈顿距离。当 p 取无穷时的极限情况下，可以得到切比雪夫距离。

闵氏距离公式：

$$d(\boldsymbol{x},\boldsymbol{y})=\left(\sum_{i}|x_i-y_i|^p\right)^{\frac{1}{p}} \tag{8.4}$$

代码实现。

```
1.  def minkowski(x, y, p):
2.      return np.sum(np.abs(x - y) ** p) ** (1 / p)
```

8.1.5　汉明距离

汉明距离(Hamming distance)广泛应用在数据传输差错控制编码中。汉明距离表示两个相同长度字中不同位的数量。可对两个字符串进行异或运算，并统计结果为 1 的个数，那么这个数就是汉明距离(见图 8-4)。

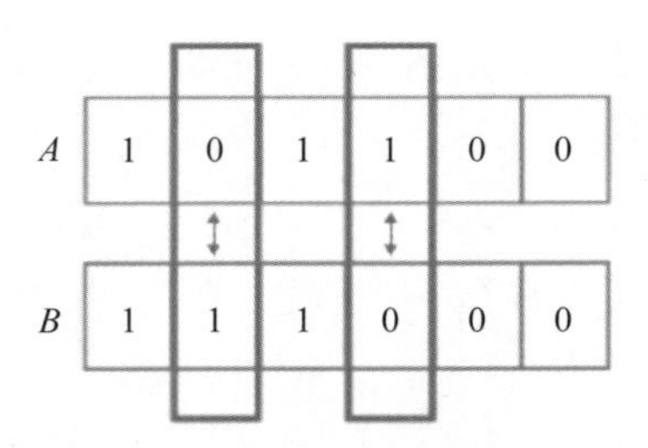

图 8-4 汉明距离示例

汉明距离公式：

$$d(\boldsymbol{x}, \boldsymbol{y}) = \frac{1}{N} \sum_{i, x_i \neq y_i} 1 \tag{8.5}$$

代码实现。

```
1. def hamming(x, y):
2.     return np.sum(x != y) / len(x)
```

8.1.6 余弦相似度

余弦相似度(cosine similarity)通过测量两个向量的夹角的余弦值来度量它们之间的相似性。从而两个向量之间的角度的余弦值确定两个向量是否大致指向相同的方向。两个向量有相同的指向时，余弦相似度的值为1；两个向量夹角为90°时，余弦相似度的值为0；两个向量指向完全相反的方向时，余弦相似度的值为－1。余弦相似度的结果与向量的长度无关，仅仅与向量的指向方向相关。余弦相似度通常用于正空间，因此给出的值为0～1。

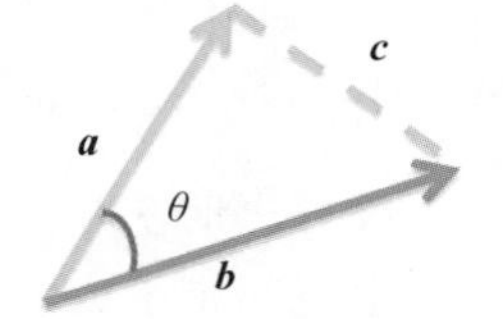

图 8-5 二维空间的向量和夹角

以二维空间为例，图 8-5 的 $\boldsymbol{a}$ 和 $\boldsymbol{b}$ 是两个向量。

要计算它们的夹角 θ，可以用下面的余弦定理公式求得

$$\cos\theta = \frac{|\boldsymbol{a}|^2 + |\boldsymbol{b}|^2 - |\boldsymbol{c}|^2}{2|\boldsymbol{a}||\boldsymbol{b}|} \tag{8.6}$$

假定 $\boldsymbol{a}$ 向量为(x_1, y_1)，$\boldsymbol{b}$ 向量为(x_2, y_2)，两个向量间的余弦值可以通过使用欧几里得点积公式求出：

$$\cos\theta = \frac{\mathbf{A} \cdot \mathbf{B}}{\|\mathbf{A}\| \|\mathbf{B}\|} = \frac{(x_1, y_1) \cdot (x_2, y_2)}{\sqrt{x_1^2 + y_1^2} \times \sqrt{x_2^2 + y_2^2}} = \frac{x_1 x_2 + y_1 y_2}{\sqrt{x_1^2 + y_1^2} \times \sqrt{x_2^2 + y_2^2}} \tag{8.7}$$

如果向量 $\boldsymbol{a}$ 和 $\boldsymbol{b}$ 不是二维而是 n 维，如图 8-6 所示，上述余弦的计算方法仍然正确。假定 $\mathbf{A}$ 和 $\mathbf{B}$ 是两个 n 维向量，$\mathbf{A}$ 是$(A_1, A_2, \cdots, A_n)$，$\mathbf{B}$ 是$(B_1, B_2, \cdots, B_n)$，则 $\mathbf{A}$ 与 $\mathbf{B}$ 的夹角余弦等于：

$$\cos\theta = \frac{\mathbf{A} \cdot \mathbf{B}}{\|\mathbf{A}\| \|\mathbf{B}\|} = \frac{\sum_{i=1}^{n} A_i \times B_i}{\sqrt{\sum_{i=1}^{n} (A_i)^2} \times \sqrt{\sum_{i=1}^{n} (B_i)^2}} \tag{8.8}$$

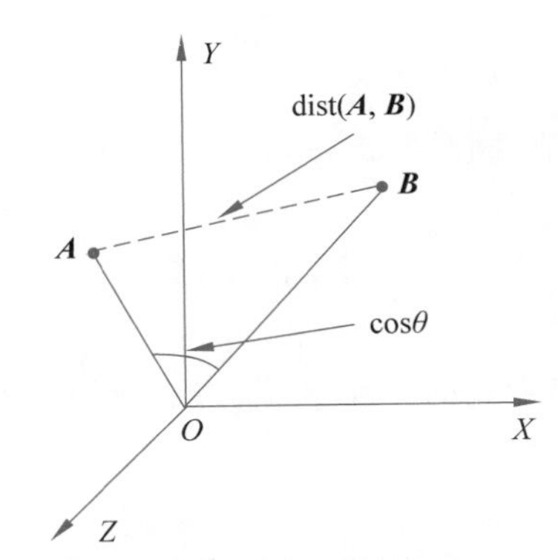

图 8-6　n 维空间向量的余弦相似度

代码实现。

```
1. from math import *
2. def square_rooted(x):
3.     return round(sqrt(sum([a * a for a in x])), 3)
4. def cosine_similarity(x, y):
5.     numerator = sum(a * b for a, b in zip(x, y))
6.     denominator = square_rooted(x) * square_rooted(y)
7.     return round(numerator / float(denominator), 3)
```

8.2　KNN 算法简介

8.2.1　KNN 算法概述

KNN 是一种比较成熟也是最简单的机器学习算法，可以用于基本的分类与回归。

KNN 算法的主要思路：如果一个样本在特征空间中与 k（名称虽是 KNN，描述时，样本数仍用小写字母 k 表示）个样本最为相似（即特征空间中最邻近），那么这 k 个样本中大多数属于哪个类别，则该样本也属于这个类别。

通俗理解可以归纳为 3 点。

（1）KNN 可理解为一种死记硬背式的分类器，记住所有的训练数据，对于新的数据则直接和训练数据匹配，如果存在同属性的训练数据，则直接用它的分类来作为新数据的分类。

（2）对于分类问题：对新的样本，根据其 k 个最近邻的训练样本的类别，一般是选择多数表决法，即训练集里和预测的样本特征最近的 k 个样本，预测为里面有最多类别数的类别。

（3）对于回归问题：对新的样本，一般是选择平均法，即将最近的 k 个样本输出的平均值作为回归预测值。由于两者区别不大，虽然本文主要是讲解 k 近邻的分类方法，但其思想对 k 近邻的回归方法也适用。

8.2.2 KNN 算法流程

KNN 算法的三要素：k 值选择、距离度量、决策规则。

其算法流程如下。

(1) 计算测试对象到训练集中每个对象的距离。

(2) 按照距离的远近排序。

(3) 选取与当前测试对象最近的 k 个训练对象，作为该测试对象的邻居。

(4) 统计这 k 个邻居的类别频次。

(5) k 个邻居里频次最高的类别，即为测试对象的类别。

如图 8-7 的例子所示，蓝色正方形（见彩插）和红色三角形（见彩插）是有标签的（即分类过的做好标记的），使用 KNN 算法进行分类时：

(1) 当选择 $k=3$ 时，离绿色待分类点（见彩插）最近的 3 个点中，即图中实线圆的范围内，有 2 个红色三角形（见彩插）和 1 个蓝色正方形（见彩插），所以绿色待分类的节点（见彩插）应该属于红色三角形类（见彩插）。

(2) 当选择 $k=5$ 时，离绿色待分类点（见彩插）最近的 5 个点中，即图中虚线圆的范围内，有 3 个蓝色正方形（见彩插）和 2 个红色三角形（见彩插），所以绿色待分类的节点（见彩插）应该属于蓝色正方形类（见彩插）。

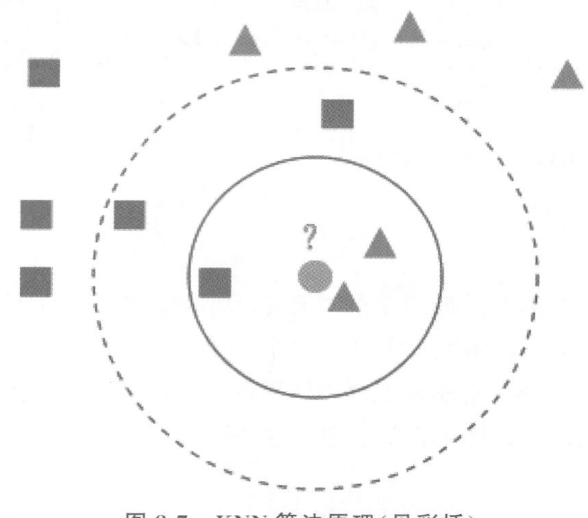

图 8-7 KNN 算法原理（见彩插）

8.3 KD 树划分

KD 树划分

8.3.1 KD 树概述

当实现 KNN 算法时，主要问题是如何快速在训练样本中找到 k 个最近邻的点。寻找近邻主要有两种方法。

(1) 线性扫描是最简单的实现，每输入一个新样本，就需要计算这个样本和所有训练样本的距离，进而找到最近的 k 个样本。这样计算过于耗时，在特征空间维数很高及训练样本特别多时尤为明显。

（2）通过KD树(K-dimension Tree，KD-tree)的方法来搜索近邻。

KD树也可称为 k 维树，可以用更高的效率来对空间进行划分，使用树来存储训练数据，并且其结构非常适合寻找最近邻和碰撞检测。KD树是一种便于对 k 维空间中的数据进行快速检索的数据结构。利用KD树可以省去对大部分数据点的搜索，从而减少搜索的计算量。

KD树算法包括以下3个步骤。

（1）构造KD树。

（2）搜索最近邻。

（3）预测。

KD树是二叉树，表示对 k 维空间的一个划分。构造KD树相当于不断地用垂直于坐标轴的超平面将 k 维空间切分，构成一系列的 k 维超矩形区域。KD树的每个节点对应于一个 k 维超矩形区域。

构造KD树的方法如下。

（1）构造根节点，使根节点对应于 k 维空间中包含所有样本点的超矩形区域。

（2）通过下面的递归方法，不断地对 k 维空间进行切分，生成子节点。在超矩形区域(节点)上选择一个坐标轴和在此坐标轴上的一个切分点，确定一个超平面，这个超平面通过选定的切分点并垂直于选定的坐标轴，将当前超矩形区域切分为左右两个子区域(子节点)，这时，样本被分到两个子区域。

（3）上面两个过程直到子区域内没有样本时终止(终止时的节点为叶子节点)。在此过程中，将实例保存在相应的节点上。

通常，依次选择坐标轴对空间切分，选择训练实例点在选定坐标轴上的中位数(median)为切分点，这样得到的KD树是平衡的。

注意：平衡的KD树搜索时的效率未必是最优的。

对于构建过程，有以下两个优化点。

（1）选择切分维度。根据数据点在各维度上的分布情况，方差越大，分布越分散。从方差大的维度开始切分，有较好的切分效果和平衡性。

（2）确定中值点，即如何划分数据。预先对原始数据点在所有维度上进行一次排序，并存储下来，然后在后续的中值选择中，无须每次都对其子集进行排序，提升了性能。也可以从原始数据点中随机选择固定数目的点，然后对其进行排序，每次从这些样本点中取中值，来分割超平面。该方式在实践中被证明可以取得很好的性能及很好的平衡性。

8.3.2　KD树划分案例

假设有6个二维数据点：$D=\{(2,3),(5,7),(9,6),(4,5),(6,4),(7,2)\}$。

构建KD树的过程如下。

（1）第一次划分。如图8-8所示，从 x 轴开始划分，根据 x 轴的取值2、5、9、4、6、7得到中位数为6，因此切分线为 $x=6$。

(2) 第二次划分。如图 8-9 所示,可以根据 x 轴和 y 轴上数据的方差,选择方差最大的那个轴作为第一轮划分轴。

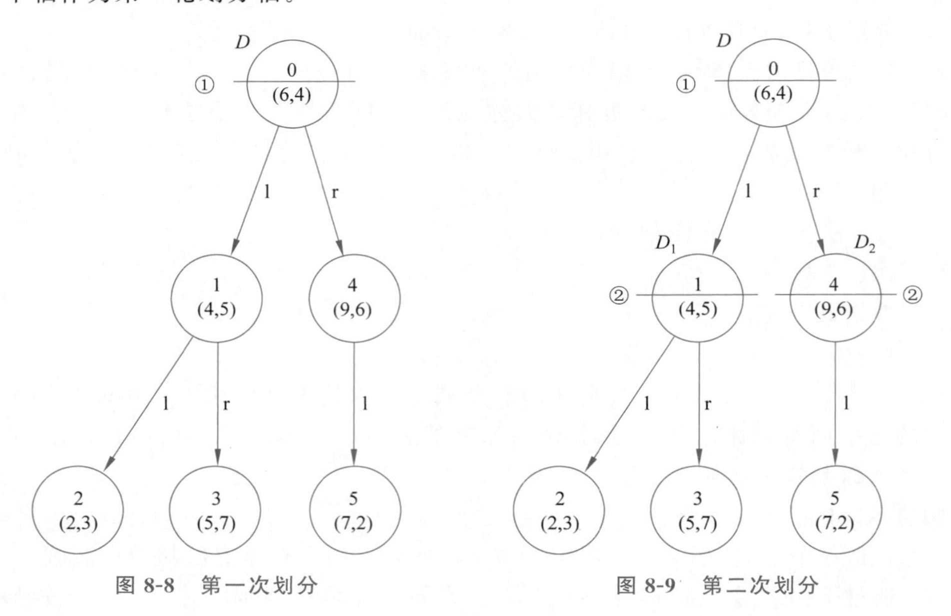

图 8-8 第一次划分　　图 8-9 第二次划分

左子空间(记作 D_1)包含点(2,3)、(4,5)、(5,7),切分轴轮转,从 y 轴开始划分,切分线为 $y=5$。

右子空间(记作 D_2)包含点(9,6)、(7,2),切分轴轮转,从 y 轴开始划分,切分线为 $y=6$。

(3) 第三次划分。如图 8-10 所示,D_1 的左子空间(记作 D_3)包含点(2,3),切分轴轮转,从 x 轴开始划分,切分线为 $x=2$。

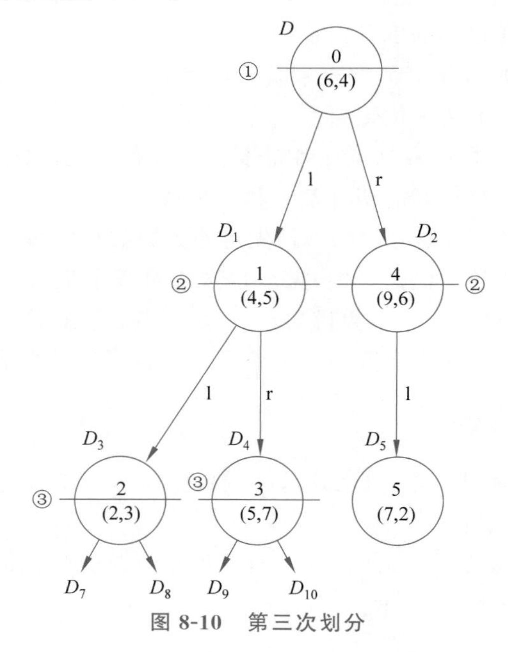

图 8-10 第三次划分

D_3 左子空间记作 D_7，右子空间记作 D_8。由于 D_7、D_8 都不包含任何点，因此对它们不再继续拆分。

D_1 的右子空间（记作 D_4）包含点（5，7），切分轴轮转，从 x 轴开始划分，切分线为 $x=5$。

D_4 左子空间记作 D_9，右子空间记作 D_{10}。由于 D_9、D_{10} 都不包含任何点，因此对它们不再继续拆分。

（4）第四次划分。如图 8-11 所示，D_2 的左子空间（记作 D_5）包含点（7，2），切分轴轮转，从 x 轴开始划分，切分线为 $x=7$。

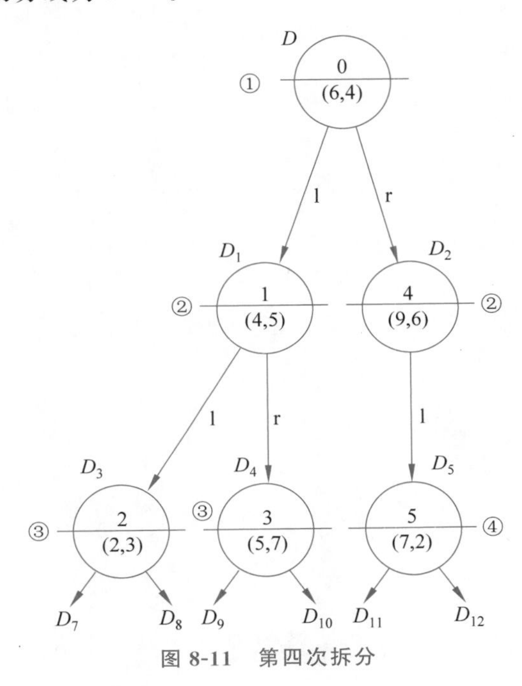

图 8-11　第四次拆分

D_5 左子空间记作 D_{11}，右子空间记作 D_{12}。由于 D_{11}、D_{12} 都不包含任何点，因此对它们不再继续拆分。

D_2 的右子空间（记作 D_6）不包含任何点，停止继续拆分。

最终得到样本空间拆分图如图 8-12 所示。

注意：对于每次拆分，都是按照循环顺序选择维度的，二维是 $x->y->x\cdots$；三维则是 $x->y->z\cdots$。

样本空间结构图如图 8-13 所示。

KD 树根据样本空间的拆分，以树的形式，重新组织了数据集的样本点。每个节点都存放着位于拆分平面上的样本数据点。

因为样本空间结构图中的叶子区域不包含任何数据点，所以叶子区域不会被划分。因此，KD 树的高度要比样本空间结构图的高度少一层。

从 KD 树中可以清晰地看到坐标轮转拆分。

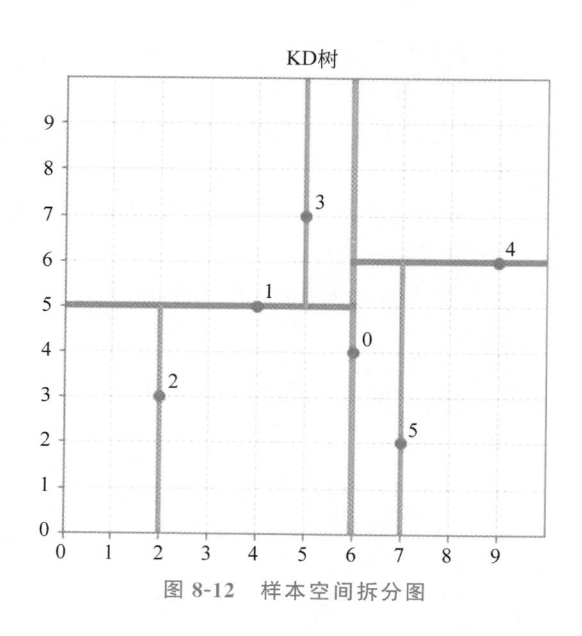

图 8-12 样本空间拆分图

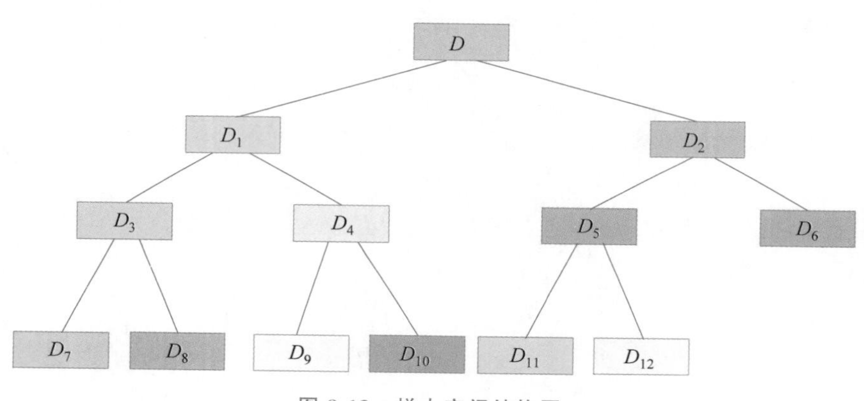

图 8-13 样本空间结构图

KD 树搜索

8.4 KD 树搜索

8.4.1 KD 树搜索概述

KD 树搜索是 KNN 算法至关重要的一步,给定点 p,查询在数据集中与其距离最近点的过程即为最近邻搜索。

算法流程如下。

(1) 要找到该目标点的叶子节点,然后以目标点为圆心,目标点到叶子节点的距离为半径,建立一个超球体,要寻找的最近邻一定在该球体内部。

(2) 返回叶子节点的父节点,检查另一个子节点包含的超矩形体是否和超球体相交,如果相交就到这个子节点寻找是否有更近的近邻,有的话就更新最近邻。

(3) 如果不相交直接返回父节点，在另一棵子树继续搜索最近邻。

(4) 当回溯到根节点时，算法结束，此时保存的最近邻节点就是最终的最近邻。

8.4.2 KD 树搜索案例

如在图 8-14 中已经构建好的 KD 树上搜索(4,4)的最近邻时，对二维空间的最近邻搜索过程进行分析。

具体步骤如下。

(1) 从根节点(6,4)出发，将当前最近邻设为(6,4)，对该 KD 树进行深度优先遍历。以(4,4)为圆心，其到(6,4)的距离为半径画圆(多维空间为超球面)，可以看出(7,2)右侧的区域与该圆不相交，所以(7,2)的右子树全部忽略。(对应算法流程(1)，如图 8-15 所示)

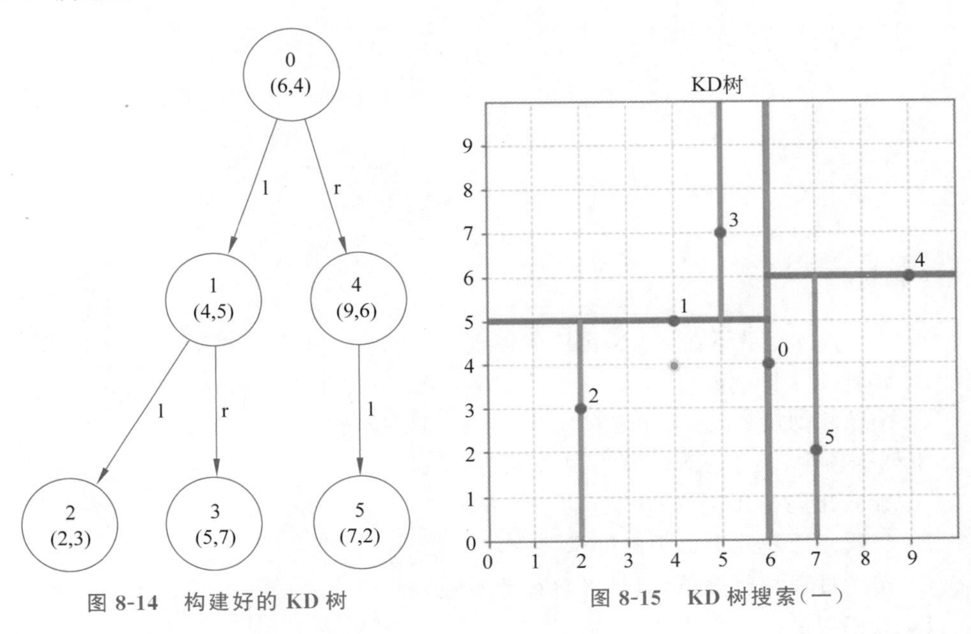

图 8-14　构建好的 KD 树

图 8-15　KD 树搜索(一)

(2) 走到(6,4)的左子树根节点(4,5)，与原最近邻对比距离后，更新当前最近邻为(4,5)。以(4,4)为圆心，其到(4,5)的距离为半径画圆，发现(6,4)右侧的区域与该圆不相交，忽略该侧所有节点，这样(6,4)的整个右子树被标记为已忽略。(对应算法流程(2)，如图 8-16 所示)

(3) 遍历完(4,5)的左右叶子节点，发现与当前最优距离相等，不更新最近邻。所以(4,4)的最近邻为(4,5)，搜索结束(对应算法流程(3)～(4))。

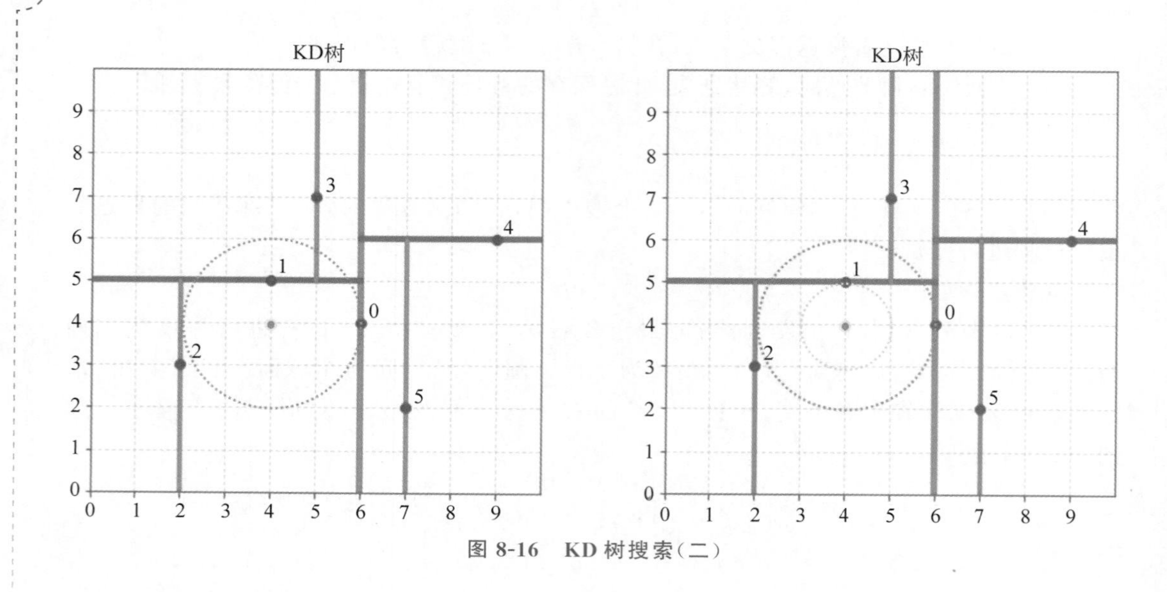

图 8-16 KD 树搜索(二)

习题

一、单选题

1. 下列(　　)度量不在 KNN 算法中体现。

A. 切比雪夫距离　　B. 欧几里得距离

C. 余弦相似度　　D. 曼哈顿距离

2. 下列选项中,关于 KNN 算法说法不正确的是(　　)。

A. 能找出与待预测样本相近的 k 个样本

B. 默认使用欧几里得距离度量

C. 实现过程相对简单,但是可解释性不强

D. 效率很高

3. 在以下距离度量方法中,在城市道路里,要从一个十字路口开车到另外一个十字路口的距离是(　　)。

A. 夹角余弦　　B. 切比雪夫距离

C. 曼哈顿距离　　D. 欧几里得距离

4. 以下关于 KD 树的说法错误的是(　　)。

A. KD 树是一种对 k 维空间的数据进行存储以便于快速检索的树数据结构

B. KD 树主要用于多维空间关键数据的检索

C. KD 树节点与 k 维中垂直于超平面的那一维有关

D. 所有 x 值小于指定值的节点会出现在右子树

5. 利用 KD 树进行搜索时,正确的方式是(　　)。

A. 查询数据从子节点开始

B. 若数据小于对应节点中 k 维度的值,则访问左节点

C. 回溯过程是为了找距离较远的点

D. 回溯的判断过程是从上往下进行的

6. 以下(　　)是KNN算法的缺点。

A. 低精度　　B. 对异常值不敏感

C. 计算成本高　　D. 需要的内存非常少

7. 关于余弦相似度,不正确的是(　　)。

A. 余弦相似度的范围为[-1,1]

B. 余弦相似度的结果与向量的长度无关

C. 余弦相似度为-1时,两个向量完全不相关

D. 余弦相似度为1时,两个向量完全相关

8. 下面关于KD树的描述中,不正确的是(　　)。

A. KD树是二叉树

B. KD树可以用更高的效率来对空间进行划分

C. KD树的结构非常适合寻找最近邻和碰撞检测

D. KD树切分时,从方差小的维度开始切分

9. 假设有6个二维数据点: $D=\{(2,3),(5,7),(9,6),(4,5),(6,4),(7,2)\}$,第一次切分时,切分线为(　　)。

A. $x=5$　　B. $x=6$　　C. $y=5$　　D. $y=6$

10. KNN算法在(　　)情况下效果较好。

A. 样本较多但典型性不好　　B. 样本较少但典型性好

C. 样本呈团状分布　　D. 样本呈链状分布

11. 以下关于KNN算法的描述,不正确的是(　　)。

A. 可以用于分类

B. 可以用于回归

C. 距离度量的方式通常用曼哈顿距离

D. k 值的选择一般选择一个较小的值

12. 两个向量的长度分别为1和2,两者之间的夹角为60°,则以下选项错误的是(　　)。

A. 余弦相似度为0.5

B. 余弦相似度为正

C. 余弦相似度没法计算,因为没给出具体坐标值

D. 余弦相似度的值与向量的长度无关,只与向量之间的夹角有关

二、多选题

1. 影响KNN算法效果的主要因素有(　　)。

A. k 的值　　B. 距离度量方式

C. 决策规则　　D. 最邻近数据的距离

2. 以下关于KNN说法正确的是(　　)。

A. 计算复杂度低　　　　B. 对数据没有假设

C. 对异常值不敏感　　　　D. 可解释性好

3. 闵可夫斯基距离中的 p 取 1 或 2 时的闵氏距离是最为常用的,以下(　　)是正确的。

A. p 取 1 时是曼哈顿距离

B. p 取 2 时是欧几里得距离

C. p 取无穷时是切比雪夫距离

D. 闵可夫斯基的平坦空间不同于牛顿力学的平坦空间

4. KNN 算法的缺点包括(　　)。

A. 可解释性差,无法给出决策树那样的规则

B. 对训练数据依赖度特别大,当样本不平衡时,对少数类的预测准确率低

C. 对异常值敏感

D. 计算复杂性高,空间复杂性高,尤其是特征数非常多时

三、判断题

1. 两个向量的余弦相似度越接近 1,说明两者越相似。　(　　)

2. KNN 是一种比较成熟也是最简单的机器学习算法,可以用于分类,但不能用于回归。　(　　)

3. KNN 没有显式的训练过程,它在训练阶段只是把数据保存下来,训练时间开销为 0,等收到测试样本后进行处理。　(　　)

4. KNN 分类时,对新的样本,根据其 k 个最近邻的训练样本的类别,通过多数表决等方式进行预测。　(　　)

参考文献

[1] NG A. Machine learning[EB/OL]. Stanford University, 2014. https://www.coursera.org/course/ml.

[2] 李航. 统计学习方法[M]. 2 版. 北京:清华大学出版社,2019.

[3] 周志华. 机器学习[M]. 北京:清华大学出版社,2016.

[4] COVER T M, HART P E. Nearest neighbor pattern classification[J]. IEEE Trans Inf Theory, 1953, 13(1): 21-27.

[5] HASTIE T, TIBSHIRANI R, FRIEDMAN J. The elements of statistical learning[M]. New York: Springer,2001.

[6] BISHOP C M. Pattern recognition and machine learning[M]. New York: Springer,2006.

[7] BOYD S, VANDENBERGHE L. Convex optimization[M]. Cambridge: Cambridge University Press, 2004.

第9章

决 策 树

9.1 决策树原理

决策树原理

9.1.1 决策树概述

决策树(decision tree)是在已知各种情况发生概率的基础上,通过构成决策树来求取净现值的期望值大于或等于0的概率,用以评价项目风险,判断其可行性的决策分析方法,是直观运用概率分析的一种图解法。由于这种决策分支画成图形很像一棵树的枝干,故称为决策树。决策树是一种非常常见并且优秀的机器学习算法,它易于理解、可解释性强,其可用于分类算法,也可用于回归模型。

决策树将算法组织成一棵树的形式。其实这就是将平时所说的if-then语句构建成了树的形式。这棵决策树主要包括3部分:内部节点、叶节点和边。内部节点是划分的属性,边表示划分的条件,叶节点表示类别。构建决策树就是一个递归地选择内部节点,计算划分条件的边,最后到达叶子节点的过程。决策树结构如图9-1所示。

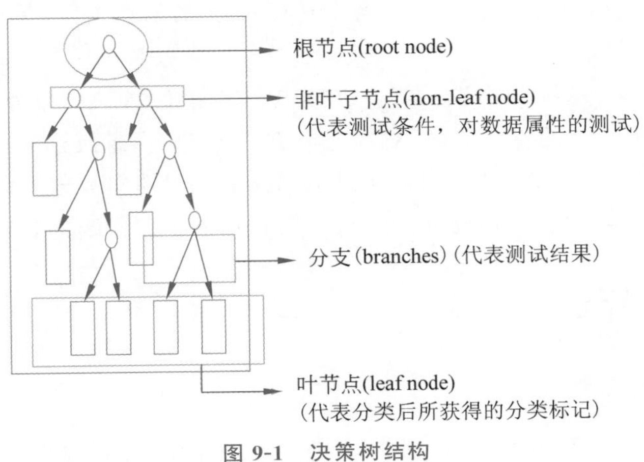

图9-1 决策树结构

决策树算法有以下7个特点。

(1) 决策树从训练数据中学习得出一个树状结构的模型,通过做出一系列决策(选择)来对数据进行划分,这类似于针对一系列问题进行选择。

(2) 决策树属于判别模型。

(3) 决策树的决策过程就是从根节点开始,测试待分类项中对应的特征属性,并按照其值选择输出分支,直到叶子节点,将叶子节点存放的类别作为决策结果。

(4) 决策树算法是一种归纳分类算法,它通过对训练集的学习,挖掘出有用的规则,用于对新数据进行预测。

(5) 决策树算法属于监督学习方法。

(6) 决策树归纳的基本算法是贪心算法(在每一步选择中都采取在当前状态下最优的选择)自顶向下来构建决策树。

(7) 在决策树的生成过程中,分割方法即属性选择的度量是关键。

9.1.2 决策树算法思想

决策树的算法思想如下。

输入:训练数据集 D,特征集 A,阈值 ϵ。

其中,数据集 $D=\{(\boldsymbol{x}_1,y_1),(\boldsymbol{x}_2,y_2),\cdots,(\boldsymbol{x}_m,y_m)\}$,特征集 $A=\{a_1,a_2,\cdots,a_d\}$,$H(D)$是数据集 D 的熵,D_i 是 D 中特征取第 i 个值 a_i 的样本子集,$H(D_i)$是数据集 D_i 的熵,$H(D|A)$是数据集 D 对特征 A 的条件熵,C_k 是 D 中属于第 k 类的样本子集。n 是特征取值的个数,k 是类的个数。

输出:决策树 T。

大致算法步骤如下。

(1) 如果 D 中所有实例属于同一类 C_k,则置 T 为单节点树,并将 C_k 作为该节点的类,返回 T。

(2) 如果 $A=\varnothing$,则置 T 为单节点树,并将 D 中最多的类作为该节点的类,返回 T。

否则,根据相应公式计算 A 中各个特征对 D 的信息增益、信息增益比、基尼指数等,选择最合适的特征 a_g。

(3) 如果 a_g 的得分小于 ε,则置 T 为单节点树,并将 C_k 作为该节点的类,返回 T。

否则,根据 A_g 的特征取值,对数据集 D 进行划分,继续递归构造决策树,返回 T。

建立决策树的关键,即在当前状态下选择哪个属性作为分类依据。

根据不同的目标函数,建立决策树主要有以下 3 种算法:ID3、C4.5、CART。

ID3 算法

9.2 ID3 算法

9.2.1 ID3 算法概述

ID3 算法最早是由罗斯昆(J. Ross Quinlan)于 1975 年提出的一种决策树构建算法,该算法的核心是“信息熵”,期望信息越小,信息熵越大,从而样本纯度越低。ID3 算法以信息论为基础,以信息增益为衡量标准,从而实现对数据的归纳分类。

算法参考了奥卡姆剃刀(用较少的东西,同样可以做好事情)的原则:越是小型的决策树越优于大型的决策树。

ID3 算法的核心思想就是以信息增益来度量特征选择，选择信息增益最大的特征进行分裂。算法采用自顶向下的贪婪搜索遍历可能的决策树空间(C4.5 也是贪婪搜索)。

其大致步骤如下。

(1) 初始化特征集合和数据集合。

(2) 计算数据集合信息熵和所有特征的条件熵，选择信息增益最大的特征作为当前决策节点。

(3) 更新数据集合和特征集合(删除第(2)步使用的特征，并按照特征值来划分不同分支的数据集合)。

(4) 重复第(2)、(3)两步，若子集值包含单一特征，则为分支叶子节点。

9.2.2　ID3 划分标准

ID3 使用的分类标准是信息增益 $g(D,A)$，它表示得知特征 A 的信息而使样本集合不确定性减少的程度。

信息增益越大表示使用特征 A 来划分所获得的“纯度提升越大”。对信息增益率进行计算，会用到信息熵、条件熵和信息增益等概念。

1. 信息熵

信息熵 $H(D)$是在信息论中用于度量信息量的一个概念。一个系统越有序，信息熵就越低；反之，一个系统越混乱，随机变量的不确定性就越大，信息熵就越高。所以，信息熵也可以说是系统有序化程度的一个度量。信息熵的公式如下：

$$H(D)=-\sum_{k=1}^{K}\frac{|C_k|}{|D|}\log_2\frac{|C_k|}{|D|}\tag{9.1}$$

以表 9-1 中的数据为例，特征为：a_1 为“年龄”、a_2 为“有工作”、a_3 为“有自己的房子”、a_4 为“信贷情况”。标签为“类别”，这里只有“是”和“否”两类。因此，$k=2$ 代表类别，本训练数据总共有 15 个样本，因此$|D|=15$，类别 1 有 9 个样本(类别为“是”)，类别 2 有 6 个样本(类别为“否”)，根据信息熵的公式，得到：

$$H(D)=-\sum_{k=1}^{K}\frac{|C_k|}{|D|}\log_2\frac{|C_k|}{|D|}=-\frac{9}{15}\log_2\frac{9}{15}-\frac{6}{15}\log_2\frac{6}{15}=0.971$$

表 9-1　训练数据

序号	年龄	有工作	有自己的房子	信贷情况	类别
0	青年	否	否	一般	否
1	青年	否	否	好	否
2	青年	是	否	好	是
3	青年	是	是	一般	是
4	青年	否	否	一般	否

续表

序号	年龄	有工作	有自己的房子	信贷情况	类别
5	中年	否	否	一般	否
6	中年	否	否	好	否
7	中年	是	是	好	是
8	中年	否	是	非常好	是
9	中年	否	是	非常好	是
10	老年	否	是	非常好	是
11	老年	否	是	好	是
12	老年	是	否	好	是
13	老年	是	否	非常好	是
14	老年	否	否	一般	否

2. 条件熵

针对某个特征 A,数据集 D 的条件熵 $H(D|A)$为

$$H(D \mid A)=\sum_{i=1}^{n}\frac{|D_i|}{|D|}H(D_i)=\sum_{i=1}^{n}\frac{|D_i|}{|D|}\left(\sum_{k=1}^{K}\frac{|D_{ik}|}{|D_i|}\log_2\frac{|D_{ik}|}{|D_i|}\right) \tag{9.2}$$

其中,A 是特征;i 是特征取值。

将表 9-1 中的训练数据按年龄特征划分,可以得到表 9-2 的结果。

表 9-2 按年龄划分的统计信息

年　龄	数　量	是	否
青年	5	2	3
中年	5	3	2
老年	5	4	1

根据表 9-2 计算得到条件熵:

$$H(D \mid a_1=\text{青年})=-\frac{2}{5}\log_2\frac{2}{5}-\frac{3}{5}\log_2\frac{3}{5}=0.971$$

$$H(D \mid a_1=\text{中年})=-\frac{3}{5}\log_2\frac{3}{5}-\frac{2}{5}\log_2\frac{2}{5}=0.971$$

$$H(D \mid a_1=\text{老年})=-\frac{4}{5}\log_2\frac{4}{5}-\frac{1}{5}\log_2\frac{1}{5}=0.7219$$

$$H(D \mid \text{年龄})=\sum_{i=1}^{n}\frac{|D_i|}{|D|}H(D_i)=\frac{5}{15}\times 0.971+\frac{5}{15}\times 0.971+\frac{5}{15}\times 0.7219=0.8880$$

3. 信息增益

信息增益表示在得知特征 A 的信息条件下，信息不确定性减少的程度。

信息增益＝信息熵－条件熵：

$$g(D,A)=H(D)-H(D\mid A) \tag{9.3}$$

$$g(D,a_1=老年)=H(D)-H(D\mid a_1=老年)$$
$$=0.971-0.7219=0.2491$$

同理可以求出其他特征的信息增益，选择信息增益最大的特征进行分裂。

9.2.3　ID3 算法总结

ID3 算法的核心思想就是以信息增益来度量特征选择，选择信息增益最大的特征进行分裂。ID3 算法有以下缺点。

(1) ID3 没有剪枝策略，容易过拟合。

(2) 信息增益准则对可取值数目较多的特征有所偏好，类似“编号”的特征其信息增益接近于 1。

(3) 只能用于处理离散分布的特征。

(4) 没有考虑缺失值。

9.3　C4.5 算法

C4.5 算法

9.3.1　C4.5 算法概述

C4.5 算法是对 ID3 算法的改进，主要改进点如下。

(1) ID3 选择属性用的是子树的信息增益，C4.5 算法最大的特点是克服了 ID3 对特征数目的偏重这一缺点，引入信息增益率 $\mathrm{Gain}_{\mathrm{ratio}}(D,A)$来作为分类标准。

(2) 在决策树构造过程中进行剪枝，引入悲观剪枝策略进行后剪枝。

(3) 对非离散数据也能处理。

(4) 能够对不完整数据进行处理。通过将连续特征离散化，假设 n 个样本的连续特征 A 有 m 个取值，C4.5 将其排序并取相邻两样本值的平均数，m 个取值总共 $m-1$ 个划分点，分别计算以该划分点作为二元分类点时的信息增益，并选择信息增益最大的点作为该连续特征的二元离散分类点。

对于缺失值的处理可以分为两个子问题。

(1) 在特征值缺失的情况下进行划分特征的选择，即如何计算特征的信息增益率？C4.5 的做法是：对于具有缺失值的特征，用没有缺失的样本子集所占比重来折算。

(2) 选定该划分特征，对于缺失该特征值的样本如何处理？即到底把这个样本划分到哪个节点里？C4.5 的做法是：将样本同时划分到所有子节点，不过要调整样本的权重值，其实也就是以不同概率划分到不同节点中。

9.3.2 C4.5 划分标准

C4.5 用的是信息增益率作为划分标准,利用信息增益率可以克服信息增益的缺点,其公式为

$$\mathrm{Gain}_{\mathrm{ratio}}(D,A)=\frac{g(D,A)}{H_A(D)} \tag{9.4}$$

$$H_A(D)=-\sum_{i=1}^{n}\frac{|D_i|}{|D|}\log_2\frac{|D_i|}{|D|} \tag{9.5}$$

$H_A(D)$称为特征 A 的固有值,n 是特征 A 的取值个数。

继续使用表 9-1 中的训练数据,综合利用信息熵和信息增益的公式,计算可得

$$g(D,a_1=\text{老年})=H(D)-H(D\mid a_1=\text{老年})=0.971-0.7219=0.2491$$

则

$$\begin{aligned}&\mathrm{Gain}_{\mathrm{ratio}}(D,a_1=\text{老年})=g_R(D,a_1=\text{老年})\\&=\frac{g(D,a_1=\text{老年})}{H_A(D)}=\frac{0.2491}{-\sum_{i=1}^{n}\frac{|D_i|}{|D|}\log_2\frac{|D_i|}{|D|}}=\frac{0.2491}{-\frac{9}{15}\log_2\frac{9}{15}-\frac{6}{15}\log_2\frac{6}{15}}=0.2565\end{aligned}$$

这里需要注意,信息增益率对可取值较少的特征有所偏好(分母越小,整体越大)。因此,C4.5 并不是直接用增益率最大的特征进行划分,而是使用一个启发式方法:先从候选划分特征中找到信息增益高于平均值的特征,再从中选择增益率最高的。

9.3.3 C4.5 剪枝处理

剪枝(pruning)是决策树学习算法应对过拟合的主要手段。

在决策树学习中,为了尽可能正确分类训练样本,节点划分过程将不断地重复,有时候会造成决策树的分支过多,这时就可能因训练样本学得太好了,以至于把训练样本自身的一些特点当作所有数据都具有的一般性质而导致过拟合。因此,需要主动去掉一些分支来降低过拟合的风险。

1. 剪枝策略

决策树剪枝的基本策略有预剪枝(pre-pruning)和后剪枝(post-pruning)。

(1) 预剪枝指在决策树生成的过程中,对每个节点在划分前先进行估计,若当前节点的划分不能带来决策树泛化能力的提升,则停止划分并将当前节点标记为叶节点。预剪枝不仅可以降低过拟合的风险而且还可以减少训练时间,但另一方面它基于"贪心"策略,会带来欠拟合风险。

(2) 后剪枝则是先从训练集中生成一棵完整的决策树,然后自底向上地对非叶节点进行考察,若将该节点对应的子树替换为叶节点能带来决策树泛化性能的提升,则将该子树替换为叶节点。

2. 剪枝案例

对于判断性能是否得到了提升,可以将数据集划分成两部分:一部分用于训练;另一

部分用于验证，从而对性能进行评估。如将西瓜数据集随机分成两部分，表 9-3 是训练集，表 9-4 是验证集。

表 9-3 西瓜数据训练集

编号	色泽	根蒂	敲声	纹理	脐部	触感	好瓜
1	青绿	蜷缩	浊响	清晰	凹陷	硬滑	是
2	乌黑	蜷缩	沉闷	清晰	凹陷	硬滑	是
3	乌黑	蜷缩	浊响	清晰	凹陷	硬滑	是
6	青绿	稍蜷	浊响	清晰	稍凹	软粘	是
7	乌黑	稍蜷	浊响	稍糊	稍凹	软粘	是
10	青绿	硬挺	清脆	清晰	平坦	软粘	否
14	浅白	稍蜷	沉闷	稍糊	凹陷	硬滑	否
15	乌黑	稍蜷	浊响	清晰	稍凹	软粘	否
16	浅白	蜷缩	浊响	模糊	平坦	硬滑	否
17	青绿	蜷缩	沉闷	稍糊	稍凹	硬滑	否

表 9-4 西瓜数据验证集

编号	色泽	根蒂	敲声	纹理	脐部	触感	好瓜
4	青绿	蜷缩	沉闷	清晰	凹陷	硬滑	是
5	浅白	蜷缩	浊响	清晰	凹陷	硬滑	是
8	乌黑	稍蜷	浊响	清晰	稍凹	硬滑	是
9	乌黑	稍蜷	沉闷	稍糊	稍凹	硬滑	否
11	浅白	硬挺	清脆	模糊	平坦	硬滑	否
12	浅白	蜷缩	浊响	模糊	平坦	软粘	否
13	青绿	稍蜷	浊响	稍糊	凹陷	硬滑	否

1）预剪枝

预剪枝在节点划分前来确定是否继续增长及早停止增长的主要方法有 3 种。

(1) 节点内数据样本低于某一阈值。

(2) 所有节点特征都已分裂。

(3) 节点划分前的准确率比划分后的准确率高。

假设按照信息增益的原则来进行属性的划分，可以得到如图 9-2 所示的决策树。

首先，基于信息增益选择“脐部”进行划分，产生 3 个分支，如图 9-2 中的①。是否要进行这个划分呢，这时候就需要对划分前后的性能进行评估。

在划分前所有的样本集中在根节点。若不进行划分，根据算法该节点被标记为叶节点，类别标记为训练样本数最多的类别(最多的样本的类不唯一时，可以任选其中一类)。

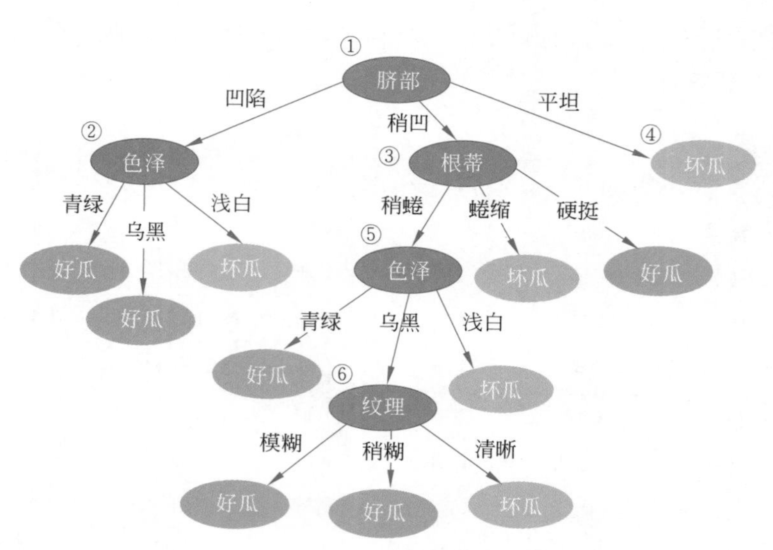

图 9-2 基于表生成未剪枝的决策树

假设将这个叶节点标记为好瓜(在表 9-3 中的正例与负例一样多,选择其中的好瓜作为标签),用表 9-3 中的测试集对这个单点决策树进行评估,那么编号{4,5,8}的样本被正确分类,另外 4 个样本被错误分类,于是验证集的精度为 3/7×100%=42.9%。

在使用属性"脐部"划分之后,图 9-3 中的②、③、④ 3 个节点被标记为"好瓜""好瓜""坏瓜"。此时验证集中编号为{4,5,8,11,12}的样本被正确分类,验证集的精度为 5/7×100%=71.4%>42.9%。因此,可以选择用"脐部"对瓜进行有效的划分。

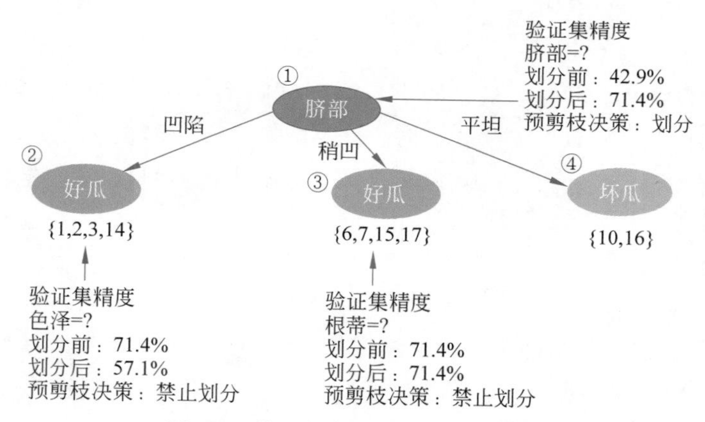

图 9-3 基于表生成预剪枝的决策树

然后决策算法要对节点②进行划分,基于信息增益的原则选出属性"色泽"进行划分,可以看到青绿和乌黑的样本被划分为正例,浅白的样本被划分为负例。然而使用色泽进行划分之后,验证集中编号为{4,8,11,12}的样本被正确分类,可以看到与上面的结果相比,验证集编号为{5}的样本的分类结果由正确变成了错误,使得样本集的精度下降为57.1%。因此,预剪枝策略禁止在②节点处划分。

对节点③使用“根蒂”进行划分，划分后验证集的精度不改变，没有能提升验证集的精度。因此，根据预剪枝的策略，禁止在节点③处进行划分。

对于节点④，所有的训练样本已经属于同一类别，因此不需要进行划分。

因此，最终生成的决策树如图 9-3 所示，验证集的精度为 71.4%。这是一棵仅有一层的决策树，亦称为决策树桩(decision dtump)。

预剪枝的优点：对比剪枝前与剪枝后可以发现，预剪枝使用的决策树的很多分支都没有“展开”，这不仅降低了过拟合的风险，还显著地降低了训练的时间开销和测试时间开销。

缺点：有些分支的当前划分虽然不能提升泛化性能，甚至导致泛化性能的下降，但在其基础上进行后续的划分却有可能导致性能显著提高；预剪枝是基于贪心本质禁止这些分支展开，给预剪枝决策树带来了欠拟合的风险。

2）后剪枝

后剪枝在已经生成的决策树上进行剪枝，从而得到简化版的剪枝决策树。

C4.5 采用悲观剪枝方法，用递归的方式从底往上针对每一个非叶子节点，评估用一个最佳叶子节点去代替这棵子树是否有益。如果剪枝后与剪枝前相比其错误率不变或下降，则这棵子树就可以被替换掉。C4.5 通过训练数据集上的错误分类数量来估算未知样本上的错误率。

后剪枝决策树的欠拟合风险很小，泛化性能往往优于预剪枝决策树。但同时其训练时间会大得多。

后剪枝先训练一棵完整的决策树，如图 9-4 所示的未剪枝的决策树，可以知道此时的验证集精度为 42.9%。

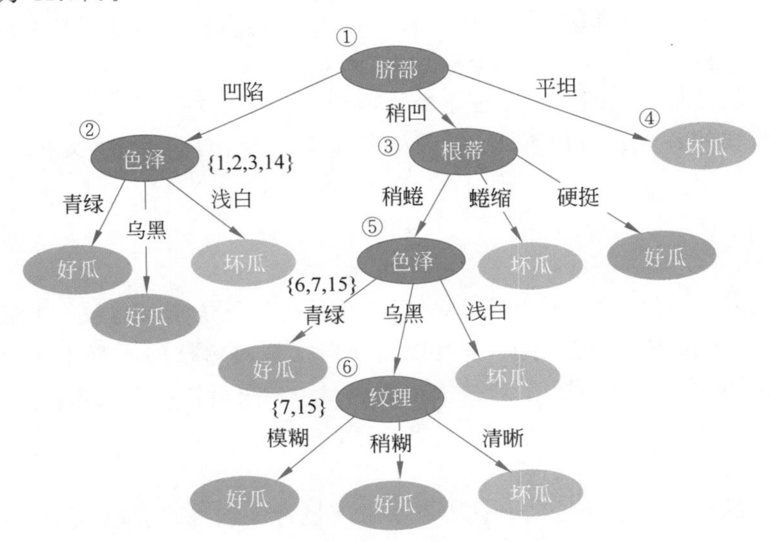

图 9-4　基于表生成未剪枝的决策树

后剪枝策略首先考察图 9-4 中的⑥节点。将其领衔的分支剪除，相当于把节点⑥标记为叶子节点。替换后的叶子节点包含编号为{7,15}的训练样本，于是该节点被标记为“好瓜”,此时决策树验证集的精度提升到了57.1%,于是节点⑥进行后剪枝。如图9-5所示。

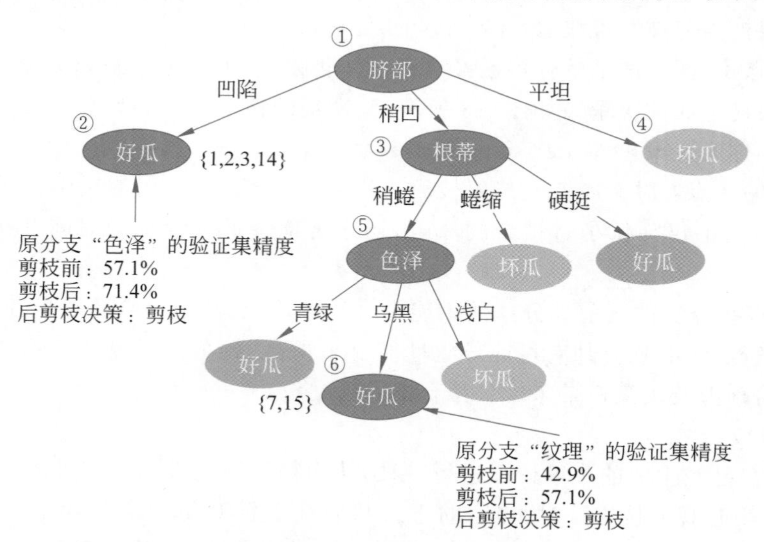

图 9-5　基于表生成后剪枝的决策树

然后考察节点⑤,将其领衔的子树替换为叶子节点,替换后的节点包含{6,7,15}的训练样本,叶子节点类别标记为好瓜,此时验证集的精度为57.1%,因此不进行剪枝。

对于节点②,将其领衔的子树替换为叶子节点,则替换后的叶子节点包含编号为{1,2,3,14}的训练样本,叶子节点被标记为“好瓜”。此时验证集的精度为71.4%,因此,进行剪枝的操作。

对于节点③和①,若将其领衔的子树替换为叶子节点,获得验证集精度分别为71.4%和42.9%,均没有提高,因此不进行剪枝。

最终得到的结果就是图9-5,验证集的精度为71.4%。

对比预剪枝和后剪枝可以看出,后剪枝决策树通常比预剪枝决策树保留了更多的分支。

3. 剪枝总结

一般情况下,后剪枝的欠拟合风险更小,泛化性能往往优于预剪枝。但后剪枝决策过程是在产生完全决策树之后进行的,并且要自底向上地对树枝的所有非叶子节点进行逐一考察。因此,训练时间开销比未剪枝决策树和预剪枝决策树都要大很多。

9.3.4　C4.5 算法总结

C4.5算法的核心思想就是以信息增益率来度量特征选择,选择信息增益率最大的特征进行分裂。C4.5算法有以下缺点。

(1) C4.5剪枝策略可以再优化。

(2) C4.5用的是多叉树,用二叉树效率更高。

(3) C4.5只能用于分类。

(4) C4.5 使用的熵模型拥有大量耗时的对数运算、连续值和排序运算。

(5) C4.5 在构造决策树的过程中,对数值属性值需要按照其大小进行排序,从中选择一个分割点,所以只适用于能够驻留于内存的数据集,当训练集大得无法在内存中容纳时,程序无法运行。

9.4 CART 算法

CART 算法

9.4.1 CART 算法概述

CART 算法既可以用于创建分类树,也可以用于创建回归树。CART 在算法上与分类树部分相似,在分类和回归时,其算法流程大致相同,但是其特征划分、输出预测结果等步骤是不同的。

CART 用于分类时用基尼指数来选择属性,CART 用于回归时用均方差来选择属性。

如果目标变量是离散的,称为分类树;如果目标变量是连续的,称为回归树。

CART 算法是一种二分递归分割技术,把当前样本划分为两个子样本,使生成的每个非叶子节点都有两个分支。因此,CART 算法生成的决策树是结构简洁的二叉树。由于 CART 算法构成的是一棵二叉树,它在每一步决策时只能是"是"或"否",即使一个特征有多个取值,也要把数据分为两部分。

9.4.2 CART 分类树

CART 分类树输出的是样本的类别,属性选择的标准度量方法是基尼指数。

基尼指数越小,说明样本之间的差异性越小,不确定程度越低。基尼指数最小为根节点,逐节分裂。

在 ID3 中使用了信息增益选择特征,增益大则优先选择。在 C4.5 中,采用信息增益率选择特征,减少因特征值多导致信息增益大的问题。CART 分类树算法使用基尼指数来代替信息增益比,基尼指数代表了模型的不纯度,基尼指数越小,不纯度越低,特征越好。这与信息增益(率)相反。

对于决策树建立后做预测的方式,CART 分类树采用叶子节点里概率最大的类别作为当前节点的预测类别。

1. 基尼指数

基尼指数也称为基尼系数,表示在样本集中一个随机选中的样本被分错的概率。

假设一个数据集中有 k 个类别,第 k 个类别的概率为 p_k,则基尼指数的表达式为

$$\mathrm{Gini}(p)=\sum_{k=1}^{K}p_k(1-p_k)=1-\sum_{k}^{K}p_k^2 \tag{9.6}$$

在式(9.6)中,p_k 表示第 k 个类别出现的概率,那么 $1-p_k$ 显然就是当前数据集中除了第 k 个类别以外的其他所有类别出现的概率,所以两者相乘就是当前数据集中第 k 个类别和其他所有类别都出现的概率,这个概率越高,数据集越不纯。

设 A 代表特征集,样本集 D 的基尼指数:假设集合中有 k 个类别,每个类别的概率是$\frac{|C_k|}{|D|}$,其中$|C_k|$表示类别 k 的样本类别个数,$|D|$表示样本总数,第 k 个类别的数量为 C_k,则样本 D 的基尼指数表达式为

$$\text{Gini}(D)=\sum_{k=1}^{K}\frac{|C_k|}{|D|}\left(1-\frac{|C_k|}{|D|}\right)=1-\sum_{k=1}^{K}\left(\frac{|C_k|}{|D|}\right)^2 \tag{9.7}$$

对于样本 D,如果根据特征集 A 的某个值 a,把 D 分成 D_1、D_2 到 D_n 部分,则在特征集 A 的条件下,D 的基尼指数表达式为

$$\text{Gini}(D\mid A)=\sum_{i=1}^{n}\frac{|D_i|}{|D|}\text{Gini}(D_i) \tag{9.8}$$

2. 离散值划分决策树的例子

根据表 9-1 中的数据,应用 CART 算法,使用基尼指数划分,生成决策树。

根据公式

$$\text{Gini}(D\mid A)=\sum_{i=1}^{n}\frac{|D_i|}{|D|}\text{Gini}(D_i) \tag{9.9}$$

$\text{Gini}(D,a_1=\text{青年})=\frac{5}{15}\times\left(2\times\frac{2}{5}\times\left(1-\frac{2}{5}\right)\right)+\frac{10}{15}\times\left(2\times\frac{7}{10}\times\left(1-\frac{7}{10}\right)\right)=0.44$

$\text{Gini}(D,a_1=\text{中年})=0.48$

$\text{Gini}(D,a_1=\text{老年})=0.44$

由于 $\text{Gini}(D,a_1=\text{青年})$ 和 $\text{Gini}(D,a_1=\text{老年})$ 相等,都为 0.44,且最小,所以"$a_1=$青年"和"$a_1=$老年"都可以选作 a_1 的最优切分点。

下面计算特征 a_2 和 a_3 的基尼指数:

$\text{Gini}(D,a_2=\text{是})=0.32$

$\text{Gini}(D,a_3=\text{是})=0.27$

由于 a_2 和 a_3 只有一个切分点,所以它们就是最优切分点。

下面计算特征 a_4 的基尼指数:

$\text{Gini}(D,a_4=\text{非常好})=0.36$

$\text{Gini}(D,a_4=\text{好})=0.47$

$\text{Gini}(D,a_4=\text{一般})=0.32$

由于 $\text{Gini}(D,a_4=\text{一般})$ 最小,所以"$a_4=$一般"为 a_4 的最优切分点。

在 a_1、a_2、a_3、a_4 这 4 个特征中,$\text{Gini}(D,a_3=\text{是})=0.27$ 最小,所以选择特征 a_3 为最优特征,"$a_3=$是"为其最优切分点。于是根节点生成两个子节点,其中一个是叶子节点。对另一个节点继续使用以上方法在 a_1、a_2、a_4 中选择最优特征及其最优切分点,结果是"$a_2=$是"。依次计算得知,所得节点都是叶子节点。

3. 离散值处理

CART 分类树算法对离散值的处理,采用的思路是不停地二分离散特征。

在 ID3、C4.5 中特征 a 被选取建立决策树节点,如果它有多个类别,便会在决策树上

建立一个多叉点，这样决策树是多叉树。CART 采用的是不停地二分，决策树为二叉树。

假设特征集 A 有 m 个离散值。分类标准是：每一次将其中一个特征分为一类，其他非该特征分为另一类。依照这个标准遍历所有分类情况，计算每个分类下的基尼指数，最后选择最小的作为最终的特征划分。

如图 9-6 所示，第 1 次取 $\{a_1\}$ 为类别 1，那么剩下的特征 $\{a_2, a_3, \cdots, a_{m-1}, a_m\}$ 为类别 2，由此遍历，第 m 次取 $\{a_m\}$ 为类别 1，那么剩下的特征 $\{a_1, a_2, \cdots, a_{m-1}\}$ 为类别 2。

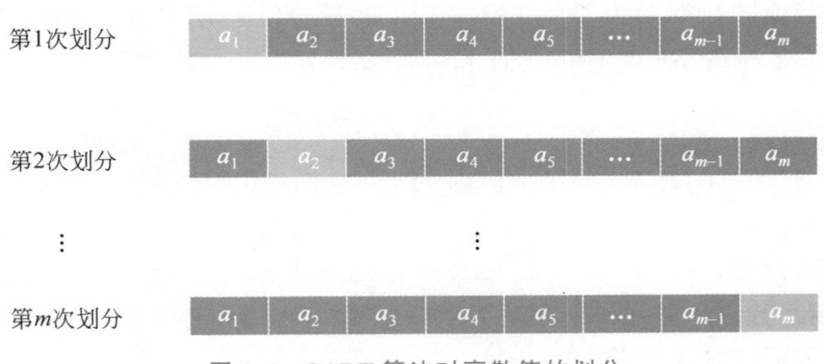

图 9-6　CART 算法对离散值的划分

CART 的特征会多次参与节点的建立，而在 ID3 或 C4.5 的一棵子树中，离散特征只会参与一次节点的建立。

4. 连续值处理

具体思路：m 个样本的连续特征有 m 个，设为 $a_1, a_2, a_3, \cdots, a_{m-1}, a_m$，按从小到大排列，CART 取相邻两样本值的平均数作为划分点，一共取 $m-1$ 个，其中第 m 个划分点 T_m 表示为 $T_m = \frac{a_{m-1}+a_m}{2}$；分别计算以这 $m-1$ 个点作为二元分类点时的基尼指数；选择基尼指数最小的点作为该连续特征的二元离散分类点。

例如，取到的基尼指数最小的点为 a_t，则小于 a_t 的值为类别 1，大于 a_t 的值为类别 2，这样就做到了连续特征的离散化，接着采用基尼指数的大小来度量特征的各个划分点。

CART 算法对连续值的划分如图 9-7 所示。

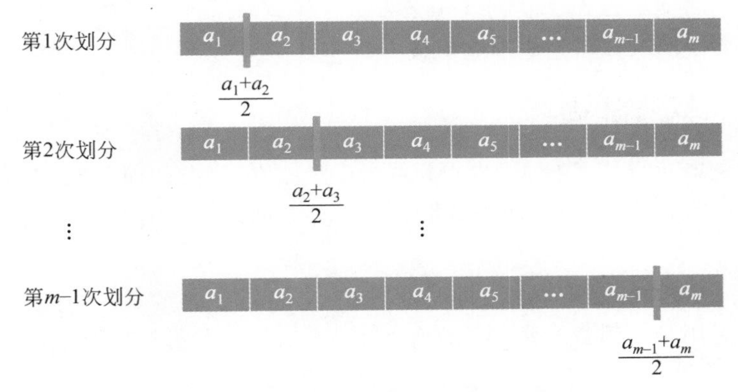

图 9-7　CART 算法对连续值的划分

9.4.3 CART 回归树

CART 回归树：输出的是一个数值，特征选择采用均方差。

从 CART 的名字就可以看出其不仅可以用于分类，还可以用于回归。其回归树的建立算法与分类树部分相似，这里简单介绍其不同之处。

在回归模型中，使用常见的均方差度量方式，对于任意划分特征集 A，对应的任意划分点 s 两边划分成的数据集为 D_1 和 D_2，求出使 D_1 和 D_2 各自集合的均方差最小且 D_1 和 D_2 的均方差之和最小所对应的特征和特征值划分点。表达式为

$$\min_{a,s}\left[\min_{c_1}\sum_{x_i\in D_1}(y_i-c_1)^2+\min_{c_2}\sum_{x_i\in D_2}(y_i-c_2)^2\right] \tag{9.10}$$

其中，c_1 为 D_1 数据集的样本输出均值，c_2 为 D_2 数据集的样本输出均值。

相比 ID3，CART 遍历所有的特征和特征值，然后使用二元切分法划分数据子集，也就是每个节点都只会分裂两个分支。接着计算数据子集的总方差来度量数据子集的混乱程度，总方差越小数据子集越纯。最后选择总方差最小的划分方式对应的特征和特征值，而二元切分的依据就是将小于或等于这个特征值和大于这个特征值的数据划分为两块。这里说的总方差一般就是通过数据子集的样本输出值的均方差乘以数据子集的样本个数来计算的。最后的输出结果是取各叶子节点数据的中位数或均值。

9.4.4 CART 剪枝处理

CART 算法采用一种“基于代价复杂度的剪枝”方法进行后剪枝，这种方法会生成一系列树，每棵树都是通过将前面的树的某棵或某些子树替换成一个叶子节点而得到的，这一系列树中的最后一棵树仅含一个用来预测类别的叶子节点。然后用一种成本复杂度的度量准则来判断哪棵子树应该被一个预测类别值的叶子节点所代替。

这种方法需要使用一个单独的测试数据集来评估所有的树，根据它们在测试数据集熵的分类性能选出最佳的树。

核心思想如下。

(1) 计算每一个节点的条件熵。

(2) 递归地从叶子节点开始往上遍历，剪掉叶子节点，然后判断损失函数的值是否减少，如果减少，则将父节点作为新的叶子节点。

(3) 重复第(2)步，直到完全不能剪枝。

9.4.5 CART 算法总结

CART 算法既可以用于分类，也可以用于回归。在分类和回归时，其算法流程大致相同，但是其特征划分、树结构、使用数据和剪枝等方面是不同的。

1. 特征划分

CART 算法用基尼指数来选择属性(分类)，或用均方差来选择属性(回归)。

2. 树结构

CART 算法是一种二分递归分割技术，把当前样本划分为两个子样本，使得生成的每个非叶子节点都有两个分支。因此，CART 算法生成的决策树是结构简洁的二叉树。

3. 使用数据

CART 算法既可以使用连续型的数据，也可以使用离散型的数据，同时支持特征的多次使用。

4. 剪枝

CART 算法支持剪枝操作，采用一种“基于代价复杂度的剪枝”方法进行后剪枝。

9.5　决策树总结

9.5.1　3 种决策树算法的差异

建立决策树主要有以下 3 种算法：ID3、C4.5 和 CART，下面总结对比三者之间的差异。ID3、C4.5、CART 这 3 种算法的基本标准、剪枝策略等差异如表 9-5 所示。

表 9-5　3 种决策树算法的差异

算法	支持模型	树结构	特征选择	连续值处理	缺失值处理	剪枝	特征属性多次使用
ID3	分类	多叉树	信息增益	不支持	不支持	不支持	不支持
C4.5	分类	多叉树	信息增益率	支持	支持	支持	不支持
CART	分类 回归	二叉树	基尼指数 均方差	支持	支持	支持	支持

9.5.2　决策树的优缺点

1. 优点

（1）便于理解和解释。计算简单，树结构可视化，可解释性强。

（2）训练需要的数据少，不需要数据规范化。

（3）能够处理连续型数据和离散型数据。

（4）可自动忽略目标变量没有贡献的属性变量，也为判断属性变量的重要性、减少变量的数目提供参考。

（5）比较适合处理有缺失属性的样本。

2. 缺点

（1）容易造成过拟合，需要采用剪枝操作。

(2) 忽略了数据之间的相关性。

(3) 对于各类别样本数量不一致的数据,信息增益会偏向于那些更多数值的特征。

(4) 对于新增加的样本,需要重新调整树结构。

习题

一、单选题

1. 以下关于决策树特点分析的说法错误的有(　　)。

A. 推理过程容易理解,计算简单

B. 算法考虑了数据属性之间的相关性

C. 算法自动忽略了对模型没有贡献的属性变量

D. 算法容易造成过拟合

2. 以下关于决策树原理介绍错误的有(　　)。

A. 决策树算法属于非监督学习

B. 决策树算法本质上是贪心算法

C. 决策树在生成过程中需要用到分割法

D. 决策树的决策过程从根节点开始

3. 要想在大数据集上训练决策树模型,为了使用较少的时间,可以(　　)。

A. 增加树的深度　　B. 增大学习率

C. 减少树的深度　　D. 减少树的数量

4. 以下关于决策树算法说法错误的是(　　)。

A. ID3 算法选择信息增益最大的特征作为当前决策节点

B. C4.5 算法选择信息增益率来选择属性

C. C4.5 算法不能用于处理不完整数据

D. CART 算法选择基尼指数来选择属性

5. 以下关于剪枝操作说法正确的是(　　)。

A. CART 采用的是悲观策略的预剪枝

B. ID3 没有剪枝策略

C. C4.5 采用的是基于代价函数的后剪枝

D. 以上说法都不对

6. C4.5 选择属性用的是(　　)。

A. 信息增益　　B. 信息增益率

C. 交叉熵　　D. 信息熵

7. (　　)决策树没有剪枝操作。

A. C4.5　　B. CART

C. ID3　　D. 以上都不对

8. 以下说法错误的是(　　)。

A. 信息增益=信息熵-条件熵

B. 一个系统越混乱,随机变量的不确定性就越大,信息熵就越高

C. 一个系统越有序,信息熵就越低

D. 中国足球队战胜巴西足球队的信息熵要小于中国乒乓球队战胜巴西乒乓球队的信息熵

9. ID3 算法的缺点不包括(　　)。

A. ID3 没有剪枝策略,容易过拟合

B. 信息增益准则对可取值数目较多的特征有所偏好,类似“编号”的特征其信息增益接近于 1

C. 既能用于处理离散分布的特征,又能用于处理连续分布的特征

D. 没有考虑缺失值

10. 关于 CART 算法,以下说法错误的是(　　)。

A. 可以处理样本不平衡问题

B. CART 分类树采用基尼指数的大小来度量特征的各个划分点

C. CART 算法既可以处理分类问题,又可以处理回归问题

D. CART 算法采用信息增益率的大小来度量特征的各个划分点

11. 关于 C4.5 算法,以下说法错误的是(　　)。

A. C4.5 算法采用基尼指数的大小来度量特征的各个划分点

B. C4.5 算法可以处理非离散的数据

C. C4.5 算法引入悲观剪枝策略进行后剪枝

D. C4.5 算法最大的特点是克服了 ID3 对特征数目的偏重这一缺点

12. ID3 选择属性用的是(　　)。

A. 信息增益　　B. 信息增益率

C. 交叉熵　　D. 信息熵

二、多选题

1. 决策树的代表算法有(　　)。

A. CNN　　B. C4.5　　C. CART　　D. ID3

2. 以下(　　)算法需要对数据进行归一化或标准化。

A. 逻辑回归　　B. 决策树　　C. KNN　　D. 线性回归

3. 关于剪枝,以下说法正确的是(　　)。

A. 决策树剪枝的基本策略有预剪枝和后剪枝

B. ID3 算法没有剪枝操作

C. 剪枝是防止过拟合的手段

D. C4.5 算法没有剪枝操作

4. 以下关于决策树的说法正确的是(　　)。

A. 它易于理解、可解释性强

B. 其可作为分类算法,也可用于回归模型

C. CART 使用的是二叉树

D. 不能处理连续型特征

三、判断题

1. ID3 算法的核心思想就是以信息增益来度量特征选择,选择信息增益最大的特征进行分裂。 ( )

2. C4.5 通过代价复杂度剪枝。 ( )

3. ID3 算法只能用于处理离散分布的特征。 ( )

4. ID3、C4.5 和 CART 都只能用于分类问题,不能用于回归问题。 ( )

四、问答题

1. 既然信息增益可以计算,那为什么 C4.5 还使用信息增益率?

2. 基尼指数可以表示数据的不确定性,信息熵也可以表示数据的不确定性,为什么 CART 使用基尼指数?

3. ID3 算法为什么不选择具有最高预测精度的属性特征,而是使用信息增益?

参考文献

[1] QUINLAN J R. Introduction of decision trees[J]. Machine Learning, 1986, 1(1): 81-106.

[2] QUINLAN J R. C4. 5: programs for machine learning[M]. Boston: Morgan Kaufmann, 1993.

[3] BREIMAN L, FRIEDMAN J H, OLSHEN R A, et al. Classification and regression trees[M]. New York: Chapman and Hall/CRC, 1984.

[4] 李航. 统计学习方法[M]. 2 版. 北京: 清华大学出版社, 2019.

[5] 周志华. 机器学习[M]. 北京: 清华大学出版社, 2016.

[6] HASTIE T, TIBSHIRANI R, FRIEDMAN J. The elements of statistical learning[M]. New York: Springer, 2001.

[7] HARRINGTON P. 机器学习实战[M]. 李锐, 李鹏, 曲亚东, 等译. 北京: 人民邮电出版社, 2013.

[8] BISHOP C M. Pattern recognition and machine learning[M]. New York: Springer, 2006.

第10章

集成学习

10.1 集成学习概述

在机器学习的监督学习算法中，使用集成学习往往能提高分类效果。集成学习的思想就是把多个弱分类器组合成一个更好更全面的强分类器，还可以在一定程度上减少过拟合，即：集成学习如果其中某个弱分类器预测错误，其他的弱分类器也可以将错误纠正回来，这样最终提高分类效果。也就是说，集成学习的效果通常比传统的机器学习模型要好。

Hansen 和 Salamon 通过研究发现，多个分类器组合的结果比单个分类器的结果要高；Schapire 用实验证明，弱分类器通过集成能提升变为强分类器。

那么，为什么集成学习会好于单个学习器呢？主要原因如下。

(1) 训练样本可能无法选择出最好的单个学习器，由于没法选择出最好的学习器，所以干脆结合起来一起用。

(2) 假设能找到最好的学习器，但由于算法运算的限制无法找到最优解，只能找到次优解，采用集成学习可以弥补算法的不足。

(3) 可能算法无法得到最优解，而集成学习能够得到近似解。例如，最优解是一条对角线，而单个决策树得到的结果只能是平行于坐标轴的，但是集成学习可以去拟合这条对角线。

常见的集成学习框架有 3 种：Bagging、Boosting 和 Stacking。3 种集成学习框架在基学习器的产生和综合结果的方式上会有些区别，先进行简单介绍。

10.1.1 Bagging

Bagging(装袋法)的全称为 Bootstrap aggregating，其通过从数据集中随机抽取数据来训练多个独立的功能较弱的分类器，最终分类结果由各弱分类器以一定的方式投票决定。各弱分类器在投票时是平等的，即通过组合多个弱分类器来构成一个功能强大的分类器。由于各分类器是独立的，弱分类器的训练数据也是相互独立的，所以，对各弱分类器的训练可以通过并行方式完成，Bagging 方法的工作流程如图 10-1 所示。随机森林(random forest，RF)就是一种 Bagging 模型。

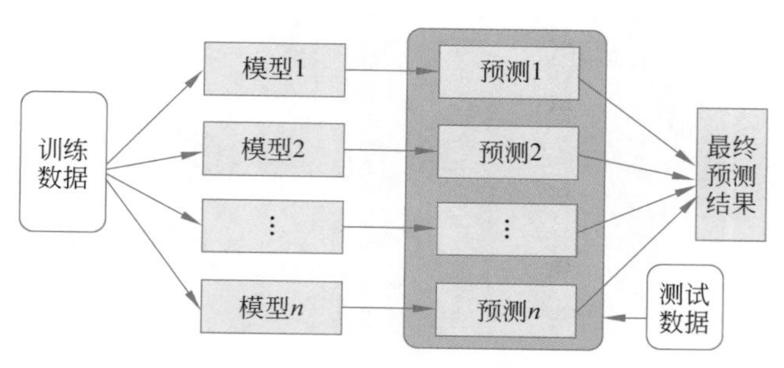

图 10-1 Bagging 方法的工作流程

10.1.2 Boosting

Boosting(提升法)的训练过程为阶梯状,基模型的训练是有顺序的,每个基模型都会在前一个基模型学习的基础上进行学习,最终综合所有基模型的预测值产生最终的预测结果,用得比较多的综合方式为加权法。

简单地说,Boosting 由多个弱分类器组成。最后的分类结果由各弱分类器按不同的权重以一定的方式投票决定,各弱分类器在投票时的权重根据其分类性能的好坏各不相同,性能好,其权重就大;性能差,其权重就小。弱分类器每次训练时的数据集是相同的,但是每次训练时,在数据集中每个样本的权重是不同的,每次训练之前,根据分类器上次对样本分类的结果对其进行权重的调整,如果上次分类器对该样本分类正确,则降低其权重;如果分类错误,则增加其权重。因为在训练集中各实例权重值需要由前一轮弱分类器的分类结果来决定,所以对弱分类器的训练只能通过串行方式进行,Boosting 方法的工作流程如图 10-2 所示。通过这种方式,把弱分类器逐渐训练成强分类器。

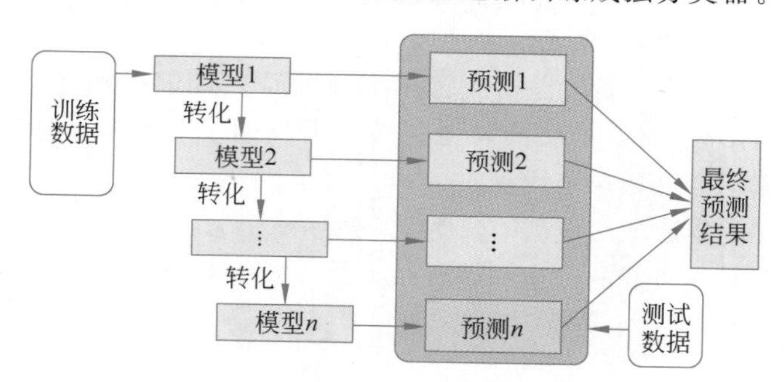

图 10-2 Boosting 方法的工作流程

10.1.3 Stacking

Stacking 先用全部数据训练好基模型;然后每个基模型都对每个训练样本进行预测,其预测值将作为训练样本的特征值,最终会得到新的训练样本;接着基于新的训练样本进行训练得到模型;最后得到最终预测结果。Stacking 方法的工作流程如图 10-3 所示。

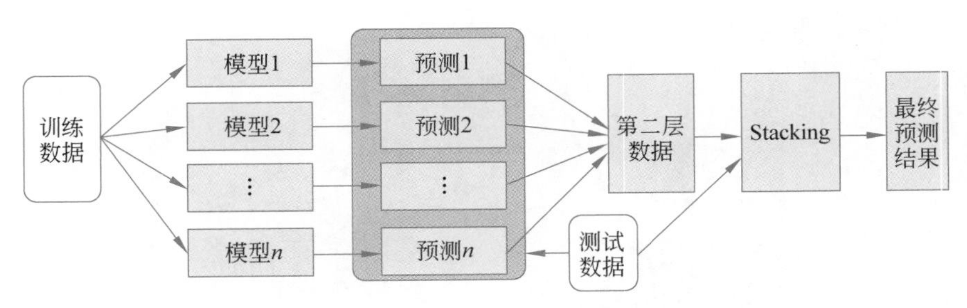

图 10-3 Stacking 方法的工作流程

10.2 随机森林

随机森林是 Bagging 的扩展变体，用随机的方式建立一个森林。随机森林算法由很多决策树组成，每棵决策树之间没有关联。建立完森林后，当有新样本进入时，每棵决策树都会分别进行判断，然后基于投票法给出分类结果。

10.2.1 随机森林算法思想

随机森林可以概括为 4 个组成部分，其工作流程如图 10-4 所示。

(1) 随机选择样本(放回抽样)。

(2) 随机选择特征。

(3) 构建决策树。

(4) 随机森林投票(平均)。

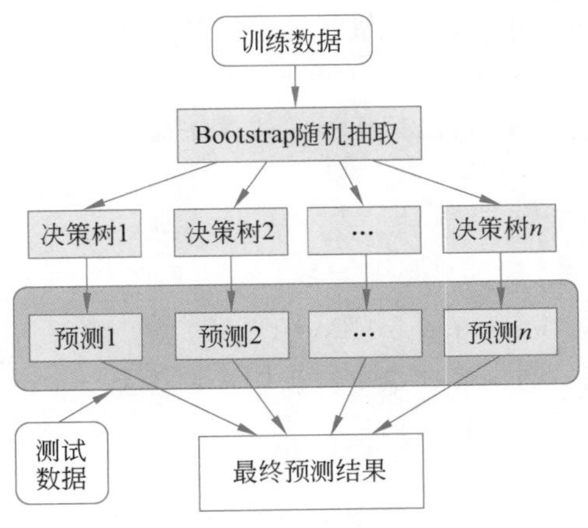

图 10-4 随机森林的工作流程

随机选择样本和 Bagging 相同，采用的是 Bootstrap 自助采样法(见图 10-5)。随机选择特征指每个节点在分裂过程中都是随机选择特征的(区别于每棵树随机选择一批特征)。

这种随机性导致随机森林的偏差会稍微增加(相比于单棵非随机树)，但是由于随机森林的“平均”特性，会使它的方差减小，而且方差的减小补偿了偏差的增大。因此，总体而言随机森林是更好的模型。

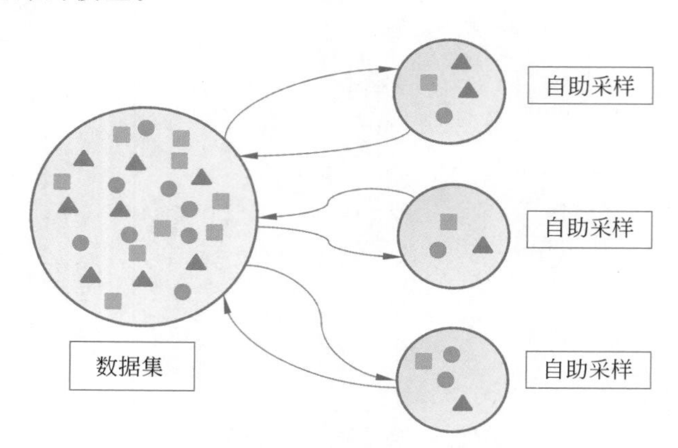

图 10-5 Bootstrap 的工作流程

随机采样由于引入了两种采样方法来保证随机性,所以每棵树都是最大可能地生长,即便不剪枝也不会出现过拟合。

10.2.2 随机森林算法总结

随机森林是一种典型的集成学习算法,使用了 Bagging 的算法思想,具有以下优点。

(1) 在数据集上表现良好,相对于其他算法有较大的优势。

(2) 易于并行化,在大数据集上有很大的优势。

(3) 能够处理高维度数据,不用做特征选择。

但随机森林也存在以下缺点。

(1) 如果训练数据中存在噪声,随机森林中的数据集会出现过拟合现象。

(2) 比决策树算法更复杂,计算成本更高。

(3) 由于其自身的复杂性,它比其他类似的算法需要更多的时间来训练。

AdaBoost 算法

10.3 AdaBoost 算法

自适应增强(adaptive boosting,AdaBoost),其自适应在于:前一个基本分类器分错的样本会得到加强,加权后的全体样本再次被用来训练下一个基本分类器。同时,在每一轮中加入一个新的弱分类器,直到达到某个预定的足够小的错误率或达到预先指定的最大迭代次数。

10.3.1 AdaBoost 算法思想

AdaBoost 算法的主要思想有 3 步,工作流程如图 10-6 所示。

(1) 初始化训练样本的权值分布,每个样本具有相同权重。

(2) 训练弱分类器,如果样本分类正确,则在构造下一个训练集中,它的权值就会被降低,反之提高。用更新过的样本集去训练下一个分类器。

(3) 将所有弱分类器组合成强分类器，各个弱分类器的训练过程结束后，加大分类误差率小的弱分类器的权重，降低分类误差率大的弱分类器的权重。

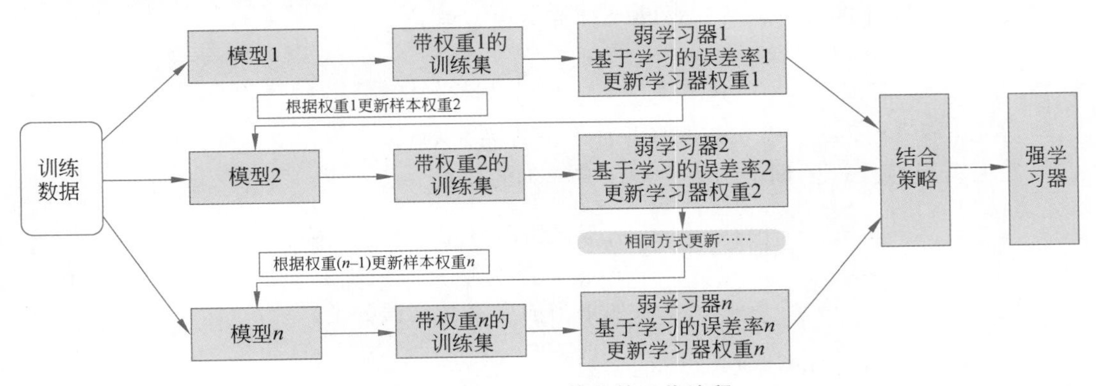

图 10-6 AdaBoost 算法的工作流程

图 10-7 是一个典型的 AdaBoost 的案例，第一次使用弱分类器 1，分错了 3 个样本，然后提高分错样本的权重；接着继续使用弱分类器 2，同样提高分错的样本权重；由此重复操作，最终将弱分类器集成为强分类器，样本正确分类。

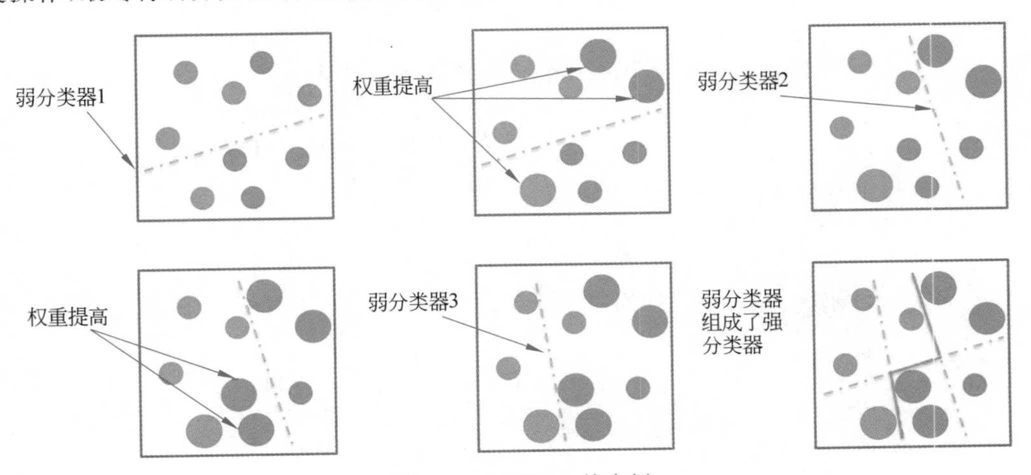

图 10-7 AdaBoost 的案例

1. AdaBoost 算法流程

输入：训练数据集 $T=\{(\boldsymbol{x}_1,y_1),(\boldsymbol{x}_2,y_2),\cdots,(\boldsymbol{x}_N,y_N)\}$，$y_n(1\leqslant n\leqslant N)$取$-1$ 或 1。

输出：最终的分类器 $G(\boldsymbol{x})$。

大致算法步骤如下。

(1) 对于每个弱分类器计算样本权重 D，进行初始化：

$$D_1=(w_{1i},w_{2i},\cdots,w_{1N}) \tag{10.1}$$

初始化所有样本的权重为 $w_{1i}=\dfrac{1}{N}$。

这时,所有样本的权重都是相同的。

(2) 对于 $m=1,2,\cdots,M$,使用具有权值分布 D_m 的训练数据集学习,得到基本分类器为 $G_m(\boldsymbol{x})$,并计算 $G_m(\boldsymbol{x})$ 在训练集上的分类误差率 e_m:

$$e_m=P(G_m(\boldsymbol{x}_i)\neq y_i)=\sum_{i=1}^{N}w_{m,i}I(G_m(\boldsymbol{x}_i)\neq y_i) \tag{10.2}$$

注意:$G_m(\boldsymbol{x}_i)\neq y_i$ 代表如果当前样本被错误分类。

(3) 利用 $G_m(\boldsymbol{x})$ 的训练结果更新所有样本的权重 $w_{m,i}$。

$$w_{m,i}=\begin{cases}\dfrac{1}{2(1-e_m)}w_{m,i-1}(\text{如果当前样本被正确分类})\\ \dfrac{1}{2e_m}w_{m,i-1}(\text{如果当前样本被错误分类})\end{cases} \tag{10.3}$$

(4) 计算学习弱分类器 $G_m(\boldsymbol{x})$ 的系数:

$$\alpha_m=\frac{1}{2}\log\frac{1-e_m}{e_m}$$

α_m 表示第 m 个学习器 $G_m(\boldsymbol{x})$ 的系数。

(5) 更新训练数据集的权值分布:

$$D_{m+1}=(w_{m+1,1},\cdots,w_{m+1,i},\cdots,w_{m+1,N}) \tag{10.4}$$

$$w_{m+1,i}=\frac{w_{mi}}{Z_m}\exp(-\alpha_m y_i G_m(\boldsymbol{x}_i)),\quad i=1,2,\cdots,N \tag{10.5}$$

其中,$Z_m=\sum_{i=1}^{N}w_{mi}\exp(-\alpha_m y_i G_m(\boldsymbol{x}_i))$ 为规范化因子,用于归一化数据。

(6) 构建基本分类器的线性组合:

$$f(\boldsymbol{x})=\sum_{m=1}^{M}\alpha_m G_m(\boldsymbol{x}) \tag{10.6}$$

最终得到分类器:

$$G(\boldsymbol{x})=\text{sign}(f(\boldsymbol{x}))=\text{sign}\left(\sum_{m=1}^{M}\alpha_m G_m(\boldsymbol{x})\right) \tag{10.7}$$

2. AdaBoost 正则化

为了防止 AdaBoost 过拟合,通常也会加入正则化项,这个正则化项人们通常称为学习率(learning rate)。对于前面的弱分类器的迭代:

$$f_m(\boldsymbol{x})=f_{m-1}(\boldsymbol{x})+\alpha_m G_m(\boldsymbol{x}) \tag{10.8}$$

加上正则化项 μ,有

$$f_m(\boldsymbol{x})=f_{m-1}(\boldsymbol{x})+\mu\alpha_m G_m(\boldsymbol{x}) \tag{10.9}$$

μ 的取值范围为 $0<\mu\leqslant 1$。对于同样的训练集学习效果,较小的 μ 意味着需要更多的弱分类器的迭代次数。通常用学习率和迭代最大次数一起决定算法的拟合效果。

10.3.2 AdaBoost 算法总结

AdaBoost 是一种典型的 Boosting 算法,AdaBoost 算法的核心思想就是由分类效果较差的弱分类器逐步地强化成一个分类效果较好的强分类器，即后一个模型的训练永远是在前一个模型的基础上完成的。AdaBoost 具有以下优缺点。

1. 优点

（1）分类精度高。
（2）可以用各种回归分类模型来构建弱学习器，非常灵活。
（3）模型的鲁棒性比较强。

2. 缺点

（1）对异常点敏感，异常点会获得较高权重。
（2）容易过拟合。
（3）速度慢。

10.4 GBDT 算法

GBDT 算法

梯度提升决策树（gradient boosting decision tree，GBDT）是一种迭代的决策树算法，该算法由多棵决策树组成，从名字中可以看出它属于 Boosting 策略。GBDT 是被公认的泛化能力较强的算法。

1999 年，Friedman 等提出 GBDT 算法，这是一种常用的非线性模型。GBDT 是一种基于 Boosting 思想的决策树算法，也是通过多次迭代，将一个弱学习器提升为一个强学习器，通过将这些学习器的结果相加，得到最终预测结果。衡量分类器模型的性能通常使用损失函数，损失函数值不断下降，意味着分类器模型的性能不断提升。沿着损失函数梯度的方向，损失函数值下降最快。在 GBDT 中，新的决策树模型都是建立在上一个模型梯度的方向。GBDT 对于梯度较大的样本关注较大，与 Boosting 中提高样本权重的思想类似。这种对弱分类器性能的提升方式就是梯度提升。梯度提升算法的算法思想如图 10-8 所示：首先给定一个目标损失函数，它的定义域是所有可行的弱函数集合（基函数），通过迭代地选择一个负梯度方向上的基函数来逐渐逼近局部极小值。

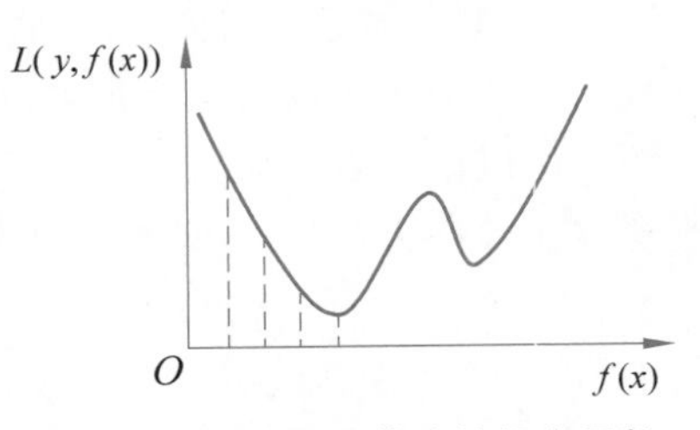

图 10-8 梯度提升算法的损失函数

GBDT 与 AdaBoost 相比，都是 Boosting 家族成员，都使用弱分类器；都使用前向分步算法。但是也有不同之处，主要是以下两点。

（1）迭代思路不同：AdaBoost 通过提升错分数据点的权重来弥补模型的不足（利用错分样本），而 GBDT 通过计算梯度来弥补模型的不足（利用残差）。

（2）损失函数不同：AdaBoost 采用的是指数损失，GBDT 采用的是绝对损失或 Huber 损失函数。

10.4.1 GBDT 算法思想

GBDT 由 3 个概念组成：regression decision tree(DT)、gradient boosting(GB)和 shrinkage(缩减)。

1. DT

GBDT 由很多回归树组成。对于分类树而言，其值加减无意义(如性别)；而对于回归树而言，其值加减才是有意义的(如价格、年龄)。GBDT 的核心在于累加所有树的结果作为最终结果，所以 GBDT 中的树都是回归树，不是分类树，这一点相当重要。

回归树在分枝时会穷举每个特征的每个阈值以找到最好的分割点，衡量标准是最小化均方误差。

2. GB

上面说到 GBDT 的核心在于累加所有树的结果作为最终结果，GBDT 中的每棵树都是以之前树得到的残差来更新目标值，这样每棵树的值加起来即为 GBDT 的预测值。

模型的预测值可以表示为

$$f_M(\boldsymbol{x}) = \sum_{m=1}^{M} T(\boldsymbol{x};\theta_m) \tag{10.10}$$

其中，T 为决策树，θ_m 为参数，M 为树的数量。

$$T(\boldsymbol{x};\theta) = \sum_{j=1}^{J} c_j I \tag{10.11}$$

其中，c 为常数，J 为叶子节点，$T(x;\theta)$为基模型与其权重的乘积。模型的训练目标是使预测值 $f_M(x)$逼近真实值 y，也就是说，要让每个基模型的预测值逼近各自要预测的部分真实值。由于要同时考虑所有基模型，导致了整体模型的训练变成了一个非常复杂的问题。所以研究者们想到了一个贪心的解决手段：每次只训练一个基模型。那么，现在改写整体模型为迭代式(前向分步算法)：

$$f_m(\boldsymbol{x}) = f_{m-1}(\boldsymbol{x}) + T(\boldsymbol{x};\theta_m),m=1,2,\cdots,M \tag{10.12}$$

其中，$f_m(\boldsymbol{x})$代表迭代 m 次，包含 m 棵决策树的提升树；$T(x;\theta_m)$代表第 m 棵决策树。

这样一来，在每轮迭代中，只要集中解决一个基模型的训练问题：使 $f_M(\boldsymbol{x})$逼近真实值 y。

回归树问题的提升算法。

输入：训练数据集 $T=\{(\boldsymbol{x}_1,y_1),(\boldsymbol{x}_2,y_2),\cdots,(\boldsymbol{x}_N,y_N)\}$，损失函数 $L(y,f(\boldsymbol{x}))$。

输出：提升树 $f_M(\boldsymbol{x})$。

(1) 初始化 $f_0(\boldsymbol{x})=0$。

(2) 对于 $m=1,2,\cdots,M$。

① 计算残差 $r_{mi}=y_i-f_{m-1}(\boldsymbol{x}_i)$，$i=1,2,\cdots,N$。

$$r_{mi} = -\left[\frac{\partial L(y_i,f(x_i))}{\partial f(\boldsymbol{x}_i)}\right]_{f(x)=f_{m-1}(x)}$$ 为损失函数的负梯度。

② 拟合残差 r_{mi} 学习一个回归树，得到 $T(x;\theta_m)$。

③ 计算步长 $\sigma_m = \arg\min_{\sigma} \sum_{i=1} L(y_i, f_{m-1}(\boldsymbol{x}_i) + \sigma T(\boldsymbol{x};\theta_m))$。

④ 更新 $f_m(x) = f_{m-1}(\boldsymbol{x}) + T(\boldsymbol{x};\theta_m)$。

(3) 得到回归提升树 $f_M(\boldsymbol{x}) = \sum_{m=1}^{M} T(\boldsymbol{x};\theta_m)$。

得到 $\hat{\theta}_m = \arg\min_{\theta_m} \sum_{i=1}^{N} L(y_i, f_{m-1}(\boldsymbol{x}_i) + T(\boldsymbol{x}_i;\theta_m))$。

其中，L 为损失函数；y_i 为真实值，根据式(10.12)，$f_m(\boldsymbol{x}) = f_{m-1}(\boldsymbol{x}_i) + T(\boldsymbol{x}_i;\theta_m)$，回归树的损失函数使用平方误差损失：

$$\begin{aligned} L(y, f(x)) &= L(y, f_m(\boldsymbol{x})) \\ &= L(y, f_{m-1}(\boldsymbol{x}) + T(\boldsymbol{x};\theta_m)) \\ &= (y - f_m(\boldsymbol{x}))^2 \\ &= [y - f_{m-1}(\boldsymbol{x}) - T(\boldsymbol{x};\theta_m)]^2 \\ &= [r - T(\boldsymbol{x};\theta_m)]^2 \end{aligned}$$

其中，$r = y - f_{m-1}(\boldsymbol{x})$ 为残差，所以第 m 棵决策树 $T(\boldsymbol{x};\theta_m)$ 是对该残差的拟合。

注意：提升树算法中的基学习器 CART 树是回归树。

以高尔夫球为例，如图 10-9 所示，$f_0(\boldsymbol{x})$ 为第一次击球，离目标 y 还有一点距离；接着在第一次击球的位置进行第二次击球，第二次击球 $f_1(\boldsymbol{x})$，距离为 $T(\boldsymbol{x};\theta_1)$，还是没有到达目标；于是进行第三次击球 $f_2(\boldsymbol{x})$，距离为 $T(\boldsymbol{x};\theta_2)$，仍然没有到达目标；继续击球……直到第五次击球 $f_4(\boldsymbol{x})$，击球距离为 $T(\boldsymbol{x};\theta_4)$ 时，到达目标 y。

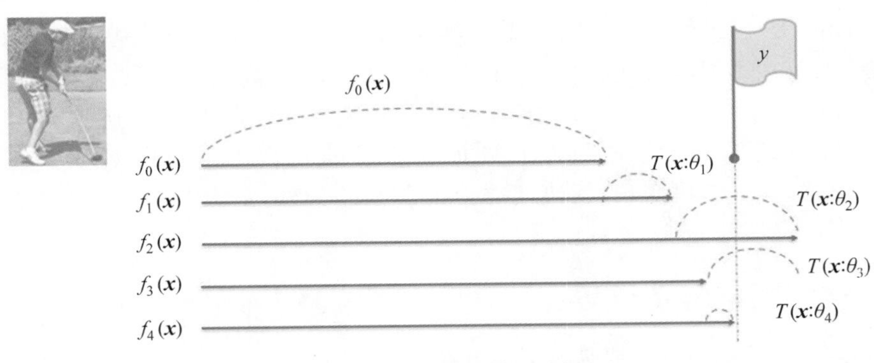

图 10-9　前向分步算法案例

3. shrinkage

shrinkage 的思想认为，每走一小步逐渐逼近结果的效果要比每次迈一大步很快逼近结果的方式更容易避免过拟合，即它并不是完全信任每棵残差树。

$$f_m(\boldsymbol{x}_i) = f_{m-1}(\boldsymbol{x}_i) + v\sigma T(\boldsymbol{x};\theta_m) \quad (0 < v \leqslant 1) \tag{10.13}$$

shrinkage 不直接用残差修复误差，而是只修复一点，把大步切成小步。本质上，shrinkage 为每棵树设置了一个权重 v，累加时要乘以这个 v，当 v 降低时，基模型数会配合增大,即 shrinkage 仍然以残差作为学习目标,但对于残差学习出来的结果,只累加一小部分(v×残差)逐步逼近目标,v 一般都比较小,如 0.001~0.01,这导致树的各个残差是渐变的而不是陡变的。直觉上这也很好理解,不像直接用残差一步修复误差,而是只修复一点,其实就是把大步切成了很多小步。

10.4.2 GBDT 算法总结

GBDT 是被公认的泛化能力较强的算法,是一种基于 Boosting 思想的决策树算法,也是通过多次迭代,将一个弱学习器提升为一个强学习器,通过将这些学习器的结果相加,得到最终预测结果。GBDT 算法具有以下优点和缺点。

1. 优点

(1) 预测的准确率高。
(2) 可以自动进行特征组合,拟合非线性数据。
(3) 可以灵活处理各种类型的数据。

2. 缺点

(1) 对异常点敏感。
(2) 数据维度较高时会加大算法的计算复杂度。

XGBoost 算法

10.5 XGBoost 算法

XGBoost 是于 2014 年 2 月由华盛顿大学的博士生陈天奇发明的基于 GBDT 的机器学习算法,其算法不但具有优良的学习效果,而且训练速度高效,在数据竞赛中大放异彩。

XGBoost 是大规模并行 Boosting Tree 的工具,它是性能和速度俱佳的开源 Boosting Tree 工具包,比常见的工具包快很多倍。XGBoost 和 GBDT 两者都是 Boosting 方法,除了工程实现、解决问题上的一些差异外,最大的不同就是目标函数的定义。

10.5.1 XGBoost 算法思想

XGBoost 算法的原理主要是以下 4 方面。

1. 防止过拟合

机器学习算法的泛化误差可以分为偏差和方差两部分。偏差指的是算法的期望预测与真实预测之间的偏差程度,反映了模型本身的拟合能力;方差度量了同等大小的训练集的变动导致的学习性能的变化,刻画了数据扰动所导致的影响。

如图 10-10 所示,随着机器学习的模型复杂度增加,偏差越来越小,但方差却越来越大;而当模型越简单时,模型的方差越小,偏差却往往越大。也就是说,高方差导致过拟合,而高偏差导致欠拟合。

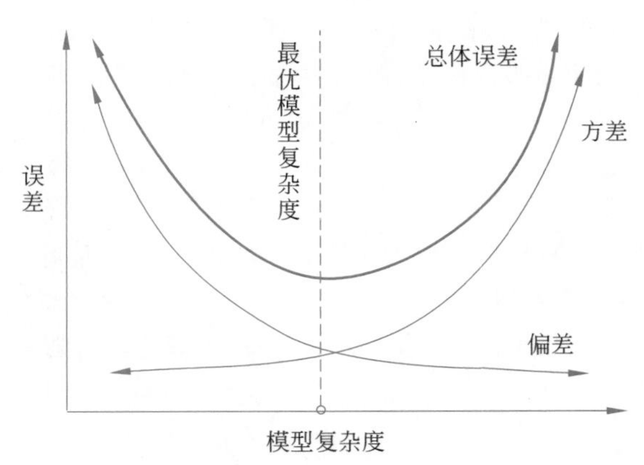

图 10-10　机器学习的方差和偏差

XGBoost 有效解决了过拟合问题，对叶子节点的权重进行了惩罚，防止过拟合，惩罚相当于添加了 L2 正则项，即目标函数为训练损失加上正则项。

2. 采用二阶泰勒展开加快收敛

GBDT 的损失函数用了一阶收敛，用到了梯度下降，XGBoost 使用牛顿法进行二阶收敛，即将损失函数进行二阶泰勒展开，使用前两阶作为改进的残差。梯度下降法使用了目标函数的一阶偏导数，而牛顿法使用了目标函数的二阶偏导数，二阶偏导数考虑了梯度的变化趋势，所以牛顿法会更容易收敛。图 10-11 显示了牛顿法（左）和梯度下降法（右）的迭代路径，可以发现，左边的路径更符合最优下降路径。使用二阶收敛是 XGBoost 加快收敛的原因。

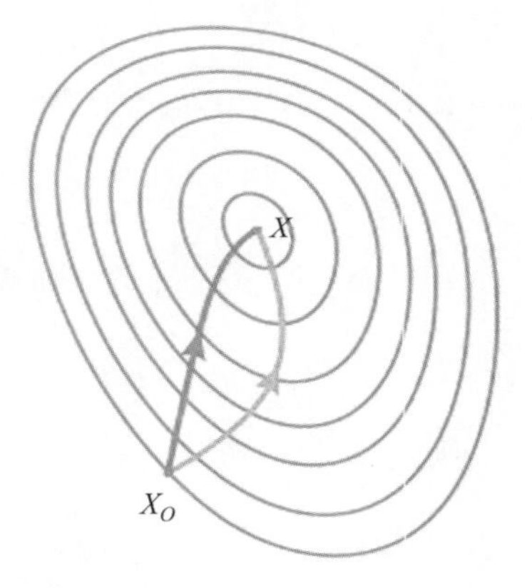

图 10-11　牛顿法（左）和梯度下降法（右）

3. 树构造的分裂条件采用导数统计量

在寻找最佳分割点时，XGBoost 也实现了一种完全搜索式的精确贪心算法（exact greedy algorithm）。这种搜索算法会遍历一个特征上所有可能的分裂点，分别计算其损失减小量，然后选择最优的分裂点。根据结构分数的增益情况计算出来选择哪个特征的哪个分割点，某个特征的重要性就是它在所有树中出现的次数之和，即增益（gain）计算完了之后会选择一个增益最高的特征来分裂，然后这个特征的重要性加 1。

4. 支持并行计算，可以采用多线程优化技术

XGBoost 的并行，并不是说每棵树可以并行训练，XGBoost 本质上仍然采用 Boosting 的思想，每棵树训练前需要等前面的树训练完成才能开始训练。

XGBoost 的并行，指的是特征维度的并行。在训练前，每个特征按特征值对样本进

行预排序,并存储为 Block 结构,在后面查找特征分割点时可以重复使用,而且特征已经被存储为一个个 Block 结构,那么在寻找每个特征的最佳分割点时,可以利用多线程对每个 Block 并行计算。

10.5.2 XGBoost 算法推导

在 XGBoost 中最主要的基学习器为 CART,这里定义 w 是叶子的权重,q 是将每个节点分配给叶子的函数,T 是树的数量,并定义 constant 为一个常数。假设前$(t-1)$步迭代优化得到的模型为 $f_{(t-1)}(x)$,在第 t 步中,待求参数为 f_t,则第 t 步的目标函数为

$$\text{Obj}(t)=\sum_{i=1}^{n}L(y_i,\hat{y}^{t-1}+f_t(x_i))+\Omega(f_t)+\text{constant} \tag{10.14}$$

式(10.14) 的第一部分 $\sum_{i=1}^{n}L(y_i,\hat{y}^{t-1}+f_t(x_i))$ 是预测值 $\hat{y}^{(t-1)}$ 和目标真实值 y_i 之间的训练误差,第二部分 $\Omega(f_t)$ 是每棵树的复杂度之和。

根据泰勒展开公式,使用二阶泰勒展开:

$$f(x+\Delta x)\approx f(x)+f'(x)\Delta x+\frac{1}{2}f''(x)\Delta x^2 \tag{10.15}$$

把 $L(y_i,\hat{y}^{t-1})$看成 $f(x)$,则 $f_t(x_i)$就可以看成 Δx,则

$$L(y_i,\hat{y}^{t-1}+f_t(x_i))\approx L(y_i,\hat{y}^{t-1})+g_i f_t(x_i)+\frac{1}{2}h_i f_t^2(x_i) \tag{10.16}$$

在式(10.16)中:g_i 为 $L(y_i,\hat{y}^{(t-1)})$的一阶偏导数:

$$g_i=\frac{\partial L(y_i,\hat{y}^{(t-1)})}{\partial \hat{y}^{(t-1)}} \tag{10.17}$$

h_i 为 $L(y_i,\hat{y}^{(t-1)})$的二阶偏导数:

$$h_i=\frac{\partial^2 L(y_i,\hat{y}^{(t-1)})}{\partial \hat{y}^{(t-1)}} \tag{10.18}$$

则式(10.14)可以转化为

$$\text{Obj}(t)=\sum_{i=1}^{n}\left[L(y_i,\hat{y}^{t-1})+g_i f_t(x_i)+\frac{1}{2}h_i f_t^2(x_i)\right]+\Omega(f_t)+\text{constant} \tag{10.19}$$

在这里,首先改进一棵树的定义 $f(x)$ 如下:

$$f_t(x)=w_{q(x)},\quad w\in\mathbf{R}^T, q:\mathbf{R}^d\rightarrow\{1,2\cdots T\} \tag{10.20}$$

在 XGBoost 中,将复杂度定义为

$$\Omega(f_t)=\gamma T+\frac{1}{2}\lambda\sum_{i=1}^{T}w_j^2 \tag{10.21}$$

则目标函数可以定义为

$$\begin{aligned}\text{Obj}(t)&=\sum_{i=1}^{n}L(y_i,\hat{y}^{t-1}+f_t(x_i))+\Omega(f_t)+\text{constant}\\&=\sum_{i=1}^{n}\left[L(y_i,\hat{y}^{t-1})+g_i f_t(x_i)+\frac{1}{2}h_i f_t^2(x_i)\right]+\Omega(f_t)+\text{constant}\end{aligned}$$

$$= \sum_{i=1}^{n} \left[g_i f_t(x_i) + \frac{1}{2} h_i f_t^2(x_i) \right] + \Omega(f_t) + [L(y_i, \hat{y}^{t-1}) + \text{constant}]$$

(10.22)

很明显,$L(y_i, \hat{y}^{t-1}) + \text{constant}$ 是一个常数,可以用 C 替代,对于目标函数 $\text{Obj}(t)$ 无影响,则目标函数可以转换为

$$\text{Obj}(t) \approx \sum_{i=1}^{n} \left[L(y_i, \hat{y}^{(t-1)}) + g_i f_t(x_i) + \frac{1}{2} h_i f_t^2(x_i) \right] + \Omega(f_t) + \text{constant}$$

$$= \sum_{i=1}^{n} \left[g_i w_{q(x_i)} + \frac{1}{2} h_i w_{q(x_i)}^2 \right] + \gamma T + \frac{1}{2}\lambda \sum_{i=1}^{T} w_j^2 + C \tag{10.23}$$

其中,定义 $I_j = \{i \mid q(x_i) = j\}$ 是分配给第 j 个叶子的数据点的索引的集合。因为在同一个叶子上,所有数据点的分数相同,所以在第二行中,更改了总和的索引。因此,式(10.23)等价于

$$\sum_{i=1}^{n} \left[g_i w_{q(x_i)} + \frac{1}{2} h_i w_{q(x_i)}^2 \right] + \gamma T + \frac{1}{2}\lambda \sum_{i=1}^{T} w_j^2 + C$$

$$= \sum_{j=1}^{T} \left[\Big(\sum_{i \in I_j} g_i\Big) w_j + \frac{1}{2} \Big(\sum_{i \in I_j} h_i\Big) w_j^2 \right] + \gamma T + \frac{1}{2}\lambda \sum_{i=1}^{T} w_j^2 + C$$

$$= \sum_{j=1}^{T} \left[\Big(\sum_{i \in I_j} g_i\Big) w_j + \frac{1}{2} \Big(\sum_{i \in I_j} h_i + \lambda\Big) w_j^2 \right] + \gamma T + C \tag{10.24}$$

即

$$J(f_t) = \sum_{j=1}^{T} \left[\Big(\sum_{i \in I_j} g_i\Big) w_j + \frac{1}{2} \Big(\sum_{i \in I_j} h_i + \lambda\Big) w_j^2 \right] + \gamma T + C \tag{10.25}$$

可以通过定义 $G_j = \sum_{i \in I_j} g_i, H_j = \sum_{i \in I_j} h_i$ 来进一步压缩表达式,则

$$J(f_t) = \sum_{j=1}^{T} \left[G_j w_j + \frac{1}{2}(H_j + \lambda) w_j^2 \right] + \gamma T + C \tag{10.26}$$

对 w 求偏导,如果有一个给定的树结构 $q(x)$,那么在上式达到最小的情况下(即导数为 0),得到:

$$\frac{\partial J(f_t)}{\partial w_j} = G_j + (H_j + \lambda) w_j = 0 \tag{10.27}$$

则

$$w_j = -\frac{G_j}{H_j + \lambda} \tag{10.28}$$

$$J(f_t) = -\frac{1}{2} \sum_{j=1}^{T} \frac{G_j^2}{H_j + \lambda} + \gamma T \tag{10.29}$$

并且得到相对应的最优目标函数值:

$$\text{Obj} = -\frac{1}{2} \sum_{j=1}^{T} \frac{G_j^2}{H_j + \lambda} + \gamma T \tag{10.30}$$

下面以图 10-12 为例。

根据已知的数据,得到相应的参数如图 10-13 所示。

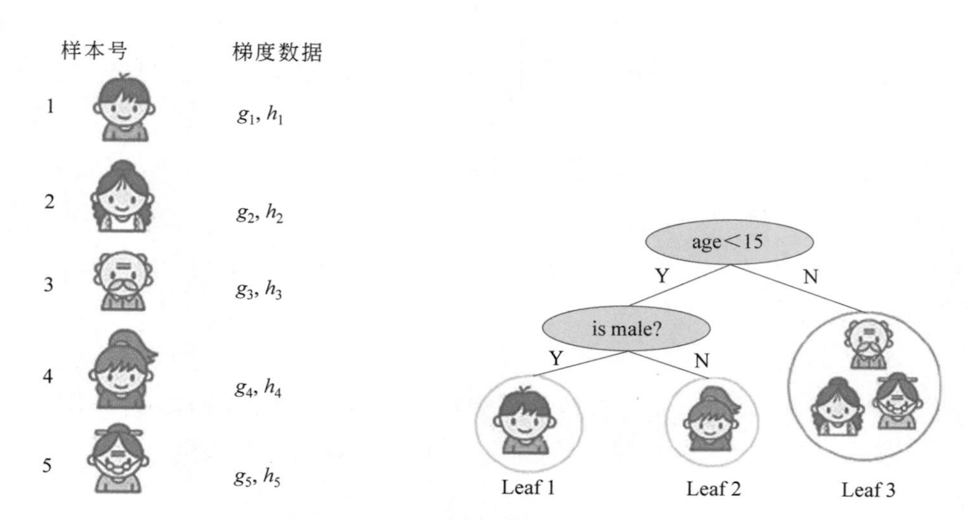

图 10-12　决策树案例

根据图 10-13 的数据，$T=3$，根据式(10.30)，则

$$\mathrm{Obj}=-\frac{1}{2}\sum_{j=1}^{T}\frac{G_j^2}{H_j+\lambda}+3\gamma \quad (10.31)$$

Obj 分数越小，代表这棵树的结构越好。

在寻找最佳分割点时，使用一种完全搜索式的精确贪心算法。这种搜索算法会遍历一个特征上所有可能的分裂点，分别计算其损失减小量，然后选择最优的分裂点。精确贪心算法的流程如算法 10.1 所示。

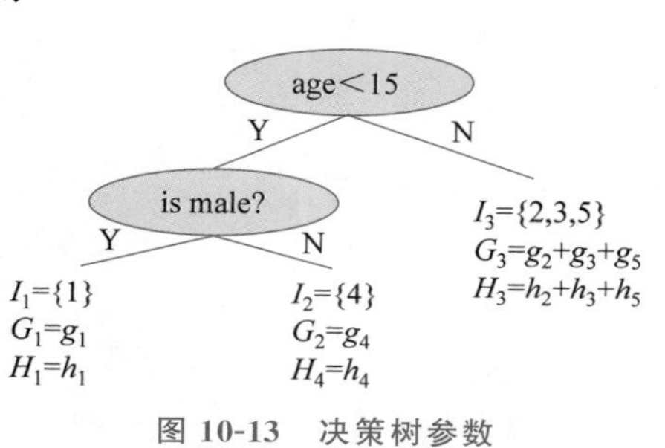

图 10-13　决策树参数

算法 10.1　精确贪心算法

Input：I，当前节点的样本集合
Input：d，特征维度
gain←0
$G\leftarrow\sum_{i\in I}g_i, H\leftarrow\sum_{i\in I}h_i$
for $k=1$ to m **do**
　$G_L\leftarrow 0, H_L\leftarrow 0$
　for $k=1$ to m **do**
　　$G_L\leftarrow G_L+g_j, H_L\leftarrow H_L+h_j$
　　$G_R\leftarrow G-G_L, H_R\leftarrow H-H_L$
　　$\text{score}\leftarrow\max\left(\text{score},\frac{G_L^2}{H_L+\lambda}+\frac{G_R^2}{H_R+\lambda}-\frac{(G_L+G_R)^2}{H_L+H_R+\lambda}\right)$
　end
end
Output：根据最大的 score 分割，即最大的增益

算法思路：由于树的结构是未知的，所以不可能去遍历所有的树结构。因此，XGBoost 采用贪婪算法来分裂节点，从根节点开始，遍历所有属性，遍历属性的可能取值，计算复杂度是：决策树叶子节点数减去 1。根据定义 $I_j=\{i\mid q(x_i)=j\}$，记分到左、右子树的样本集分别为 I_L、I_R，$I=I_L\cup I_R$，则分裂该节点导致的损失减少值为

$$\begin{aligned}L_{\text{split}}&=\text{Gain}=\text{Gain(before)}-\text{Gain(after)}\\&=\frac{1}{2}\left[\frac{G_L^2}{H_L+\lambda}+\frac{G_R^2}{H_R+\lambda}-\frac{(G_L+G_R)^2}{H_L+H_R+\lambda}\right]-\gamma\end{aligned}\tag{10.32}$$

即

$$\text{Gain}=\frac{1}{2}\left[\frac{G_L^2}{H_L+\lambda}+\frac{G_R^2}{H_R+\lambda}-\frac{(G_L+G_R)^2}{H_L+H_R+\lambda}\right]-\gamma\tag{10.33}$$

其中，$\frac{G_L^2}{H_L+\lambda}$为分割后左子树的分数；$\frac{G_R^2}{H_R+\lambda}$为分割后右子树的分数；$\frac{(G_L+G_R)^2}{H_L+H_R+\lambda}$为未分割的树的分数；$\gamma$ 为新叶子的正则化项，即加入新叶子节点引入的复杂度代价；人们希望找到一个属性及其对应的大小，使得 Gain 取值最大。

10.5.3　XGBoost 算法总结

XGBoost 是算法竞赛中最热门的算法之一，它使 GBDT 的优化走向了极致。

(1) XGBoost 生成 CART 树考虑了树的复杂度，但 GBDT 未考虑，GBDT 在树的剪枝步骤中考虑了树的复杂度。

(2) XGBoost 是拟合上一轮损失函数的二阶导展开，GBDT 是拟合上一轮损失函数的一阶导展开。因此，XGBoost 的准确性更高，且满足相同的训练效果，需要的迭代次数更少。

(3) XGBoost 与 GBDT 都是逐次迭代来提高模型性能的，但是 XGBoost 在选取最佳分割点时可以开启多线程进行，大大提高了运行速度。当然，后续微软公司又提出了 LightGBM(light gradient boosting machine)，在内存占用和运行速度上又做了不少优化，但是从算法本身来说，优化点则并没有比 XGBoost 多。

10.6　LightGBM 算法

LightGBM 算法

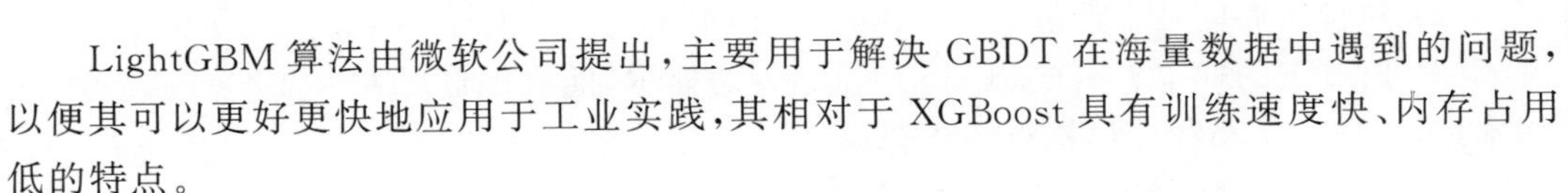

LightGBM 算法由微软公司提出，主要用于解决 GBDT 在海量数据中遇到的问题，以便其可以更好更快地应用于工业实践，其相对于 XGBoost 具有训练速度快、内存占用低的特点。

LightGBM 与 XGBoost 相比，主要有以下 4 个优势。

(1) 更快的训练速度。

(2) 更低的内存消耗。

(3) 更好的准确率。

(4) 分布式支持，可快速处理海量数据。

10.6.1 LightGBM 算法思想

LightGBM 与 XGBoost 相比,主要有以下 4 个改进。

(1) 基于梯度的单边采样(gradient-based one-side sampling, GOSS)算法。

(2) 互斥特征捆绑(exclusive feature bundling, EFB)算法。

(3) 直方图(histogram)算法。

(4) 基于最大深度的 Leaf-wise 的垂直生长算法。

可以用公式来表示两者区别:

$$\text{LightGBM}=\text{XGBoost}+\text{GOSS}+\text{EFB}+\text{Histogram}$$

1. GOSS

GOSS 算法的主要思想是通过对样本采样的方法来减少计算目标函数增益时的复杂度。

GOSS 算法保留了梯度大的样本,并对梯度小的样本进行随机抽样,为了不改变样本的数据分布,在计算增益时为梯度小的样本引入一个常数进行平衡。如果一个样本的梯度很小,说明该样本的训练误差很小,或者说该样本已经得到了很好的训练(well-trained)。

可以看到,GOSS 事先基于梯度的绝对值对样本进行排序(无须保存排序后结果),然后拿到前 a 的梯度大的样本,以及总体样本的 b,在计算增益时,通过乘$\frac{1-a}{b}$来放大小梯度样本的权重。一方面算法将更多的注意力放在训练不足的样本上,另一方面通过乘上权重来防止采样对原始数据分布造成太大的影响。

GOSS 算法思路如下。

输入:训练数据,迭代步数 d,大梯度数据的采样率 a,小梯度数据的采样率 b,损失函数和弱学习器的类型(一般为决策树)。

输出:训练好的强学习器。

大致算法步骤如下。

(1) 根据样本点的梯度的绝对值对它们进行降序排序。

(2) 对排序后的结果选取前 $a\times100\%$的样本生成一个大梯度样本点的子集。

(3) 对剩下的样本集合的$(1-a)\times100\%$的样本,随机地选取 $b\times(1-a)\times100\%$个样本点,生成一个小梯度样本点的集合。

(4) 将大梯度样本和采样的小梯度样本合并。

(5) 将小梯度样本乘权重系数$\frac{1-a}{b}$。

(6) 使用上述采样的样本,学习一个新的弱学习器。

(7) 不断地重复步骤(1)~(6)直到达到规定的迭代次数或收敛为止。

对图 10-14 中的数据进行分箱操作,得到如图 10-15 所示的结果。

排序完了之后,选出 $a\times$data_num 个梯度大的样本,然后从剩下的那些样本里面选

		bin1			bin2			bin3
样本序号	i	1	2	3	4	5	6	7	8
样本的特征取值	x_i	0.1	2.1	2.5	3.0	3.0	4.0	4.5	5.0
样本的一阶导	g_i	0.01	0.03	0.06	0.05	0.04	0.70	0.60	0.07
样本的二阶导	h_i	0.20	0.04	0.05	0.02	0.08	0.02	0.03	0.03

图 10-14　原始数据

		bin1			bin2			bin3	
样本序号	i	1	2	3	4	5	6	7	8
样本的特征取值	x_i	0.1	2.1	2.5	3.0	3.0	4.0	4.5	5.0
样本的一阶导	g_i	0.01	0.03	0.06	0.05	0.04	0.70	0.60	0.07
样本的二阶导	h_i	0.20	0.04	0.05	0.02	0.08	0.02	0.03	0.03

图 10-15　分箱操作(分成了 bin1、bin2 和 bin3)

出 $b\times$data_num 个梯度小的样本。

这里是 8 个样本，所以 $a\times8=2$，$b\times8=2$，$\frac{1-a}{b}=3$。

即先选出 2 个梯度大的样本，然后从剩下的里面随机选出 2 个梯度小的样本，在图 10-16 中，选取两个梯度大的样本(样本序号 6、样本序号 7)，然后随机选择两个梯度小的样本(样本序号 2、样本序号 4)。

		bin1			bin2			bin3	
样本序号	i	1	2	3	4	5	6	7	8
样本的特征取值	x_i	0.1	2.1	2.5	3.0	3.0	4.0	4.5	5.0
样本的一阶导	g_i	0.01	0.03	0.06	0.05	0.04	0.70	0.60	0.07
样本的二阶导	h_i	0.20	0.04	0.05	0.02	0.08	0.02	0.03	0.03

图 10-16　随机选择样本操作

GOSS 的结果如图 10-17 所示。

2. EFB

高维特征往往是稀疏的，而且特征间可能是相互排斥的(如两个特征不同时取非 0 值)，如果两个特征并不完全互斥(如只有一部分情况下不同时取非 0 值)，可以用互斥率

bin序号	bin_i	bin1	bin2	bin3
bin样本的和	n_i	1×3	1×3+1	1
bin内所有样本的一阶导之和	g_i	0.03×3	0.05×3=0.70	0.60
bin内所有样本的二阶导之和	h_i	0.04×3	0.02×3+0.02	0.03

图 10-17 GOSS 的结果

表示互斥程度。EFB 算法指出,如果将一些特征进行融合绑定,则可以降低特征数量。

关于 EFB 的原始论文给出了特征合并算法,其关键在于原始特征能从合并的特征中分离出来。

举例说明如下。

如图 10-18 所示,假设分箱中有两个特征值,A 取值为[0,10],B 取值为[0,20],为了保证特征 A、B 的互斥性,可以给特征 B 添加一个偏移量转换为 C[10,30],分箱后的特征取值为[0,30],这样便实现了特征合并。

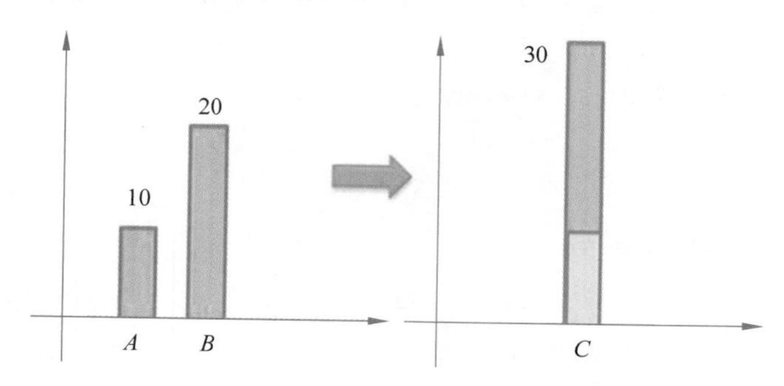

图 10-18 EFB 的工作流程

3. 直方图算法

直方图算法的基本思想是将连续的特征离散化为 k 个离散特征,同时构造一个宽度为 k 的直方图用于统计信息(含有 k 个 bin)。利用直方图算法无须遍历数据,只需要遍历 k 个 bin 即可找到最佳分裂点。计算方法如图 10-19 所示。

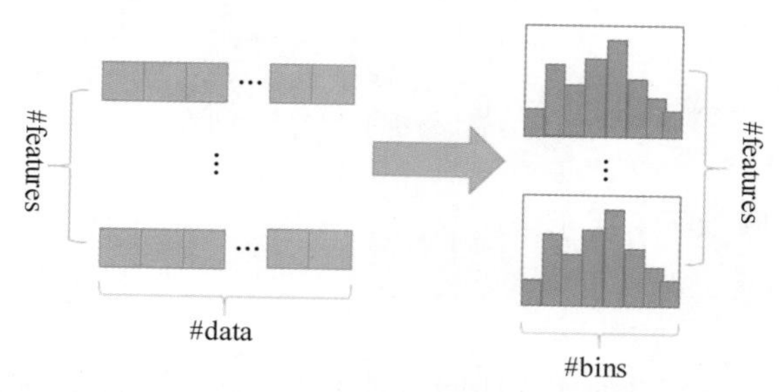

图 10-19 直方图算法的基本思想

如图 10-20 所示，数据被分为 3 个 bin，分别计算 bin 样本的和、bin 内所有样本的一阶导之和及 bin 内所有样本的二阶导之和。

	bin1			bin2			bin3	
i	1	2	3	4	5	6	7	8
x_i	0.1	2.1	2.5	3.0	3.0	4.0	4.5	5.0
g_i	0.01	0.03	0.06	0.05	0.04	0.70	0.60	0.07
h_i	0.20	0.04	0.05	0.02	0.08	0.02	0.03	0.03

bin序号	bin$i$	bin1	bin2	bin3
bin样本的和	N_i	3	3	2
bin内所有样本的一阶导之和	g_i	0.10	0.79	0.67
bin内所有样本的二阶导之和	h_i	0.29	0.12	0.06

图 10-20　直方图分箱操作

直方图加速的方法：在构建叶节点的直方图时，还可以通过父节点的直方图与相邻叶节点的直方图相减的方式构建，从而减少了一半的计算量，即一个叶子节点的直方图可以由它的父节点的直方图与其兄弟的直方图做差得到。例如，当节点分裂成两个时，右边叶子节点的直方图等于其父节点的直方图减去左边叶子节点的直方图，从而大大减少构建直方图的计算量。

直方图做差操作的工作流程如图 10-21 所示。这里的右叶子节点的直方图，由父节点的直方图减去左叶子节点的直方图得到。

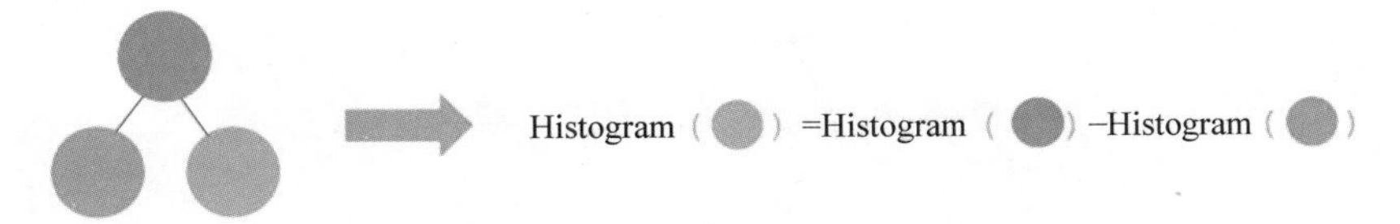

图 10-21　直方图做差操作的工作流程

图 10-22 是一个直方图做差的案例，计算非常简单。

4. 基于最大深度的 Leaf-wise 的垂直生长算法

在建树的过程中有两种策略。

Level-wise：基于层进行生长，直到达到停止条件。

Leaf-wise：每次分裂增益最大的叶子节点，直到达到停止条件。

在图 10-23 中，图 10-23(a)是 XGBoost 的建树过程，图 10-23(b)是 LightGBM 的建树过程。XGBoost 采用 Level-wise 的增长策略，方便并行计算每一层的分裂节点，提高了训练速度，但同时也因为节点增益过小增加了很多不必要的分裂，增加了计算量。

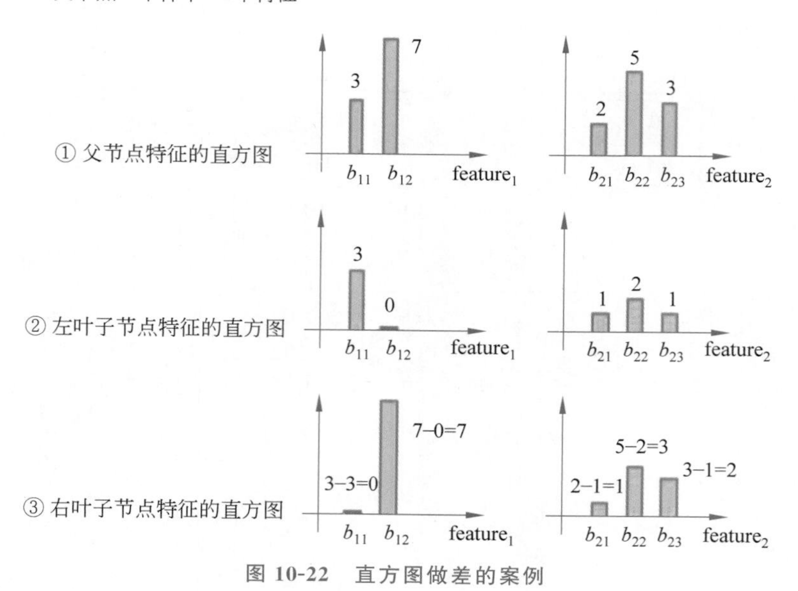

图 10-22 直方图做差的案例

LightGBM 采用 Leaf-wise 的增长策略减少了计算量,配合最大深度的限制防止过拟合,由于每次都需要计算增益最大的节点,所以无法并行分裂。

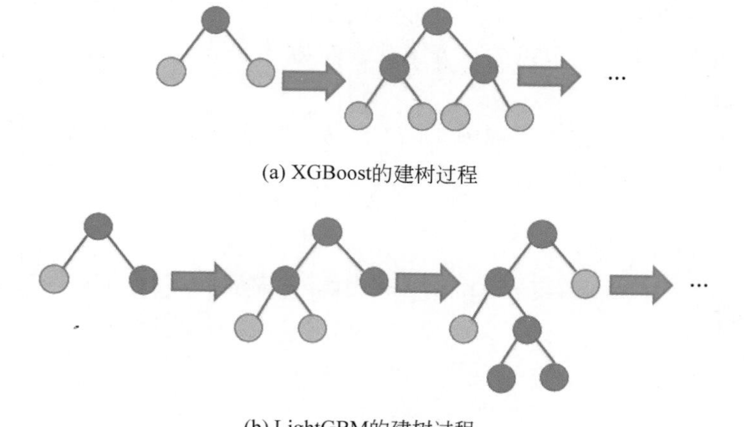

图 10-23 XGBoost 和 LightGBM 的建树过程

10.6.2 LightGBM 算法总结

总结 LightGBM 相对于 XGBoost 的优点,从内存和速度两方面进行介绍。

1. 内存更小

(1) XGBoost 使用预排序后需要记录特征值及其对应样本的统计值的索引,而

LightGBM 使用了直方图算法将特征值转变为 bin 值，且不需要记录特征到样本的索引，将空间复杂度从 $O(2\times\#\text{data})$降低为 $O(\#\text{bin})$，极大地减少了内存消耗。

（2）LightGBM 采用了直方图算法将存储特征值转变为存储 bin 值，降低了内存消耗。

（3）LightGBM 在训练过程中采用互斥特征捆绑算法减少了特征数量，降低了内存消耗。

2. 速度更快

（1）LightGBM 采用了直方图算法将遍历样本转变为遍历直方图，极大地降低了时间复杂度。

（2）LightGBM 在训练过程中采用单边梯度算法过滤掉梯度小的样本，减少了大量的计算。

（3）LightGBM 采用了基于 Leaf-wise 算法的增长策略构建树，减少了很多不必要的计算量。

（4）LightGBM 采用优化后的特征并行、数据并行方法加速计算，当数据量非常大时还可以采用投票并行的策略。

（5）LightGBM 对缓存也进行了优化，增加了缓存的命中率。

集成学习
代码练习

习题

一、单选题

1. 在随机森林里，你生成了几百棵树（$T_1,T_2,\cdots,T_n$），然后对这些树的结果进行综合，下面关于随机森林中每棵树的说法正确的是（　　）。
   A. 每棵树是通过数据集的子集和特征的子集构建的
   B. 每棵树是通过所有的特征构建的
   C. 每棵树是通过所有的数据构建的
   D. 以上都不对

2. 以下关于集成学习特性说法错误的是（　　）。
   A. 集成学习需要各个弱分类器之间具备一定的差异性
   B. 弱分类器的错误率不能高于 0.5
   C. 集成多个线性分类器也无法解决非线性分类问题
   D. 当训练数据集较大时，可分为多个子集，分别进行训练分类器再合成

3. 以下关于随机森林说法正确的是（　　）。
   A. 随机森林由若干决策树组成，决策树之间存在关联性
   B. 随机森林的学习过程分为选择样本、选择特征、构建决策树、投票 4 部分
   C. 随机森林算法容易陷入过拟合
   D. 随机森林在构建决策树时，是无放回地选取训练数据

4. 以下关于 AdaBoost 算法说法正确的是(　　)。
   A. AdaBoost 使用的损失函数是指数函数
   B. 在训练过程中,若某个样本点已经被准确分类,则在构造下一个训练集时,该样本的权重会下降
   C. 在投票时,分类误差小的弱分类器权重较小
   D. 以上说法都不对
5. 以下关于 GBDT 算法说法错误的是(　　)。
   A. GBDT 由多棵回归树组成　　B. GBDT 的泛化能力较强
   C. GBDT 使用的是放回采样　　D. GBDT 需要使用剪枝操作
6. 以下关于 XGBoost 算法说法错误的是(　　)。
   A. XGBoost 算法的目标函数采用了二阶泰勒展开
   B. XGBoost 算法的速度要比 GBDT 快
   C. XGBoost 算法要求对数据进行归一化或标准化
   D. XGBoost 算法的效果通常优于传统的机器学习模型
7. 关于 Bagging 方法,以下说法错误的是(　　)。
   A. 对各弱分类器的训练可以通过并行方式完成
   B. 最终分类结果由各弱分类器以一定的方式投票决定
   C. 由于各分类器是独立的,弱分类器的训练数据也是相互独立的
   D. 对各弱分类器的训练可以通过串行方式进行
8. AdaBoost 的优点不包括(　　)。
   A. 分类精度高
   B. 对异常点敏感,异常点会获得较高权重
   C. 可以用各种回归分类模型来构建弱学习器,非常灵活
   D. 不容易发生过拟合
9. LightGBM 与 XGBoost 相比,主要的优势不包括(　　)。
   A. 更快的训练速度　　B. 更低的内存消耗
   C. 更好的准确率　　D. 采用二阶泰勒展开加快收敛
10. 下面关于随机森林和 GBDT 的描述不正确的是(　　)。
   A. 两者都由多棵树组成,最终的结果都由多棵树一起决定
   B. 两者都使用了 Boosting 思想
   C. 随机森林最终是多棵树进行多数表决(回归问题是取平均),而 GBDT 是加权融合
   D. 随机森林每次迭代的样本是从全部训练集中有放回抽样形成的,而 GBDT 每次使用全部样本
11. 以下不是集成学习算法的有(　　)。
   A. 随机森林　　B. AdaBoost　　C. XGBoost　　D. 决策树
12. 关于 GBDT 算法的描述,不正确的是(　　)。
   A. 决策树+Boosting=GBDT

B. GBDT 算法主要使用了 Boosting 方法

C. GBDT 与 AdaBoost 都是 Boosting 家族成员，都使用弱分类器；都使用前向分步算法

D. 梯度提升算法通过迭代地选择一个梯度方向上的基函数来逐渐逼近局部极小值

二、多选题

1. 集成学习的代表算法有（ ）。

A. 随机森林　　B. AdaBoost　　C. SVM　　D. K-means

2. 下面关于随机森林和梯度提升集成方法的说法正确的是（ ）。

A. 这两种方法都可以用来做分类

B. 随机森林用来做分类，梯度提升用来做回归

C. 随机森林用来做回归，梯度提升用来做分类

D. 两种方法都可以用来做回归

3. LightGBM 与 XGBoost 相比，主要的改进是（ ）。

A. 基于梯度的单边采样算法

B. 互斥特征捆绑算法

C. 直方图算法

D. 基于最大深度的 Leaf-wise 的垂直生长算法

4. GBDT 由（ ）概念组成。

A. DT　　B. GB　　C. shrinkage　　D. Bootstrap

三、判断题

1. XGBoost 对损失函数做了二阶泰勒展开，GBDT 只用了一阶导数信息，并且 XGBoost 还支持自定义损失函数，只要损失函数一阶、二阶可导。（ ）

2. 随机森林和 GBDT 都使用了 Bagging 思想。（ ）

3. 集成学习的数据不需要归一化或标准化。（ ）

4. LightGBM 在建树过程中，采用基于最大深度的 Leaf-wise 的垂直生长算法。（ ）

参考文献

[1] 李航. 统计学习方法[M]. 2版. 北京：清华大学出版社，2019.

[2] 周志华. 机器学习[M]. 北京：清华大学出版社，2016.

[3] QUINLAN J R. Bagging, Boosting, and C4.5[C]//Proceedings of the Thirteenth National Conference on Artificial Intelligence and Eighth Innovative Applications of Artificial Intelligence Conference, AAAI 96, IAAI 96. Portland, Oregon, August 4-8, 1996, Volume 1. 1996.

[4] BREIMAN L. Random forests[J]. Machine Learning, 2001, 45(1): 5-32.

[5] RIDGEWAY G. Special invited paper. Additive logistic regression: a statistical view of Boosting: discussion[J]. The Annals of Statistics, 2000, 28(2): 393-400.

[6] FRIEDMAN J H. Stochastic gradient boosting[J]. Computational Statistics & Data Analysis, 2002, 38.

[7] FRIEDMAN J H. Greedy function approximation: a gradient boosting machine[J]. The Annals of Statistics, 2001: 1189-1232.

[8] MACQUEEN J, OTHERS. Some methods for classification and analysis of multivariate observations[C]//Proceedings of the Fifth Berkeley Symposium on Mathematical Statistics and Probability. Oakland, CA, USA, 1(14): 281-297.

[9] CHEN T, GUESTRIN C. XGBoost: a scalable tree boosting system[C]//Proceedings of the 22nd ACM SIGKDD International Conference on Knowledge Discovery and Data Mining. ACM: 785-794.

[10] NIELSEN D. Tree boosting with XGboost-why does XGboost win" every" machine learning competition? [D]. NTNU, 2016.

[11] POLYAK B T. Newton's method and its use in optimization[J]. European Journal of Operational Research, 2007, 181(3): 1086-1096.

[12] KE G, MENG Q, FINLEY T, et al. LightGBM: a highly efficient gradient boosting decision tree [J]. Advances in Neural Information Processing Systems, 2017, 30: 3146-3154.

第11章

人工神经网络（选修）

11.1 人工神经网络概述

人工神经网络指从信息处理角度对人体大脑神经元进行抽象化，构建数学意义上的神经网络模型。神经网络中最基本的单位是神经元。生物意义上的神经网络包含数以亿计的神经元，它们相互连接传递信息，当某个神经元兴奋，电位超过某个“阈值”时，它就会被激活，并且向其连接神经元发送化学物质，将其逐个激活。

1943 年，心理学家 W. S. McCulloch 和逻辑学家 W. Pitts 将上述生物模型抽象为 MP 模型，其中，每个神经元均可抽象为一个特定的函数，称为激活函数（activation function）。每两个神经元之间的连接都代表对于该连接信号的加权值，称为权重（weight），这类似于神经网络的记忆。通过 MP 模型，可使单个神经元能执行简单的逻辑功能，由此开创了神经网络的研究。

人工神经网络发展历史

20 世纪 60 年代以后，人工神经网络的模型得到了进一步的完善，感知机等模型被相继提出。然而，事物的发展不是一成不变的。在发展过程中，神经网络的发展遇到了很大障碍。1969 年，图灵奖得主 M. Minsky 和 S. Papert 在文章中指出单层神经网络的局限性，并表达了对多层神经网络的悲观看法。早期的神经网络只能用于处理线性分类，无法处理非线性分类问题，甚至对“异或”这么简单的问题都处理不了。由此，人们对人工神经网络的研究兴趣减弱，陷入低潮。

在神经网络研究陷入低潮时，仍有学者在坚持研究，以下列举一些代表性的工作。

1982 年，J. J. Hopfield 提出了 Hopfield 神经网络模型，从中引入了“计算能量”的概念，并基于此解决了“流动推销员问题”这个经典的 NP 难题。由此开创了神经网络用于联想记忆与优化计算的新途径，有力地推动了神经网络的研究。

1986 年，D. E. Rumelhart 提出了著名的 BP 算法，其在神经网络中产生了深远的影响，目前仍是应用最广泛的神经网络。但其仍然存在一定局限性。简单来说，它的学习过程涉及大量参数，而参数的设置与调节缺乏足够的理论指导，基本都依靠手动调参，在参数调节上的一点偏差，可能会引发巨大的性能差别。

20 世纪 80 年代以后,人工神经网络是人工智能的热门研究领域。最近十几年,人们关于人工神经网络的研究不断深入,已经取得了很大进展,其在模式识别、智能机器人、自动控制等领域发挥了重要的作用。

21 世纪初,大数据时代的到来引发了深度学习的热潮。以卷积神经网络为代表的多层神经网络方法通过大量的经验调参,在若干关于语音、图像、视频等复杂对象的应用中取得了良好的实验效果。

2006 年,南洋理工大学的黄广斌教授提出了极限学习机方法。该方法可被视作一类特殊的前馈神经网络,其特点是隐层节点的权重为随机或人为设定的,不需要更新,在学习过程中只计算输出层的权重,从而大大加快了训练速度。

感知机模型

11.2 感知机模型

11.2.1 感知机模型概述

感知机模型是一种经典的神经网络模型,它由输入层和输出层两层构成,输入层将外界输入信号传递给输出层,输出层是 MP 神经元,通过判别函数将实例数据划分为正负两类。

如图 11-1 所示,感知机模型能实现与、或、非等简单运算,输入层到输出层之间可由以下的模型表征:

$$y = f\left(\sum_{i=1}^{N} w_i x_i + b\right) \tag{11.1}$$

当函数 f 为符号函数时,感知机可被视作一种线性的判别分类模型,此时的分类面为 $\boldsymbol{w}^{\mathrm{T}}\boldsymbol{x}+b=0$。其中,$\boldsymbol{w}$ 为超平面的法向量,b 为超平面的截距。该超平面可将特征空间划分成正负两部分。

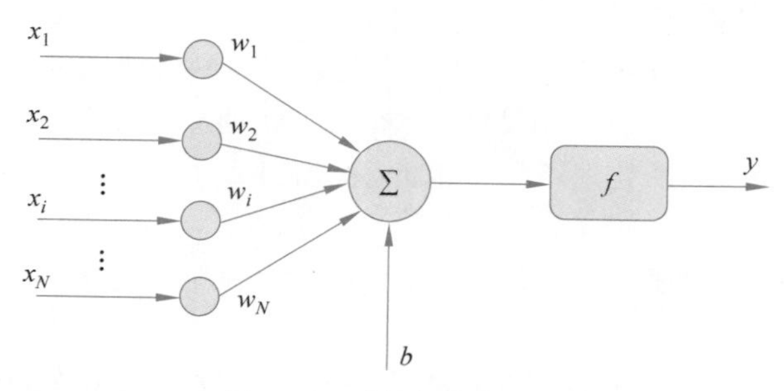

图 11-1 感知机模型结构

11.2.2 感知机算法流程

感知机学习算法:给定训练数据集 $T=\{(\boldsymbol{x}_1,y_1),(\boldsymbol{x}_2,y_2),\cdots,(\boldsymbol{x}_N,y_N)\}$,训练获得模型参数 $\boldsymbol{w}$ 和 b。为获取全局最优解,构建如下优化问题:

$$\min_{\boldsymbol{w},b} L(\boldsymbol{w},b) = \sum_{n=1}^{N} y_n(\boldsymbol{w}^{\mathrm{T}}\boldsymbol{x}_n + b) \tag{11.2}$$

采用随机梯度下降法求解模型参数,首先选取一个初始值$(\boldsymbol{w}_0,b_0)$,然后利用梯度下降法不断地最小化目标函数,直到目标函数为 0。注意:在优化过程中,不是使全局代价函数所有错分类点的梯度下降,而是一次性随机选取一个错分类点使其梯度下降。

通过学习得到的模型,对新输入的数据得到对应的输出类别。

综上所述,可得到感知机算法流程。

感知机算法流程如下。

(1) 随机选择模型参数的初始值($\boldsymbol{w}_0, b_0$)。

(2) 选择一个训练样本($\boldsymbol{x}_n, y_n$)。

① 若判别函数 $\boldsymbol{w}^{\mathrm{T}}\boldsymbol{x}_n+b>0$ 且 $y_n=-1$,则 $\boldsymbol{w}=\boldsymbol{w}-\boldsymbol{x}_n, b=b-1$。

② 若判别函数 $\boldsymbol{w}^{\mathrm{T}}\boldsymbol{x}_n+b<0$ 且 $y_n=+1$,则 $\boldsymbol{w}=\boldsymbol{w}+\boldsymbol{x}_n, b=b+1$。

(3) 再选取另一个训练样本($\boldsymbol{x}_m, y_m$),回到步骤(2)。

(4) 终止条件:直到所有数据的输入输出对都不满足步骤(2)中的①和②的其中之一,则退出循环。

然而,值得注意的是,感知机只有输出层神经元进行激活函数的处理。因此,其学习能力十分有限。它只能用于处理线性可分的问题,却无法处理诸如“异或”这样简单的非线性分类问题。

为解决非线性分类问题,需要考虑使用多层神经网络,具体的措施是考虑在输入层和输出层之间加入一层隐层,而隐层和输出层的神经元都拥有激活函数。

11.3 反向传播算法

反向传播算法

11.3.1 反向传播算法概述

相较于单层神经网络,多层网络的学习能力更强。为应对多层网络的需要,D. E. Rumelhart 提出了著名的反向传播(back popagation,BP)算法,其在神经网络中产生了深远的影响。现如今大量神经网络算法仍在使用 BP 算法进行训练。

注意:BP 算法在神经网络中的应用非常广泛,本节只介绍 BP 算法训练的多层前馈神经网络。

为加快迭代速度,不同于上述感知机算法,BP 算法的目标是最小化全体训练集 T 上的累积误差 $E=\frac{1}{N}\sum_{k=1}^{N}E_k$。其中,$N$ 代表样本数;E_k 代表第 k 个样本的误差。

首先给出算法的相关定义。给定训练集 $T=\{(\boldsymbol{x}_1,\boldsymbol{y}_1),(\boldsymbol{x}_2,\boldsymbol{y}_2),\cdots,(\boldsymbol{x}_N,\boldsymbol{y}_N)\}$,如图 11-2 所示,构建了一个包含输入层、隐层(隐藏层)、输出层的神经网络。

其中,输入层神经元有 d 个,隐层神经元有 q 个,输出层神经元有 l 个。

隐层和输出层神经元都使用 Sigmoid 函数。输出层第 j 个神经元的阈值为 θ_j,隐层第 h 个神经元的阈值为 γ_h。

输入层第 i 个神经元与隐层第 h 个神经元之间的连接权值为 v_{ih},隐层第 h 个神经元与输出层第 j 个神经元之间的连接权值为 w_{hj}。

令隐层第 h 个神经元收到的输入值为 $\alpha_h=\sum_{i=1}^{d}v_{ih}x_i$,输出层第 j 个神经元收到的输入

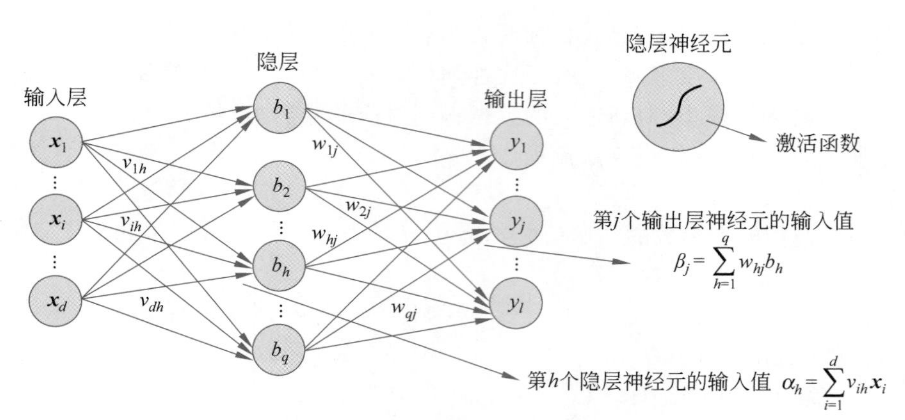

图 11-2 典型神经网络结构图

值为 $\beta_j=\sum_{h=1}^{q}w_{hj}b_h$，其中 b_h 为隐层第 h 个神经元的输出值。

11.3.2 反向传播算法流程

基于梯度下降策略，可以以目标函数的负梯度方向对参数进行调整，具体调整的步骤分以下 6 步。

(1) 假设某一个数据$(\boldsymbol{x}_k, \boldsymbol{y}_k)$在神经网络的预测输出为 $\hat{\boldsymbol{y}}_k=(\hat{y}_1^k, \hat{y}_2^k, \cdots, \hat{y}_l^k)$。如图 11-3 所示，明确此时的均方误差为 $E_k=\frac{1}{2}\sum_{j=1}^{l}(\hat{y}_j^k-y_j^k)^2$，预测输入值由 $\hat{y}_j^k=f(\beta_j-\theta_j)$ 求得。

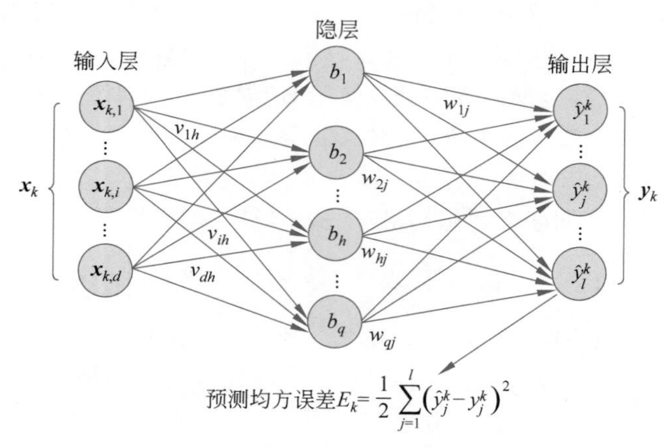

图 11-3 预测输出值均方误差示意图

(2) 利用梯度下降法对一系列参数进行求解。求解的参数有输入层到隐层的 $d\times q$ 个权值参数、隐层到输出层的 $q\times l$ 个权值参数、q 个隐层神经元的阈值、l 个输出层的阈值。

以某一参数 w 为例，求解的迭代公式为

$$w := w + \Delta w \tag{11.3}$$

其中,$\Delta w = -\eta \dfrac{\partial E_k}{\partial w}$;$\eta$ 为学习率。

(3) 基于误差反向传播的思想,首先计算输出层阈值 θ_j 的梯度$\dfrac{\partial E_k}{\partial \theta_j}$。$\hat{y}_j^k$ 直接影响 E_k,θ_j 直接影响 $\hat{y}_j^k$。利用链式法则,可得

$$\frac{\partial E_k}{\partial \theta_j} = \frac{\partial E_k}{\partial \hat{y}_j^k} \cdot \frac{\partial \hat{y}_j^k}{\partial \theta_j} \tag{11.4}$$

其中,$\dfrac{\partial E_k}{\partial \hat{y}_j^k} = \hat{y}_j^k - y_j^k$;$\dfrac{\partial \hat{y}_j^k}{\partial \theta_j} = -\hat{y}_j^k(1-\hat{y}_j^k)$。

需要注意的是,输出层激活函数使用的是 Sigmoid 函数,其导数很容易计算,为

$$f'(x) = f(x)(1 - f(x)) \tag{11.5}$$

由此可得$\dfrac{\partial \hat{y}_j^k}{\partial \theta_j}$的值。

为方便表述,令

$$g_j = \frac{\partial E_k}{\partial \theta_j} = \hat{y}_j^k(1 - \hat{y}_j^k)(y_j^k - \hat{y}_j^k) \tag{11.6}$$

如图 11-4 所示,此时 θ_j 的更新公式为

$$\theta_j := \theta_j - \eta g_j \tag{11.7}$$

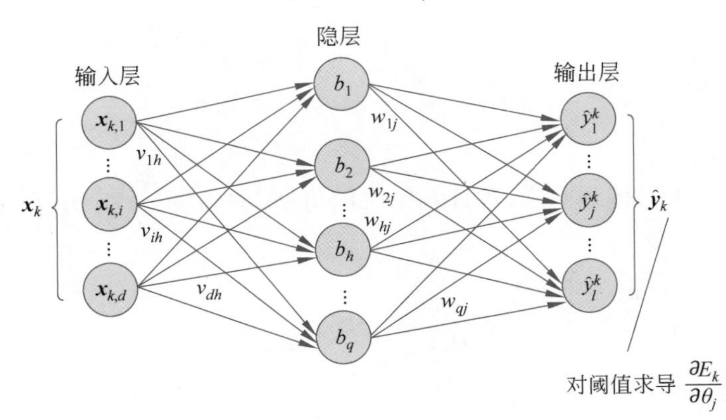

图 11-4　输出层阈值求导示意图

(4) 计算隐层到输出层连接权重 w_{hj} 的梯度$\dfrac{\partial E_k}{\partial w_{hj}}$。$\hat{y}_j^k$ 直接影响 E_k,β_j 直接影响 $\hat{y}_j^k$,w_{hj} 直接影响 β_j。基于链式法则,可得

$$\frac{\partial E_k}{\partial w_{hj}} = \frac{\partial E_k}{\partial \hat{y}_j^k} \cdot \frac{\partial \hat{y}_j^k}{\partial \beta_j} \cdot \frac{\partial \beta_j}{\partial w_{hj}} \tag{11.8}$$

其中,由第(3)步可知

$$\frac{\partial E_k}{\partial \hat{y}_j^k} = \hat{y}_j^k - y_j^k \tag{11.9}$$

由 Sigmoid 函数的定义可知

$$\frac{\partial \hat{y}_j^k}{\partial \beta_j}=\hat{y}_j^k(1-\hat{y}_j^k) \tag{11.10}$$

由 β_j 的定义可知

$$\frac{\partial \beta_j}{\partial w_{hj}}=b_h \tag{11.11}$$

综合以上公式,可得

$$\frac{\partial E_k}{\partial w_{hj}}=\hat{y}_j^k\cdot(\hat{y}_j^k-y_j^k)\cdot(1-\hat{y}_j^k)\cdot b_h=-g_j b_h \tag{11.12}$$

此时,如图 11-5 所示,隐层到输出层权重 w_{hj} 的更新公式为

$$w_{hj}:=w_{hj}+\eta g_j b_h \tag{11.13}$$

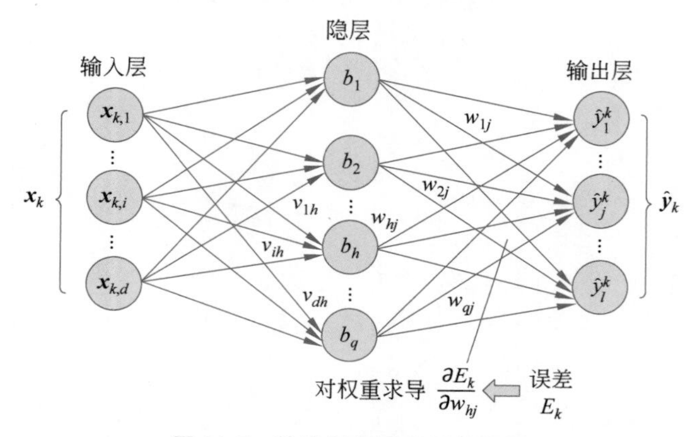

图 11-5 输出层权重求导示意图

(5) 误差进一步回传到隐层,可计算隐层阈值 γ_h 的梯度 $\frac{\partial E_k}{\partial \gamma_h}$。$b_h$ 直接影响 E_k,此外 γ_h 直接影响 b_h。

利用链式法则,可得

$$\frac{\partial E_k}{\partial \gamma_h}=\frac{\partial E_k}{\partial b_h}\cdot\frac{\partial b_h}{\partial \gamma_h} \tag{11.14}$$

其中

$$\frac{\partial E_k}{\partial b_h}=\sum_{j=1}^{l}\frac{\partial E_k}{\partial \hat{y}_j^k}\cdot\frac{\partial \hat{y}_j^k}{\partial \beta_j}\cdot\frac{\partial \beta_j}{\partial b_h}=-\sum_{j=1}^{l}g_j w_{hj} \tag{11.15}$$

$$\frac{\partial b_h}{\partial \gamma_h}=\frac{\partial}{\partial \gamma_h}f(\alpha_h-\gamma_h)=-b_h(1-b_h) \tag{11.16}$$

综上可得

$$\frac{\partial E_k}{\partial \gamma_h}=b_h(1-b_h)\sum_{j=1}^{l}w_{hj}g_j \tag{11.17}$$

为简化表示,令

$$e_h = b_h(1-b_h)\sum_{j=1}^{l} w_{hj} g_j \tag{11.18}$$

因此,如图 11-6 所示,隐层阈值的更新公式为

$$\gamma_h := \gamma_h - \eta e_h \tag{11.19}$$

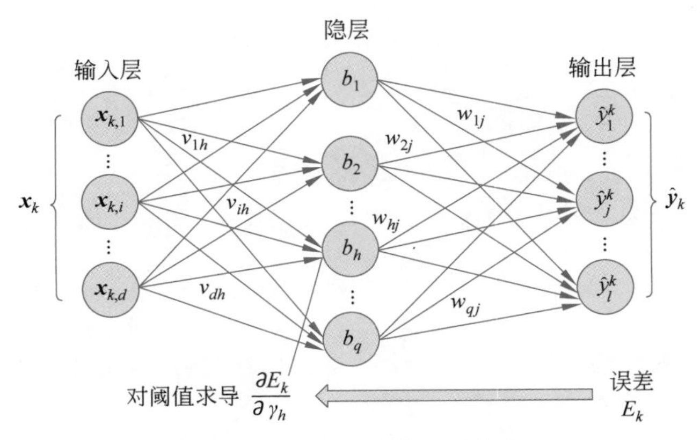

图 11-6　隐层阈值求导示意图

(6) 计算输入层到隐层连接权重 v_{ih} 的梯度 $\frac{\partial E_k}{\partial v_{ih}}$。$b_h$ 直接影响 E_k,α_h 直接影响 b_h,v_{ih} 直接影响 α_h。利用链式法则,可得

$$\frac{\partial E_k}{\partial v_{ih}} = \frac{\partial E_k}{\partial b_h} \cdot \frac{\partial b_h}{\partial \alpha_h} \cdot \frac{\partial \alpha_h}{\partial v_{ih}} \tag{11.20}$$

其中

$$\frac{\partial E_k}{\partial b_h} = -\sum_{j=1}^{l} g_j w_{hj} \tag{11.21}$$

$$\frac{\partial b_h}{\partial \alpha_h} = b_h(1-b_h) \tag{11.22}$$

$$\frac{\partial \alpha_h}{\partial v_{ih}} = x_i \tag{11.23}$$

综合以上公式可得

$$\frac{\partial E_k}{\partial v_{ih}} = -b_h(1-b_h)x_i\sum_{j=1}^{l} g_j w_{hj} = -e_h x_i \tag{11.24}$$

因此,如图 11-7 所示,输入层到隐层连接权重的更新公式为

$$v_{ih} := v_{ih} + \eta e_h x_i \tag{11.25}$$

需要注意的是,学习率 η 可控制参数的调整幅度,若幅度太大容易引起振荡而无法收敛,若幅度太小则会收敛过慢,且容易陷入局部极小点。有时为了更精确地调节参数,可为不同的参数指定不同的学习率。

以下是对 BP 算法的流程进行的总结。如图 11-8 所示,将所有输入数据送入输入层神经元,然后逐步将信号前传,经历数次权值加总激活函数映射之后,传递至输出层,获取预测标签。然后,计算得出输出层的预测误差,再将误差反向传播至隐层,根据隐层神经

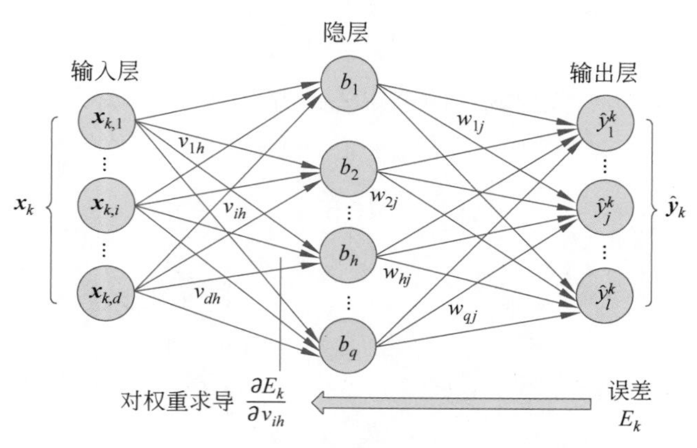

图 11-7 隐层权重求导示意图

元的误差对连接权重和阈值进行调整。上述迭代循环进行,直至达到停止条件。

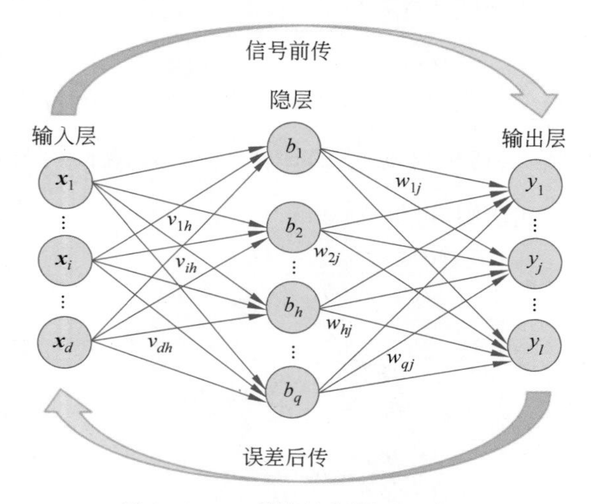

图 11-8 BP 算法流程原理示意图

BP 算法思想总结如下。

(1) 随机初始化神经网络内所有的连接权重和阈值。

(2) 给定训练数据集 $T=\{(\boldsymbol{x}_1,\boldsymbol{y}_1),(\boldsymbol{x}_2,\boldsymbol{y}_2),\cdots,(\boldsymbol{x}_N,\boldsymbol{y}_N)\}$,根据当前参数,计算样本的预测输出值$\{\hat{\boldsymbol{y}}_k\}_{k=1}^N$,并获取相应的预测误差$\{E_k\}_{k=1}^N$。

(3) 根据预测误差计算输出层神经元的梯度项 g_j。

(4) 根据隐层的预测误差计算隐层神经元的梯度项 e_h。

(5) 根据上述梯度项对连接权重 w_{hj}、v_{ih} 和阈值 θ_j、γ_h 进行更新。

(6) 若满足终止条件,则输出多层前馈神经网络的连接权重和阈值;若不满足终止条件,则回到(2)进行下一轮迭代。

11.3.3 反向传播算法总结

BP 算法性能优异,主要优点如下。

(1) 能够自适应、自主学习。BP 可以根据预设参数更新规则,通过不断调整神经网络中的参数,以达到最符合期望的输出。

(2) 拥有很强的非线性映射能力。

(3) 误差的反向传播采用的是成熟的链式法则,推导过程严谨且科学。

(4) 算法泛化能力很强。

然而,上述的 BP 算法仍存在若干缺点。

(1) 标准的 BP 算法参数众多,每次迭代需要更新的阈值和连接权重数量较多,因此收敛速度慢。上述问题随着集群计算能力的大幅度提高得以解决。

(2) 隐层含有的节点数目没有明确的准则,只能依靠不断地设置节点数试凑,根据最终的网络误差确定最终的隐层节点个数。

(3) BP 算法在训练数据不足时,常常会遇到过拟合情况,此时训练误差会随着迭代持续降低,但测试误差可能不会降低,甚至有可能会上升。目前,有两种策略可以处理上述问题。

① 从训练集中随机挑选若干数据组成验证集,若在训练中发现过拟合情况,则马上停止训练,并基于最小验证集误差对连接权重和阈值进行调整。

② 利用正则化方法,即在目标函数中增加一个控制网络复杂度的项。

(4) 需要指出,在大数据时代,训练数据呈指数级增长,模型过拟合的风险已大大降低。

(5) BP 算法是一种速度较快的梯度下降算法,还可能出现局部极小值问题。为此,还可以设计几个策略对其进行解决。

① 可以用多组不同的参数初始值进行训练,并取其中误差最小的一组解作为最终参数。

② 可以使用“模拟退火”的思想,即在每一轮迭代中都具备一定的可能性接受次优解。而接受次优解的可能性随着迭代不断降低,从而保证最终的解能收敛。

1989 年,Hornik 等人证明,在理论上利用一个包含足够多神经元隐层的多层前馈神经网络可以以任意精度逼近任意复杂度的函数。近年来,以“深度学习”为代表的复杂模型受到了学术界的广泛关注,卷积神经网络、深度信念网络等算法在图像识别等领域取得了优异的性能。目前,深度学习已经独立成为一门新的科目,有兴趣的读者可参考相关文献进行学习,本章不再展开介绍。

习题

一、单选题

1. 以下关于感知机说法错误的是(　　)。

A. 感知机是最简单的前馈式人工神经网络

B. 感知机中的偏置只改变决策边界的位置

C. 单层感知机可以用于处理非线性学习问题

D. 可为感知机的输出值设置阈值使其用于处理分类问题

2. 以下关于 Sigmoid 的特点说法错误的是(　　)。

A. Sigmoid 函数的计算量小

B. 可以将函数值的范围压缩到[0,1]

C. 函数处处连续

D. 趋向无穷的地方,函数变化很小,容易出现梯度消失的现象

3. 关于 BP 算法的特点描述错误的是(　　)。

A. 计算前不需要对训练数据进行归一化

B. 输入信号顺着输入层、隐层、输出层依次传播

C. 预测误差需逆向传播,顺序是输出层、隐层、输入层

D. 各个神经元根据预测误差对权值进行调整

4. 关于 BP 算法的优缺点说法错误的是(　　)。

A. BP 算法不能用于处理非线性分类问题

B. BP 算法训练时间较长

C. BP 算法容易陷入局部最小值

D. BP 算法训练时可能由于权值调整过大使激活函数达到饱和

5. 关于 BP 算法信号前向传播的说法正确的是(　　)。

A. BP 算法信号传播的顺序是输出层、隐层、输入层

B. BP 算法信号前向传播的计算量跟输入层神经元数目无关

C. BP 算法在计算正向传播输出值时需要考虑激活函数

D. BP 算法只有在隐层才有激活函数

6. 关于 BP 算法反向传播的说法正确的是(　　)。

A. BP 算法反向传播的预测误差值一般由真实标签值和预测标签值的差计算得来

B. BP 算法反向传播的目的是只对权值进行更新

C. BP 算法反向传播进行更新时一般用到微积分的链式法则

D. BP 算法更新量与步长关系不大

7. 以下关于学习率说法错误的是(　　)。

A. 学习率的选择不能太大也不能太小

B. 学习率太大会导致无法收敛

C. 学习率太小会使算法陷入局部极小点

D. 学习率必须是固定不变的

8. 下面关于 BP 算法总结错误的是(　　)。

A. 算法只要知道上一层神经元的阈值梯度,就能计算当前层神经元的阈值梯度和连接权值梯度

B. 当前层的连接权值梯度,取决于当前层神经元阈值梯度和上一层神经元输出值

C. 隐层的阈值梯度只与本层的神经元输出值有关

D. 隐层阈值梯度取决于隐层神经元输出值、输出层阈值梯度和隐层与输出层的连接权值

9. 为避免BP算法在迭代过程中出现局部极小值的问题,那么采取以下(　　)方法可行。

A. 尽量减小迭代的学习率

B. 在每一轮迭代中都赋予一定的概率接受次优解,但是概率随迭代不断降低

C. 令初始值为较大的值

D. 以上做法都不可行

10. Minsky在20世纪60年代末指出了神经网络算法的(　　)缺点,使神经网络算法陷入低潮。

A. 早期的神经网络算法需要训练的参数太多

B. 早期的神经网络算法无法收敛

C. 早期的神经网络算法无法处理非线性学习问题

D. 早期的神经网络的收敛速度太慢

11. 神经网络算法有时会出现过拟合情况,那么采取以下(　　)方法解决过拟合更为可行。

A. 为参数选取多组初始值,分别训练,再选取一组作为最优值

B. 增大学习的步长

C. 减少训练数据集中数据的数量

D. 设置一个正则项减小模型的复杂度

12. 以下关于极限学习机(ELM)说法错误的是(　　)。

A. ELM有多个隐层

B. ELM学习速度非常快,因为需要更新的变量数目很少

C. ELM隐层的权值是初始时随机赋值的,在迭代中不对其进行更新

D. ELM也分输入层、隐层和输出层3层

二、多选题

1. 在隐层中常用的激活函数有(　　)。

A. Sigmoid　　B. cos　　C. tanh　　D. ReLU

2. 一般的多层感知器包含的神经元层次有(　　)。

A. 输入层　　B. 输出层　　C. 卷积层　　D. 隐层

3. 关于BP算法的优点说法正确的是(　　)。

A. BP算法能够自适应学习

B. BP算法有很强的非线性映射能力

C. BP算法反向传播采用链式法则,推导过程严谨

D. BP算法泛化能力不强

4. 关于BP算法的缺点说法正确的是(　　)。

A. BP算法更新没有明确的公式,需要不断试凑,才能决定隐层节点数量

B. BP算法涉及的参数数量很多,因此更新速度慢

C. BP算法迭代速度不快,即使提高学习率也无济于事

D. BP 算法很容易陷入局部极小值问题

三、判断题

1. BP 算法"喜新厌旧",在学习新样本后,会把旧样本逐渐遗忘。 ( )
2. BP 算法的正向传播是为了获取训练误差。 ( )
3. BP 算法的反向传播是为了对权值进行调整。 ( )
4. BP 算法陷入局部极小值的问题可通过更换激活函数解决。 ( )

参考文献

[1] 李航. 统计学习方法[M]. 2 版. 北京:清华大学出版社,2019.
[2] 周志华. 机器学习[M]. 北京:清华大学出版社,2016.
[3] NG A. Machine learning [EB/OL]. Stanford University, 2014. https://www.coursera.org/course/ml.
[4] BISHOP C M. Pattern recognition and machine learning[M]. New York: Springer,2006.
[5] MINSKY, MARVIN, PAPERT, et al. Perceptrons: an introduction to computational geometry [J]. The MIT Press, 1969.
[6] RUMELHART D E, HINTON G E, WILLIAMS R J. Learning representations by back-propagating errors[J]. Nature, 1986, 323(6088): 533-536.
[7] BISHOP C M. Neural networks for pattern recognition[J]. Advances in Computers, 1993, 37: 119-166.
[8] LECUN Y, BENGIO Y. Convolutional networks for images, speech, and time series[J]. The Handbook of Brain Theory and Neural Networks, 1995, 3361(10): 1995.

第12章

支持向量机

12.1 支持向量机概述

在监督学习中，许多学习算法的性能都非常类似，有一个更加强大的算法广泛地应用于工业界和学术界，它被称为支持向量机（support vector machine，SVM）。支持向量机是一类按监督学习方式对数据进行二元分类的广义线性分类器，其决策边界是对学习样本求解的最大边距超平面（maximum-margin hyperplane）。与逻辑回归和神经网络相比，支持向量机在学习复杂的非线性方程时提供了一种更清晰、更强大的方式。

12.1.1 算法思想

找到集合边缘上的若干数据（称为支持向量（support vector）），用这些点找出一个平面（称为决策面），使支持向量到该平面的距离最大。

如图12-1所示，红色线（见彩插）为决策边界，在理想的线性可分的情况下其决策平面会有多个。而支持向量机的基本模型是在特征空间上找到最佳的分离超平面使训练集上正负样本间隔最大，支持向量机算法计算出来的分界会保留对类别最大的间距，即有足够的余量。

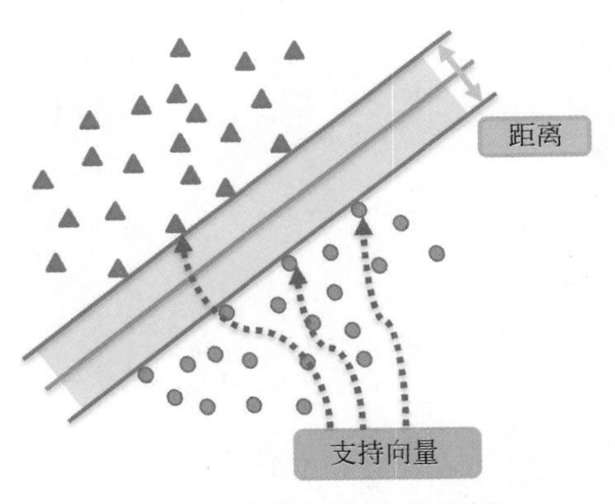

图12-1 支持向量机（见彩插）

12.1.2 背景知识

回顾平面几何的知识，任意超平面可以用下面这个线性方程来描述(图中红色的分界线为决策平面)：

$$\boldsymbol{w}^{\mathrm{T}}\boldsymbol{x}+b=0 \tag{12.1}$$

二维空间点(x,y)到直线$Ax+By+C=0$的距离公式是

$$d=\frac{|Ax+By+C|}{\sqrt{A^2+B^2}} \tag{12.2}$$

扩展到n维空间后，点$\boldsymbol{x}=(x_1,x_2,\cdots,x_n)$到超平面$\boldsymbol{w}^{\mathrm{T}}\boldsymbol{x}+b=0$的距离为

$$\frac{|\boldsymbol{w}^{\mathrm{T}}\boldsymbol{x}+b|}{||\boldsymbol{w}||} \tag{12.3}$$

其中，$||\boldsymbol{w}||$为$\boldsymbol{w}$的二范数，$||\boldsymbol{w}||=\sqrt{w_1^2+w_2^2+\cdots+w_n^2}$。

如图12-2所示，根据支持向量的定义可知，支持向量到超平面的距离为d，其他点到超平面的距离大于d。每个支持向量到超平面的距离可以写为

$$d=\frac{|\boldsymbol{w}^{\mathrm{T}}\boldsymbol{x}+b|}{||\boldsymbol{w}||} \tag{12.4}$$

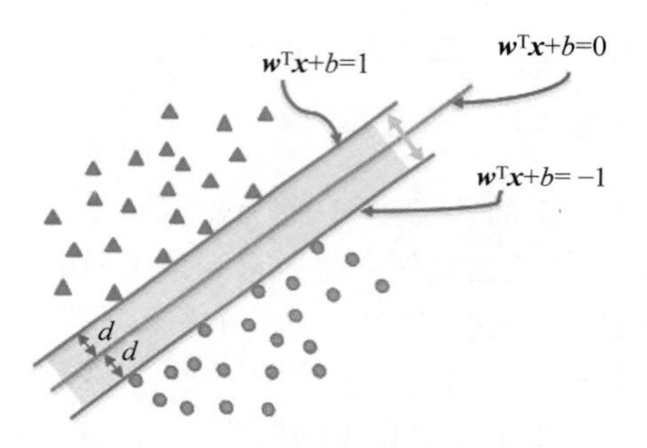

图 12-2　支持向量机的背景知识

于是有这样的一个公式：

$$\begin{cases}\dfrac{\boldsymbol{w}^{\mathrm{T}}\boldsymbol{x}+b}{\|\boldsymbol{w}\|}\geqslant d, & y=1\\ \dfrac{\boldsymbol{w}^{\mathrm{T}}\boldsymbol{x}+b}{\|\boldsymbol{w}\|}\leqslant -d, & y=-1\end{cases} \tag{12.5}$$

稍做转化可以得到：

$$\begin{cases}\dfrac{\boldsymbol{w}^{\mathrm{T}}\boldsymbol{x}+b}{\|\boldsymbol{w}\|d}\geqslant 1, & y=1\\ \dfrac{\boldsymbol{w}^{\mathrm{T}}\boldsymbol{x}+b}{\|\boldsymbol{w}\|d}\leqslant -1, & y=-1\end{cases} \tag{12.6}$$

$||\boldsymbol{w}||d$是正数，暂且令它为1(之所以令它等于1，是为了方便推导和优化，且这样做对目标函数的优化没有影响)，故

$$\begin{cases} \boldsymbol{w}^{\mathrm{T}}\boldsymbol{x}+b \geqslant 1, & y=1 \\ \boldsymbol{w}^{\mathrm{T}}\boldsymbol{x}+b \leqslant -1, & y=-1 \end{cases} \tag{12.7}$$

将两个方程合并，可以简写为

$$y(\boldsymbol{w}^{\mathrm{T}}\boldsymbol{x}+b) \geqslant 1 \tag{12.8}$$

至此可以得到最大间隔超平面的上下两个超平面：

$$d=\frac{|\boldsymbol{w}^{\mathrm{T}}\boldsymbol{x}+b|}{||\boldsymbol{w}||} \tag{12.9}$$

图 12-3 表达了线性可分、硬间隔、软间隔和线性不可分这 4 种情况。假如数据是完全的线性可分的，那么学习到的模型可以称为硬间隔支持向量机。换个说法，硬间隔指完全分类准确，不能存在分类错误的情况。软间隔允许一定量的样本分类错误。

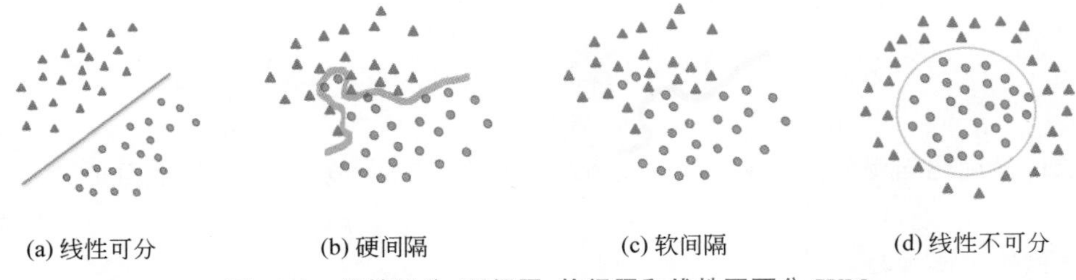
(a) 线性可分　(b) 硬间隔　(c) 软间隔　(d) 线性不可分

图 12-3　线性可分、硬间隔、软间隔和线性不可分 SVM

支持向量机一般来说有 3 种任务类型：线性可分情况、近似线性可分情况及线性不可分情况。针对这 3 种情况，分别为线性可分支持向量机、线性支持向量机和线性不可分支持向量机。

(1) 当训练样本线性可分时，通过硬间隔最大化，学习一个线性可分支持向量机。

(2) 当训练样本近似线性可分时，通过软间隔最大化，学习一个线性支持向量机。

(3) 当训练样本线性不可分时，通过核技巧和软间隔最大化，学习一个非线性支持向量机。

本书对这 3 种支持向量机进行介绍。

12.2　线性可分支持向量机

线性可分支持向量机

12.2.1　算法思想

支持向量机最简单的情况是线性可分支持向量机或硬间隔支持向量机。构建它的条件是训练数据线性可分，其学习策略是最大间隔法。

根据平面几何的知识，点到面的距离公式：

$$d=\frac{|Ax_0+By_0+Cz_0+D|}{\sqrt{A^2+B^2+C^2}} \tag{12.10}$$

根据支持向量的定义可知，支持向量到超平面的距离为 d，其他点到超平面的距离大于 d。每个支持向量到超平面的距离可以写为

$$d=\frac{|\boldsymbol{w}^{\mathrm{T}}\boldsymbol{x}+b|}{||\boldsymbol{w}||} \tag{12.11}$$

支持向量机的最终目的是最大化 d。

函数间隔：$d^*=y_i(\boldsymbol{w}^{\mathrm{T}}\boldsymbol{x}+b)$。

几何间隔：$d=\frac{y(\boldsymbol{w}^{\mathrm{T}}\boldsymbol{x}+b)}{||\boldsymbol{w}||}$，当数据被正确分类时，几何间隔就是点到超平面的距离。

为了求几何间隔最大，SVM 基本问题可以转化为求解 $\frac{d^*}{||\boldsymbol{w}||}$ 的极值 $\left(\frac{d^*}{||\boldsymbol{w}||}\text{为几何间隔},d^*\text{为函数间隔}\right)$，可以表示为凸二次规划问题，其原始最优化问题为

$$\begin{gathered}\max_{w,b}\frac{d^*}{||\boldsymbol{w}||}\\ \text{(subject to)}\,y_i(\boldsymbol{w}^{\mathrm{T}}\boldsymbol{x}_i+b)\geqslant d^*,\quad i=1,2,\cdots,m\end{gathered} \tag{12.12}$$

求得最优化问题的解为 $\boldsymbol{w}^*$、b^*，得到线性可分支持向量机，分离超平面是

$$\boldsymbol{w}^{*\mathrm{T}}\boldsymbol{x}+b^*=0 \tag{12.13}$$

分类决策函数是

$$f(\boldsymbol{x})=\operatorname{sign}(\boldsymbol{w}^{*\mathrm{T}}\boldsymbol{x}+b^*) \tag{12.14}$$

线性可分支持向量机的最优解存在且唯一。位于间隔边界上的实例点为支持向量。最优分离超平面由支持向量完全决定。

12.2.2 求解步骤

1. 转化为凸函数

先令 $d^*=1$，方便计算(参照衡量，不影响评价结果)。

$$\begin{gathered}\max_{w,b}\frac{1}{||\boldsymbol{w}||}\\ \text{s.t. }y_i(\boldsymbol{w}^{\mathrm{T}}\boldsymbol{x}_i+b)\geqslant 1,\quad i=1,2,\cdots,m\end{gathered} \tag{12.15}$$

再将 $\max_{w,b}\frac{1}{||\boldsymbol{w}||}$ 转化成 $\min_{w,b}\frac{1}{2}||\boldsymbol{w}||^2$ 求解凸函数，1/2 是为了求导之后方便计算。

$$\begin{gathered}\min_{w,b}\frac{1}{2}||\boldsymbol{w}||^2\\ \text{s.t. }y_i(\boldsymbol{w}^{\mathrm{T}}\boldsymbol{x}_i+b)\geqslant 1,\quad i=1,2,\cdots,m\end{gathered} \tag{12.16}$$

2. 用拉格朗日乘子法和 KKT 条件求解最优值：

$$\begin{gathered}\min_{w,b}\frac{1}{2}||\boldsymbol{w}||^2\\ \text{s.t. }-y_i(\boldsymbol{w}^{\mathrm{T}}\boldsymbol{x}_i+b)+1\leqslant 0,\quad i=1,2,\cdots,m\end{gathered} \tag{12.17}$$

整合成

$$L(\boldsymbol{w},b,\boldsymbol{\alpha})=\frac{1}{2}||\boldsymbol{w}||^2+\sum_{i=1}^{m}\alpha_i(-y_i(\boldsymbol{w}^{\mathrm{T}}\boldsymbol{x}_i+b)+1) \tag{12.18}$$

其中，α 为拉格朗日乘子。

根据 Karush-Kuhn-Tucker(KKT)条件，$L(\boldsymbol{w},b,\boldsymbol{\alpha})$分别对 $\boldsymbol{w}$ 和 b 求偏导，得到

$$\frac{\partial}{\partial \boldsymbol{w}}L(\boldsymbol{w},b,\boldsymbol{\alpha})=\boldsymbol{w}-\sum_{i=1}^{m}\alpha_i y_i\boldsymbol{x}_i=0,\quad \boldsymbol{w}=\sum_{i=1}^{m}\alpha_i y_i\boldsymbol{x}_i \tag{12.19}$$

$$\frac{\partial}{\partial b}L(\boldsymbol{w},b,\alpha)=\sum_{i=1}^{m}\alpha_i y_i=0 \tag{12.20}$$

将式(12.18)和式(12.19)两个条件代入 $L(\boldsymbol{w},b,\alpha)$，得到

$$\begin{aligned}\min_{w,b}L(\boldsymbol{w},b,\boldsymbol{\alpha})&=\frac{1}{2}||\boldsymbol{w}||^2+\sum_{i=1}^{m}\alpha_i(-y_i(\boldsymbol{w}^{\mathrm{T}}\boldsymbol{x}_i+b)+1)\\&=\frac{1}{2}\boldsymbol{w}^{\mathrm{T}}\boldsymbol{w}-\sum_{i=1}^{m}\alpha_i y_i\boldsymbol{w}^{\mathrm{T}}\boldsymbol{x}_i-b\sum_{i=1}^{m}\alpha_i y_i+\sum_{i=1}^{m}\alpha_i\\&=\frac{1}{2}\boldsymbol{w}^{\mathrm{T}}\sum_{i=1}^{m}\alpha_i y_i\boldsymbol{x}_i-\sum_{i=1}^{m}\alpha_i y_i\boldsymbol{w}^{\mathrm{T}}\boldsymbol{x}_i+\sum_{i=1}^{m}\alpha_i\\&=\sum_{i=1}^{m}\alpha_i-\frac{1}{2}\sum_{i=1}^{m}\alpha_i y_i\boldsymbol{w}^{\mathrm{T}}\boldsymbol{x}_i\\&=\sum_{i=1}^{m}\alpha_i-\sum_{i,j=1}^{m}\alpha_i\alpha_j y_i y_j(\boldsymbol{x}_i\cdot\boldsymbol{x}_j)\end{aligned} \tag{12.21}$$

再把最大化问题转换成最小化问题：

$$\max_{\alpha}\sum_{i=1}^{m}\alpha_i-\frac{1}{2}\sum_{i,j=1}^{m}\alpha_i\alpha_j y_i y_j(\boldsymbol{x}_i\cdot\boldsymbol{x}_j)=\min_{\alpha}\frac{1}{2}\sum_{i,j=1}^{m}\alpha_i\alpha_j y_i y_j(\boldsymbol{x}_i\cdot\boldsymbol{x}_j)-\sum_{i=1}^{m}\alpha_i$$

$$\text{s.t.}\ \sum_{i=1}^{m}\alpha_i y_i=0,\alpha_i\geqslant 0,i=1,2,\cdots,m \tag{12.22}$$

得到最优解：

$$\boldsymbol{\alpha}^*=(\alpha_1^*,\alpha_2^*,\cdots,\alpha_m^*)^{\mathrm{T}} \tag{12.23}$$

解出后，代入超平面模型也就是

$$y=\boldsymbol{w}^{*\mathrm{T}}\boldsymbol{x}+b^*=\sum_{i=1}^{m}\alpha_i^* y_i(\boldsymbol{x}_i\cdot\boldsymbol{x}_j)+b^* \tag{12.24}$$

可得

$$b^*=y-\sum_{i=1}^{m}\alpha_i^* y_i(\boldsymbol{x}_i\cdot\boldsymbol{x}_j) \tag{12.25}$$

$$\boldsymbol{w}^*=\sum_{i=1}^{m}\alpha_i^* y_i\boldsymbol{x}_i \tag{12.26}$$

以上为 SVM 对偶问题的对偶形式，分离超平面可以表达为

$$\sum_{i=1}^{m}\alpha_i^* y_i(\boldsymbol{x}_i\cdot\boldsymbol{x}_j)+b^*=0 \tag{12.27}$$

线性支持向量机

12.3 线性支持向量机

在现实中训练数据是线性可分的情形较少,训练数据往往是近似线性可分的,这时使用线性支持向量机或软间隔支持向量机。线性支持向量机是最基本的支持向量机。

图 12-4 是软间隔支持向量机的示例,红色是决策边界(见彩插),允许有少量样本分类错误。

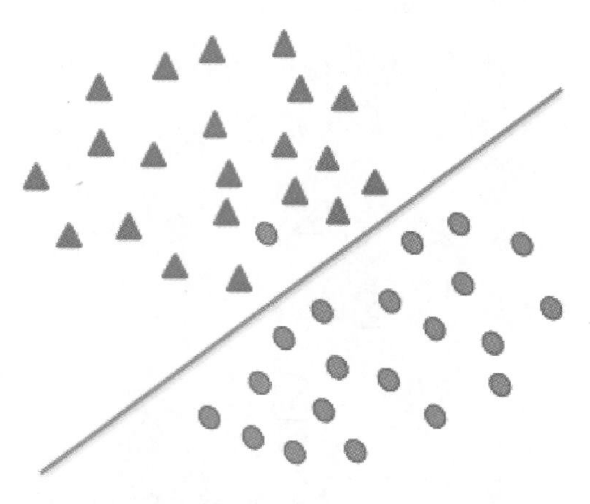

图 12-4 软间隔支持向量机的示例(见彩插)

12.3.1 松弛变量

若数据线性不可分,则可以引入松弛变量 $\xi \geqslant 0$,使函数间隔加上松弛变量大于或等于 1,即

$$\xi_i = \max(0, 1 - y_i(\boldsymbol{w}^{\mathrm{T}}\boldsymbol{x}_i + b)) \tag{12.28}$$

对应的目标函数变为

$$\frac{1}{2}\|\boldsymbol{w}\|^2 + C\sum_{i=1}^{m}\xi_i \tag{12.29}$$

其中,C 为惩罚系数,表示对误分类点的惩罚力度。

12.3.2 求解步骤

使函数间隔加上松弛变量大于或等于 1,使其"可分",得到线性支持向量机学习的凸二次规划问题,则目标函数

$$\min_{\boldsymbol{w},b,\xi} \frac{1}{2}\|\boldsymbol{w}\|^2 + C\sum_{i=1}^{m}\xi_i \tag{12.30}$$

$$\text{s.t. } y_i(\boldsymbol{w}^{\mathrm{T}}\boldsymbol{x}_i + b) \geqslant 1 - \xi_i, \quad i = 1, 2, \cdots, m; \xi_i \geqslant 0, \quad i = 1, 2, \cdots, m$$

每个样本都有一个对应的松弛变量,表征该样本不满足约束的程度。求解原始最优化问题的解 $\boldsymbol{w}^*$ 和 b^*,得到线性支持向量机,其分离超平面为

$$\boldsymbol{w}^{*\mathrm{T}}\boldsymbol{x} + b^* = 0 \tag{12.31}$$

分类决策函数为

$$f(x)=\text{sign}(\boldsymbol{w}^{*\mathrm{T}}\boldsymbol{x}+b^{*}) \tag{12.32}$$

线性可分支持向量机的解 $\boldsymbol{w}^{*}$ 唯一但 b^{*} 不唯一。对偶问题是：

$$\begin{aligned}&\max_{\alpha}\sum_{i=1}^{m}\alpha_i-\frac{1}{2}\sum_{i,j=1}^{m}\alpha_i\alpha_j y_i y_j(\boldsymbol{x}_i\cdot\boldsymbol{x}_j)\\&=\min_{\alpha}\frac{1}{2}\sum_{i,j=1}^{m}\alpha_i\alpha_j y_i y_j(\boldsymbol{x}_i\cdot\boldsymbol{x}_j)-\sum_{i=1}^{m}\alpha_i\\&\text{s.t.}\ \sum_{i=1}^{m}\alpha_i y_i=0,0\leqslant\alpha_i\leqslant C,\quad i=1,2,\cdots,m\end{aligned} \tag{12.33}$$

C 为惩罚参数，C 值越大，对分类的惩罚越大。跟线性可分求解的思路一致，同样这里先用拉格朗日乘子法得到拉格朗日函数，再求其对偶问题。

线性支持向量机的对偶学习算法，首先求解对偶问题得到最优解 α^{*}，然后求原始问题最优解 $\boldsymbol{w}^{*}$ 和 b^{*}，得出分离超平面和分类决策函数。

解出后，代入超平面模型

$$\boldsymbol{w}^{*\mathrm{T}}\boldsymbol{x}+b^{*}=0 \tag{12.34}$$

可得

$$b^{*}=\boldsymbol{y}-\sum_{i=1}^{m}\alpha_i^{*}y_i(\boldsymbol{x}_i\cdot\boldsymbol{x}_j) \tag{12.35}$$

$$\boldsymbol{w}^{*}=\sum_{i=1}^{m}\alpha_i^{*}y_i\boldsymbol{x}_i \tag{12.36}$$

其中，$0<\alpha_i^{*}<C$。

对偶问题的解 α^{*} 中满 $\alpha_i^{*}>0$ 的实例点 $\boldsymbol{x}_i$ 称为支持向量。支持向量可在间隔边界上，也可在间隔边界与分离超平面之间，或者在分离超平面误分一侧。最优分离超平面由支持向量完全决定。

线性支持向量机学习等价于最小化二阶范数正则化的合页函数（hinge loss function）：

$$\sum_{i=1}^{N}[1-y_i(\boldsymbol{w}^{\mathrm{T}}\boldsymbol{x}_i+b)]_{+}+\lambda\|\boldsymbol{w}\|^{2} \tag{12.37}$$

其中，下标"+"表示以下取正值的函数，合页损失函数的图像如图 12-5 蓝色线所示（见彩插），像门上装的合页，所以叫合页损失函数。

在图 12-5 中，绿色线（见彩插）表示 0-1 损失函数，可以认为它是二类分类问题的真正的损失函数，而合页损失函数是 0-1 损失函数的上界，由于 0-1 损失函数不是连续可导的，直接优化由其构成的目标函数比较困难，可以认为线性支持向量机是优化 0-1 损失函数的上界（合页损失函数）构成的目标函数。这时的上界损失函数又称为代理损失函数（surrogate loss function）。

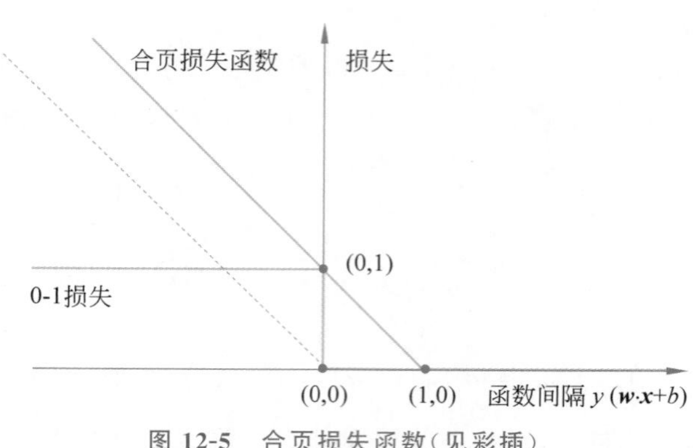

图 12-5 合页损失函数(见彩插)

线性不可分支持向量机

12.4 线性不可分支持向量机

12.4.1 算法思想

线性不可分支持向量机即非线性支持向量机,对于输入空间中的非线性分类问题,可以通过非线性变换将它转化为某个高维特征空间中的线性分类问题,在高维特征空间中学习线性支持向量机。由于在线性支持向量机学习的对偶问题里,目标函数和分类决策函数都只涉及实例与实例之间的内积,所以不需要显式地指定非线性变换,这时,需要引入一个新的概念——核函数。它可以将样本从原始空间映射到一个更高维的特质空间中,使样本在新的空间中线性可分,见图 12-6。这样就可以使用原来的推导来进行计算,只是所有的推导是在新的空间中进行,而不是在原来的空间中进行,即用核函数来替换当中的内积。

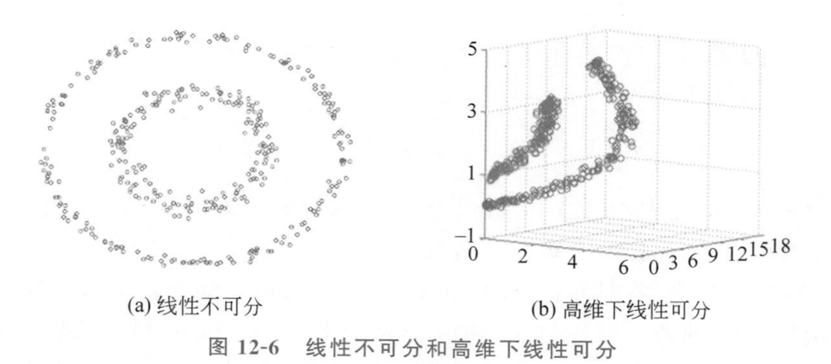

(a) 线性不可分　　(b) 高维下线性可分

图 12-6 线性不可分和高维下线性可分

12.4.2 核技巧

用核函数来替换原来的内积,即通过一个非线性转换后的两个样本间的内积。如图 12-7 所示,具体地,$K(\boldsymbol{x},\boldsymbol{z})$是一个核函数或正定核,意味着存在一个从输入空间到特征空间的映射,对于任意空间输入的 $\boldsymbol{x}$、$\boldsymbol{z}$ 有

$$K(\boldsymbol{x},\boldsymbol{z})=\phi(\boldsymbol{x})\cdot\phi(\boldsymbol{z}) \tag{12.38}$$

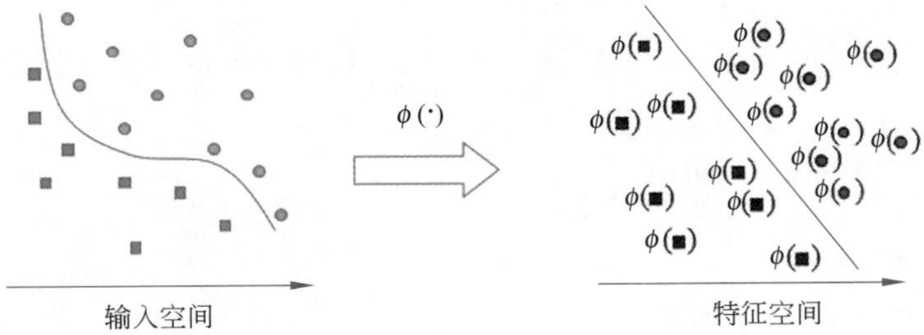

图 12-7 核技巧

在线性支持向量机学习的对偶问题中，用核函数 $K(\boldsymbol{x},\boldsymbol{z})$ 替代内积，求解得到的就是非线性支持向量机。

$$f(\boldsymbol{x})=\operatorname{sign}\left(\sum_{i=1}^{N}\alpha_i^* y_i K(\boldsymbol{x},\boldsymbol{x}_i)+b^*\right) \tag{12.39}$$

12.4.3 常用核函数

常见的核函数有以下 3 种。

1. 线性核函数

$$K(\boldsymbol{x}_i,\boldsymbol{x}_j)=\boldsymbol{x}_i^{\mathrm{T}}\boldsymbol{x}_j \tag{12.40}$$

2. 多项式核函数

$$K(\boldsymbol{x}_i,\boldsymbol{x}_j)=(\boldsymbol{x}_i^{\mathrm{T}}\boldsymbol{x}_j)^d \tag{12.41}$$

3. 高斯核函数

高斯核函数也称为 RBF 核函数或径向基核函数。

$$K(\boldsymbol{x}_i,\boldsymbol{x}_j)=\exp\left(-\frac{||\boldsymbol{x}_i-\boldsymbol{x}_j||}{2\gamma^2}\right) \tag{12.42}$$

在这 3 个常用的核函数中，只有高斯核函数是需要调参的，即 γ 是高斯核函数的超参数。

12.4.4 支持向量机的超参数

支持向量机的超参数主要有两个：γ 和 C。

γ 是高斯核函数的超参数，γ 值越大，支持向量越少；γ 值越小，支持向量越多。

C 是惩罚系数，即对误差的宽容度。C 越高，说明越不能容忍出现误差，容易过拟合；C 越小，容易欠拟合。

图 12-8 是 SVM 调参的一个案例，可以观察超参数对分类结果的影响。

图 12-8(a)和图 12-8(b)比较，γ 不变，图 12-8(a)的 C 比较小，从图中可以看出，图 12-8(b)的分类效果优于图 12-8(a)。

图 12-8(a)和图 12-8(c)比较,C 不变,图 12-8(c)的 γ 比较大,图 12-8(a)显然过拟合了,图 12-8(c)的分类效果优于图 12-8(a)。

图 12-8(c)和图 12-8(d)比较,C 变大,γ 不变,从图中可以看出,图 12-8(d)的分类效果优于图 12-8(c)。

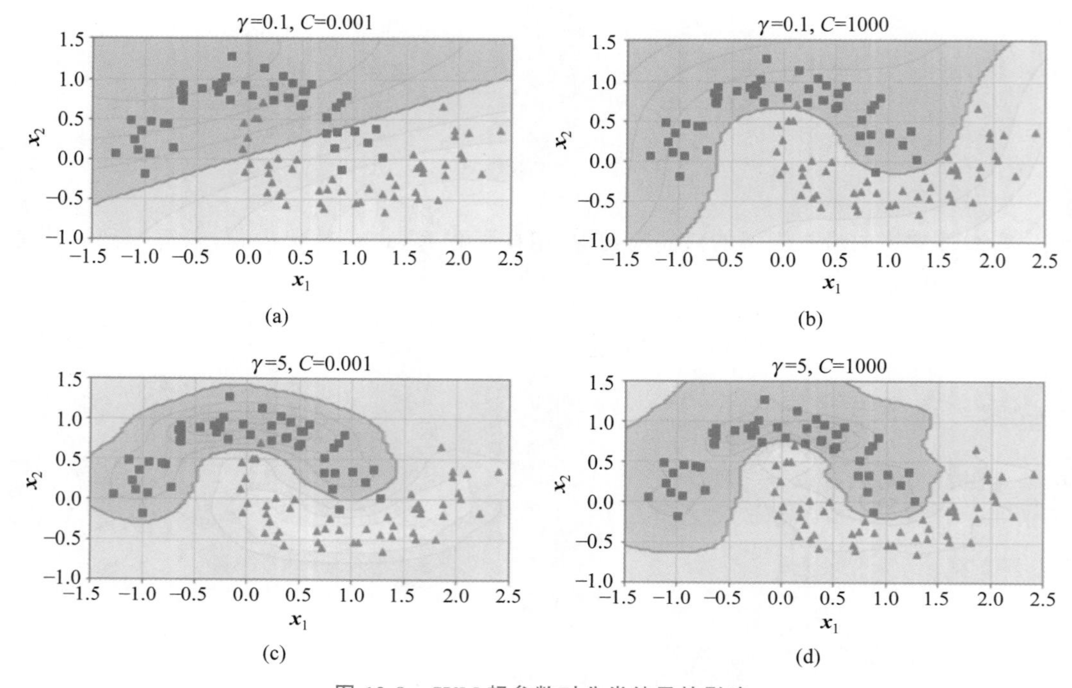

图 12-8 SVM 超参数对分类结果的影响

12.5 支持向量机算法总结

支持向量机是一个广泛地应用于工业界和学术界的算法,其决策边界是对学习样本求解的最大边距超平面(maximum-margin hyperplane)。在学习复杂的非线性方程时,支持向量机提供了一种更清晰、更强大的方式。

12.5.1 支持向量机普遍使用的准则

设 n 为特征数,m 为训练样本数。

(1) 如果相较于 m 而言,n 要大许多。即,训练集数据量不够支持训练一个复杂的非线性模型,则选用逻辑回归模型或不带核函数的支持向量机。

(2) 如果 n 较小,而且 m 大小中等。例如,n 在 1～1000,而 m 在 10～10 000,使用高斯核函数的支持向量机。

(3) 如果 n 较小,而 m 较大。例如,n 在 1～1000,而 m 大于 50 000,则使用支持向量机会非常慢,解决方案是创造、增加更多的特征,然后使用逻辑回归或不带核函数的支持向量机。

12.5.2　算法优缺点

支持向量机算法具有以下优缺点。

1. 优点

(1) 使用核函数可以向高维空间进行映射。
(2) 使用核函数可以解决非线性的分类。
(3) 分类思想很简单,就是将样本与决策面的间隔最大化。
(4) 分类效果较好。

2. 缺点

(1) 支持向量机算法对大规模训练样本难以实施。
(2) 用支持向量机算法解决多分类问题存在一定困难。
(3) 对缺失数据敏感,对参数和核函数的选择敏感。

习题

支持向量机
代码练习

一、单选题

1. 对于在原空间中的线性不可分问题,支持向量机(　　)。
   A. 在原空间中寻找非线性函数的划分数据
   B. 无法处理
   C. 在原空间中寻找线性函数的划分数据
   D. 将数据映射到核空间中
2. 关于各类核函数的优缺点说法错误的是(　　)。
   A. 线性核计算简单,可解释性强
   B. 高斯核能够应对较为复杂的数据
   C. 多项式核需要多次特征转换
   D. 高斯核计算简单,不容易过拟合
3. 关于支持向量机中硬间隔和软间隔的说法错误的是(　　)。
   A. 软间隔允许一定的样本分类错误
   B. 硬间隔要求所有数据分类完全准确,不允许出现错误
   C. 软间隔有利于获取更大的分类间隔
   D. 硬间隔有利于消除模型的过拟合
4. 如果一个样本空间线性可分,那么,能找到(　　)个平面来划分样本。
   A. 不确定　　B. 1　　C. 无数　　D. 2
5. SVM 算法的最小时间复杂度是 $O(n^2)$。基于这一点,以下(　　)规格的数据集

并不适用于该算法。

A. 大数据集　　B. 小数据集

C. 中数据集　　D. 不受数据集大小的影响

6. 线性 SVM 和一般线性分类器的区别主要是(　　)。

A. 是否进行了空间映射　　B. 是否确保间隔最大化

C. 是否能处理线性不可分问题　　D. 训练误差通常较低

7. 在 SVM 中,margin 的含义是(　　)。

A. 差额　　B. 损失误差　　C. 间隔　　D. 幅度

8. SVM 算法的性能取决于(　　)。

A. 核函数的选择　　B. 核函数的参数　　C. 软间隔参数 C

D. 以上所有

9. SVM 中的代价参数 C 表示(　　)。

A. 交叉验证的次数

B. 用到的核函数

C. 在分类准确性和模型复杂度之间的权衡

D. 以上都不对

10. 一个正例(2,3),一个负例(0,−1),下面(　　)是 SVM 超平面。

A. $2x+y-4=0$　　B. $2y+x-5=0$

C. $x+2y-3=0$　　D. 无法计算

11. 以下关于 SVM 原理描述不正确的是(　　)。

A. 当训练样本线性可分时,通过硬间隔最大化,学习一个线性分类器,即线性可分支持向量机

B. 当训练数据近似线性可分时,引入松弛变量,通过软间隔最大化,学习一个线性分类器,即线性支持向量机

C. 当训练数据线性不可分时,通过使用核技巧及软间隔最大化,学习非线性支持向量机

D. SVM 的基本模型是在特征空间中寻找间隔最小化的分离超平面的线性分类器

12. 设 n 为特征数,m 为训练样本数。以下关于 SVM 普遍使用的准则描述不正确的是(　　)。

A. 如果相较于 m 而言,n 要大许多,即训练集数据量不够支持训练一个复杂的非线性模型,则选用逻辑回归模型或不带核函数的支持向量机

B. 如果 n 较小,而且 m 大小中等,例如,n 在 1~1000,而 m 在 10~10 000,使用高斯核函数的支持向量机

C. 支持向量机理论上不能处理太多的特征

D. 如果 n 较小,而 m 较大,例如,n 在 1~1000,而 m 大于 50 000,则使用支持向量机会非常慢,解决方案是创造、增加更多的特征,然后使用逻辑回归或不带核函数的支持向量机

二、多选题

1. 以下关于支持向量机的说法正确的是(　　)。

A. SVM 适用于大规模数据集

B. SVM 分类思想就是将分类面之间的间隔最小化

C. SVM 方法简单,鲁棒性较好

D. SVM 分类面取决于支持向量

2. 支持向量机常用的核函数有(　　)。

A. 高斯核　　B. 拉普拉斯核　　C. 线性核　　D. 多项式核

3. 下面关于支持向量机的描述正确的是(　　)。

A. 是一种监督学习的方法　　B. 可用于多分类的问题

C. 支持非线性的核函数　　D. 是一种生成模型

4. 下面关于 SVM 的描述正确的是(　　)。

A. 支持向量机模型是定义在特征空间上的间隔最大的线性分类器

B. 支持向量机可以通过核方法变成非线性分类器

C. 支持向量机的学习策略就是间隔最大化

D. 支持向量机训练时,数据不需要归一化或标准化

三、判断题

1. SVM 是这样一个分类器,它寻找具有最小边缘的超平面,因此它也经常被称为最小间隔分类器(minimal margin classifier)。　(　　)

2. SVM 的数据需要归一化或标准化。　(　　)

3. 支持向量是最靠近决策表面的数据点。　(　　)

4. 在 SVM 中核函数将高维空间中的数据映射到低维空间。　(　　)

参考文献

[1] CORTES C, VAPNIK V. Support-vector networks[J]. Machine learning, 1995, 20(3): 273-297.

[2] NG A. Machine learning [EB/OL]. Stanford University, 2014. https://www.coursera.org/course/ml.

[3] 李航. 统计学习方法[M]. 2 版. 北京:清华大学出版社,2019.

[4] HASTIE T, TIBSHIRANI R, FRIEDMAN J. The elements of statistical learning[M]. New York: Springer,2001.

[5] BISHOP C M. Pattern recognition and machine learning[M]. New York: Springer,2006.

[6] BOYD S, VANDENBERGHE L. Convex optimization[M]. Cambridge: Cambridge University Press, 2004.

[7] PLATT J. Sequential minimal optimization: a fast algorithm for training support vector machines [J]. Advances in Kernel Methods-Support Vector Learning, 1998, 208.

第13章 聚　　类

无监督学习概述

13.1 聚类概述

13.1.1 无监督学习概述

什么是无监督学习呢？在本书第1章曾简单地介绍过无监督学习，然而，还是有必要将其与监督学习做一下比较。

设训练集为 x，标签为 y。

1. 监督学习

在一个典型的监督学习中，训练集有标签 $\boldsymbol{y}$，监督学习的目标是找到能够区分正样本和负样本的决策边界，需要据此拟合一个假设函数。

2. 无监督学习

与监督学习不同的是，在无监督学习中，数据没有附带任何标签 y。

无监督学习主要分为聚类、降维、关联规则、推荐系统等4方面。

1）聚类(clustering)

如何将教室里的学生按爱好、身高划分为5类？

2）降维(dimensionality reduction)

如何将原高维空间中的数据点映射到低维度的空间中？

3）关联规则(association rules)

很多买尿布的男顾客，同时买了啤酒，可以从中找出什么规律来提高超市销售额？

4）推荐系统(recommender systems)

很多客户经常上网购物，根据他们浏览商品的习惯，给他们推荐什么商品呢？

13.1.2 聚类算法思想

在无监督学习的聚类算法中，需要将一系列无标签的训练数据，输入到一个算法中，然后根据这个数据的内在结构给定数据。

如果一个聚类方法假定一个样本只能属于一个簇，或者簇的交集为空集，那么该方法称为硬聚类方法。

如果一个样本可以属于多个簇，或者簇的交集不为空集，那么该方法称为软聚类方法。

图 13-1 的数据看起来可以分成 3 个分开的点集（称为簇），一个能够分出这些点集的算法，就被称为聚类算法。

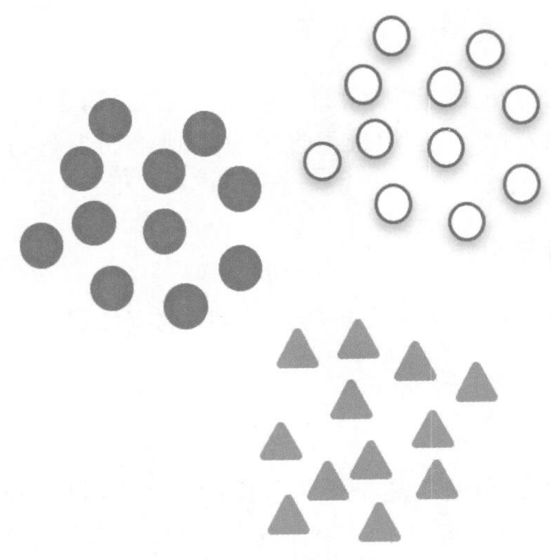

图 13-1　聚类算法示例

1. 聚类算法

聚类算法主要可以分为 K-means、密度聚类、层次聚类 3 种。

2. 聚类算法的作用

聚类算法主要应用于市场细分、文档聚类、图像分割、图像压缩、聚类分析、特征学习或词典学习、确定犯罪易发地区、保险欺诈检测、公共交通数据分析、IT 资产集群、客户细分、识别癌症数据、搜索引擎应用、医疗应用、药物活性预测等。

3. 聚类应用的案例

1）医疗

医生可以使用聚类算法发现疾病。以甲状腺疾病为例。当对包含甲状腺疾病和非甲状腺疾病的数据集应用无监督学习时，可以使用聚类算法识别甲状腺疾病数据集。

2）市场细分

为了吸引更多的客户，每家公司都在开发易于使用的功能和技术。为了了解客户，公司可以使用聚类。聚类将帮助公司了解客户群，然后对每个客户进行归类。这样，公司就可以了解客户，发现客户之间的相似之处，并对他们进行分组。

3) 金融业

银行可以观察到可能的金融欺诈行为,就此向客户发出警告。在聚类算法的帮助下,保险公司可以发现某些客户的欺诈行为,并调查类似客户的保单是否有欺诈行为。

4) 搜索引擎

百度是人们使用的搜索引擎之一。举个例子,当人们搜索一些信息,如在某地的超市,百度将为人们提供不同的超市选择。这是聚类的结果,提供的结果就是聚类的相似结果。

5) 社交网络

例如,在社交网络的分析上,已知你朋友的信息,如经常发 E-mail 的联系人,或者是你的微博好友、微信的朋友圈,可运用聚类方法自动地给朋友进行分组,做到让每组里的人们都彼此熟识。

13.1.3 聚类的背景知识

聚类算法需要用到相似度、距离度量的方法,以上方法已经在 KNN 算法这章讲解,本章做下回顾。

1. 闵可夫斯基距离

p 取 1 或 2 时的闵可夫斯基距离是最为常用的,$p=2$ 时即为欧几里得距离,而 $p=1$ 时则为曼哈顿距离。当 p 取无穷时的极限情况下,可以得到切比雪夫距离。

闵可夫斯基距离公式:

$$d(\boldsymbol{x},\boldsymbol{y})=\left(\sum_{i}|x_i-y_i|^p\right)^{\frac{1}{p}} \tag{13.1}$$

2. 欧几里得距离

欧几里得距离公式:

$$d(\boldsymbol{x},\boldsymbol{y})=\left(\sum_{i}|x_i-y_i|^2\right)^{\frac{1}{2}}=\sqrt{\sum_{i}(x_i-y_i)^2} \tag{13.2}$$

3. 杰卡德相似系数(Jaccard similarity coefficient)

杰卡德相似系数公式:

$$J(A,B)=\frac{|A\cap B|}{|A\cup B|} \tag{13.3}$$

4. 余弦相似度

n 维向量 $\boldsymbol{x}$ 和 $\boldsymbol{y}$ 的夹角记作 θ,根据余弦定理,其余弦值为

$$\cos(\theta)=\frac{\boldsymbol{x}^{\mathrm{T}}\boldsymbol{y}}{|\boldsymbol{x}|\cdot|\boldsymbol{y}|}=\frac{\sum_{i=1}^{n}x_iy_i}{\sqrt{\sum_{i=1}^{n}x_i^2}\sqrt{\sum_{i=1}^{n}y_i^2}} \tag{13.4}$$

5. 皮尔逊相关系数

在统计学中，皮尔逊相关系数被用于度量两个变量 X 和 Y 之间的相关(线性相关)，其值为－1～1。

皮尔逊相关系数即将 x、y 坐标向量各自平移到原点后的夹角余弦。

$$\rho_{XY}=\frac{\operatorname{cov}(X,Y)}{\sigma_X\sigma_Y}=\frac{E[(X-\mu_X)(Y-\mu_Y)]}{\sigma_X\sigma_Y}=\frac{\sum_{i=1}^{n}(x-\mu_X)(y-\mu_Y)}{\sqrt{\sum_{i=1}^{n}(x-\mu_X)^2}\sqrt{\sum_{i=1}^{n}(y-\mu_Y)^2}} \tag{13.5}$$

13.2　*K*-means 聚类

K-means 聚类

K-means 也叫 *K* 均值算法，是一种无监督学习方法，也是最普及的聚类算法，算法使用一个没有标签的数据集，然后将数据聚类成不同的组。

K-means 算法具有一个迭代过程。在这个过程中，数据集被分组成若干个预定义的不重叠的聚类或子组，使簇的内部点尽可能相似，同时试图保持簇在不同的空间。它将数据点分配给簇，以便簇的质心和数据点之间的平方距离之和最小。在这个位置上，簇的质心是簇中数据点的算术平均值。

13.2.1　*K*-means 算法思想

K-means 是一个迭代算法，假设想要将数据聚类成 n 个组，其方法为：选择 K 个随机的点，称为聚类中心(cluster centroids)；对于数据集中的每一个数据，按照其距离 K 个中心点的距离，将其与距离最近的中心点关联起来，与同一个中心点关联的所有点聚成一类。

1. 算法思想

(1) 选择 K 个点作为初始质心。

(2) 将每个点指派到最近的质心，形成 K 个簇。

(3) 对于上一步聚类的结果进行平均计算，得出该簇的新的聚类中心。

(4) 重复(2)和(3)直到迭代结束：质心不发生变化。

图 13-2 是一个聚类过程的示例。

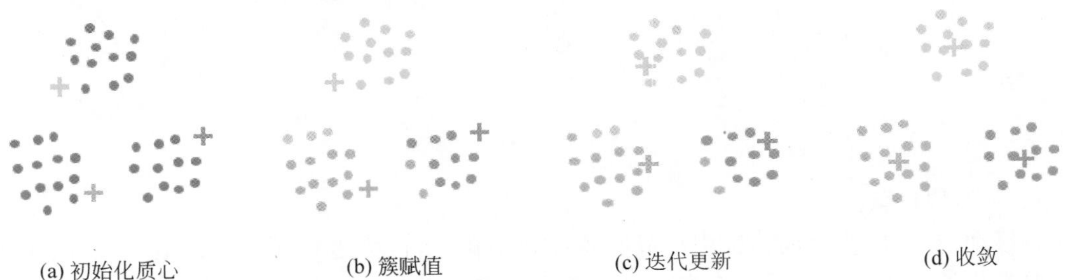

图 13-2　聚类的流程

聚类算法分为两个步骤：第一个步骤是赋值步骤，即对于每一个点，计算其应该属于的类；第二个步骤是聚类中心的移动，即对于每一个类，重新计算该类的质心。

2. 算法流程

1）初始化质心

初始化称为簇质心的任意点。如图 13-3 所示，初始化时，必须注意簇的质心必须小于训练数据点的数目。因为该算法是一种迭代算法，接下来的两个步骤是迭代执行的。

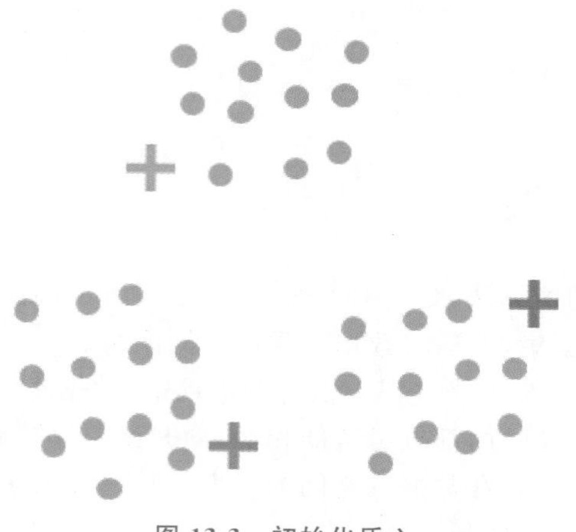

图 13-3 初始化质心

2）簇赋值

初始化质心后，遍历所有数据点，计算所有质心与数据点之间的距离。现在，这些簇将根据数据点与质心的最小距离而形成。在图 13-4 中，数据分为 3 个簇($K=3$)。

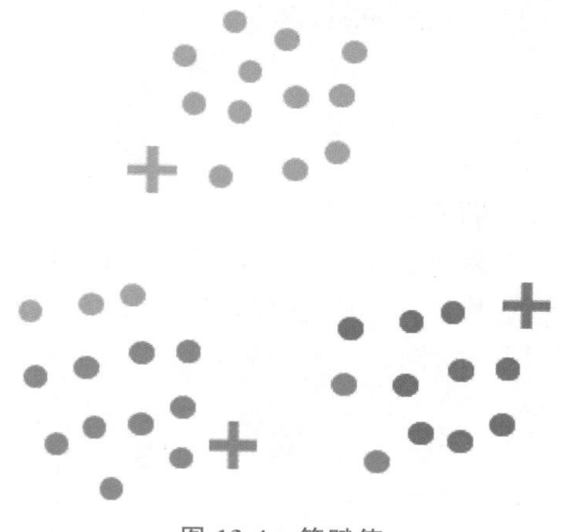

图 13-4 簇赋值

3）迭代更新

移动质心，因为上面步骤中形成的簇没有优化，所以需要形成优化的簇。为此，人们需要迭代地将质心移动到一个新位置。取一个簇的数据点，计算它们的平均值，然后将该簇的质心移动到这个新位置，如图 13-5 所示。对所有其他簇重复相同的步骤。

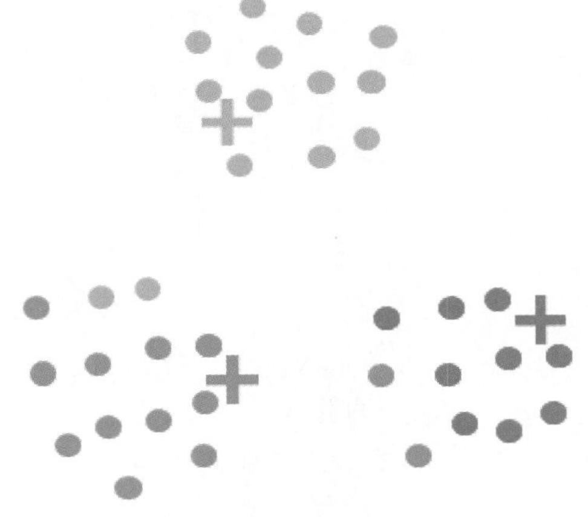

图 13-5　迭代更新

迭代更新这一步需要优化目标，其主要思想如下。

上述两个步骤是迭代进行的，直到质心停止移动，即它们不再改变自己的位置，并且成为静态的。一旦这样做，K-means 算法被称为收敛。

K-means 最小化问题，是要最小化所有的数据点与其所关联的聚类中心点之间的距离之和，因此，K-means 的代价函数，又称畸变函数(distortion function)为

$$J(c^{(1)},\cdots,c^{(m)},\mu_1,\cdots,\mu_K)=\frac{1}{m}\sum_{i=1}^{m}\|x^{(i)}-\mu_{c^{(i)}}\|^2 \tag{13.6}$$

设训练集为 $x=\{x^{(1)},x^{(2)},x^{(3)},\cdots,x^{(m)}\}$，簇划分 $C=\{C_1,C_2,\cdots,C_K\}$，用 $\mu_1,\mu_2,\cdots,\mu_K$ 表示聚类中心。

其中，$\mu_{c^{(i)}}$ 代表与 $x^{(i)}$ 最近的聚类中心点。优化目标便是找出使代价函数最小的 $c^{(1)},c^{(2)},\cdots,c^{(m)}$ 和 $\mu_1,\mu_2,\cdots,\mu_K$。

优化过程如下。

记 k 个簇中心为 $\mu_1,\mu_2,\cdots,\mu_k$，每个簇的样本数目为 N_1，$N_2,\cdots,N_k$。使用平方误差作为目标函数：

$$J(\mu_1,\mu_2,\cdots,\mu_k)=\frac{1}{2}\sum_{j=1}^{K}\sum_{i=1}^{N_j}(x_i-\mu_j)^2 \tag{13.7}$$

对关于 $\mu_1,\mu_2,\cdots,\mu_k$ 的函数求偏导，这里的求偏导是对第 j 个簇心 μ_j 求的偏导。

$$\begin{aligned}\frac{\partial J}{\partial\mu_j}&=\frac{\partial\frac{1}{2}\sum_{j=1}^{k}\sum_{i=1}^{N_j}(x_i-\mu_j)^2}{\partial\mu_j}\\&=\frac{\partial\frac{1}{2}\sum_{i=1}^{N_j}(x_i-\mu_j)^2}{\partial\mu_j}\\&=\sum_{i=1}^{N_j}(x_i-\mu_j)\cdot(-1)\end{aligned}$$

$$= -\sum_{i=1}^{N_j}(x_i - \mu_j) \tag{13.8}$$

令$\frac{\partial J}{\partial \mu_j}=0$,则$-\sum_{i=1}^{N_j}(x_i-\mu_j)=0$

即

$$N_j\mu_j = \sum_{i=1}^{N_j}x_i \tag{13.9}$$

得到

$$\mu_j = \frac{1}{N_j}\sum_{i=1}^{N_j}x_i \tag{13.10}$$

也就是代价函数$J(\mu_1,\mu_2,\cdots,\mu_k)$的驻点。

由此得知,这里簇心更新的方式,实际上由距离度量方式决定。

4)收敛

质心不再移动,这个算法已经收敛,形成了清晰可见的不同簇,如图13-6所示。该算法可以根据簇在第一步中不同的初始化方式给出不同的结果。

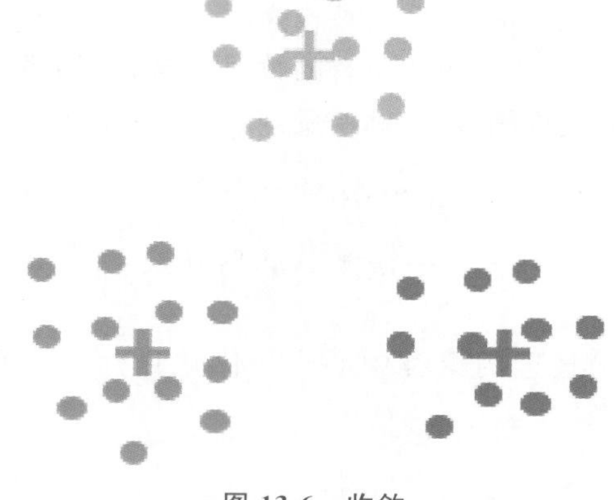

图13-6 收敛

回顾刚才给出的K-means迭代算法可知第一个循环是用于减小$c^{(i)}$引起的代价,第二个循环则是用于减小μ_i引起的代价。迭代的过程是每一次迭代都在减小代价函数,不然便是出现了错误。

K-means的一个问题在于,它有可能会停留在一个局部最小值处,而这取决于初始化的情况。

为了解决这个问题,人们通常需要多次运行K-means算法,每一次都重新进行随机初始化,最后再比较多次运行K-means的结果,选择代价函数最小的结果。

3. K 值的选择

通常选择聚类数的方法,是通过人工进行选择的。选择的时候思考运用K-means算法聚类的动机是什么,然后选择能最好服务于该目标的聚类数。

通常采用“肘部法则”。关于“肘部法则”,所需要做的是改变 K 值,也就是聚类类别数目的总数。用一个聚类来运行 K-means 聚类方法。这就意味着,所有的数据都会被分到一个聚类里,然后计算代价函数或计算畸变函数 J。

根据图 13-7,可得到一条类似于人的肘部的曲线。在图 13-7 中,代价函数的值会迅速下降,从 1～2,从 2～3 之后,在 $K=3$ 时达到一个肘点。在此之后,代价函数的值就会下降得非常慢,所以,选择 $K=3$。这个方法叫“肘部法则”,如果你得到了一个像图 13-7 这样的图,那么这将是一种用来选择聚类个数的合理方法。

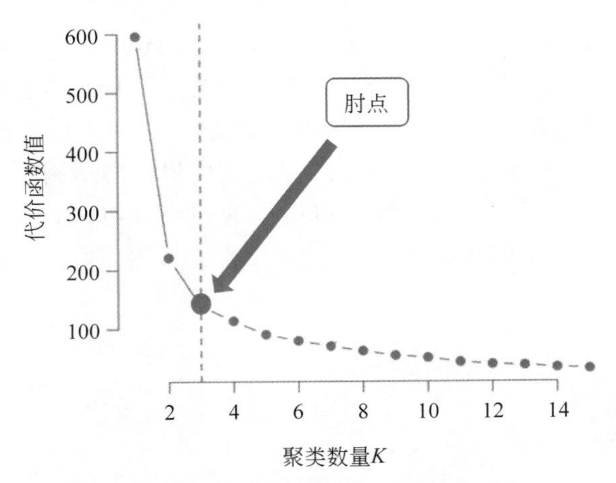

图 13-7　**K-means 聚类的肘部法则**

13.2.2　K-means 算法总结

K-means 算法是最著名的划分聚类算法,简洁和效率使它成为所有聚类算法中最广泛使用的。K-means 算法具有以下优缺点。

1. 优点

(1) 原理比较简单,实现也很容易,收敛速度快。

(2) 聚类效果较优。

(3) 算法的可解释度比较强。

(4) 主要需要调参的参数仅仅是簇数 K。

2. 缺点

(1) 需要预先指定簇的数量。

(2) 需要随机选择初始聚类中心,不同的随机中心点会得到完全不同的结果。

(3) 如果有两个高度重叠的数据,那么它就不能被区分,也不能判断有两个簇。

(4) 欧几里得距离没有考虑各元素权重不平等的情况,因此其能够处理的数据类型有限。

(5) 对异常值敏感,无法处理异常值和噪声数据。

(6) 不适用于非线性数据集。

(7) 对特征尺度敏感。

(8) 如果遇到非常大的数据集,那么计算机可能会崩溃。

13.3 密度聚类

13.3.1 DBSCAN 算法概述

DBSCAN(density-based spatial clustering of applications with noise)是一种比较有代表性的基于密度的聚类算法。与划分和层次聚类方法不同,它将簇定义为密度相连的点的最大集合,能够把具有足够高密度的区域划分为簇,并可在噪声的空间数据库中发现任意形状的聚类。图 13-8(见彩插)是两个典型的密度聚类的示例。

背景知识:空间中任意一点的密度是以该点为圆心,以扫描半径构成的圆区域内包含的点数目。如果 S 中任两点的连线内的点都在集合 S 内,那么集合 S 称为凸集;反之,为非凸集。

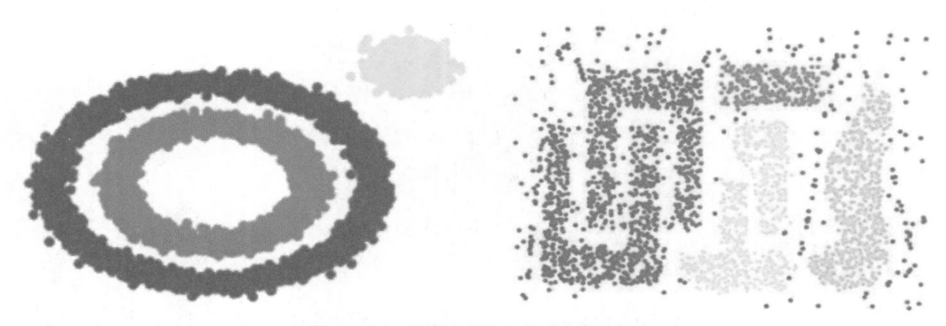

图 13-8 密度聚类示例(见彩插)

图 13-9 是 DBSCAN 密度聚类的效果,可以看到图 13-9(a)如果按照密度划分簇,效果会比 K-means 更好。

设定了扫描半径(Eps)和最小包含点数(MinPts)后,根据点的密度进行聚类,经过多次迭代,最终得到如图 13-9(c)所示的效果。

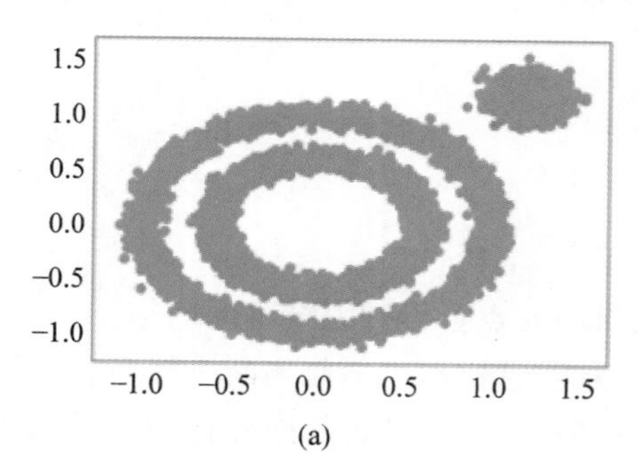

(a)

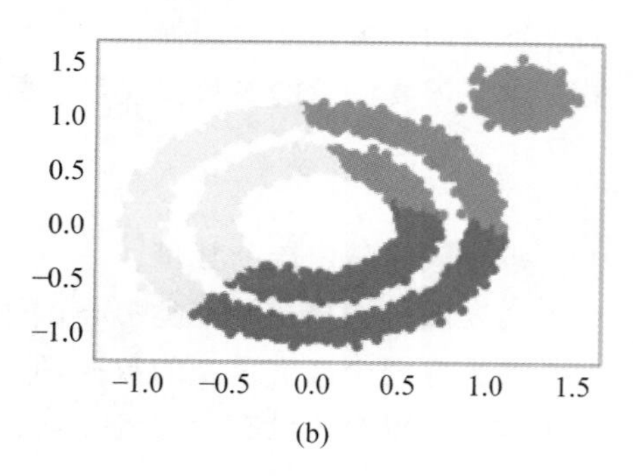

(b)

图 13-9 DBSCAN 密度聚类案例

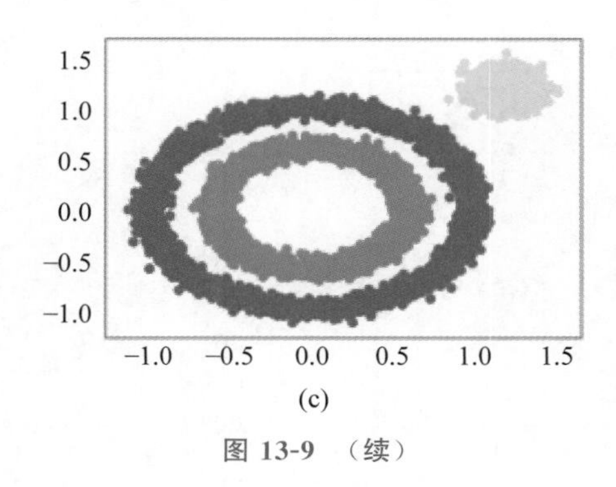

(c)

图 13-9　（续）

13.3.2　DBSCAN 算法思想

在 DBSCAN 中使用两个超参数，扫描半径和最小包含点数来获得簇的数量，而不是猜测簇的数目，如图 13-10 所示。

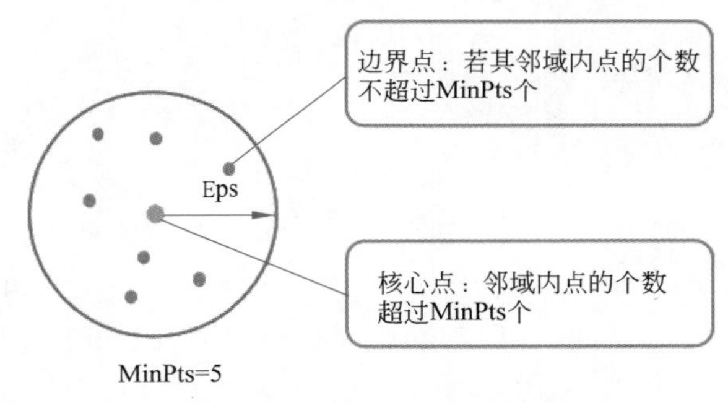

图 13-10　DBSCAN 的超参数

1. 扫描半径

用于定位点/检查任何点附近密度的距离度量，即扫描半径。

2. 最小包含点数

最小包含点数指聚集在一起的最小点数（阈值），该区域被认为是稠密的。

图 13-11 是扫描半径和最小包含点数不同的取值得到的密度聚类的结果，可以看到，图 13-11(a)的数据，明显被分成了 3 个簇，从图中可以看出，聚类的效果明显。

其主要评价指标如表 13-1 所示，可以看到不同的 Eps 和 MinPts 对密度聚类的影响。在该案例中，当 Eps=0.3，MinPts=10 时（见图 13-11(a)），DBSCAN 达到最优效果。

DBSCAN 算法的主要流程如下。

(1) 将所有点标记为核心点、边界点或噪声点。

(2) 如果选择的点是核心点，则找出所有从该点出发的密度可达对象以形成簇。

(3) 如果该点是非核心点，将其指派到一个与之关联的核心点的簇中。

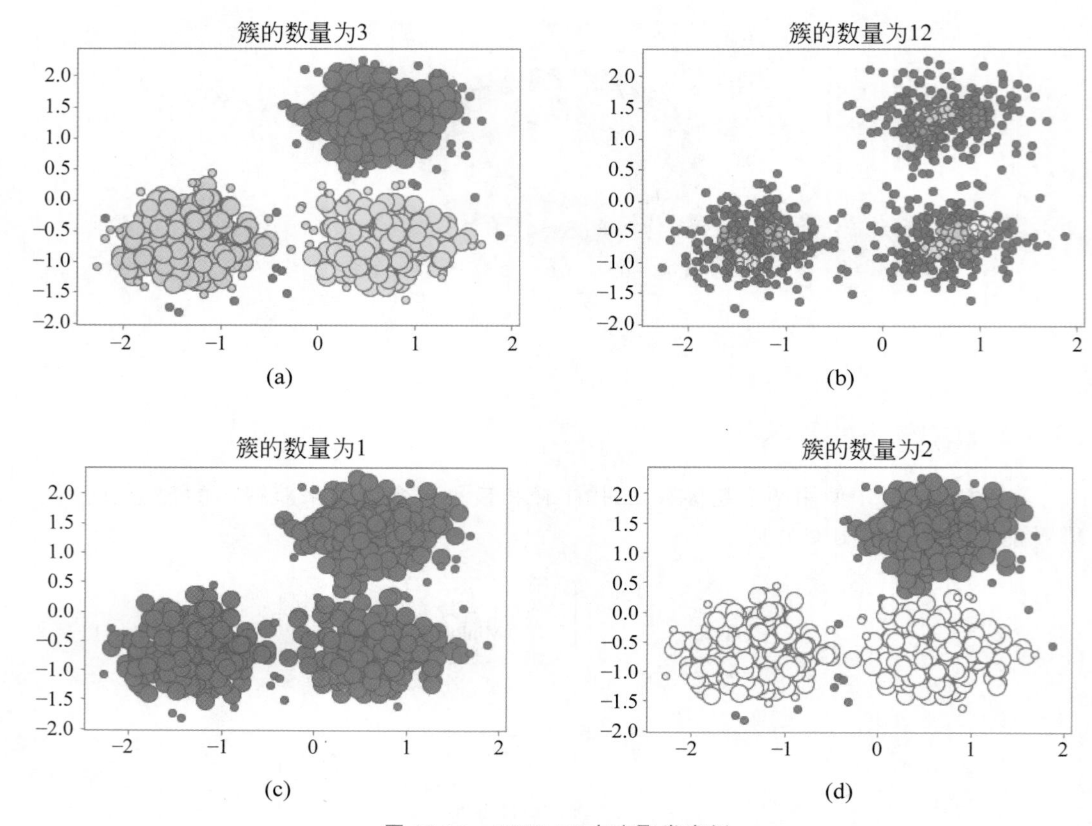

图 13-11 DBSCAN 密度聚类案例

表 13-1 不同的 Eps 和 MinPts 对密度聚类的影响

项　目	Eps=0.3 MinPts=10	Eps=0.1 MinPts=10	Eps=0.4 MinPts=10	Eps=0.3 MinPts=6
估计的簇的数量	3	12	1	2
估计的噪声点	18	516	2	13
均一性	0.9530	0.3128	0.0010	0.5365
完整性	0.8832	0.2489	0.0586	0.8623
V-measure	0.9170	0.0237	0.0020	0.6510
ARI	0.9517	0.2673	0	0.5414
轮廓系数	0.6255	−0.3659	0.0611	0.3845

(4) 重复以上步骤,直到所有点都被处理过。

通过一个案例来对 DBSCAN 算法进行聚类演示,使用的数据如表 13-2 所示,一共有 13 个样本点。

表 13-2 DBSCAN 的数据样本案例

坐标轴	P1	P2	P3	P4	P5	P6	P7	P8	P9	P10	P11	P12	P13
X	1	2	2	4	5	6	6	7	9	1	3	5	3
Y	2	1	4	3	8	7	9	9	5	12	12	12	3

设横轴为 *X* 轴,纵轴为 *Y* 轴,表 13-2 的数据在二维平面的可视化结果如图 13-12 所示。

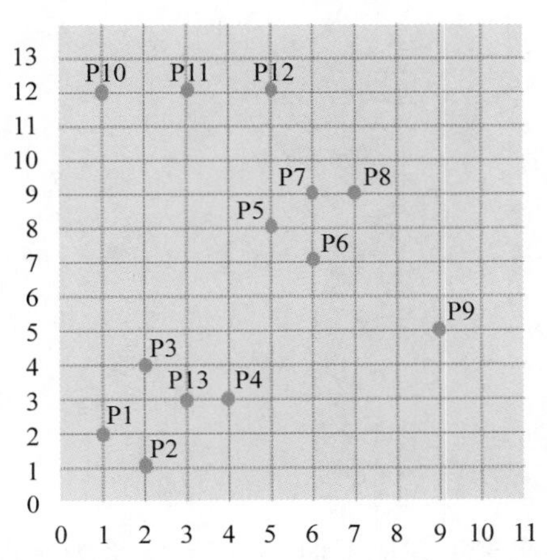

图 13-12 样本数据在二维平面的可视化结果

本案例的 DBSCAN 密度聚类的算法流程如下。

(1) 对每个点计算其邻域 Eps=3 内的点的集合。

(2) 集合内点的个数超过 MinPts=3 的点为核心点。

(3) 查看剩余点是否在核心点的邻域内,若在,则为边界点,否则为噪声点。

在图 13-13 中,可以看到,P10 和 P12 因为在 Eps=3 的半径内没有达到 MinPts=3 的阈值,而 P10、P11、P12 3 个点可以构成一个簇,所以,P10 和 P12 为边界点;而 P9 不属于任何簇,所以 P9 为噪声点。

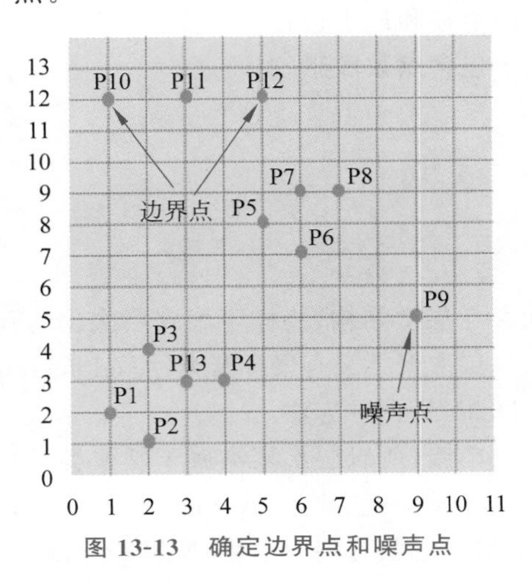

图 13-13 确定边界点和噪声点

(4) 将距离不超过 Eps=3 的点相互连接,构成一个簇,核心点邻域内的点也会被加入这个簇中。从图 13-14 中可以看出,所有样本构成了 3 个簇。

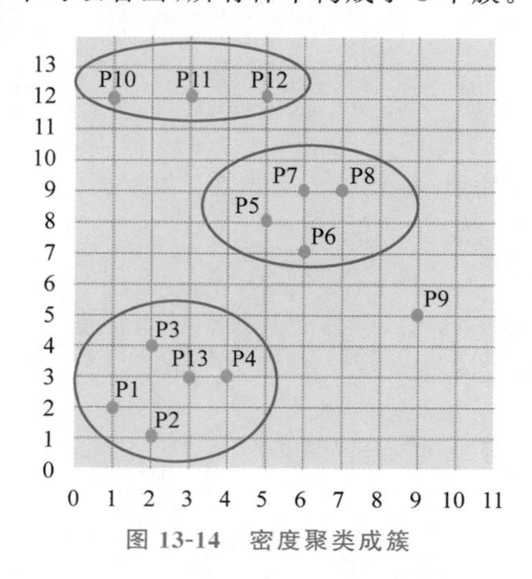

图 13-14 密度聚类成簇

13.3.3 DBSCAN 算法总结

DBSCAN 与划分和层次聚类方法不同,它将簇定义为密度相连的点的最大集合,能够把具有足够高密度的区域划分为簇,并可在噪声的空间数据库中发现任意形状的聚类。DBSCAN 具有以下优缺点。

1. 优点

(1) 对非球状数据也能很好聚类。
(2) 不用实现指定簇的数量。

2. 缺点

(1) 需要事先指定扫描半径和最小包含点数。
(2) 对扫描半径和最小包含点数敏感。

层次聚类

13.4 层次聚类

13.4.1 层次聚类概述

层次聚类假设簇之间存在层次结构,将样本聚到层次化的簇中。

从图 13-15 中可以看出,层次聚类又有聚合聚类(AGglomerative NESting, AGNES)、分裂聚类(DIvisiveANAlysis,DIANA)两种方法。

因为每个样本只属于一个簇,所以层次聚类属于硬聚类。

层次聚类解决了 K-means 的一些缺点,K-means 必须在算法开始前就决定簇数 K 的数量,但实际上人们并不知道应该有多少个簇,所以一般都是根据自己的理解先设定一个值，这就可能导致人们的理解和实际情况存在一些偏差。层次聚类完全不同，它不需要在开始时指定簇数，而是先完整地形成整个层次聚类后，通过决定合适的距离，自动就可以找到对应的簇数和聚类。

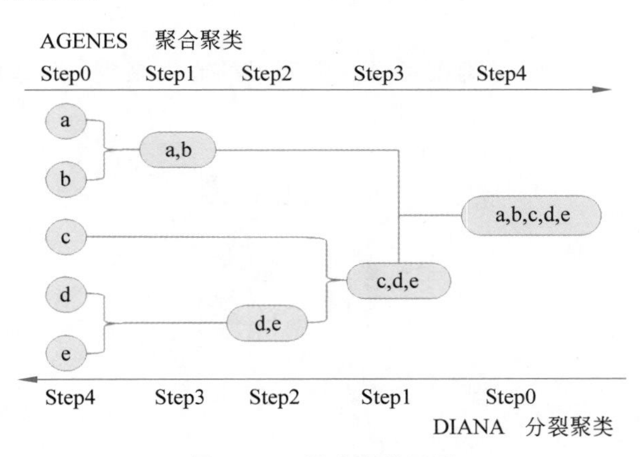

图 13-15　层次聚类示例

13.4.2　聚合聚类

聚合聚类是从下而上进行聚类，具体的算法流程如下。

(1) 将每个样本各自分到一个簇。

(2) 将相距最近的两簇合并，建立一个新簇。

(3) 重复此操作直到满足停止条件。

(4) 得到层次化的类别。

从图 13-16 中可以看出，聚合聚类是从下而上的方向聚类，经过 4 个步骤，完成最终聚类。

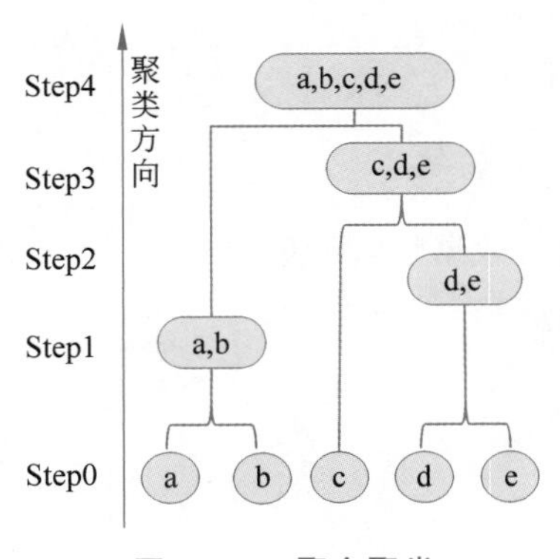

图 13-16　聚合聚类

13.4.3　分裂聚类

分裂聚类是从上而下进行聚类，具体的算法流程如下。

(1) 将所有样本分到一个簇。

(2) 将已有类中相距最远的样本分到两个新簇。

(3) 重复此操作直到满足停止条件。

(4) 得到层次化的类别。

从图 13-17 中可以看出,分裂聚类是从上而下的方向聚类,经过 4 个步骤,完成最终聚类。

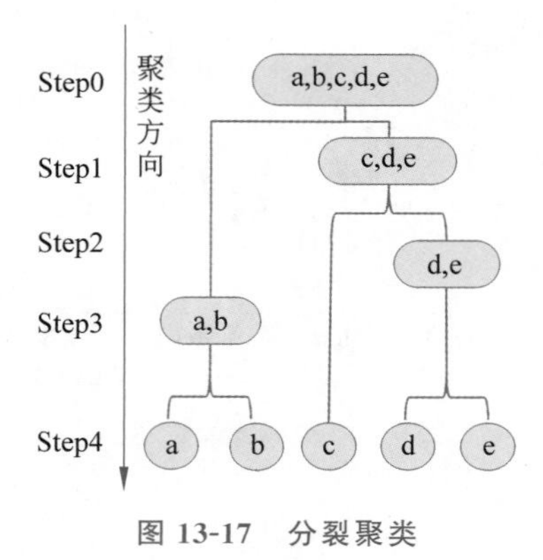

图 13-17 分裂聚类

13.4.4 层次聚类算法总结

层次聚类假设簇之间存在层次结构,将样本聚到层次化的簇中,该聚类方法具有以下优缺点。

1. 优点

(1) 一次性得到聚类树,后期再分类时不需要重新计算。

(2) 相似度规则容易定义。

(3) 可以发现类别的层次关系。

2. 缺点

(1) 计算复杂度高,不适合数据量大的聚类。

(2) 算法很可能形成链状。

聚类的评价指标

13.5 聚类的评价指标

13.5.1 均一性

均一性(homogeneity)也称为同一性,类似于精确率,若一个簇中只包含一个类别的样本,则满足均一性。其实也可以认为就是正确率(每个聚簇中正确分类的样本数占该聚簇总样本数的比例和),一般用 p 表示均一性。

$$p=\frac{1}{k}\sum_{i=1}^{k}\frac{N(C_i==K_i))}{N(K_i)} \tag{13.11}$$

其中，k 代表类别数；C_i 是正确分类的样本；K_i 代表真实类别；$N(K_i)$代表总样本数；$N(C_i==K_i)$为正确分类的样本数。

13.5.2 完整性

类似于召回率，同类别样本被归类到相同簇中，则满足完整性(completeness)(每个聚簇中正确分类的样本数占该类型的总样本数比例的和)，一般用 r 表示完整性。

$$r=\frac{1}{k}\sum_{i=1}^{k}\frac{N(C_i==K_i)}{N(C_i)} \tag{13.12}$$

13.5.3 V-measure

V-measure 指均一性和完整性的加权平均，用 V 表示 V-measure(β 默认值为 1)，公式如下：

$$V=\frac{(1+\beta^2)*pr}{\beta^2*p+r} \tag{13.13}$$

13.5.4 轮廓系数

用 $s(i)$表示样本 i 的轮廓系数(silhouette coefficient)，这里需要以下 3 个指标。

簇内不相似度：计算样本 i 到同簇其他样本的平均距离为 $a(i)$，应尽可能小。

簇间不相似度：计算样本 i 到其他簇 C_j 的所有样本的平均距离 b_{ij}，应尽可能大。

轮廓系数：$s(i)$值越接近 1 表示样本 i 聚类越合理；越接近−1，表示样本 i 应该分类到另外的簇中；近似为 0，表示样本 i 应该在边界上；所有样本的 $s(i)$的均值被称为聚类结果的轮廓系数。具体公式如下：

$$s(i)=\frac{b(i)-a(i)}{\max\{a(i),b(i)\}} \tag{13.14}$$

在图 13-18 的案例中，假设数据集被拆分为 4 个簇，样本 i 对应的 $a(i)$值就是所有 C_1 中其他样本点与样本 i 的距离平均值。

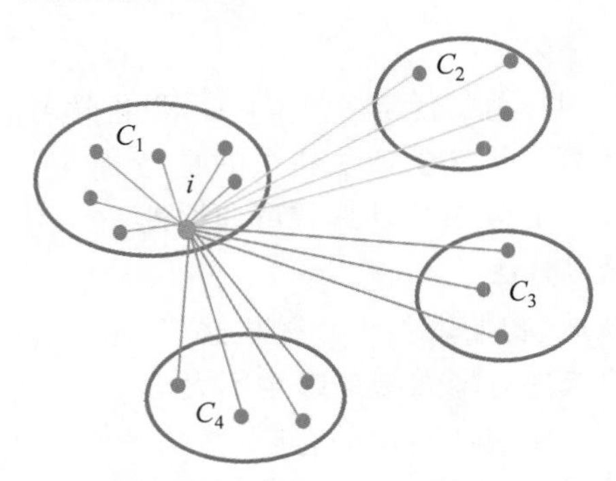

图 13-18　轮廓系数案例

样本对应的 $b(i)$值分两步计算，首先计算该点分别到 C_2、C_3 和 C_4 中样本点的平均距离,然后将3个平均值中的最小值作为 $b(i)$ 的度量。

13.5.5 调整兰德系数

数据集 S 共有 N 个元素,两个聚类结果分别是

$$X=\{X_1,X_2,\cdots,X_r\},Y=\{Y_1,Y_2,\cdots,Y_s\}$$

X 和 Y 的元素个数为

$$a=\{a_1,a_2,\cdots,a_r\},b=\{b_1,b_2,\cdots,b_s\}$$

C	Y_1	Y_2	$\cdots$	Y_s	sum
X_1	n_{11}	n_{12}	$\cdots$	n_{1s}	a_1
X_2	n_{21}	n_{22}	$\cdots$	n_{2s}	a_2
$\vdots$	$\vdots$	$\vdots$	$\vdots$	$\vdots$	$\vdots$
X_r	n_{r1}	n_{r2}	$\cdots$	n_{rs}	a_r
sum	b_1	b_2	$\cdots$	b_s	N

记 $n_{ij}=|X_i\cap Y_i|$,

$$\text{ARI}=\frac{\text{Index}-\text{EIndex}}{\text{MaxIndex}-\text{EIndex}}=\frac{\sum_{i,j}C_{n_{ij}}^2-\frac{\left[\left(\sum_i C_{a_i}^2\right)\cdot\left(\sum_i C_{b_i}^2\right)\right]}{C_n^2}}{\frac{1}{2}\left[\left(\sum_i C_{a_i}^2\right)+\left(\sum_i C_{b_i}^2\right)\right]-\frac{\left[\left(\sum_i C_{a_i}^2\right)\cdot\left(\sum_i C_{b_i}^2\right)\right]}{C_n^2}} \tag{13.15}$$

ARI 的取值范围为[-1,1],值越大意味着聚类结果与真实情况越吻合。从广义的角度来讲,ARI 衡量的是两个数据分布的吻合程度。

习题

一、单选题

1. 聚类属于(　　)。
   A. 监督学习　　B. 无监督学习　　C. 强化学习　　D. 以上都不属于
2. 下列关于 K-means 聚类算法的说法错误的是(　　)。
   A. 对大数据集有较高的效率并且具有可伸缩性
   B. 是一种无监督学习方法
   C. K 值无法自动获取,初始聚类中心随机选择
   D. 初始聚类中心的选择对聚类结果影响不大
3. 以下关于 K-means 算法说法错误的有(　　)。
   A. K-means 算法需要指定簇的个数
   B. K-means 算法本质上是 EM(期望最大化)方法
   C. K-means 算法不会出现局部极小值的问题

D. K-means 在重新计算质心时，簇会发生变化

4. 以下不属于聚类算法的是(　　)。

A. K-means　B. DBSCAN　C. Apriori　D. AGENES

5. 简单地将数据对象集划分成不重叠的子集，使每个数据对象恰在一个子集中，这种聚类类型称作(　　)。

A. 层次聚类　B. 划分聚类　C. 非互斥聚类　D. 密度聚类

6. 关于 K-means 和 DBSCAN 的比较，以下说法不正确的是(　　)。

A. DBSCAN 使用基于密度的概念

B. K-means 使用簇的基于层次的概念

C. K-means 很难处理非球形的簇和不同大小的簇

D. DBSCAN 可以处理不同大小和不同形状的簇

7. 以下关于聚类的说法正确的有(　　)。

A. 其目的是根据过去的观测结果来预测新样本的标签为聚类

B. 聚类的算法训练样本往往都不含有标签

C. 聚类算法对于孤立的野值不敏感

D. 聚类算法的更新步骤可解释性不强

8. 以下关于 K-means 算法的实现描述错误的是(　　)。

A. 收敛速度慢　B. 原理简单，实现容易

C. 可以轻松发现非凸形状的簇　D. 需要事先确定 K 的值

9. 以下(　　)不是聚类中用于衡量度量距离的指标。

A. 汉明距离　B. 马哈拉诺比斯距离

C. 曼哈顿距离　D. 欧几里得距离

10. 以下(　　)可作为 K-means 算法停止循环的指标。

A. 当各个类中心还在发生偏移时

B. 当所有的野值点均隶属于一个簇时

C. 当循环数超过某一个阈值时

D. 当所有数据隶属的簇不再发生变化时

11. 以下关于密度聚类和层次聚类说法错误的是(　　)。

A. 密度聚类对噪声数据非常敏感

B. 密度聚类假设类结构能通过样本分布的紧密程度确定

C. 层次聚类对给定的数据进行有层次的分解，直到满足条件为止

D. 层次聚类有自下向上和自上向下两种策略

12. 当簇内样本点数量大于某个阈值时，便将该簇进行拆分，这种聚类方式为(　　)。

A. 层次聚类　B. 划分聚类　C. 非互斥聚类　D. 密度聚类

二、多选题

1. 聚类的代表算法有(　　)。

A. PCA　B. SVD　C. DBSCAN　D. K-means

2. 下面(　　)是聚类的评价指标。

A. 均一性　　B. 完整性　　C. 轮廓系数　　D. 决定系数 R

3. 关于层次聚类,以下说法正确的是(　　)。
   A. 分裂聚类是从上而下进行聚类
   B. 聚合聚类是从下而上进行聚类
   C. 层次聚类有聚合聚类(自下而上)、分裂聚类(自上而下)两种方法
   D. 因为每个样本只属于一个簇,所以层次聚类属于硬聚类
4. 关于 DBSCAN 算法,以下说法正确的是(　　)。
   A. DBSCAN 算法是一种基于划分的聚类算法
   B. DBSCAN 算法将点分成核心点、边界点和噪声点 3 类
   C. DBSCAN 算法是一种基于密度的聚类算法
   D. DBSCAN 算法需要指定簇的个数

三、判断题

1. 如果一个对象不属于任何簇,那么该对象是基于聚类的离群点。(　　)
2. K-means 是一种产生划分聚类的基于密度的聚类算法,簇的个数由算法自动确定。(　　)
3. 在聚类分析当中,簇内的相似性越大,簇间的差别越大,聚类的效果就越差。(　　)
4. DBSCAN 是相对抗噪声的,并且能够处理任意形状和大小的簇。(　　)

参考文献

[1] HARTIGAN J A, WONG M A. Algorithm AS 136: a K-means clustering algorithm[J]. Journal of the Royal Statistical Society, 1979, 28(1): 100-108.

[2] ESTER M. A density-based algorithm for discovering clusters in large spatial databases with noise [J]. Proc. int. conf. knowledge Discovery & Data Mining, 1996.

[3] NG A. Machine learning [EB/OL]. Stanford University, 2014. https://www.coursera.org/course/ml.

[4] 李航. 统计学习方法[M]. 2 版. 北京: 清华大学出版社,2019.

[5] 周志华. 机器学习[M]. 北京: 清华大学出版社,2016.

[6] HASTIE T, TIBSHIRANI R, FRIEDMAN J. The elements of statistical learning [M]. New York: Springer,2001.

[7] BISHOP C M. Pattern recognition and machine learning[M]. New York: Springer, 2006.

[8] RODRIGUEZ A, LAIO A.Clustering by fast search and find of density peaks[J]. Science, 2014, 344(6191): 1492.

[9] ROSENBERG A, HIRSCHBERG J. V-measure: a conditional entropy-based external cluster evaluation[C]//Conference on Emnlp-conll. DBLP, 2007.

[10] CAMPELLO R J G B, MOULAVI D, ZIMEK A, et al. Hierarchical density estimates for data clustering, visualization, and outlier detection[J]. ACM Transactions on Knowledge Discovery from Data, 2015.

第14章

降　维

14.1 降维概述

降维概述

14.1.1 维数灾难

维数灾难(curse of dimensionality)通常指在涉及向量计算的问题中,随着维数的增加,计算量呈指数增长的一种现象。

在很多机器学习问题中,训练集中的每条数据经常伴随着上千甚至上万个特征。要处理所有的特征,不仅会让训练非常缓慢,还会极大增加搜寻良好解决方案的困难。这个问题就是人们常说的维数灾难,如图 14-1 所示。

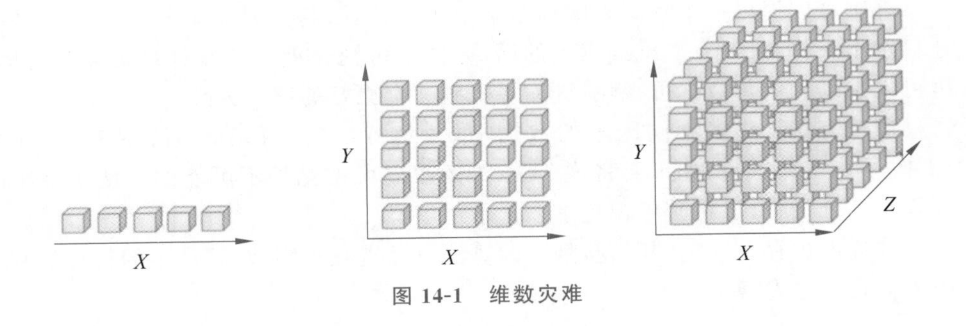

图 14-1　维数灾难

维数灾难涉及数字分析、抽样、组合、机器学习、数据挖掘和数据库等诸多领域。在机器学习的建模过程中,通常指随着特征数量的增多,计算量会变得很大,如特征达到上亿维的话,在进行计算时是算不出来的。有时,维度太大也会导致机器学习性能下降,并不是特征维度越大越好,模型的性能会随着特征的增加先上升后下降。

14.1.2 降维概述

降维(dimensionality reduction)是将训练数据中的样本(实例)从高维空间转换到低维空间,该过程与信息论中的有损压缩概念密切相关。同时要明白的是,不存在完全无损的降维。

有很多种算法可以完成对原始数据的降维,在这些方法中,降维是通过对原始数据的线性变换实现的。

为什么要降维?主要原因如下。

(1)高维数据增加了运算的难度。

(2)高维使学习算法的泛化能力变弱(例如,在最近邻分类器中,样本复杂度随着维度成指数增长),维度越高,算法的搜索难度和成本就越大。

(3)降维能够增加数据的可读性,利于发掘数据的有意义的结构。

降维的主要作用有以下两个。

1. 减少冗余特征,降低数据维度

假设有两个特征:x_1 为用厘米表示的身高;x_2 为用英寸(1 英寸=2.54 厘米)表示的身高。

这两个分开的特征 x_1 和 x_2,实际上表示的内容相同,这样其实可以降维到一维,只有一个特征表示身高就够了。很多特征具有线性关系,具有线性关系的特征很多都是冗余特征,去掉冗余特征对机器学习的计算结果不会有影响。但如果不去掉这些冗余特征,通常会增加计算量,可能会影响机器学习的性能。也就是说,降维确保特征之间相互独立。

降维也可以去除数据噪声,可以降低聚类算法的运算开销。

2. 数据可视化

降维可以提供一个框架来解释结果。相关特征,特别是重要特征更能在数据中明确地显示出来;如果只有二维或三维的话,更便于可视化展示。在许多机器学习问题中,降维可以帮助人们将数据可视化,进而寻找到一个更好的解决方案。

假使有关于许多不同国家的数据,每一个特征向量都有 50 个特征(如 GDP、人均 GDP、平均寿命等)。如果要将这个 50 维的数据可视化是不可能的。使用降维的方法将其降至二维,便可以将其可视化了。

这样做也存在一定的问题,降维的算法只负责减少维数,新产生的特征的意义就必须由人们自己去发现了。

t-SNE(t-distributed stochastic neighbor embedding)将数据点之间的相似度转换为概率。原始空间中的相似度由高斯联合概率表示,嵌入空间的相似度由“学生 t 分布”表示。

虽然 Isomap、LLE 和 variants 等数据降维和可视化方法,更适合展开单个连续的低维的 manifold,但如果要准确地可视化样本间的相似度关系,t-SNE 表现更好,因为 t-SNE 主要是关注数据的局部结构。

14.2 奇异值分解

SVD(奇异值分解)——原理

14.2.1 SVD 概述

奇异值分解(singular value decomposition,SVD)是在机器学习领域广泛应用的算

法，它不仅可以用于降维算法中的特征分解，还可以用于推荐系统及自然语言处理等领域。SVD 是很多机器学习算法的基石。

SVD 可以将一个矩阵 **A** 分解为 3 个矩阵的乘积。

一个正交矩阵(orthogonal matrix)$\boldsymbol{U}$、一个对角矩阵(diagonal matrix)$\boldsymbol{\Sigma}$ 和一个正交矩阵 **V** 的转置。

主要应用领域包括隐性语义分析(latent semantic analysis, LSA)或隐性语义索引(latent semantic indexing, LSI)；推荐系统(recommender system)，可以说是最有价值的应用点；矩阵形式数据(主要是图像数据)的压缩。

14.2.2　SVD 的算法思想

假设矩阵 **A** 是一个 $m\times n$ 的矩阵，通过 SVD 对矩阵进行分解，那么定义矩阵 **A** 的 SVD 为

$$\boldsymbol{A}=\boldsymbol{U}\boldsymbol{\Sigma}\boldsymbol{V}^{\mathrm{T}} \tag{14.1}$$

其中，$\boldsymbol{U}$ 是一个 $m\times m$ 的矩阵；$\boldsymbol{\Sigma}$ 是一个 $m\times n$ 的矩阵，除了主对角线上的元素以外全为 0，主对角线上的每个元素都称为奇异值；**V** 是一个 $n\times n$ 的矩阵；r 为 **A** 的秩。

A 进行矩阵分解得到：

$$\boldsymbol{A}=\boldsymbol{U}\boldsymbol{\Sigma}\boldsymbol{V}^{\mathrm{T}}=\boldsymbol{u}_1\sigma_1\boldsymbol{v}_1^{\mathrm{T}}+\cdots+\boldsymbol{u}_r\sigma_r\boldsymbol{v}_r^{\mathrm{T}} \tag{14.2}$$

注意：与特征分解不同，SVD 并不要求要分解的矩阵为方阵。

$\boldsymbol{U}$ 和 **V** 都是酉矩阵，即满足

$$\boldsymbol{U}^{\mathrm{T}}\boldsymbol{U}=\boldsymbol{I},\boldsymbol{V}^{\mathrm{T}}\boldsymbol{V}=\boldsymbol{I}。$$

根据图 14-2，可以很形象地看出上面 SVD 的定义。

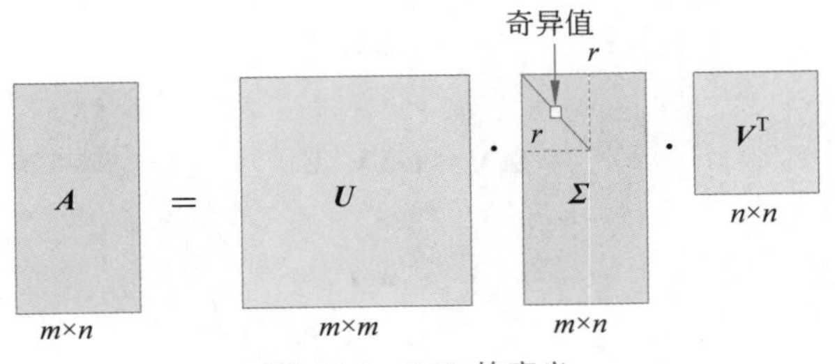

图 14-2　SVD 的定义

那么如何求出 SVD 分解后的 $\boldsymbol{U}$、$\boldsymbol{\Sigma}$、**V** 这 3 个矩阵呢？

1. U 矩阵求解

如果将 **A** 和 **A** 的转置做矩阵乘法，那么会得到 $m\times m$ 的一个方阵 $\boldsymbol{A}\boldsymbol{A}^{\mathrm{T}}$。既然 $\boldsymbol{A}\boldsymbol{A}^{\mathrm{T}}$ 是方阵，那么就可以进行特征分解，得到的特征值和特征向量满足下式：

$$(\boldsymbol{A}\boldsymbol{A}^{\mathrm{T}})\boldsymbol{u}_i=\lambda_i\boldsymbol{u}_i \tag{14.3}$$

这样就可以得到矩阵 $\boldsymbol{A}\boldsymbol{A}^{\mathrm{T}}$ 的 m 个特征值和对应的 m 个特征向量 $\boldsymbol{u}$ 了。将 $\boldsymbol{A}\boldsymbol{A}^{\mathrm{T}}$ 的所有特征向量组成一个 $m\times m$ 的矩阵 $\boldsymbol{U}$，就是 SVD 公式里面的 $\boldsymbol{U}$ 矩阵了。一般将 U 中的每个特征向量叫作 **A** 的左奇异向量。

由于

$$AA^{\mathrm{T}}=(U\Sigma V^{\mathrm{T}})(U\Sigma V^{\mathrm{T}})^{\mathrm{T}}=U(\Sigma\Sigma^{\mathrm{T}})U^{\mathrm{T}} \tag{14.4}$$

式(14.4)证明使用了 $V^{\mathrm{T}}V=I,\Sigma^{\mathrm{T}}=\Sigma$。可以看出 AA^{T} 的特征向量组成的的确就是SVD中的 U 矩阵。

2. V 矩阵求解

如果将 A 的转置和 A 做矩阵乘法,那么会得到 $n\times n$ 的一个方阵 $A^{\mathrm{T}}A$。既然 $A^{\mathrm{T}}A$ 是方阵,那么就可以进行特征分解,得到的特征值和特征向量满足下式:

$$(A^{\mathrm{T}}A)v_i=\lambda_i v_i \tag{14.5}$$

这样就可以得到矩阵 $A^{\mathrm{T}}A$ 的 n 个特征值和对应的 n 个特征向量 v 了。将 $A^{\mathrm{T}}A$ 的所有特征向量组成一个 $n\times n$ 的矩阵 V,就是SVD公式里面的 V 矩阵了。一般将 V 中的每个特征向量叫作 A 的右奇异向量。

注意:由于

$$A^{\mathrm{T}}A=(U\Sigma V^{\mathrm{T}})^{\mathrm{T}}(U\Sigma V^{\mathrm{T}})=V(\Sigma^{\mathrm{T}}\Sigma)V^{\mathrm{T}} \tag{14.6}$$

式(14.6)证明使用了 $U^{\mathrm{T}}U=I,\Sigma^{\mathrm{T}}=\Sigma$。可以看出 $A^{\mathrm{T}}A$ 的特征向量组成的的确就是SVD中的 V 矩阵。

3. Σ 矩阵求解

由于奇异值矩阵 Σ 除了对角线上是奇异值,而其他位置都是0,那只需要求出每个奇异值 σ 就可以了。

注意到

$$A=U\Sigma V^{\mathrm{T}} \tag{14.7}$$

则

$$AV=U\Sigma V^{\mathrm{T}}V \tag{14.8}$$

由于

$$V^{\mathrm{T}}V=I \tag{14.9}$$

则

$$AV=U\Sigma \tag{14.10}$$

得到

$$Av_i=\sigma_i u_i \tag{14.11}$$

则

$$\sigma_i=\frac{Av_i}{u_i} \tag{14.12}$$

这样可以求出每个奇异值,进而求出奇异值矩阵 Σ。

进一步还可以看出特征值矩阵等于奇异值矩阵的平方,也就是说,特征值和奇异值满足如下关系

$$\sigma_i=\sqrt{\lambda_i} \tag{14.13}$$

这样也就是说，可以不用 $\sigma_i=\frac{\boldsymbol{A}\boldsymbol{v}_i}{\boldsymbol{u}_i}$ 来计算奇异值，也可以通过求出 $\boldsymbol{A}^{\mathrm{T}}\boldsymbol{A}$ 的特征值取平方根来求解奇异值。

14.2.3　SVD 的算法案例

这里用一个简单的例子来说明矩阵是如何进行奇异值分解的。

设矩阵 $\boldsymbol{A}$ 定义为

$$\boldsymbol{A}=\begin{bmatrix}3 & 0\\4 & 5\end{bmatrix}$$

则 $\boldsymbol{A}$ 的秩 $r=2$。

首先求出 $\boldsymbol{A}^{\mathrm{T}}\boldsymbol{A}$ 和 $\boldsymbol{A}\boldsymbol{A}^{\mathrm{T}}$：

$$\boldsymbol{A}^{\mathrm{T}}\boldsymbol{A}=\begin{bmatrix}3 & 4\\0 & 5\end{bmatrix}\begin{bmatrix}3 & 0\\4 & 5\end{bmatrix}=\begin{bmatrix}25 & 20\\20 & 25\end{bmatrix}$$

$$\boldsymbol{A}\boldsymbol{A}^{\mathrm{T}}=\begin{bmatrix}3 & 0\\4 & 5\end{bmatrix}\begin{bmatrix}3 & 4\\0 & 5\end{bmatrix}=\begin{bmatrix}9 & 12\\12 & 41\end{bmatrix}$$

两者都有相同的迹，都是 50。

进而求出 $\boldsymbol{A}^{\mathrm{T}}\boldsymbol{A}$ 的特征值和特征向量：

$$\begin{vmatrix}25-\lambda & 20\\20 & 25-\lambda\end{vmatrix}=(25-\lambda)^2-400=(\lambda-45)(\lambda-5)=0$$

求解得到特征值：$\lambda_1=45,\lambda_2=5$。

由 $\sigma_i=\sqrt{\lambda_i}$，可以得到奇异值为 $\sigma_1=\sqrt{45},\sigma_2=\sqrt{5}$。

特征向量为 $45\begin{bmatrix}1\\1\end{bmatrix}=\begin{bmatrix}45\\45\end{bmatrix}$ 和 $5\begin{bmatrix}-1\\1\end{bmatrix}=\begin{bmatrix}-5\\5\end{bmatrix}$。

接着求出 $\boldsymbol{A}\boldsymbol{A}^{\mathrm{T}}$ 的特征值和特征向量。

同理求得：$\lambda_1=45,\lambda_2=5$。

$\boldsymbol{v}_1$ 和 $\boldsymbol{v}_2$ 为正交的单位向量：

$$\boldsymbol{v}_1=\begin{bmatrix}\frac{1}{\sqrt{2}}\\\frac{1}{\sqrt{2}}\end{bmatrix}$$

$$\boldsymbol{v}_2=\begin{bmatrix}-\frac{1}{\sqrt{2}}\\\frac{1}{\sqrt{2}}\end{bmatrix}$$

利用 $\boldsymbol{A}\boldsymbol{v}_i=\sigma_i\boldsymbol{u}_i,i=1,2$，求奇异值：

$$\boldsymbol{A}\boldsymbol{v}_1=\begin{bmatrix}\frac{3}{\sqrt{2}}\\\frac{9}{\sqrt{2}}\end{bmatrix}=\sqrt{45}\begin{bmatrix}\frac{1}{\sqrt{10}}\\\frac{3}{\sqrt{10}}\end{bmatrix}=\sigma_1\boldsymbol{u}_1$$

$$\boldsymbol{A}\boldsymbol{v}_2=\begin{bmatrix}-\frac{3}{\sqrt{2}}\\ \frac{1}{\sqrt{2}}\end{bmatrix}=\sqrt{5}\begin{bmatrix}-\frac{3}{\sqrt{10}}\\ \frac{1}{\sqrt{10}}\end{bmatrix}=\sigma_2\boldsymbol{u}_2$$

最终得到 $\boldsymbol{A}$ 的奇异值分解为

$$\boldsymbol{U}=\begin{bmatrix}\frac{1}{\sqrt{10}} & -\frac{3}{\sqrt{10}}\\ \frac{3}{\sqrt{10}} & \frac{1}{\sqrt{10}}\end{bmatrix}$$

$$\boldsymbol{\Sigma}=\begin{bmatrix}\sqrt{45} & 0\\ 0 & \sqrt{5}\end{bmatrix}$$

$$\boldsymbol{V}=\begin{bmatrix}\frac{1}{\sqrt{2}} & -\frac{1}{\sqrt{2}}\\ \frac{1}{\sqrt{2}} & \frac{1}{\sqrt{2}}\end{bmatrix}$$

$$\boldsymbol{A}=\boldsymbol{U}\boldsymbol{\Sigma}\boldsymbol{V}^{\mathrm{T}}=\begin{bmatrix}\frac{1}{\sqrt{10}} & -\frac{3}{\sqrt{10}}\\ \frac{3}{\sqrt{10}} & \frac{1}{\sqrt{10}}\end{bmatrix}\begin{bmatrix}\sqrt{45} & 0\\ 0 & \sqrt{5}\end{bmatrix}\begin{bmatrix}\frac{1}{\sqrt{2}} & -\frac{1}{\sqrt{2}}\\ \frac{1}{\sqrt{2}} & \frac{1}{\sqrt{2}}\end{bmatrix}^{\mathrm{T}}=\begin{bmatrix}3 & 0\\ 4 & 5\end{bmatrix}$$

SVD(奇异值分解——应用

14.2.4 SVD 的一些应用

SVD 分解可以将一个矩阵进行分解,对角矩阵对角线上的特征值递减存放,而且奇异值的减少特别快,在很多情况下,前 10%甚至 1%的奇异值的和就占了全部的奇异值之和的 99%以上的比例。

也就是说,对于奇异值,它跟特征分解中的特征值类似,也可以用最大的 k 个奇异值和对应的左右奇异向量来近似描述矩阵。

也就是说

$$\boldsymbol{A}_{m\times n}=\boldsymbol{U}_{m\times m}\boldsymbol{\Sigma}_{m\times n}\boldsymbol{V}_{n\times n}^{\mathrm{T}}\approx\boldsymbol{U}_{m\times k}\boldsymbol{\Sigma}_{k\times k}\boldsymbol{V}_{k\times n}^{\mathrm{T}}\tag{14.14}$$

其中,k 要比 n 小很多,也就是一个大的矩阵 $\boldsymbol{A}$ 可以用 3 个小的矩阵 $\boldsymbol{U}_{m\times k}$、$\boldsymbol{\Sigma}_{k\times k}$、$\boldsymbol{V}_{k\times n}^{\mathrm{T}}$ 来表示。如图 14-3 所示,现在矩阵 $\boldsymbol{A}$ 只需要灰色的部分的 3 个小矩阵就可以近似描述了。

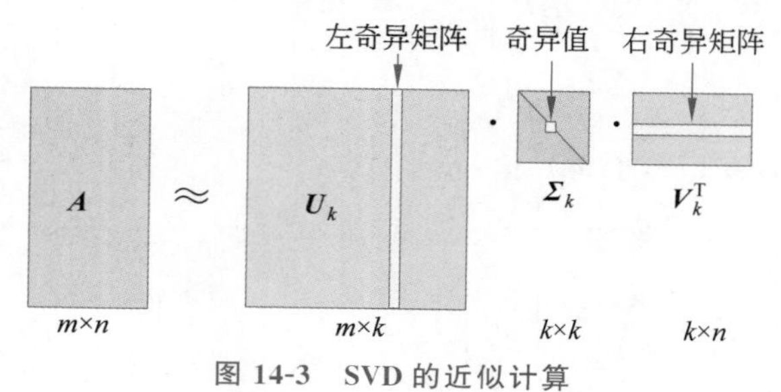

图 14-3 SVD 的近似计算

由于这个重要的性质，SVD 可以用于 PCA 降维，来做数据压缩和去噪。也可以用于推荐算法，将用户和喜好对应的矩阵做特征分解，进而得到隐含的用户需求来做推荐。同时也可以用于 NLP 中的算法，如潜在语义索引(latent semantic indexing，LSI)。

下面通过一个案例介绍如何使用 SVD 进行 PCA 降维。

原始图像(矩阵 $\boldsymbol{A}$)中共有 1081×575×3＝1 864 725 个元素，取前 150 个特征，则矩阵可以压缩成 $\boldsymbol{U}$、$\boldsymbol{\Sigma}$、$\boldsymbol{V}$ 这 3 个矩阵，3 个矩阵共有 812 700 个元素。

SVD 图像压缩计算过程如下。

在本案例中，原始维度 $A=1081\times575\times3=1\ 864\ 725$，$k=150$。

经过 SVD 分解后的矩阵及维度：

$$\boldsymbol{U}_{m\times k}=575\times150$$

$$\boldsymbol{\Sigma}_{k\times k}=150\times150$$

$$\boldsymbol{V}_{k\times n}^{\mathrm{T}}=1081\times150$$

则原始图像压缩后的维度：

$$3\times(575\times150+150\times150+1081\times150)=812\ 700$$

根据图 14-4(a)和图 14-4(b)的显示效果，可以看出，尽管图片经过 SVD 压缩，但图像质量并没有多大损失。

(a) 原始图像

(b) 处理后的图像

图 14-4 原始图像和处理后的图像

PCA

14.3 主成分分析

14.3.1 PCA 概述

PCA 是一种最常见的降维方法,通过将一个大的特征集转换成一个较小的特征集,这个特征集仍然包含了原始数据中的大部分信息,从而降低了原始数据的维数。

减少一个数据集的特征数量自然是以牺牲准确性为代价的,但降维的诀窍是用一点准确性换取简单性。因为更小的数据集更容易探索和可视化,并且对于机器学习算法来说,分析数据会更快、更容易,而不需要处理额外的特征。

PCA 的主要思想是将 n 维特征映射到 k 维上,k 维是全新的正交特征,也被称为主成分,是在原有 n 维特征的基础上重新构造出来的 k 维特征。

在 PCA 中,要做的是找到一个方向向量(vector direction),当把所有的数据都投射到该向量上时,使投射平均均方误差能尽可能地小。方向向量是一个经过原点的向量,而投射误差是从特征向量向该方向向量作垂线的长度。

14.3.2 PCA 算法思想

1. PCA 的核心思想

主成分分析流程如图 14-5 所示。

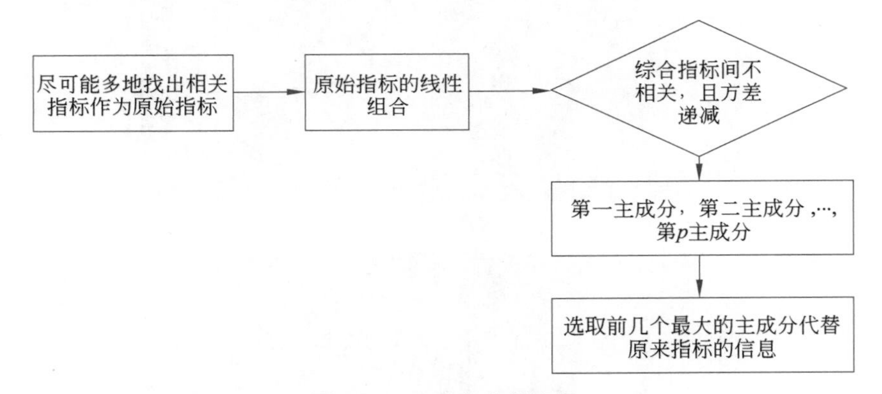

图 14-5 主成分分析流程

其核心思想很简单:减少数据集的特征数量,同时尽可能地保留信息。

在图 14-6 中,定义第 i 轴的单位向量称为第 i 个主成分(principal component,PC)。

第一个 PC 为 c_1,第二个 PC 为 c_2,PCA 识别在训练集中占最大方差量的轴,在图 14-6 中,它是实线。它还找到与第一个轴正交的第二个轴,它考虑了剩余方差的最大量,在这个 2D 示例中,它是虚线。如果它是一个更高维的数据集,PCA 还会找到与前两个轴正交的第 3 个轴及第 4 个轴,第 5 个等,直到找到与数据集中的维数一样多的轴。

每个 PC 都与前一个 PC 正交,为了形象表示,图 14-7(见彩插)有 3 个 PC,前两个 PC 由平面中的正交箭头表示,第三个 PC 与平面正交(向上或向下)。

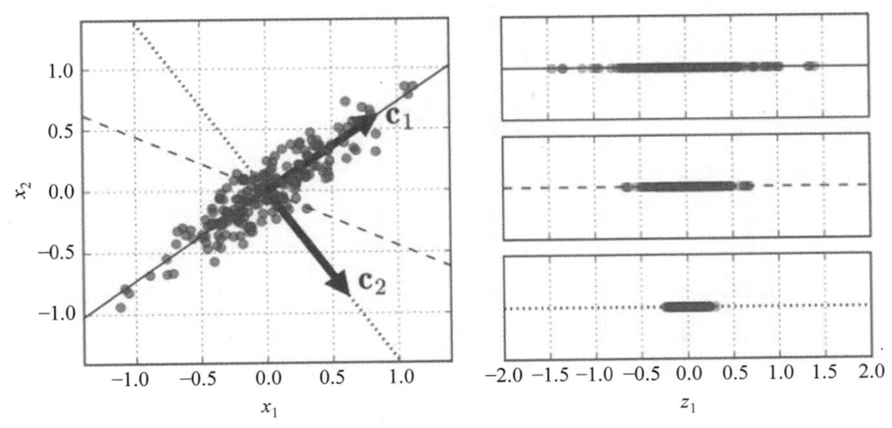

图 14-6　主成分分析的主成分示意图

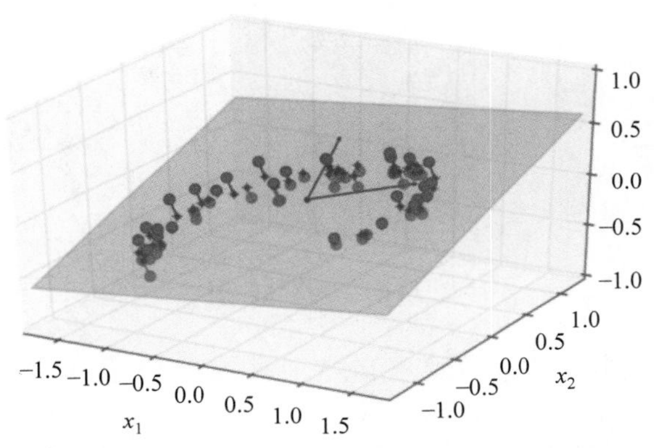

图 14-7　每个主成分与前一个主成分正交(见彩插)

2. PCA 如何求最大差异的主成分

PCA 得到这些包含最大差异性的主成分方向的主要思路如下。

(1) 通过计算数据矩阵的协方差矩阵。

(2) 得到协方差矩阵的特征值和特征向量。

(3) 选择特征值最大(即方差最大)的 k 个特征所对应的特征向量组成的矩阵。

通过这 3 个步骤的操作,就可以将数据矩阵转换到新的空间当中,实现数据特征的降维。

3. PCA 算法得到协方差矩阵的特征值和特征向量

求特征向量有两种实现方法。

基于 SVD 分解协方差矩阵实现 PCA 算法和基于特征值分解协方差矩阵实现 PCA 算法,这两种方法的前面两步是相同的,到第三步对协方差矩阵分解的方法不同。

注意:设有 m 条 n 维数据,将原始数据按列组成 n 行 m 列矩阵 $\mathbf{A}$。

1) 基于 SVD 分解协方差矩阵实现 PCA 算法

PCA 减少 n 维到 k 维的步骤(SVD 分解方法)如下。

(1) 均值归一化。需要计算出所有特征的均值,然后令 $\boldsymbol{x}_j=\boldsymbol{x}_j-\boldsymbol{\mu}_j$($\mu_j$ 为均值)。如果特征是在不同的数量级上,还需要将其除以标准差 σ^2(σ 为标准差)。

(2) 计算协方差矩阵(covariance matrix)$\boldsymbol{\Sigma}$

$$\boldsymbol{\Sigma}=\frac{1}{m}\sum_{i=1}^{n}(\boldsymbol{x}^{(i)})(\boldsymbol{x}^{(i)})^{\mathrm{T}} \tag{14.15}$$

(3) 计算协方差矩阵 Σ 的特征向量(eigenvectors),可以利用奇异值分解来求解。

奇异值分解的标准矩阵分解技术可以将训练集矩阵 $\boldsymbol{A}$ 分解为 3 个矩阵 $\boldsymbol{U\Sigma V}^{\mathrm{T}}$ 的点积,其中,$\boldsymbol{V}^{\mathrm{T}}$ 包含所有主成分。

SVD 求解是 PCA 算法的主要方法,由于在 14.2 节中已经对 SVD 的标准矩阵分解技术进行讲解,SVD 示意图见图 14-8,本节不再重复讲解。

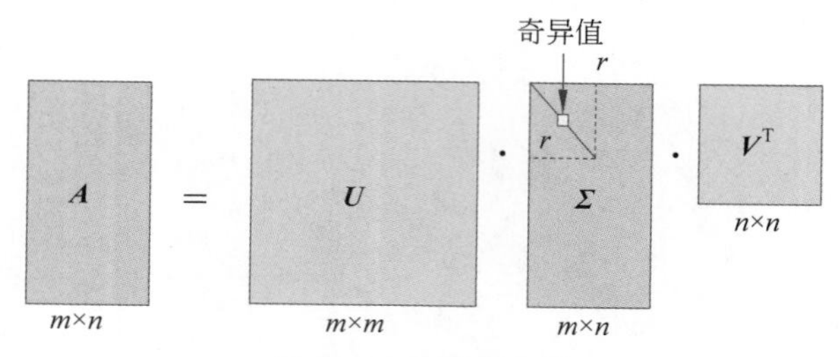

图 14-8 SVD 示意图

2) 基于特征值分解协方差矩阵实现 PCA 算法

基于特征值分解协方差矩阵实现 PCA 算法用到以下背景知识。

(1) 特征值与特征向量。如果一个向量 $\boldsymbol{v}$ 是矩阵 $\boldsymbol{A}$ 的特征向量,将一定可以表示成下面的形式:

$$\boldsymbol{Av}=\lambda\boldsymbol{v} \tag{14.16}$$

其中,λ 是特征向量 $\boldsymbol{A}$ 对应的特征值,一个矩阵的一组特征向量是一组正交向量。

(2) 特征值分解矩阵。对于矩阵 $\boldsymbol{A}$,有一组特征向量 $\boldsymbol{v}$,将这组向量进行正交化单位化,就能得到一组正交单位向量。特征值分解,就是将矩阵 $\boldsymbol{A}$ 分解为如下式:

$$\boldsymbol{A}=\boldsymbol{P\Sigma P}^{-1} \tag{14.17}$$

其中,$\boldsymbol{P}$ 是矩阵 $\boldsymbol{A}$ 的特征向量组成的矩阵;$\boldsymbol{\Sigma}$ 则是一个对角阵,对角线上的元素就是特征值。

注意:对于正交矩阵 $\boldsymbol{P}$,有 $\boldsymbol{P}^{-1}=\boldsymbol{P}^{\mathrm{T}}$。

PCA 减少 n 维到 k 维的步骤(特征值分解方法)如下。

(1) 均值归一化。

(2) 计算协方差矩阵 $\boldsymbol{\Sigma}$。

(3) 用特征值分解方法计算协方差矩阵 $\boldsymbol{\Sigma}$ 的特征值和特征向量。注:前三步与 SVD 相同。

(4) 对特征值从大到小排序,选择其中最大的 k 个。然后将其对应的 k 个特征向量分别作为行向量组成特征向量矩阵 $\boldsymbol{P}$。

(5) 将数据转换到 k 个特征向量构建的新空间中，即 $\boldsymbol{Y}=\boldsymbol{P}\boldsymbol{X}$。

14.3.3　PCA 算法案例

这里使用特征值分解的方法来进行 PCA 计算。

设 $\boldsymbol{X}=\begin{bmatrix}-1 & -1 & 0 & 2 & 0\\ -2 & 0 & 0 & 1 & 1\end{bmatrix}$，用 PCA 的方法将这组二维数据降到一维。

因为这个矩阵的每行已经是 0 均值，所以可以直接求协方差矩阵：

$$\boldsymbol{\Sigma}=\frac{1}{5}\begin{bmatrix}-1 & -1 & 0 & 2 & 0\\ -2 & 0 & 0 & 1 & 1\end{bmatrix}\begin{bmatrix}-1 & -2\\ -1 & 0\\ 0 & 0\\ 2 & 1\\ 0 & 1\end{bmatrix}=\begin{bmatrix}\frac{6}{5} & \frac{4}{5}\\ \frac{4}{5} & \frac{6}{5}\end{bmatrix}$$

然后求 $\boldsymbol{\Sigma}$ 的特征值和特征向量：

$$|\boldsymbol{A}-\lambda\boldsymbol{E}|=\begin{vmatrix}\frac{6}{5}-\lambda & \frac{4}{5}\\ \frac{4}{5} & \frac{6}{5}-\lambda\end{vmatrix}=\left(\frac{6}{5}-\lambda\right)^2-\frac{16}{25}=(\lambda-2)(\lambda-2/5)=0$$

求解得到特征值：$\lambda_1=2,\lambda_2=2/5$，其对应的特征向量分别是 $\boldsymbol{\Sigma}_1\begin{bmatrix}1\\ 1\end{bmatrix}$、$\boldsymbol{\Sigma}_2\begin{bmatrix}-1\\ 1\end{bmatrix}$。

由于对应的特征向量分别是一个通解，$\boldsymbol{\Sigma}_1$ 和 $\boldsymbol{\Sigma}_2$ 可取任意实数。那么标准化后的特征向量为

$$\begin{bmatrix}1/\sqrt{2}\\ 1/\sqrt{2}\end{bmatrix},\begin{bmatrix}-1/\sqrt{2}\\ 1/\sqrt{2}\end{bmatrix}$$

因此矩阵 $\boldsymbol{P}$ 是

$$\boldsymbol{P}=\begin{bmatrix}1\sqrt{2} & 1\sqrt{2}\\ -1\sqrt{2} & 1\sqrt{2}\end{bmatrix}$$

可以验证协方差矩阵 $\boldsymbol{\Sigma}$ 的对角化：

$$\boldsymbol{P}\boldsymbol{\Sigma}\boldsymbol{P}^{\mathrm{T}}=\begin{bmatrix}1/\sqrt{2} & 1/\sqrt{2}\\ -1/\sqrt{2} & 1/\sqrt{2}\end{bmatrix}\begin{bmatrix}6/5 & 4/5\\ 4/5 & 6/5\end{bmatrix}\begin{bmatrix}1/\sqrt{2} & -1/\sqrt{2}\\ 1/\sqrt{2} & 1/\sqrt{2}\end{bmatrix}=\begin{bmatrix}2 & 0\\ 0 & 2/5\end{bmatrix}$$

最后用 $\boldsymbol{P}$ 的第一行乘以数据矩阵，就得到了降维后的数据表示：

$$\boldsymbol{Y}=[1\sqrt{2}\quad 1\sqrt{2}]\begin{bmatrix}-1 & -1 & 0 & 2 & 0\\ -2 & 0 & 0 & 1 & 1\end{bmatrix}=[-3\sqrt{2}\quad -1\sqrt{2}\quad 0\quad 3\sqrt{2}\quad -1\sqrt{2}]$$

降维后的投影结果如图 14-9 所示。

14.3.4　PCA 算法总结

PCA 算法是一种常见的降维方法，通过将一个大的特征集转换成一个较小的特征

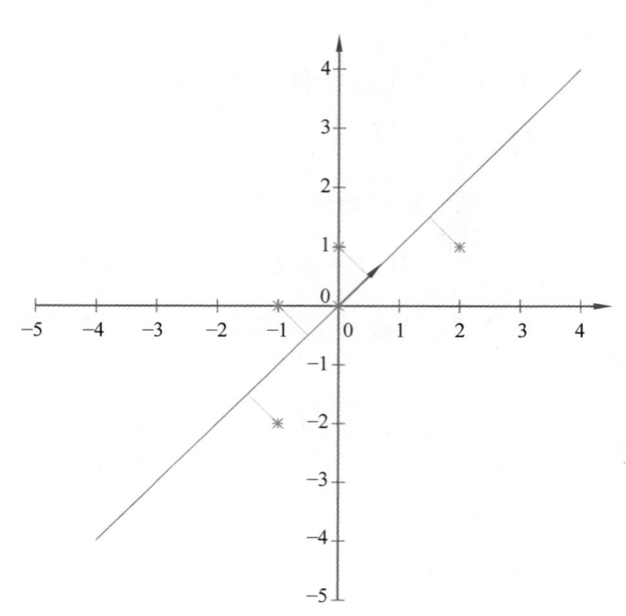

图 14-9 PCA 降维后的投影结果

集,这个特征集仍然包含了原始数据中的大部分信息,从而降低了原始数据的维数。

PCA 算法得到协方差矩阵的特征值和特征向量,有两种实现方法。

基于 SVD 分解协方差矩阵实现 PCA 算法和基于特征值分解协方差矩阵实现 PCA 算法。

PCA 算法的优缺点总结如下。

1. 优点

(1) 仅仅需要以方差衡量信息量,不受数据集以外的因素影响。

(2) 各主成分之间正交,可消除原始数据成分间相互影响的因素。

(3) 计算方法简单,主要运算时特征值分解,易于实现。

(4) 它是无监督学习,完全无参数限制。

2. 缺点

(1) 主成分各个特征维度的含义具有一定的模糊性,不如原始样本特征的解释性强。

(2) 方差小的非主成分也可能含有对样本差异的重要信息,因降维丢弃可能对后续数据处理有影响。

习题

一、单选题

1. 降维属于(　　)。

A. 监督学习　　B. 无监督学习　　C. 强化学习　　D. 以上都不是

2. 以下关于降维的说法不正确的是(　　)。

A. 降维是将训练样本从高维空间转换到低维空间

B. 降维不会对数据产生损伤

C. 通过降维可以更有效地发掘有意义的数据结构

D. 降维将有助于实现数据可视化

3. 以下关于 SVD 说法正确的有(　　)。

A. SVD 可将矩阵分解成 3 个矩阵的乘积,其中存在两个对角矩阵

B. SVD 并不要求分解矩阵必须是方阵

C. 特征向量组成的矩阵并不要求必须是酉矩阵

D. 以上说法都不对

4. 以下关于 PCA 说法正确的是(　　)。

A. PCA 是一种监督学习算法

B. PCA 在转换后的第一个新坐标轴选择的是原始数据中方差最小的方向

C. PCA 转换后选择的第一个方向是最主要特征

D. PCA 不需要对数据进行归一化处理

5. PCA 算法的主要应用有(　　)。

A. 聚类　　B. 距离度量　　C. 数据压缩　　D. 分类

6. 关于 PCA 特点说法错误的是(　　)。

A. PCA 算法完全没有参数限制

B. PCA 算法很难去除噪声

C. PCA 可以降低算法的计算开销

D. PCA 算法需要对对象有一定的先验知识

7. 关于 PCA 和 SVD 的比较错误的是(　　)。

A. PCA 和 SVD 都可以用于降低维度

B. SVD 可以用来计算伪逆

C. PCA 只能获取单个方向的主成分

D. PCA 不需要进行 0 均值化

8. 关于维数灾难的说法错误的是(　　)。

A. 高维度数据增加了运算难度

B. 降低高维度数据维度会对数据有所损伤

C. 高维度数据可使算法泛化能力变得越来越强

D. 高维度数据难以可视化

9. 降维涉及的投影矩阵一般要求正交,下面关于正交矩阵用于投影的优缺点说法正确的是(　　)。

A. 正交矩阵不便于进行降维和重构计算

B. 正交矩阵投影变换之后的矩阵的不同坐标之间是不相关的

C. 坐标之间去相关后必定有利于提高后续的学习性能

D. 以上说法都不对

10. 以下数据适合做降维的是(　　)。

A. 原始维度不高的数据

B. 特征之间存在线性关系的数据

C. 维度很高且各个维度之间相关性比较弱的数据

D. 以上数据都不适合做降维

11. 几种常见的降维算法的共同特点有(　　)。

A. 均为无监督学习算法　　B. 均不要求数据符合高斯分布

C. 都利用了矩阵分解的思想　　D. 都会导致数据过拟合

12. 以下关于 SVD 的优化过程说法错误的是(　　)。

A. SVD 分解的矩阵不要求是方阵

B. SVD 分解出 3 个矩阵的乘积的形式,其中一个是奇异值矩阵,另外两个是奇异向量组成的矩阵

C. 奇异值跟特征值性质完全不同

D. 前面几个奇异值占了全部奇异值之和的绝大部分

二、多选题

1. 降维的优点有(　　)。

A. 减小训练时间　　B. 方便实现数据可视化

C. 方便消除冗余特征　　D. 可明显提高学习性能

2. 下面属于降维常用的技术的有(　　)。

A. 主成分分析　　B. 特征提取　　C. 奇异值分解　　D. 离散化

3. 以下关于 PCA 说法正确的是(　　)。

A. PCA 各个主成分之间正交

B. PCA 各个主成分维度解释性强

C. PCA 运算时需要进行特征值分解

D. PCA 运算结果受到属性方差的影响

4. PCA 算法获取的超平面应具有的性质是(　　)。

A. 最近重构性　　B. 信息增益最大性

C. 最大可分性　　D. 局部极小性

三、判断题

1. PCA 是一种有效的降维去噪方法。(　　)

2. PCA 会选取信息量最少的方向进行投影。(　　)

3. PCA 投影方向可从最大化方差和最小化投影误差这两个角度理解。(　　)

4. SVD 可用于求解矩阵的伪逆。(　　)

参考文献

[1] NG A. Machine learning [EB/OL]. Stanford University, 2014. https://www.coursera.org/course/ml.

[2] HINTON G E, SALAKHUTPINOV R R. Reducing the dimensionality of data with neural networks.[J]. Science, 2006.

[3] JOLLIFFE I T. Principal component analysis [J]. Journal of Marketing Research, 2002, 87(4): 513.

[4] 李航. 统计学习方法[M]. 2 版. 北京：清华大学出版社,2019.

[5] HASTIE T, TIBSHIRANI R, FRIEDMAN J. The elements of statistical learning [M]. New York: Springer,2001.

[6] HARRINGTON P.机器学习实战[M]. 李锐,李鹏,曲亚东等译. 北京：人民邮电出版社,2013.

第15章

关联规则

15.1 关联规则概述

关联规则概述

关联规则(association rules)反映一个事物与其他事物之间的相互依存性和关联性。如果两个或多个事物之间存在一定的关联关系,那么,其中一个事物就能够通过其他事物预测到。

关联规则可以看作是一种IF-THEN关系,如图15-1所示。假设商品A被客户购买,那么在相同的交易ID下,商品B也被客户挑选的机会就出现了。

图15-1 关联规则可以看作是一种IF-THEN关系

下面举几个关联规则的例子。

有没有发生过这样的事:你出去买东西,结果却买了比计划的多得多的东西?这是一种被称为冲动购买的现象,大型零售商利用机器学习和Apriori算法,让人们倾向于购买更多的商品。

购物车分析是大型超市用来揭示商品之间关联的关键技术之一。商品分析员试图找出不同物品和产品之间的关联,这些物品和产品可以一起销售,这有助于正确地放置产品。

买面包的人通常也买黄油。零售店的营销团队应该瞄准那些购买面包和黄油的顾客,向他们提供报价,以便他们购买第三种商品,如鸡蛋。

因此,如果顾客买了面包和黄油,看到鸡蛋有折扣或优惠,他们就会倾向于多花些钱买鸡蛋。如图15-2所示,这就是购物车分析的意义所在。

图15-2 大型超市关联规则的应用(购物车分析)

关联规则的背景知识如下。

置信度(confidence)：表示购买了 A 商品后，你还会有多大的概率购买 B 商品。

$$\text{Confidence}(A \rightarrow B)=\frac{\text{freq}(A,B)}{\text{freq}(A)} \tag{15.1}$$

支持度(support)：指某个商品组合出现的次数与总次数之间的比例，支持度越高表示该组合出现的概率越大。N 代表所有商品数量。

$$\text{Support}(A,B)=\frac{\text{freq}(A,B)}{N} \tag{15.2}$$

提升度(lift)：提升度代表商品 A 的出现，对商品 B 的出现概率提升了多少，即"商品 A 的出现，对商品 B 的出现概率提升的"程度。

$$\text{Lift}(A \rightarrow B)=\frac{\text{Support}(A,B)}{\text{Support}(A)\times \text{Support}(B)} \tag{15.3}$$

图 15-3 给出了一个置信度、支持度和提升度的案例。

在图 15-3 中有 8 次交易(购物)，根据关联规则的公式，可以得到如图 15-4 所示的结果。

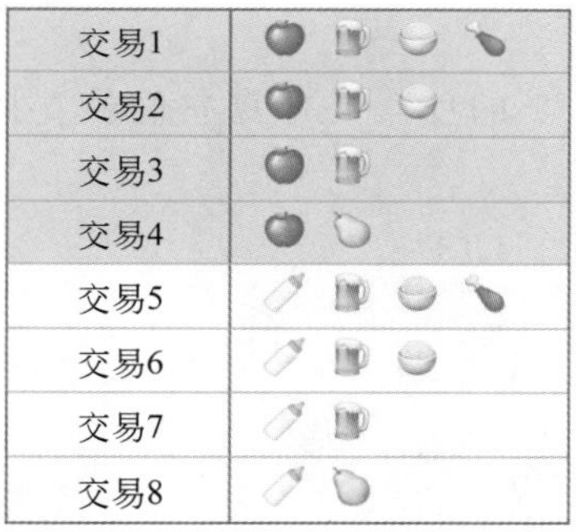

交易1	
交易2	
交易3	
交易4	
交易5	
交易6	
交易7	
交易8	

图 15-3　关联规则案例

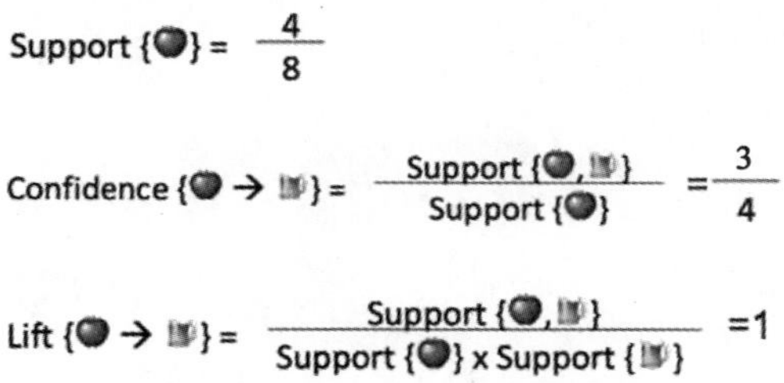

图 15-4　支持度、置信度、提升度计算案例

在图 15-4 中，可以看到苹果的支持度为 4/8，而购买了苹果后再买啤酒的置信度为 3/4，而苹果的出现，对啤酒的出现概率的提升度为 1。

15.2　Apriori 算法

Apriori 算法

15.2.1　Apriori 算法概述

Apriori 算法是第一个关联规则挖掘算法，也是最经典的关联规则算法。Apriori 算法利用频繁项集生成关联规则。它基于频繁项集的子集也必须是频繁项集的概念，利用逐层搜索的迭代方法找出数据库中项集的关系，以形成规则，其过程由连接(类矩阵运算)与剪枝(去掉那些没必要的中间结果)组成。该算法中项集的概念即为项的集合。包含 k 个项的集合为 k 项集。包含项集的事务数称为项集的频率。如果某项集满足最小支持度，则称它为频繁项集。

15.2.2 Apriori 算法思想

Apriori 算法的主要思想如下。

输入：数据集合 D，支持度阈值 α。

输出：最大的频繁 k 项集。

(1) 扫描整个数据集，得到所有出现过的数据，作为候选频繁 1 项集。$k=1$ 时，频繁 0 项集为空集。

(2) 挖掘频繁 k 项集。

① 扫描数据，计算候选频繁 k 项集的支持度。

② 去除候选频繁 k 项集中支持度低于阈值的数据集，得到频繁 k 项集。如果得到的频繁 k 项集为空，则直接返回频繁 $k-1$ 项集的集合作为算法结果，算法结束；如果得到的频繁 k 项集只有一项，则直接返回频繁 k 项集的集合作为算法结果，算法结束。

③ 基于频繁 k 项集，连接生成候选频繁 $k+1$ 项集。

(3) 令 $k=k+1$，转入步骤(2)。

15.2.3 Apriori 算法案例

举一个 Apriori 算法的案例。

第 1 次迭代：假设支持度阈值为 2，创建大小为 1 的项集并计算它们的支持度，如图 15-5 所示。

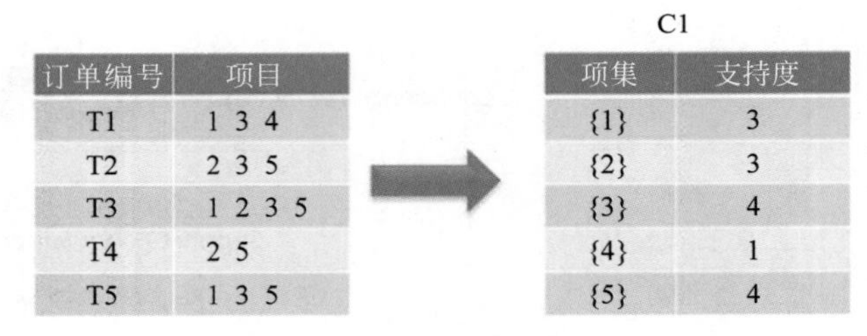

订单编号	项目
T1	1 3 4
T2	2 3 5
T3	1 2 3 5
T4	2 5
T5	1 3 5

C1

项集	支持度
{1}	3
{2}	3
{3}	4
{4}	1
{5}	4

图 15-5 关联规则案例(一)

从图 15-6 中可以看到，第 4 项的支持度为 1，小于最小支持度 2。所以在接下来的迭代中丢弃{4}。得到最终表 F1。

C1

项集	支持度
{1}	3
{2}	3
{3}	4
{4}	1
{5}	4

F1

项集	支持度
{1}	3
{2}	3
{3}	4
{5}	4

图 15-6 关联规则案例(二)

第 2 次迭代：接下来将创建大小为 2 的项集，并计算它们的支持度。F1 中设置的所有项如图 15-7 所示。

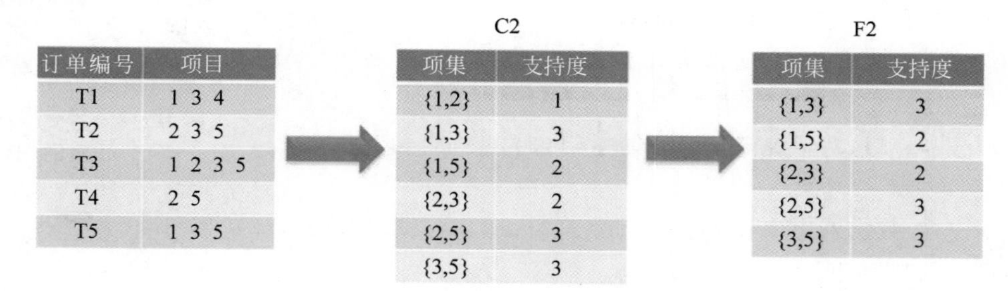

订单编号	项目
T1	1 3 4
T2	2 3 5
T3	1 2 3 5
T4	2 5
T5	1 3 5

C2

项集	支持度
{1,2}	1
{1,3}	3
{1,5}	2
{2,3}	2
{2,5}	3
{3,5}	3

F2

项集	支持度
{1,3}	3
{1,5}	2
{2,3}	2
{2,5}	3
{3,5}	3

图 15-7　关联规则案例(三)

再次消除支持度小于 2 的项集。在这个例子中得到{1,2}。

现在,来了解什么是剪枝及它是如何使 Apriori 算法成为查找频繁项集的最佳算法之一的,如图 15-8 所示。

剪枝:将 C3 中的项集划分为子集,并消除支持值小于 2 的子集。

订单编号	项目
T1	1 3 4
T2	2 3 5
T3	1 2 3 5
T4	2 5
T5	1 3 5

C3

项集	在F2里?
{1,2,3},{1,2},{1,3},{2,3}	否
{1,2,5},{1,2},{1,5},{2,5}	否
{1,3,5},{1,5},{1,3},{3,5}	是
{2,3,5},{2,3},{2,5},{3,5}	是

图 15-8　关联规则案例(四)

第 3 次迭代:丢弃{1,2,3}和{1,2,5},因为它们都包含{1,2},如图 15-9 所示。

订单编号	项目
T1	1 3 4
T2	2 3 5
T3	1 2 3 5
T4	2 5
T5	1 3 5

F3

项集	支持度
{1,3,5}	2
{2,3,5}	2

图 15-9　关联规则案例(五)

第 4 次迭代:如图 15-10 所示,使用 F3 的集合,创建 C4。

订单编号	项目
T1	1 3 4
T2	2 3 5
T3	1 2 3 5
T4	2 5
T5	1 3 5

F3

项集	支持度
{1,3,5}	2
{2,3,5}	2

C4

项集	支持度
{1,2,3,5}	1

图 15-10　关联规则案例(六)

因为这个项集的支持度小于2，所以就到此为止，最后一个项集是F3，如图15-11所示。

项集	支持度
{1,3,5}	2
{2,3,5}	2

图15-11 关联规则案例（七）

注意：到目前为止，还没有计算出置信度。

使用F3，得到以下项集。

对于 $I=\{1,3,5\}$ 来说，其子集是{1,3}，{1,5}，{3,5}，{1}，{3}，{5}。

对于 $I=\{2,3,5\}$ 来说，其子集是{2,3}，{2,5}，{3,5}，{2}，{3}，{5}。

应用规则如下。

创建规则并将它们应用于项集 $F3$。现在假设最小置信度是60%。

对于 I 的每个子集 S，输出规则如下。

$S \rightarrow (I-S)$（表示 S 推荐 $I-S$）

当支持度(I)/支持度(S)≥最小配置值时，则选择该规则，否则拒绝该规则。

项集{1,3,5}应用规则如下。

规则1

{1,3}→({1,3,5}−{1,3})表示1&3→5。

置信度=支持度(1,3,5)/支持度(1,3)=2/3=66.66%>60%。

因此，选择了规则1。

规则2

{1,5}→({1,3,5}−{1,5})表示1&5→3。

置信度=支持度(1,3,5)/支持度(1,5)=2/2=100%>60%。

因此，选择了规则2。

规则3

{3,5}→({1,3,5}−{3,5})表示3&5→1。

置信度=支持度(1,3,5)/支持度(3,5)=2/3=66.66%>60%。

因此，选择了规则3。

规则4

{1}→({1,3,5}−{1})表示1→3&5。

置信度=支持度(1,3,5)/支持度(1)=2/3=66.66%>60%。

因此，选择了规则4。

规则5

{3}→({1,3,5}−{3})表示3→1和5。

置信度=支持度(1,3,5)/支持度(3)=2/4=50%<60%。

规则5被拒绝。

规则6

{5}→({1,3,5}−{5})表示5→1和3。

置信度=支持度(1,3,5)/支持度(5)=2/4=50%<60%。

规则6被拒绝。

这就是在Apriori算法中创建规则的方法，同样的步骤也可以在项集{2,3,5}中实现。通过 Apriori 算法，可以看到哪些规则被接受，哪些规则被拒绝。

15.2.4 Apriori 算法总结

Apriori 算法是一种最常见的关联规则算法，在计算的过程中，Apriori 算法有以下两个缺点。

(1) 可能产生大量的候选集。因为采用排列组合的方式，把可能的项集都组合出来了。

(2) 每次计算都需要重新扫描数据集，来计算每个项集的支持度。

FP-Growth 算法

15.3 FP-Growth 算法

15.3.1 FP-Growth 算法概述

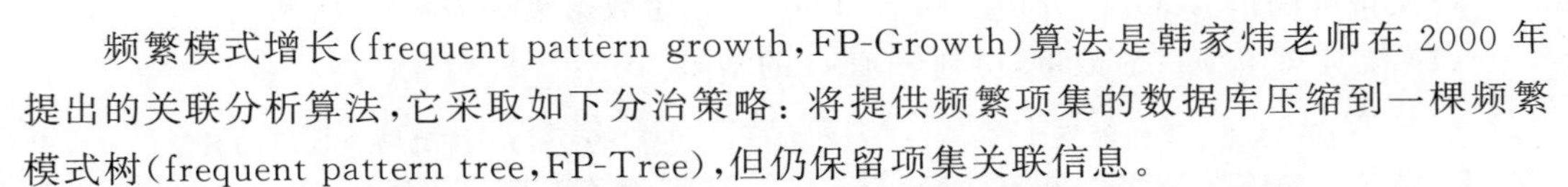

频繁模式增长(frequent pattern growth，FP-Growth)算法是韩家炜老师在 2000 年提出的关联分析算法，它采取如下分治策略：将提供频繁项集的数据库压缩到一棵频繁模式树(frequent pattern tree，FP-Tree)，但仍保留项集关联信息。

该算法是对 Apriori 算法的改进，生成一个频繁模式而不需要生成候选模式。

FP-Growth 算法以树的形式表示数据库，称为频繁模式树或 FP-Tree。

FP-Tree(FP 树)是由数据库的初始项集组成的树状结构。FP-Tree 的目的是挖掘最频繁的模式。FP-Tree 的每个节点表示项集的一个项。

根节点表示 null，而较低的节点表示项集。在形成树的同时，保持节点与较低节点(即项集与其他项集)的关联。

此树结构将保持项集之间的关联。数据库使用一个频繁项进行分段。这个片段被称为“模式片段”。因此，该方法相对减少了频繁项集的搜索。

15.3.2 FP-Growth 算法思想

FP-Growth 算法和 Apriori 算法最大的不同有两点。

(1) 不产生候选集。

(2) 只需要两次遍历数据库，大大提高了效率。

FP-Growth 算法可以在不产生候选集的情况下找到频繁模式，其算法步骤如下。

(1) 扫描数据库以查找数据库中出现的项集，这一步与 Apriori 的第一步相同。

(2) 构造 FP-Tree。为此，创建树的根，根由 null 表示。

(3) 再次扫描数据库并检查事务。检查第一个事务并找出其中的项集。计数最大的项集在顶部，计数较低的为下一个项集，以此类推。这意味着树的分支是由事务项集按计数降序构造的。

(4) 检查数据库中的下一个事务。项目集按计数降序排列。如果此事务的任何项集已经存在于另一个分支中(如在第一个事务中)，则此事务分支将共享根的公共前缀。

这意味着公共项集链接到此事务中另一项集的新节点。

(5) 此外,项集的计数在事务中发生时递增。当根据事务创建和链接公共节点和新节点时,它们的计数都增加1。

(6) 挖掘创建的FP-Tree。首先检查最低节点及最低节点的链接。最低的节点表示频率模式长度1。由此遍历FP-Tree中的路径,此路径称为条件模式基。

条件模式库是一个子数据基,由FP-Tree中的前缀路径组成,路径中的节点(后缀)最低。

(7) 构造一个条件FP-Tree,它由路径中的项集计数构成。在条件FP-Tree中考虑满足阈值支持的项集。

(8) 频繁模式由条件FP-Tree生成。

15.3.3 FP-Growth 算法案例

这里举一个FP-Growth的算法案例。

设支持度阈值为50%,置信度阈值为60%,原始数据集如表15-1所示。

(1) 统计每个项目的数量,得到表15-2的结果。

表15-1 原始数据集

交易编号	项目
T1	I1,I2,I3
T2	I2,I3,I4
T3	I4,I5
T4	I1,I2,I4
T5	I1,I2,I3,I5
T6	I1,I2,I3,I4

表15-2 统计每个项目的数量

项目	数量
I1	4
I2	5
I3	4
I4	4
I5	2

(2) 把项目按照数量从高到低排序,由于支持度阈值为50%,交易数量为6,得到50%×6=3,即最小子项目数量=3,因为I5计数小于3,所以舍弃I5项目,得到表15-3的结果。

(3) 重新调整数据集,按照项目数量进行排序,得到排序后的数据集如表15-4所示。

表15-3 项集数量排序

项目	数量
I2	5
I1	4
I3	4
I4	4

表15-4 原始数据集

交易编号	项目
T1	I2,I1,I3
T2	I2,I3,I4
T3	I4,I5
T4	I2,I1,I4
T5	I2,I1,I3,I5
T6	I2,I1,I3,I4

（4）构建 FP-Tree，得到最终生成的 FP-Tree，如图 15-12 所示。

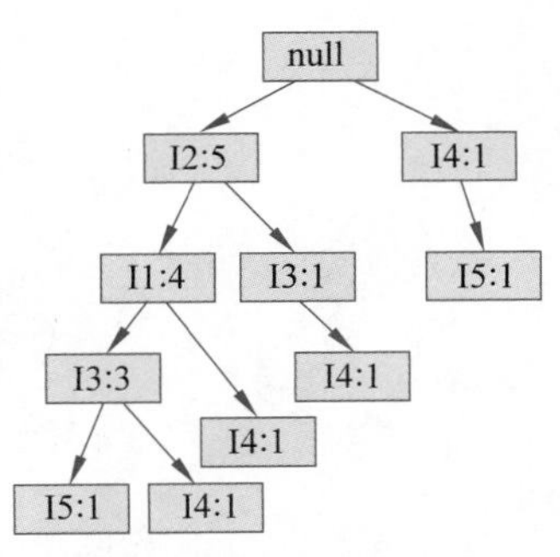

图 15-12　最终生成的 FP-Tree

图 15-12 最终生成的 FP-Tree 的计算过程如下。

① 设根节点为空(null)。

② T1：I1、I2、I3 的第一次扫描包含 3 个项目{I1：1}、{I2：1}、{I3：1}，根据项集数量进行排序，其中 I2 作为子级链接到根节点，I1 链接到 I2，I3 链接到 I1。

具体过程如图 15-13 所示。

③ T2：包含 I2、I3 和 I4，其中 I2 链接到根节点，I3 链接到 I2，I4 链接到 I3。但是这个分支将共享 I2 节点，就像它已经在 T1 中使用一样。将 I2 的计数增加 1，I3 作为子级链接到 I2，I4 作为子级链接到 I3。计数是{I2：2}、{I3：1}、{I4：1}，如图 15-14 所示。

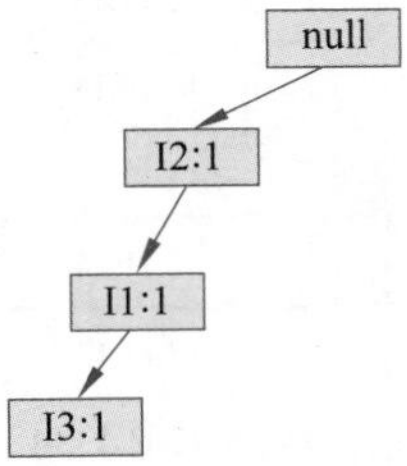

交易编号	项目
T1	I2,I1,I3
T2	I2,I3,I4
T3	I4,I5
T4	I2,I1,I4
T5	I2,I1,I3,I5
T6	I2,I1,I3,I4

图 15-13　生成的 FP-Tree 过程 1、2

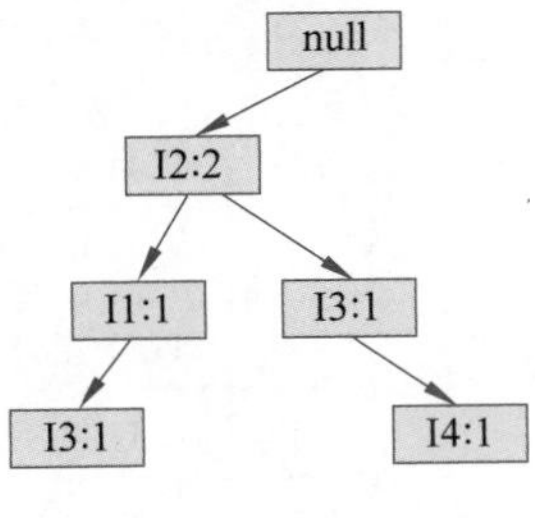

交易编号	项目
T1	I2,I1,I3
T2	I2,I3,I4
T3	I4,I5
T4	I2,I1,I4
T5	I2,I1,I3,I5
T6	I2,I1,I3,I4

图 15-14　生成的 FP-Tree 过程 3

④ T3：I4、I5。类似地，如图 15-15 所示，在创建子级时，一个带有 I5 的新分支链接到 I4。

⑤ T4：I1、I2、I4。顺序为 I2、I1 和 I4。I2 已经链接到根节点，因此它将递增 1。同样地，I1 将递增 1，因为它已经链接到 T1 中的 I2，因此得到{I2：3}、{I1：2}、{I4：1}，如图 15-16

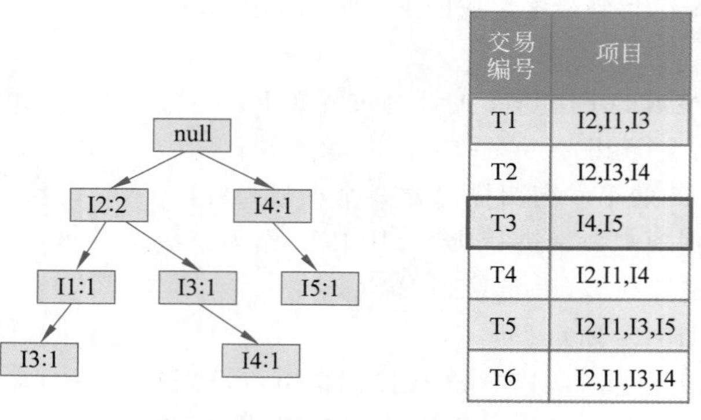

交易编号	项目
T1	I2,I1,I3
T2	I2,I3,I4
T3	I4,I5
T4	I2,I1,I4
T5	I2,I1,I3,I5
T6	I2,I1,I3,I4

图 15-15 生成的 FP-Tree 过程 4

所示。

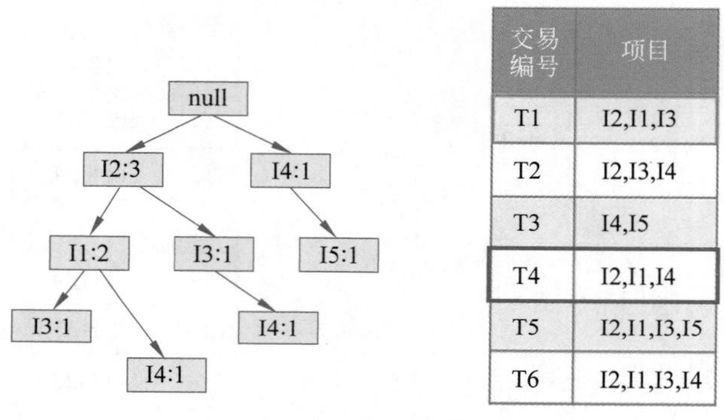

交易编号	项目
T1	I2,I1,I3
T2	I2,I3,I4
T3	I4,I5
T4	I2,I1,I4
T5	I2,I1,I3,I5
T6	I2,I1,I3,I4

图 15-16 生成的 FP-Tree 过程 5

⑥ T5：I1、I2、I3、I5。顺序为 I2、I1、I3 和 I5。因此得到{I2:4}、{I1:3}、{I3:2}、{I5:1}，如图 15-17 所示。

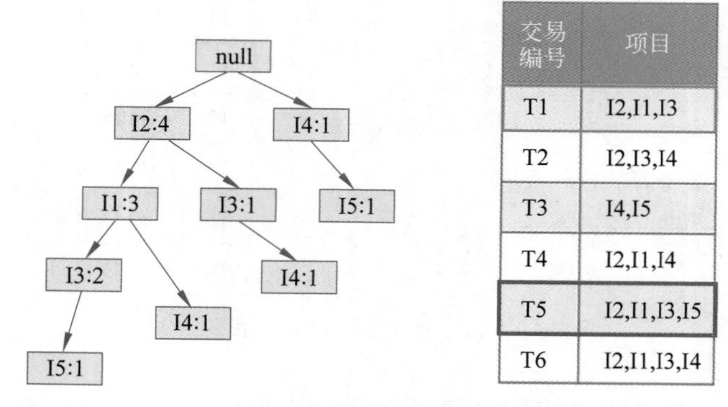

交易编号	项目
T1	I2,I1,I3
T2	I2,I3,I4
T3	I4,I5
T4	I2,I1,I4
T5	I2,I1,I3,I5
T6	I2,I1,I3,I4

图 15-17 生成的 FP-Tree 过程 6

⑦ T6：I1、I2、I3、I4。顺序为 I2、I1、I3 和 I4。因此得到{I2:5}，{I1:4}，{I3:3}，{I4:1}，如图 15-18 所示。

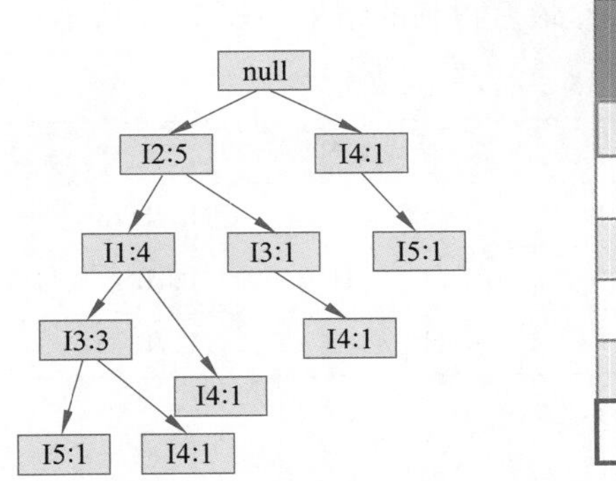

交易编号	项目
T1	I2,I1,I3
T2	I2,I3,I4
T3	I4,I5
T4	I2,I1,I4
T5	I2,I1,I3,I5
T6	I2,I1,I3,I4

图 15-18　生成的 FP-Tree 过程 7

(5) 挖掘这个案例的 FP-Tree。

① 不考虑最低节点项 I5,因为它没有达到最小支持计数 3,因此将其删除。

② 下一个较低的节点是 I4。I4 出现在 3 个分支中,{I2,I1,I3,I4:1}、{I2,I1,I4:1}、{I2,I3,I4:1}。因此,将 I4 作为后缀,前缀路径将是{I2,I1,I3:1}、{I2,I1:1}、{I2,I3:1},这形成了条件模式基。

注意:条件模式基指以要挖掘的节点为叶子节点,自底向上求出 FP 子树,然后将 FP 子树的祖先节点设置为叶子节点之和。条件模式基的计数是根据路径中节点的最小计数来决定的。根据条件 FP-Tree,可以进行全排列组合,得到挖掘出来的频繁模式(这里要将商品本身,如 I4 也算进去,每个商品挖掘出来的频繁模式必然包括这商品本身)。

③ 将条件模式基视为事务数据库,构造 FP-Tree(见图 15-19)。这将包含{I2:3},不考虑 I1、I3,因为它不满足最小支持计数 3。

④ 此路径将生成所有频繁模式的组合:{I2,I4:3}。

⑤ 对于 I3,前缀路径(条件模式基)将是{I2,I1:3}、{I2:1},这将生成一个 2 节点 FP-Tree:{I2:4,I1:3},并生成频繁模式:{I2,I3:4}、{I1,I3:3}、{I2,I1,I3:3},如图 15-20 所示。

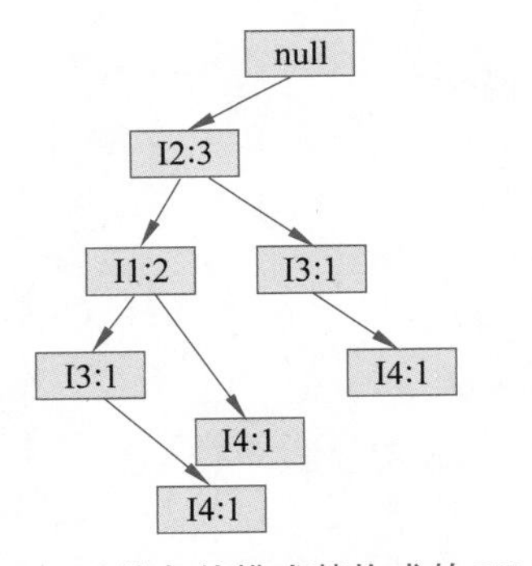

图 15-19　I4 的条件模式基构成的 FP-Tree

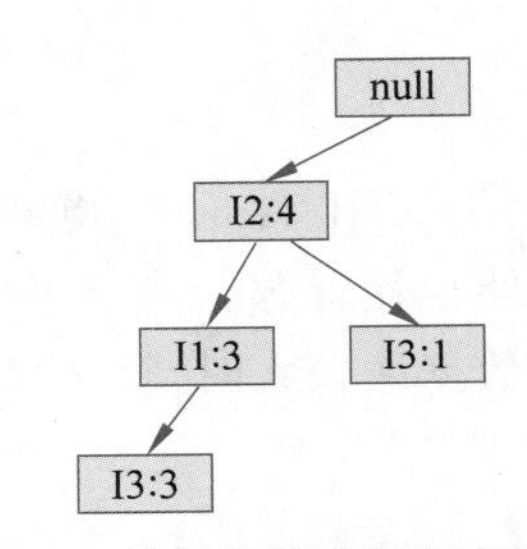

图 15-20　I3 的条件模式基构成的 FP-Tree

⑥ 对于 I1,前缀路径是{I2:4},这将生成一个单节点 FP-Tree:{I2:4},并生成频繁模式{I2,I1:4}。

这个案例的 FP-Tree 挖掘完毕，最后得到的结果如表 15-5 所示。

表 15-5 FP-Tree 的挖掘总结

项目	条件模式基	条件 FP-Tree	生成的频繁集
I4	{I2,I1,I3:1},{I2,I1,I4:1},{I2,I3:1}	{I2:3}	{I2,I4:3}
I3	{I2,I1:3},{I2:1}	{I2:4,I1:3}	{I2,I3:4},{I1,I3:3},{I2,I1,I3:3}
I1	{I2:4}	{I2:4}	{I2,I1:4}

15.3.4 FP-Growth 算法总结

FP-Growth 与 Apriori 算法相比，在模式生成、候选集生成、处理过程和内存使用上，具有一定的差异，具体差异如表 15-6 所示。

表 15-6 FP-Growth 和 Apriori 算法的比较

比较项	FP-Growth	Apriori
模式生成	FP-Growth 的模式生成通过构建 FP-Tree	Apriori 的模式生成通过配对项集为一个、一对或三个
候选集生成	没有候选集	使用候选集
处理过程	处理过程比 Apriori 更快。处理的运行时间随着项集数量的增加而线性增加	该过程相对而言比 FP-Growth 慢，运行时间随着项集数量的增加呈指数增长
内存使用	保存数据库的压缩版本	候选集保存在内存中

FP-Growth 算法具有以下优缺点

1. 优点

(1) 与 Apriori 算法相比，该算法只需对数据库进行两次扫描。
(2) 该算法不需要对项目进行配对，因此速度更快。
(3) 数据库存储在内存中的压缩版本中。
(4) 对长、短频繁模式的挖掘具有高效性和可扩展性。

2. 缺点

(1) FP-Tree 比 Apriori 更麻烦，更难构建。
(2) 可能很耗资源。
(3) 当数据库较大时，算法可能不适合共享内存。

15.4 ECLAT 算法

15.4.1 ECLAT 算法概述

等价类变换(equivalence class transformation，ECLAT)是一种基于集合交集的深度

优先搜索算法，它适用于具有局部性增强特性的顺序执行和并行执行。

15.4.2　ECLAT 算法思想

Apriori 和 FP-Growth 方法使用水平数据格式挖掘频繁项集，ECLAT 是一种使用垂直数据格式挖掘频繁项集的方法。它将水平数据格式的数据转换为垂直格式（倒排），具体就是将事务数据中的项作为 key，每个项对应的事务 ID 作为 value。

表 15-1 的原始数据集，在 ECLAT 算法中变为表 15-7 的集合。

表 15-7　原始数据集转为 ECLAT 算法的表示

项目编号	交易集
I1	T1，T4，T5，T6
I2	T1，T2，T4，T5，T6
I3	T1，T2，T5，T6
I4	T2，T3，T4，T5
I5	T3，T5

此方法将以垂直数据格式形成各项集。使用过程中 k 增加 1，通过转换后的倒排表可以加快频繁集生成速度。

ECLAT 算法产生候选项集的理论基础是：频繁 k 项集可以通过或运算生成候选的 $k+1$ 项集，频繁 k 项集中的项是按照字典序排列，并且与进行或运算的频繁 k 项集的前 $k-1$ 项是完全相同的。

ECLAT 算法挖掘频繁项集的过程如下。

（1）通过扫描一次数据集，把水平格式的数据转换成垂直格式。

（2）项集的支持度计数简单地等于项集的交易集的长度。

（3）从 $k=1$ 开始，可以根据先验性质，使用频繁 k 项集来构造候选 $k+1$ 项集。

（4）通过取频繁 k 项集的交易集的交集，计算对应的 $k+1$ 项集的交易集。

（5）重复该过程，每次 k 增加 1，直到不能再找到频繁项集或候选项集。

15.4.3　ECLAT 算法总结

ECLAT 算法是一种基于集合交集的深度优先搜索算法，它适用于具有局部性增强特性的顺序执行和并行执行，具有以下优缺点。

1. 优点

ECLAT 的优势是只需扫描一遍完整的数据库，这种方法与 Apriori 相比有一个优势，在产生候选 $k+1$ 项集时利用先验性质，而且不需要扫描数据库来确定 $k+1$ 项集的支持度，这是因为每个 k 项集的交易集携带了计算支持度的完整信息。

2. 缺点

当来相交集合时有许多事务需要大量内存和计算时间,就会出现瓶颈。因为在ECLAT算法中,它由两个集合的并集产生新的候选集,通过计算这两个项集的交易集的交集快速得到候选集的支持度,所以,当交易集的规模庞大时将出现以下问题。

(1) 求交易集的交集的操作将消耗大量时间,影响了算法的效率。

(2) 交易集的规模相当庞大,消耗系统大量的内存。

习题

一、单选题

1. 以下关于关联规则说法错误的是(　　)。
   A. 关联规则反映某事物与其他事物之间的关联性
   B. 购物车分析是大型商业超市用来揭示商品之间关联性的技术之一
   C. 使用购物车分析的方法,一定可以提高销售额
   D. 通过购物车分析,找出不同产品之间的关联性来安放商品
2. 数据之间的相关关系可以通过(　　)算法直接挖掘。
   A. *K*-means　　B. DBSCAN　　C. C4.5　　D. Apriori
3. 下列关于 Apriori 算法说法错误的是(　　)。
   A. 频繁项集的非空子集也是频繁项集
   B. 频繁项集是支持值大于阈值的项集
   C. Apriori 算法在运算过程中不需要找出所有的频繁项集
   D. Apriori 算法可由收集到的频繁项集产生强关联规则
4. 以下关于 FP-Growth 算法表述不正确的有(　　)。
   A. FP-Growth 算法是对 Apriori 算法的改进
   B. FP-Growth 算法不需要产生候选集
   C. FP-Growth 算法将数据库压缩成一棵频繁模式树,但保留关联信息
   D. FP-Growth 只需要一次遍历数据,大大提高了效率
5. 关于 Apriori 和 FP-Growth 算法说法正确的是(　　)。
   A. Apriori 比 FP-Growth 操作更麻烦
   B. FP-Growth 算法需要对项目进行配对,因此处理速度慢
   C. FP-Growth 只需要一次遍历数据,扫描效率高
   D. FP-Growth 算法在数据库较大时,不适宜共享内存
6. 某超市研究销售记录数据后发现,购买啤酒的人很大概率也会购买尿布,这种属于数据挖掘的(　　)。
   A. 关联规则发现　　B. 聚类
   C. 分类　　D. 自然语言处理

7. 可用作数据挖掘分析中的关联规则算法有(　　)。

A. 决策树、逻辑回归　　B. K-means 法、支持向量机

C. Apriori 算法、FP-Tree 算法　　D. K-means 法、决策树

8. 关联规则的评价指标是(　　)。

A. 均方误差、均方根误差　　B. Kappa 统计、显著性检验

C. 支持度、置信度　　D. 平均绝对误差、相对误差

9. 分析顾客消费行业,以便有针对性地向其推荐感兴趣的服务,属于(　　)问题。

A. 关联规则挖掘　　B. 分类与回归　　C. 聚类分析　　D. 时序预测

10. 以下属于关联规则分析的是(　　)。

A. CPU 性能预测　　B. 购物篮分析

C. 自动判断鸢尾花类别　　D. 股票趋势建模

11. 置信度是衡量兴趣度度量(　　)的指标。

A. 简洁性　　B. 确定性　　C. 实用性　　D. 新颖性

12. 关于关联规则,不正确的是(　　)。

A. 关联规则挖掘的算法主要有 Apriori 和 FP-Growth

B. 一个项集满足最小支持度,称之为频繁项集

C. 啤酒与尿布的故事是聚类分析的典型实例

D. 支持度是衡量关联规则重要性的一个指标

二、多选题

1. 关联规则使用的主要指标有(　　)。

A. 置信度　　B. 支持度　　C. 提升度　　D. 精确度

2. FP-Growth 和 Apriori 算法的比较,正确的是(　　)。

A. Apriori 使用候选集

B. FP-Growth 没有候选集

C. FP-Growth 的模式生成通过构建 FP-Tree

D. Apriori 比 FP-Tree 更麻烦,更难构建

3. FP-Growth 算法的优点包括(　　)。

A. 与 Apriori 算法相比,该算法只需要对数据库进行两次扫描

B. 该算法不需要对项目进行配对,因此速度更快

C. 数据库存储在内存中的压缩版本中

D. 对长、短频繁模式的挖掘具有高效性和可扩展性

4. FP-Growth 算法的缺点包括(　　)。

A. FP-Tree 比 Apriori 更麻烦,更难构建

B. 数据库存储在内存中的压缩版本中

C. 可能很耗资源

D. 当数据库较大时,算法可能不适合共享内存

三、判断题

1. 决策树方法通常用于关联规则挖掘。 ( )
2. Apriori 算法是一种典型的关联规则挖掘算法。 ( )
3. 具有较高的支持度的项集具有较高的置信度。 ( )
4. 给定关联规则 A→B,意味着:若 A 发生,则 B 也会发生。 ( )

参考文献

[1] HARRINGTON P. 机器学习实战[M]. 李锐,李鹏,曲亚东,等译. 北京:人民邮电出版社,2013.
[2] BORGELT C. Efficient implementations of apriori and ECLAT[C]//FIMI'03: Proceedings of the IEEE ICDM workshop on frequent itemset mining implementations, 2003: 90.
[3] WANG K, TANG L, HAN J, et al. Top down FP-Growth for association rule mining[M]. Proceedings of the 6th Pacific Area Conference on Knowledge Discovery and Data Mining: Taipei,2002.
[4] HAN J W,KAMBER M, PEI J, et al. 数据挖掘:概念与技术(原书第 3 版)[M]. 北京:机械工业出版社,2012.